ars vivendi Krimi

Felicitas Igel (Hrsg.)

Tatort Franken No. 2

ars vivendi

Originalausgabe

1. Auflage April 2011

www.arsvivendi.com

Umschlaggestaltung: ars vivendi verlag,
unter Verwendung einer Illustration von Silke Klemt
Druck: fva, Fulda
Printed in Germany

ISBN 978-3-86913-061-3

Tatort Franken

No. 2

anner woas

i binn voddi zwaa dä A
ehr iss voddi zwaa dä ander
mir senn voddi zwaa di aanzichn
däy wou dou Sinn
pho undz konz alldso kanner gwehn sai
sunnsd wär pho unds zwaa
annä fodd gwehn
waaldz janedd dou bassierd iss
sondän dodd

aus: Gerhard Falkner, *Kanne Blumma*

Inhalt

Sigrun Arenz

Die Fitness-Falle

Fit ins neue Jahr! Lia wischte sich den Schweiß von der Stirn und fragte sich, wie sie bloß auf diesen Slogan hatte hereinfallen können, während sie sich weiter auf dem Crosstrainer abstrampelte. Und warum sie, anstatt es bei einem guten Neujahrsvorsatz bewenden zu lassen, den sie nach einer Woche heroischen Frühaufstehens zum Joggen am Brombachsee getrost wieder hätte vergessen können, sich gleich ein Jahresabo im Fitnessstudio hatte aufschwatzen lassen. Sie zuckte mit den Schultern und trat verbissen weiter, wobei sie sich Mühe gab, sowohl die stummgeschalteten Bildschirme als auch die viel zu laute Mainstreammusik aus den Lautsprechern zu ignorieren. Das nächste Mal würde sie ihren MP3-Player mitnehmen, versprach sie sich – wie auch schon beim letzten und vorletzten Mal. Bislang hatte sie ihn noch immer vergessen. Na ja. Blieb ihr nur, die Leute zu beobachten.

Anders als bei den letzten Besuchen im AmFitTheater war es an diesem Freitagabend nicht sehr voll. Max, der blonde Trainer, der sie, wahrscheinlich unter Einsatz hypnotischer Fähigkeiten, dazu gebracht hatte, den Mitgliedsvertrag zu unterschreiben, zwinkerte ihr zu, als er mit einem frischen Opfer an ihr vorbeikam. Mit einem Schaudern beobachtete sie, wie er der Neuen Gerät 24 zeigte – Lias persönlicher Albtraum unter all den Streckbänken und sonstigen Foltermaschinen im Saal. Zwei junge Männer, schweißglänzend, muskelbepackt und mit ausdruckslosen Gesichtern zogen schwere Gewichte, die hoch über ihren Köpfen hingen, zu sich herunter. Lia fand den Anblick der durchtrainierten Körper, der spielenden Muskeln und der Anzahl an Gewichten, die sie bewegten, leicht beunruhigend. Auch wenn sie selbst in Zukunft jede Woche regelmäßig ein- oder zweimal zum Training kommen würde – was, realistisch betrachtet, ganz und gar unwahrscheinlich war – würde sie einem Mann mit solchen Muskelkräften körperlich immer unterlegen sein. Sie war normalerweise nicht übermäßig ängstlich, aber der Gedanke, dass so ein Kerl einen beim Joggen am Seeufer oder nachts am Bahnhof angreifen könnte, bereitete ihr Unbehagen. Sollte ein menschlicher Körper wirklich so eine Muskelmaschine sein? Sie strampelte weiter. Noch zehn Minuten, mindestens. An der Theke stand eine der Mitarbeiterinnen und verabschiedete einen Gast, dem sie seine Mitgliedskarte wieder aushändigte. Dann bereitete sie für eine gertenschlanke und solariumsgebräunte Blondine in engsitzendem, topmodischem Trainingszeug einen Fitnessdrink zu. Im Vergleich zu ihr kam sich Lia unförmig und unattraktiv vor, obwohl sie an sich wirklich weder fett noch hässlich war – und zweifelsohne fitter als die Frau am Crosstrainer vor ihr, die sich fürs neue Jahr wahrscheinlich vorgenommen hatte, zehn Kilo abzunehmen und dafür sichtlich eine Menge Disziplin brauchen würde. Ein weiterer Mann kam eben aus einem der Nebenräume und ging in Richtung der Hanteln, die sich am entfernten Ende des Saals in einer Nische befanden. Definitiv Männerspielzeug. Meist für zwei Männer – einen, der auf der Bank lag und Gewichte stemmte, und einen, der sie von oben festhielt und sicherte. Lia hatte noch nie eine Frau in diesem Teil des Studios gesehen – na ja, mit Ausnahme der Mitarbeiterinnen, die gelegentlich nach dem Rechten sahen. Wenige weitere Leute waren in dem großen Studio an dem einen oder anderen Gerät zugange. Ein dunkelhaariger Gymnasiast, ebenfalls auf dem besten Weg zum perfekten Sixpack, trainierte mit seinem Vater zusammen, der einen kleinen Bierbauch vor sich herschob und bei jeder Übung eine Grimasse schnitt. Lia musste lächeln, als sie den beiden zusah. Gerade kam ein anderer Mann auf dem Weg zur Theke an ihrem Crosstrainer vorbei, folgte ihrem Blick und grinste jungenhaft. Er gehörte weder zu den übergewichtigen Typen, die verzweifelt um etwas mehr Form und Ausdauer rangen, noch zu den durchtrainierten Muskelpaketen, die einem durch ihre bloße Anwesenheit Minderwertigkeitskomplexe einflößten, und das machte ihn ihr spontan sympathisch. Sie gesellte sich zu ihm an die Theke, sobald ihre Trainingszeit um war und sie sich auf der Toilette den Schweiß vom Gesicht gewaschen hatte.

»Haben Sie sich auch die Getränke-Flatrate aufschwatzen lassen?«, fragte er grinsend, als sie sich etwas zu trinken zapfte. Sie verzog das Gesicht. »Allerdings. Darin sind die hier richtig gut, was?« Sie nahm einen tiefen Schluck. »Das tut gut«, murmelte sie, und dann sah sie zu ihrem Nachbarn hinüber. »Ich bin Lia«, stellte sie sich vor.

»Rainer«, erwiderte er und wischte sich das dunkelblonde Haar aus der Stirn. »Neu hier?«

Sie zog die Augenbrauen hoch. »Nein, ich trainiere schon seit zehn Jahren dreimal die Woche hier«, behauptete sie und tat gekränkt. »Sieht man das nicht?«

Er lächelte entwaffnend. »Zum Glück nicht. Sie haben wenigstens noch eine Figur.«

Lia rollte die Augen, speicherte das Kompliment aber in ihrem Gedächtnis ab, um sich bei Gelegenheit daran zu erinnern. »Wenn Sie auf Figur stehen«, meinte sie leise und deutete mit dem Kinn auf die üppige Frau, die noch immer auf dem Crosstrainer schwitzte, »die da hat noch mehr davon als ich.«

»Ach«, winkte Rainer ab. »Man soll auch wieder nicht zu viel verlangen. Alles in Maßen ...« Er warf einen Blick auf die Uhr über der Theke und trank sein Glas leer. »Ich mach mich besser auf den Weg«, sagte er. »Vielleicht sehen wir uns ja« – weiter kam er nicht, denn in diesem Moment war aus der hintersten Ecke des Studios ein schreckliches Krachen zu hören und – Lia hätte später unmöglich sagen können, welches Geräusch das erste gewesen war – ein Schrei, der in ein Stöhnen überging, gefolgt von mehreren entsetzten Stimmen und Rufen, die einen Moment lang alles andere übertönten.

Rainer war aufgesprungen und lief, wie alle anderen im Saal, zu der Nische mit den Hanteln hinüber. Lia folgte langsamer und mit einem lähmenden Gefühl von Angst im Bauch. Die Musik, lebhafte, rhythmische, aber absolut belanglose Musik, quoll noch immer aus den Lautsprechern.

»Er ist verletzt!«, waren die ersten Worte, die sie bewusst aufnahm, und dann eine Frauenstimme, die rief »Peter, um Gottes willen!«, eine Mischung aus Aufschrei und Stoßgebet.

»Das Gewicht ist auf ihn gefallen. Es muss runtergefallen sein – die Hantel, es ist runtergerutscht von der Hantel, sehen Sie?«

»Er blutet so stark, was sollen wir bloß tun?«

»Verständigen Sie den Notarzt. Wo haben Sie den Erste-Hilfe-Kasten?«

»Hier, ich mache das. Gehen Sie zur Seite.«

Lia trat näher heran an die Ecke, in der alle zusammengelaufen waren, doch als sie den Verletzten auf der Bank liegen sah, wünschte sie sich, es nicht getan zu haben. Sein Kopf, die Liege, das schwere Gewicht, das über seinem Brustkorb lag, alles war verschmiert von Blut. Ihr wurde übel.

»Hinsetzen«, hörte sie eine Stimme neben sich. Rainer und eine der Mitarbeiterinnen hatten sich von der Gruppe wieder entfernt und liefen zur Theke zurück. Rainer fasste Lia am Arm, führte sie zu den Barhockern davor und drückte ihr ein Glas Wasser in die Hand, ehe er seine Aufmerksamkeit der Fitnesstrainerin zuwandte, die schon per Telefon den Notdienst informierte. Ihr Name stand auf dem Schild, das sie am T-Shirt trug. Selene. Sie wirkte aufgeregt und entsetzt wie die anderen auch, strahlte aber dennoch eine gewisse Professionalität und Kompetenz aus, die Lia in diesem Moment nur bewundern konnte. »Sie werden gleich hier sein«, erklärte sie, sobald sie aufgelegt hatte. »Mein Kollege leistet Erste Hilfe. Es ist alles unter Kontrolle.« Sie klang ein wenig so, als wolle sie sich mit ihren Worten selbst überzeugen.

»Haben Sie den Namen des Verletzten?«, fragte Rainer eben. »Dann können Sie gleich die Angehörigen verständigen.«

»Oh, ja«, murmelte die andere. »Natürlich. Der Peter.« Sie klickte auf ihrem Computer in die Liste der noch anwesenden Besucher. »Ich brauch nur den Nachnamen und den Wohnort.« Sie nickte nach wenigen Sekunden. »Ja, Peter Kalb, Gartensiedlung 8 in Weißenburg.«

»Was sagen Sie da?«, fragte Rainer plötzlich scharf zurück. Selene sah ihn aus erschreckten Augen an. »Peter Kalb? Aus Weißenburg?«

Die Frau nickte unsicher. »Ja ... Was haben Sie denn?«

»Rufen Sie die Polizei an«, befahl er schroff. »Die Weißenburger.« Als sie nicht sofort reagierte, streckte er fordernd die Hand nach dem Telefon aus: »Ich mache es selbst.« Sie zögerte immer noch, und seine Brauen zogen sich zusammen. Die unbekümmerte Freundlichkeit, die er zuvor gezeigt hatte, war einem Ausdruck grimmiger Konzentration gewichen. »Sehen Sie nach, ob er alleine gekommen ist oder wer dabei war«, befahl er, und als die AmFitTheater-Mitarbeiterin protestieren wollte, erklärte er knapp: »Ich bin Rainer Sailer von der Polizeiinspektion Weißenburg, und ich werde jetzt meine Kollegen benachrichtigen. In der Zwischenzeit stellen Sie sicher, dass niemand der Anwesenden diesen Raum verlässt, bevor wir mit allen gesprochen haben.«

Selene war blass geworden, aber sie reichte ihm ohne ein weiteres Wort das Telefon. Lia, die noch immer gegen ihre Übelkeit angekämpft und dabei dem Gespräch zugehört hatte, stellte die naheliegende Frage: »Warum denn das?«

Er sah sie mit einem Stirnrunzeln an und antwortete: »Weil ich bezweifle, dass es sich bei diesem Vorfall um einen Unfall handelt. Und wenn es keiner war, dann sind fast alle hier Anwesenden potenzielle Verdächtige.«

Rainer Sailer spürte die Blicke der beiden Frauen auf sich, während er die Nummer seines Kollegen tippte. Und in Lias

Augen las er neben Unruhe und Erleichterung – schließlich konnte er sie kaum zu den Verdächtigen zählen, weil sie immerhin neben ihm gesessen hatte, als es passierte – auch die Frage, warum er einen Unfall anzweifelte, scheinbar ohne die geringsten Anhaltspunkte dafür zu haben. »Bernd?«, fragte er, als sich Gollwitzer am anderen Ende der Leitung meldete. »Gut, dass du noch da bist. Hast du die Anzeige von dem Kalb bearbeitet? ... Hm, ja ... ja, ich weiß ... ja, der liegt jetzt hier im Fitnessstudio mit einer Kopfverletzung ... nein, in Pleinfeld ... He, ich bin überhaupt nicht im Dienst, ich bin zufällig hier ... ja, natürlich mache ich das. Das BRK wird gleich da sein, ja ... Friedolin? Ja, dann schick mir den. Und ich bräuchte auch Details zu Kalbs Aussage ... Hm. Danke ... Ah, ich kann die Leute vom Notdienst hören ... Ja.« Er wandte sich an Selene. »Haben Sie eine Kamera da? Und ich brauche was zum Schreiben.«

Der blonde Fitnesstrainer hatte recht professionell Erste Hilfe geleistet; Rainer konnte die Anerkennung in der Miene der Sanitätshelfer sehen, die den Verletzten rasch auf eine Bahre hoben. »Wir bringen ihn ins Krankenhaus«, erklärte der eine, den Rainer schon von dem ein oder anderen Unfallort kannte. »Mehr können wir hier nicht tun.«

»Wie sieht es aus?«, fragte Rainer rasch.

»Er lebt«, antwortete der andere schulterzuckend. »Warum sind Sie schon hier?«

»Zufall.« Rainer wandte seine Aufmerksamkeit den Umstehenden zu. Es waren nicht allzu viele, stellte er erleichtert fest. Außer dem Trainer Max und Selene acht Studiobesucher. Er stellte sich kurz vor, teilte ihnen mit, dass gleich noch ein Kollege eintreffen werde, und dass er wissen müsse, ob irgendjemand ihm etwas zum Unfallhergang sagen könne.

Lia, die neben ihm stand, quittierte seine Worte mit einem überraschten Blick, sagte aber nichts.

»Ist jemand von Ihnen mit dem Verletzten gekommen? War er alleine?«

Die Blondine mit Modelmaßen, die selbst im Trainingszeug aussah wie einem Modemagazin entstiegen, nickte. »Er ist mein Kollege, wir kommen nach der Arbeit zusammen hierher.« Ihre Lippen zitterten. »Er trainiert immer an den Hanteln, ich verstehe nicht, wie das passieren konnte.«

Ich schon, dachte Rainer grimmig. Jetzt, wo Kalb sich nicht mehr auf der Liege befand, mit all den Zuschauern darum, war auch deutlicher zu sehen, was er am Anfang nur halbbewusst registriert hatte: dass das Gewicht, mit dem das Opfer trainiert hatte und das ihm auf den Brustkorb gefallen war, keineswegs für die Kopfverletzung verantwortlich sein konnte. Die Hantel war komplett, kein Teil davon fehlte. Was dagegen nicht zu sehen war, war die Metallscheibe, die ihm auf den Kopf gefallen – oder wohl eher fallen gelassen worden – war. »Hat niemand von Ihnen beobachtet, was passiert ist?«, fragte er rasch und ließ seinen Blick über den Freihantelbereich gleiten. Der einzige Ort im Studio, der von keiner Seite aus einfach so einsichtig war. Ein paar Meter entfernt die Tür zu den Umkleideräumen – aber er hatte sich schon vergewissert, dass sich dort niemand aufhielt, und zudem war diese Tür im Blickfeld der Besucher an den Trainingsgeräten. »Er hat alleine trainiert?«

Max nickte düster. »Ja. Er kommt schon seit Jahren hierher. Er weiß, was er tut. Ich habe ihm heute einmal assistiert, als er ein schwereres Gewicht ausprobiert hat, aber das war nicht das, mit dem er arbeitete, als ... als es passiert ist.«

»Kennen Sie Herrn Kalb nur aus dem Studio hier?« Rainer wusste noch nicht genau, wohin seine Gedanken ihn führen würden, deshalb stellte er die Fragen, wie sie ihm in den Sinn kamen.

»Nein«, antwortete der Trainer. »Wir haben zusammen studiert. Ich habe eine Zeit lang für dieselbe Firma wie er gearbeitet ...« Er lächelte schief und fügte hinzu: »Bevor ich dann zur Konkurrenz gewechselt bin.«

Das war vielleicht genau die Art von Hintergrund, nach der er gesucht hatte, dachte Rainer triumphierend, wechselte aber erst einmal die Richtung seiner Fragen. »Hat es hier im Studio schon einmal Unfälle mit den Geräten gegeben?«

»Ich glaube nicht«, mischte sich Selene zögernd ein. »Ich müsste den Chef fragen.« Sie verschwand im Eingangsbereich, wo die Büros lagen. Rainer folgte ihr mit seinem Blick. Weit weg. Von dort war niemand unbeobachtet zu Kalb herübergekommen. Tatsächlich hätte derjenige an der Theke vorbeigehen müssen, wo Rainer selbst ihn bemerkt hätte. Schloss das die Mitarbeiter des Studios aus? Zumindest alle außer Max ... wo war der gewesen? Und wenn er es sich recht überlegte, hätte er auch nicht mit Sicherheit sagen können, wo im Saal Selene gewesen war.

»Ich hab gar nicht mitgekriegt, dass da hinten jemand trainiert hat«, erklärte der dunkelhaarige Schüler, und sein Vater nickte. Die füllige Frau vom Crosstrainer hatte gar nichts gesehen und auch nicht auf die anderen Leute im Studio geachtet, wenn man ihr glauben durfte – und es gab keinen Grund, dies nicht zu tun. Rainer nahm Lia zur Seite. Ihm war nicht entgangen, dass sie sich zuvor sehr aufmerksam im Saal umgeschaut hatte. Vielleicht war ihr etwas aufgefallen. »Kennen Sie den Mann eigentlich?«, fragte er als erstes, automatisch alle denkbaren Möglichkeiten abklopfend – obgleich sie als Verdächtige eigentlich wirklich nicht infrage kommen konnte. Sie schüttelte den Kopf, noch immer ziemlich käsig im Gesicht.

»Haben Sie irgendetwas Ungewöhnliches gesehen? War außer Kalb jemand in dem Bereich da hinten bei den Hanteln oder ist in die Richtung gegangen?«

»Ich – ich glaube nicht«, murmelte sie. »Ich hab nur ihn selbst dorthin gehen sehen. Die zwei da« – sie deutete auf die beiden muskulösen Männer, die schweigend herumstanden – »waren die ganze Zeit an den Geräten. Und ... ich muss nachdenken, ich kann mich nicht so genau erinnern.«

Rainer wurde durch das Eintreffen seines jungen Kollegen Becker von der Polizeiwache unterbrochen. »Friedolin«, begrüßte er ihn. Der junge Mann bedachte ihn mit einem

Grinsen. »Dich darf man ja nirgendwo alleine hinlassen«, meinte er. »Egal, wo du auftauchst, schon werden irgendwelchen Leuten die Köpfe eingeschlagen.« Die beiden entfernten sich außer Hörweite. »Warum meinst du, dass das hier kein Unfall war?«, wollte Friedolin wissen, nachdem er sich umgesehen hatte.

»Hast du Gollwitzers Unterlagen mitgebracht? Ich muss nachsehen, damit ich mich nicht täusche, aber ... ja, genau, Peter Kalb – pass auf, der hat letzte Woche bei uns Anzeige gegen Unbekannt erstattet, weil er bedroht wurde.«

Friedolin pfiff leise durch die Zähne. »Oh! Und warum?« Als sein Kollege mit den Schultern zuckte, nickte er. »Du meinst, das müssen wir hier herausfinden? Gut. Wow, wer ist denn das?« Rainer musste sich nicht umdrehen, um zu wissen, dass die Bemerkung Kalbs blondierter Kollegin galt. Sie baute sich zögernd vor den beiden Polizisten auf und erklärte: »Hören Sie, ich will nicht herzlos klingen oder so, aber – brauchen Sie mich hier noch? Wir haben nämlich einen echten Notfall – ich meine durch Peters Unfall. Er hat am Montag eigentlich eine wichtige Präsentation, es geht um einen Auftrag, der nicht platzen darf, und ... wenn er jetzt ausfällt ... wissen Sie, es geht um richtig viel Geld, und ich müsste – wir müssen die Abteilung informieren und Peters Unterlagen durchgehen und einen Notfallplan entwickeln.«

»Sie müssen sich noch ein bisschen gedulden, Frau –?«

»Wagner.«

»Wir sind hier noch nicht ganz fertig, Frau Wagner, aber wir werden Sie nicht länger aufhalten als nötig.« Rainer wechselte einen bedeutungsvollen Blick mit seinem Kollegen, dann fragte er: »Wer wird die Präsentation übernehmen, jetzt, wo Herr Kalb im Krankenhaus ist?«

Sie zuckte ein wenig zu schnell die Schultern. »Das spielt keine Rolle, es geht um die Firma, nicht darum, sich persönlich in den Vordergrund zu spielen«, erklärte sie scharf, umfasste den Hebel des Schultertrainers, neben dem sie standen, und schob ihn unruhig ein wenig vor und zurück. Das Gewicht am Ende des Stahlseiles hob und senkte sich bei der kleinen Bewegung um wenige Millimeter, ebenso wie die Sehnen an ihrem Rücken. Rainer bemerkte kleine Schweißperlen auf ihrem Nacken unter dem Pferdeschwanz. Sie blickte auf, die Augen unter perfekt und zu dünn gezupften Brauen trotzig. »Wir haben an dieser Sache zusammengearbeitet. Nach Peter bin ich wahrscheinlich die Nächste.«

»Was?«, fragte Rainer scharf zurück. Kalb war bedroht worden. Hatte es mit dieser Präsentation zu tun – einer Präsentation, bei der es um eine Menge Geld ging, wie die Frau gesagt hatte? In welchem Sinn wäre sie »die Nächste«? Seine Gedanken wurden unterbrochen, nicht von Frau Wagner, sondern von Selene, die gerade mit einem ratlosen Gesicht zu Max hinüberkam, der unweit der Polizisten stand, und leise sagte: »Ich kann Sören nicht finden, er muss schon heimgegangen sein.«

»Wer?«, schaltete sich Friedolin sofort ein, nur um zu erfahren, dass es sich um den Chef des Fitnessstudios handelte. »Und war er noch da, als der Unfall passierte?«, fragte er weiter. »Er war vor einer Stunde oder so noch im Büro«, sagte Selene langsam. »Seitdem habe ich ihn nicht mehr gesehen. Soll ich ihn auf dem Handy anrufen?«

»Machen Sie das«, riet Friedolin. »Er wird das bestimmt wissen wollen.« Sobald er wieder mit seinem Kollegen alleine war, begann er: »Also, du meinst, wir haben einen Mann, der bedroht worden ist und jetzt verwundet wurde. Das könnte trotzdem ein Zufall sein, nach allem, was wir bisher wissen.« Rainer schüttelte den Kopf und erklärte, weshalb ein Unfall unwahrscheinlich war. »Aber ich verstehe wirklich nicht, wie jemand das hingekriegt haben sollte. Wo ist das Gewicht hin verschwunden? Und der Täter?«

»Du hast im Umkleidetrakt nachgesehen?«, vergewisserte sich Friedolin. »In der Toilette auch?«

»Schau ruhig noch mal nach. Aber es gibt nur zwei Wege aus dem Umkleidetrakt heraus: über das Studio hier – nahe an der Nische mit den Hanteln, aber im Blickfeld des ganzen Raums – und auf der anderen Seite neben der Eingangstheke, aber ich glaube nicht, dass jemand da ungesehen hätte weggehen können ... Hm ... Wo war Selene – hat sie aufgepasst, wer da raus kam? Wo war Max und wo die Wagner?« Er kratzte sich ratlos am Kopf und ließ sich auf dem nächsten Sportgerät nieder, die Arme auf der Stütze für den Brustkorb verschränkt.

»Wo war das Motiv?«, wollte Friedolin wissen.

Rainer ächzte. »Geh in die Umkleide und schau dich um. Und frag das Mädchen« – er wies auf Lia, die nicht weit entfernt stand und auf ihrer Unterlippe herumkaute – »ob sie sich nicht doch noch an was erinnert. Sie war dort, kurz bevor es passierte.«

»Kurz bevor? Bist du sicher? Sie wäre die einzige, von der wir wissen, dass sie in der Nähe von Kalb war. Warum schließt du sie aus?«

»Weil sie hübsch ist«, knurrte Rainer, und sein Gegenüber zog die Augenbrauen hoch. »Das ist ein Grund?«, fragte er spöttisch.

»Friedolin, hau ab! Ich versuche gerade nachzudenken!« Rainer zog den Bügel des Geräts zu sich. Leicht, wenige Kilo Gewicht hingen dran, es war eingestellt für eine Frau, wahrscheinlich eine völlig ungeübte. Vor und zurück, auf und nieder. Er starrte auf die Mechanik, sah die Gewichte sich heben und senken, fast lautlos, mühelos. Kalb hatte Drohungen bekommen. Vor ihm lag ein wichtiger Geschäftstermin. Es ging um viel Geld. Max, der blonde Trainer, hatte früher in derselben Firma gearbeitet und war dann zur Konkurrenz gegangen. Wer immer das Metallgewicht auf Kalbs Kopf hatte fallen lassen, musste sich hier gut auskennen. Wer profitierte davon, wenn Kalb seine Präsentation nicht machen konnte? Jemand in Max' neuer Firma? Oder die Kollegin, die an seiner Stelle seine Arbeit präsentieren und den Deal aushandeln würde? Wohin war der Täter verschwunden? Wie konnte es sein, dass ihn niemand gesehen hatte? Oder lag er mit seinen Überlegungen am Ende doch völlig falsch und der vermeintliche Unfall war genau das?

»Frau Wagner?«, wandte er sich an Kalbs Kollegin. »Wussten Sie, dass Herr Kalb in den letzten Wochen Drohbriefe erhalten hat?« Er beobachtete ihre Reaktion genau – der Schweiß, der auf ihrer Haut getrocknet war, weil sie sich nach dem Training nicht abgewärmt hatte, glänzte plötzlich wieder. Sie drehte die Schulter ein wenig nach vorne, als ob sie sich vor seinen Worten abschirmen wollte. Ihre Beunruhigung wirkte echt, aber ihr Ausruf des Erstaunens hatte etwas Bemühtes an sich. »Woher – ich meine, warum?«

»Ich dachte, Sie könnten mir da vielleicht weiterhelfen.« Rainer stellte einen Fuß auf den Sitz des Bauchmuskeltrainers und beugte sich nach vorne. »Wen könnte sich Ihr Kollege zum Feind gemacht haben?«

Sie schluckte, und ihr Blick schweifte zu der Nische hinüber, in der Kalb gelegen hatte. »Das kann ... Sie wollen doch nicht wirklich sagen, dass jemand anderes für Peters Unfall verantwortlich ist?« Als er lediglich wortlos die Brauen hob, fuhr sie aufgeregt fort: »Aber – hier, mitten im Studio – das ist doch absurd!«

»Wissen Sie von jemandem, der einen Groll gegen Ihren Kollegen hegen könnte?«

»Von den Leuten hier? Nein«, gab sie hastig zurück. »Aber ...«

»Aber?«

»Er hatte eine Affäre, die er lange geheimgehalten hat, weil der Freund oder Ehemann nichts davon wissen durfte. Der ist wohl erst kürzlich dahintergekommen. Es soll eine ziemliche Szene gegeben haben.«

»Das wissen Sie von –?« Rainer sah ihr aufmerksam ins Gesicht.

»Von ihm selbst«, erwiderte sie kurz angebunden. »War das jetzt alles?«

Er setzte sich gemütlich auf das Streckgerät und lehnte sich zurück. »Wer profitiert davon, wenn Herr Kalb die Präsentation am Montag nicht hält? Eine Konkurrenzfirma? Hätten die bessere Chancen, wenn Ihr Kollege für ein paar Tage außer Gefecht gesetzt wäre?«

Diesmal war es eindeutig, wohin ihr Blick ging: Er glitt erschreckt zu dem blonden Trainer hinüber, der sich ebenfalls auf dem Sitz eines der Geräte niedergelassen hatte und das Kinn auf die Hände stützte. »Max?«, fragte sie mit rauer Stimme, hatte sich aber gleich wieder in der Gewalt. »Nein, da täuschen Sie sich. Es stimmt zwar, dass unsere Firma und seine um den Auftrag konkurrieren, aber nur weil Peter nicht antreten kann, heißt das nicht, dass sie den Zuschlag bekommen. Ich habe Ihnen doch schon gesagt, dass wir alles dransetzen, die Präsentation trotzdem über die Bühne zu bringen.« Die Muskeln an ihrem Hals verkrampften sich kämpferisch, und Rainer konnte die Spannung in ihrem wohltrainierten Körper förmlich sehen. »Wir kriegen den Auftrag trotzdem. Peter ist gut, aber er ist nicht unersetzlich. Ich kann alle unsere Ideen ebenso gut verkaufen.«

»Dann profitieren Sie also davon, wenn Sie Herrn Kalbs Part übernehmen?«, schloss Rainer lässig und erhob sich langsam. »Und das, ohne Ihrer Firma zu schaden. Das wollte ich wissen.«

»In der Garderobe und in den Duschen ist wirklich niemand«, murmelte Friedolin enttäuscht, als er wieder zurückkam. »Ich dachte schon, ich könnte dich mit meinen brillanten kriminalistischen Einfällen beim Chef ausstechen.« Rainer lächelte schief. »Dachte ich mir, dass das nichts wird. Und Lia?«

»Bei der steche ich dich auch so aus, falls du das meinst. Sieht nämlich nicht aus, als ob sie auf Antiquitäten steht.«

»Hahaha. Kann ja nicht jeder einundzwanzig sein wie du. Hat sie etwas gesagt – etwas Relevantes?«

»Fehlanzeige, sorry.«

Rainer hob die Schultern. »Egal. Da wir gerade dabei sind, es könnte sein, dass die Wagner unser Opfer in der Gunst ihrer Chefs ausstechen wollte, indem sie bei der Präsentation brilliert und den Tag samt Riesenauftrag rettet.«

»Wow! Hältst du das für wahrscheinlich?« Friedolin sah beeindruckt und zugleich etwas zweifelnd drein. Rainer bedeutete ihm, zu Max dem Trainer mitzukommen. »Werden wir vielleicht gleich feststellen.«

»Herr – äh ...«

Namensschilder, auf denen keine Nachnamen standen, waren wirklich eine saudumme Erfindung, entschied Rainer. Max, der auf der Sitzfläche von Gerät 14 hockte, blickte auf. Unter dem blonden Haar waren seine Augen plötzlich wachsam und abweisend. »Hardenberg«, verriet er fast widerwillig.

Rainer erklärte ihm, was er auch schon im Gespräch mit Frau Wagner hatte durchblicken lassen – dass irgendwer von Peter Kalbs »Unfall« Vorteile zu erhoffen hatte – und dass der schon vor dem Vorfall hier anonyme Drohungen erhalten hatte.

»Sie haben gesagt, Sie hätten früher einmal für dieselbe Firma gearbeitet wie Kalb und seien dann zur Konkurrenz gegangen. Arbeiten Sie hier im Fitnessstudio nebenberuflich?«

Anstatt auf seine Frage zu antworten, stand Max mit der raschen Geschmeidigkeit eines Sportlers auf und stellte sich den beiden Polizisten in einer Haltung gegenüber, die Trotz und Aggression gleichermaßen ausstrahlte.

»Und da hat sie Ihnen gleich noch erzählt, dass ich bei der Konkurrenz nur darauf warte, dass Peter eine Hantel auf den Kopf fällt – oder hat sie auch noch behauptet, dass ich das gleich selbst erledigt habe?«

Der Blick, mit dem er die blonde Frau bedachte, die jetzt mit verschränkten Armen, ein Handtuch über den Schultern, neben der Theke stand, war hasserfüllt. »Vielen Dank, Britta«, zischte er. Sie konnte ihn nicht hören, und es war offensichtlich, dass er mit sich selbst redete. Er schien sogar die Anwesenheit der beiden Beamten für den Moment vergessen zu haben. »Tolle Strategie! So kriegst du mich bestimmt nicht wieder in die Kiste.«

Es dauerte ein paar Sekunden, bis Rainer registrierte, was er da eben gehört hatte. Friedolin neben ihm nahm automatisch eine gespanntere Körperhaltung ein; beide tauschten einen kurzen, vielsagenden Blick. »Wollen Sie andeuten, Herr Hardenberg, dass Frau Wagner versuchen könnte, einen falschen Verdacht auf Sie zu lenken, um ...«

»Aus Rache«, stieß Max aggressiv hervor. Die Heftigkeit, mit der er jetzt den Bügel des Trainingsgeräts von sich wegschob, sprach Bände. Es mussten zwanzig Kilo sein, die er ohne ersichtliche Anstrengung bewegte; die Gewichte schlugen mit einem dumpfen Dröhnen auf, als er den Bügel zu schnell wieder in die Ausgangsposition brachte. »Sie hat alles versucht, um wieder bei mir zu landen. Und jetzt, wo sie sieht, dass es nichts bringt, will sie es mir auf *die* Art heimzahlen.«

»Herr Hardenberg«, erklärte Rainer, nicht ohne im Geist die diversen Schlussfolgerungen durchzugehen, die sich anboten. »Uns kommt es nur auf die Fakten an. Glauben Sie, dass Herrn Kalbs Ausfall bei der Präsentation am Montag etwas daran ändert, welche Firma den Auftrag bekommt?«

Das »Pah!«, mit dem Max antwortete, klang beinahe wie ein Fauchen. »Sie meinen doch nicht im Ernst, dass bei denen etwas schiefgehen kann, solange die geniale Britta Wagner noch einen Atemzug in sich hat, mit dem sie ihre Strategien an den Mann bringen kann? Die wird erst so richtig glänzen, wenn sie ganz alleine im Rampenlicht steht. Wahrscheinlich wird sie einen fetten Bonus einstreichen und als Heldin des Tages gefeiert werden!« Er schlug bitter mit der Hand gegen den Rahmen des Trainingsgeräts.

Friedolin stieß einen leisen Pfiff aus, als sich die beiden Polizeibeamten wieder an die Theke begaben. »Der hat ja förmlich Gift und Galle gespuckt ... Was denkst du?«

Rainer zog die Mundwinkel nach unten und die Stirn in Furchen. »Hol uns mal was zu trinken, immerhin habe ich hier für eine Getränkeflatrate bezahlt, die können wir grad so gut nutzen.« Er nahm den Becher entgegen, den der junge Kollege ihm reichte. »Einerseits hat er uns gerade bestätigt, was wir vermutet haben: Die Wagner könnte am ehesten was davon haben, wenn Kalb für eine Weile ausfällt. Andererseits ...«

Friedolin nickte. »Ja. Was ist seine Aussage wert, wenn er die Frau so offensichtlich hasst?«

»Und sie hat versucht, ihn vor dem Verdacht zu schützen«, sinnierte Rainer.

»Das muss nichts heißen, so oder so nicht«, wandte sein Kollege ein. »Er kann es trotzdem gewesen sein, auch wenn sie ihn schützen will.«

»Und sie könnte es gewesen sein, obwohl er sie aus Wut bei uns angeschwärzt hat.« Rainer nahm einen Schluck aus seinem Becher, reichte ihn Friedolin und stand wieder auf. »Dann ist die Frage, wer von beiden die Gelegenheit hatte, dem Kalb tatsächlich das Gewicht auf den Kopf fallen zu lassen. Befragen wir die anderen mal dazu.«

Lia wünschte sich inbrünstig unter den Strahl einer heißen Dusche, vorzugsweise in ihrer WG, wo sie sich gleich anschließend mit einer Wärmflasche ins Bett legen könnte. Vom langen Herumstehen war ihr kalt geworden, und der Anblick der verwaisten Sportgeräte in dem großen, funktionellen Raum bedrückte sie. Die Poster und Plakate, die in Hochglanz Menschen mit perfekten Körpern unter Schlagworten wie »Power«, »Beauty« und »Motion« zeigten, kamen ihr angesichts der Ereignisse des Abends reichlich zynisch vor. Fast genauso ironisch war die Tatsache, dass ihre erste Unterhaltung mit einem Mann seit Wochen – ach was, Monaten – die man mit etwas gutem Willen ansatzweise als Flirt bezeichnen konnte, mit einem Polizisten stattgefunden hatte und dann gleich noch von einer Gewalttat unterbrochen werden musste. Und als ob das alles noch nicht ausreichte, stand sie jetzt auch noch hier und musste warten, bis die beiden ihre Befragungen abgeschlossen hatten. Den meisten anderen schien es ähnlich zu gehen; sie saßen oder standen alleine oder zu zweit herum und warfen einander verstohlene Blicke zu. Die Superblondine wirkte auf einmal nicht mehr überlegen und cool. Selene lehnte hinter dem Tresen, den Blick abwechselnd auf den Computerbildschirm, ihr Handy und den Ausgang gerichtet.

Lia ging zu ihr hinüber, um nicht zum zwanzigsten Mal den Slogan »Mit Spaß mehr bewegen« lesen zu müssen, der an der Wand gegenüber prangte. Hinter der Theke befanden sich ein Schrank mit Fitnessutensilien und ein zweiter mit Sportgetränken. Daneben hingen Urkunden und Bilder des Fitnessstudios. Diplom – Sicherheitszertifikat – Fortbildung – Sportwettbewerb – unser Team ... Als sie die Fotos mit den strahlenden Mitarbeitern des Studios betrachtete, stutzte sie plötzlich. »Hat der – ich meine, der Verletzte – Herr Kalb – hier auch mal gearbeitet?«, wollte sie von Selene wissen, die in ihrer Nähe stand.

»Nein, warum?« Die Trainerin – Diplomsportlerin, wie Lia von einer der Urkunden wusste – schüttelte verwundert den Kopf.

Lia deutete auf das Foto, auf dem sie den Mann wiedererkannt hatte. »Aber das ist er doch, oder? Den habe ich vorhin in den Hantelbereich gehen sehen. Das ist doch der Herr Kalb?«

Selene starrte von Lias Gesicht auf das Foto und zurück, und dann weiteten sich ihre Augen. »Unmöglich!«, stieß sie entsetzt hervor.

»Na großartig!«, echauffierte sich Friedolin. »Du mit deinen Motiven! Was jetzt?«

Rainer versetzte frustriert dem Gymnastikball, der auf der Schwelle zum Nebenraum lag, einen Tritt, der diesen bis unter das Fenster des Spinningraumes rollen ließ. Draußen war längst die Nacht hereingebrochen, und der erleuchtete Saal spiegelte sich trist in den Scheiben.

Sein Kollege hatte völlig recht, überlegte Rainer bitter. Sie hatten sich auf die Frage konzentriert, wer von Kalbs »Unfall« profitieren könnte, und waren auf Britta Wagner und Max Hardenberg gekommen. Vielleicht stimmte es sogar, und einer von ihnen würde einen Vorteil daraus ziehen. Aber ob der Auftrag nun an die Konkurrenzfirma gehen oder ob die Wagner sich in ihrem Team unentbehrlich machen würde, indem sie für Kalb einsprang, spielte keine Rolle. Klar war nach der genauen Befragung sämtlicher Anwesenden, dass weder der Trainer noch die blonde Karrierefrau zum entscheidenden Zeitpunkt in der Nähe des Freihantelbereichs gewesen war.

Die Erkenntnis war umso niederschmetternder, als von den Besuchern des Fitnessstudios auch sonst niemand dort gesehen worden war.

»Selbst, wenn an der Sache mit dem wütenden gehörnten Ehemann, von der die Wagner noch gesprochen hat, was dran wäre, würde uns das nichts nützen.« Rainer machte seiner Frustration Luft, indem er den leeren Getränkebecher in seiner Hand zerknüllte. »Wenn doch niemand in seiner Nähe war!«

»Entschuldigung«, warf eine Stimme hinter ihm ein. Lia und Selene standen vor den beiden Beamten, die eine verlegen und schuldbewusst, die andere blass und sichtlich um Fassung ringend. »Ich fürchte, es ist alles meine Schuld«, gestand Lia und biss sich auf die Unterlippe. »Ich hoffe, es ist noch nicht zu spät.«

»Zu spät wozu?«, fragte Rainer etwas schärfer zurück, als er beabsichtigt hatte.

»Es war Sören«, erklärte Selene mit einer Stimme, die ein wenig zitterte. »Unser Chef. Ich fürchte – ich fürchte, er muss bei Herrn Kalb im Freihantelbereich gewesen sein.«

»Sie hatten doch gesagt, der sei schon zuvor gegangen«, wandte Friedolin ein, und die Trainerin nickte aufgelöst: »Das dachte ich auch. Er ist ja auch nicht hier, aber sie« – sie deutete auf Lia, die jetzt noch beschämter aussah als zuvor, aber das Wort ergriff: »Ich habe Ihnen doch gesagt, ich hätte den Herrn Kalb gesehen, wie er zu den Hanteln ging. Und ich dachte auch, dass er es war, aber ich habe gerade das Foto gesehen, und es ist der Studiochef, sagt sie, und das heißt, dass der – dass Kalb – dass er schon vorher in der Ecke gewesen sein muss ... Es tut mir leid.« Sie sah plötzlich wie ein schuldbewusstes Kind aus, das Strafe erwartet.

Rainer schüttelte den Kopf. »Das verstehe ich nicht, Sie haben den Verletzten doch gesehen, wieso haben Sie nicht gleich gemerkt, dass es nicht derselbe Mann war, der zuvor dahin gegangen war?«

»Er hatte ein rotes Shirt an«, erklärte sie kleinlaut. »Und von dem Verletzten habe ich nicht viel gesehen, außer, dass er dunkle Haare hatte und dass alles rot vom Blut war. Ich bin gar nicht auf den Gedanken gekommen ...«

Aber Rainer und Friedolin hörten schon nicht mehr zu, sondern liefen zum Freihantelbereich, gefolgt von den beiden Frauen.

»Wenn er es war, wie ist er verschwunden, ohne dass ihn jemand gesehen hat?«, fragte Rainer an Selene gewandt. Sie deutete auf die Spiegelwand direkt hinter dem Hantelregal. »Sehen Sie die Tür? Da muss er durch sein.«

Jetzt, wo er wusste, dass sie da war, ließ sich die Tür tatsächlich erkennen – allerdings nur an den Scharnieren, denn die Tür selbst bestand aus einer kompletten Spiegelfläche, die sich von den anderen in ihrer Größe nicht unterschied.

»Wie macht man sie auf?«, wollte Friedolin verblüfft wissen. Selene sah ihn ratlos an. »Keine Ahnung«, gab sie zu. »Dahinter ist ein Lagerraum, eigentlich nur so etwas wie ein Kabuff. Wir benutzen ihn nicht.«

»Wenn er da vor über einer Stunde durch ist, ist er wahrscheinlich eh längst weg«, überlegte Rainer laut. »Trotzdem würde ich gerne nachschauen. Vielleicht finden wir zumindest noch das Gewicht, das er als Waffe benutzt hat. Dann haben wir wenigstens ein Beweisstück.« Sein Kollege kam gerade mit Max im Schlepptau zurück und deutete auf die Spiegeltür. »Wissen Sie, wie die aufgeht?«

Der blonde Trainer bedachte ihn mit einem herablassenden Blick und drückte ganz einfach an einer Seite gegen den Spiegel, der ein wenig nachgab und dann nach vorne aufschwang. »Federmechanismus«, murmelte er Selene zu. »Solltest du eigentlich wissen.«

Rainer straffte seine Schultern. Wahrscheinlich war Sören Biermann längst aus dem kleinen Raum geflüchtet, aber man konnte nie wissen. Er warf seinem Kollegen einen auffordernden Blick zu und trat einen Schritt näher. »Herr Biermann?«, rief er gedämpft.

Der Raum hinter dem Spiegel, kaum größer als eine Besenkammer, war leer bis auf ein einzelnes Regal, das seinerseits nichts als ein paar Schachteln enthielt. Der Chef des AmFitTheaters war zwar erwartungsgemäß nicht mehr darin, doch das war Rainer ein Rätsel, denn dieser Raum hatte keinen Ausgang.

»Er muss durch die Spiegeltür wieder rausgeschlüpft sein«, seufzte Friedolin.

Selene schüttelte den Kopf. »Das kann nicht sein, ich hätte ihn ganz sicher gesehen, wenn er im Studio gewesen wäre.«

»Dann hat er sich versteckt«, mutmaßte Rainer. »Irgendwo in den Räumen des Studios, während wir alle mit anderen Dingen beschäftigt waren.«

Die übrigen Leute, die sich noch im Saal aufgehalten hatten, waren ebenfalls herangekommen, und ihre Stimmen mischten sich aufgeregt dazwischen.

»Haben Sie noch mehr solche Geheimtüren im Saal?«, erkundigte sich Rainer bei Max, doch der Trainer schüttelte den Kopf. »Ich wüsste von keiner. Ich kann mir auch schwer vorstellen, dass es ihm gelungen sein sollte, sich vor allen Augen zu verbergen.«

»Warum, Max?«, fragte Selene mit Augen, die groß und dunkel vor innerer Erschütterung waren. »Warum meinst du, soll er das getan haben? Er hat doch den Peter kaum gekannt? Ich kann mir das einfach nicht vorstellen.«

Max lachte ein höhnisches, freudloses Lachen. »Mann, Selene, du hast echt keine Ahnung von irgendwas, oder? Mir wird jetzt alles klar, ich hätte gleich drauf kommen müssen ... Aber trotzdem hätte ich nie gedacht, dass er zu so was fähig wäre.«

»Herr Hardenberg?«, unterbrach Rainer den Trainer. »Können Sie uns etwa weiterhelfen?«

Der Blick, mit dem Max ihn bedachte, war feindselig. Er schien ihm die Befragung von zuvor immer noch übel zu nehmen. »Jemand hat Sören seine Freundin ausgespannt«, erklärte er knapp. Selene zog scharf die Luft zwischen die Zähne ein. »Jetzt verstehe ich!«, rief sie. »Sören war wochenlang total verstört, weil Kathrin plötzlich Schluss gemacht hat. Er hatte die ganze Zeit den Verdacht, dass ein anderer dahinterstecken könnte, auch wenn sie das nie zugegeben hat.«

Bingo, dachte Rainer. Anscheinend hatte Britta Wagner doch recht gehabt. »Also schön, meine Damen und Herren, es tut mir leid, dass wir Sie so lange aufhalten mussten. Sie können jetzt gehen. Ihre Personalien haben wir, und Sie werden wahrscheinlich alle noch als Zeugen aussagen müssen.« Er wandte sich an Selene. »Sie bräuchte ich noch kurz. Mein Kollege und ich müssen noch einen Moment bleiben, und Sie werden dann absperren müssen, nehme ich an.«

»Oh ja, ich hoffe, ich finde den Ersatzschlüssel. Sören hat den Hauptschlüssel ... Kann ich gleich mal nachsehen, ob er da ist?«

Rainer nickte abwesend und richtete seine Aufmerksamkeit auf die wenigen Schachteln im Regal des Spiegelkabuffs. »Sehen wir nach, ob wir in einer davon die Tatwaffe finden«, schlug er vor. »Und dann werden wir einen Haftbefehl brauchen. So weit kann der Kerl ja nicht gekommen sein, und wenn wir nur genügend Beweismaterial haben, bringen wir das Ganze doch noch zu einem erfolgreichen Ende. Aber ich frage mich schon, wie er uns durch die Lappen gehen konnte.«

In diesem Moment kam Selene mit einem großen Schlüsselbund zurück. »Er hat seinen Schlüssel im Büro liegen lassen«, erklärte sie. »Er nimmt ihn sonst immer und überall mit. Ich verstehe das nicht.«

Friedolin stieß ein triumphierendes »Ha!« aus – er hatte in einer der Schachteln unter einem Haufen altem Verbandszeug tatsächlich soeben eine blutverschmierte Gewichtsscheibe entdeckt.

»Na, da haben wir alles beisammen«, seufzte Rainer. »Fehlt nur noch der Mann zu der Waffe, aber darum müssen wir uns dann eben morgen kümmern. Gehen wir.«

Sie sahen zu, wie Selene die Lichter im Studio ausschaltete. In dem Lampenschein, der durch die Fenster hereinfiel, wirkten die schattenhaften Fitnessgeräte fremd und unheimlich. Die Glastüren wurden verschlossen, und alle drei stiegen langsam die Treppe aus dem zweiten Stock hinunter. »Wart mal – hörst du auch was?«, fragte Friedolin auf einmal und blieb auf der letzten Treppenstufe stehen. Die anderen taten es ihm gleich und lauschten.

»Klingt so, als ob jemand gegen eine Tür hämmert.« Rainers Blick und seine Gedanken gingen automatisch wieder nach oben ins AmFitTheater. Doch Selene schüttelte den Kopf. »Das kommt von hier«, erklärte sie und deutete auf die Tür der Wellness-Oase, die sich im Stockwerk unter dem Studio befand. »Da ruft jemand um Hilfe.«

Rainer und Friedolin sahen einander erstaunt an. Die Fitnesstrainerin betrachtete die Tür mit einem Stirnrunzeln, dann nahm sie den großen Schlüsselbund ihres Chefs in die Hand und hielt ihn den Polizisten hin. »Sören hat einen Schlüssel zu dem Laden hier«, verriet sie. »Wenn Sie nachschauen wollen? Vielleicht wurde jemand eingesperrt. Die machen hier am

Freitag früher Schluss, vielleicht haben sie einen Gast übersehen ... Ich weiß nicht, welcher es ist«, fügte sie hinzu, als Rainer nickte.

»Wie kommt Ihr Boss denn zu dem Schlüssel?«, fragte er, während er probierte, welcher davon ins Schloss passte.

»Wir haben einen Vertrag mit denen«, erklärte die junge Frau. »Wer bei uns eine Mitgliedschaft hat, kommt dort billiger in die Sauna.« Die schwere Holztür zur Oase schwang auf, ein schwacher Duft von Massageölen und Kosmetika wehte ihnen entgegen, und jetzt hörten die drei das Klopfen und Rufen lauter, ehe es verstummte. Vielleicht hatte der Eingeschlossene für den Moment aufgegeben. »Gibt es einen direkten Zugang vom Fitnessstudio zu diesen Räumen hier?«, erkundigte sich Friedolin, während Rainer versuchte, einen Lichtschalter zu ertasten und dann stattdessen die Taschenlampe an seinem Autoschlüssel benutzte. Wieder ertönte das Klopfen aus den Tiefen der Geschäftsräume. »Wir kommen schon!«, rief er laut zurück. »Wo sind Sie?«

»In der Sauna!«

Rainer zog die Brauen hoch, und ging als erster im Schein seiner LED-Lampe los.

»Na, Gott sei Dank!«, rief der Mann, als sie die Tür zur Sauna öffneten, und trat heraus. »Warum können Sie aber auch nicht aufpassen, dass keine Leute mehr bei Ihnen ...« Er verstummte, als er Selene erkannte.

»Sören!«, rief sie verstört und starrte den athletisch gebauten Mann in Trainingshosen und rotem Shirt an, der aus der Saunatür trat. »Wie kommst du hierher?«

»Ich bin eingesperrt worden«, gab er wütend zurück. »Ich wollte bloß ...« Ihm schien nichts einzufallen, was er bloß mal eben in der ausgeschalteten Sauna hatte tun wollen, und sein Blick schweifte unruhig zu den beiden Männern.

Rainer lächelte triumphierend. »Sailer von der Polizeiinspektion Weißenburg. Wir würden uns gerne mit Ihnen unterhalten.«

Lia wusste, wie unsinnig es war, in der kalten Nachtluft vor dem Fitnessstudio herumzustehen und zu warten. Sie redete sich selbst ein, dass sie einfach nur neugierig war. Schließlich wurde man nicht alle Tage Zeuge eines Verbrechens.

»Hätten wir das aber auch ahnen können«, hörte sie auf einmal von innen eine Stimme.

Die Beamten kamen offenbar gerade die Treppe herunter und blieben dann kurz vor der offenen Gebäudetür stehen.

»Ja, eine Öffnung, die von dem Kabuff im Fitnessstudio direkt in die Sauna unten führt ...«

Der andere kicherte. »Blöd nur, dass man sie von unten nicht wieder öffnen kann, sonst hätte er bloß warten müssen, bis alle weg sind, und hätte ganz einfach wieder rauskommen können.«

»Pah, hätte ja bloß seinen Schlüssel mitnehmen müssen, dann wäre er auch rausgekommen. Man sollte kein Verbrechen begehen, sich dann selbst in die Falle setzen und von der Polizei retten lassen müssen, finde ich.«

»Na ja, denken unter Stress ist nicht jedermanns Sache ... Sieh mal einer an!«

Die beiden Männer waren aus der Tür getreten und hatten Lia bemerkt. »Auch noch da?«, fragte Friedolin Becker und zwinkerte ihr zu. Lia trat verlegen von einem Fuß auf den anderen. »Äh, ja, also, mein Fahrrad ist anscheinend gestohlen worden«, improvisierte sie hastig, »und ich ... also, das Taxi ist auch noch nicht da, das ich bestellt habe.«

»Kann ich Sie vielleicht mitnehmen?«, fragten beide gleichzeitig. Lia zögerte und schielte in Richtung ihres Autos. Dann dachte sie an ihre verschwitzte Kleidung und murmelte etwas Unverständliches.

»Das war ein Ja«, erklärte Friedolin zufrieden. »Kommen Sie, das Auto steht gleich da drüben.«

»Meins steht da drüben«, sagte Rainer und deutete in die andere Richtung. Er sah aus, als ob er sich insgeheim köstlich amüsierte.

»Wen interessiert es schon, wo dein Auto steht?«, gab sein Kollege zurück und wandte sich an Lia: »Fallen Sie bloß nicht auf den süßen Welpenblick herein«, warnte er. »Alles bloß Show. Und sein Auto« – er senkte verschwörerisch die Stimme. »Sein Auto ist genauso alt wie er. Da setzen Sie nur unnütz Ihr Leben aufs Spiel.«

Rainer verdrehte die Augen. »Sag mal, du darfst doch eh nur in Begleitung eines verantwortungsvollen Erwachsenen fahren. Den richtigen Führerschein gibt es erst ab achtzehn.«

Lia verbiss sich ein Lachen und fischte ihren eigenen Autoschlüssel aus der Tasche. »Ich glaube, wenn das die Alternativen sind, fahre ich doch lieber selbst«, erklärte sie.

»Rainer, hast du das gesehen? Hat diese junge Frau hier gerade zwei bayerischen Beamten ein Märchen von einem gestohlenen Fahrrad erzählt? Sollen wir sie wegen Vortäuschung einer Straftat belangen?«

»Schockierend«, bestätigte er. »Zur Strafe müssen Sie jetzt mit uns beiden einen Kaffee trinken gehen.«

Lia ergab sich in ihr Schicksal. »Da fragt sich nur, wer damit härter gestraft ist, meine Herren. Ich habe nämlich noch nicht geduscht.«

Jan Beinßen

Der Tote im Wöhrder See

Es gehörte zu seinen Pflichten, Trauernachrichten zu überbringen. Obwohl Hauptkommissar Frank Federlein seinen Job mochte und weder Konflikte noch Unannehmlichkeiten scheute, zählte das Aufsuchen von Hinterbliebenen nach einem Mordfall zu den wenigen Dingen in seinem Beruf, auf die er gut und gern hätte verzichten können.

Federlein war erst seit wenigen Monaten bei der Mordkommission der Nürnberger Kripo. Er war noch recht jung für seinen Rang und seine Besoldungsstufe. Seine flotte Karriere hatte er sich durch Ehrgeiz, Zielstrebigkeit und vor allem durch seinen wachen Verstand erarbeitet. Federlein hielt sich beileibe nicht für einen arroganten Menschen, doch kam es hin und wieder vor, dass er sich vor seinen Garderobenspiegel stellte und den großgewachsenen, athletischen Mann mit dem markanten Gesicht und den freundlichen dunklen Augen zufrieden betrachtete.

Von Zufriedenheit fehlte in seinem Gesichtsausdruck allerdings jede Spur, als er an diesem späten Donnerstagnachmittag in das Vorzimmer von Dr. Hubert Baumgartner trat, Generaldirektor der Nürnberger Motorenwerke NMW, deren ausgedehntes Firmengelände sich längsseits der Nopitschstraße erstreckte. Federleins Aufgabe bestand darin, den ahnungslosen Dr. Baumgartner über den gewaltsamen Tod seines Zwillingsbruders Arthur zu informieren. Man hatte den malträtierten Körper Arthur Baumgartners aus einem Rechen des Wöhrder Sees gezogen und bereits bei der ersten, oberflächlichen Leichenbeschauung diverse Verletzungen festgestellt, die dem Mann offenbar mutwillig zugefügt worden waren, bevor er in die kalten Fluten gestoßen wurde.

Federleins Unwille bezüglich der ihm bevorstehenden Pflicht erfuhr eine unerwartete Milderung, als er sich der Vorzimmerdame gegenübersah. Zwar konnte sich Federlein zu der beneidenswerten Sorte Mann zählen, die es mit dem Schließen neuer Frauenbekanntschaften recht leicht hatte, doch nur selten kam es vor, dass ihn eine Frau spontan in ihren Bann zog. Bei Frau Hofmann (den Namen las er von einer kleinen Tafel ab, die neben dem Telefon auf ihrem Schreibtisch stand) war dies der Fall.

»Federlein«, stellte er sich vor und zückte lächelnd seinen Dienstausweis. Das Lächeln ließ er aber tunlichst wieder sein, als er den Grund seines Kommens nannte.

Frau Hofmanns Augen (groß und azurblau) weiteten sich. Voller Entsetzen hob sie ihre Hände (schmale Finger, gepflegte und dezent lackierte Fingernägel) und presste sie vor ihren Mund (volle Lippen, wundervoll geschwungen). Ein Zittern fuhr durch ihren Körper (schlank, grazil und doch nicht mit Rundungen an den richtigen Stellen geizend), eine einzelne Strähne löste sich aus ihrer Frisur (blondes Haar, von der farblichen Intensität eines Weizenfeldes in der Glut der Morgensonne). Frau Hofmann überwand den Schock, betätigte eine Sprechanlage und informierte ihren Chef (melodiöse Stimme, fein und verführerisch zugleich).

Es kostete Federlein einige Überwindung, sich von dem verheißungsvollen Bild loszureißen, das er sich soeben von Frau Hofmann gemacht hatte. Vor ihm öffnete sich die Tür zu einem Raum, der ihn an die Brücke eines Ozeanliners erinnerte: funktional, groß und wichtig, versehen mit einer breiten Fensterfront, die einen weiten Blick über die Fabrik mit ihren großen Hallen und rauchenden Schloten gewährte.

Dr. Baumgartner, ein stattlicher und ausgesucht gekleideter Herr von etwa 50 Jahren, trat ihm mit sorgenvoller Miene entgegen.

»Frau Hofmann sagte, Sie kämen von der Polizei?«

»Federlein. Mordkommission. Sie sind Dr. Baumgartner?«

»Ja, ja, so ist es, angenehm. Herr Federlein, bitte, weshalb sind Sie hier? Frau Hofmann klang sehr erregt.«

»Ich muss Ihnen eine traurige Nachricht überbringen. Es handelt sich um Ihren Bruder Arthur.«

»Arthur? Was ist mit Arthur?«

»Er ist tot. Wir müssen davon ausgehen, dass er einem Gewaltverbrechen zum Opfer gefallen ist.«

»Was? Arthur ist tot? Das kann nicht sein. Sie müssen sich täuschen. – Ermordet, sagen Sie? Was veranlasst Sie zu dieser Vermutung?«

»Beruhigen Sie sich bitte. Es ist verständlich, dass Ihnen diese Nachricht nahe geht. Möchten Sie sich setzen?«

»Nein, ich möchte nicht sitzen. Herr Federlein, sagen Sie, was Sie wissen. Wer hat meinen Bruder umgebracht? Wie genau ist er gestorben?«

»Es tut mir leid, aber wir stehen mit unseren Ermittlungen noch ganz am Anfang. Passanten haben die Leiche Ihres Bruders im Wöhrder See entdeckt und die Polizei gerufen.«

»Im Wöhrder See? Ist er ertrunken?«

»Vermutlich nicht. Wir gehen davon aus, dass er bereits tot war, als er ins Wasser geworfen wurde.«

»Schrecklich! Grauenhaft! Wer hat ihm das angetan? Und warum?«

»Das wissen wir nicht. Wie gesagt: Wir stehen ganz am Anfang.«

»Sind Sie denn sicher, dass es wirklich Arthur ist, den Sie aus dem Wasser geholt haben? Wer hat ihn identifiziert?«

»Eine offizielle Identifizierung steht noch aus. Doch er trug seine Papiere bei sich – und die Ähnlichkeit zu Ihnen als seinem Bruder ist unverkennbar. Ihr Verlust tut mir wirklich sehr leid.«

»Ich begreife es nicht. Wer tut so etwas? Warum mein Bruder, warum ausgerechnet Arthur?«

»Das wissen wir nicht. Noch nicht. – Erlauben Sie mir die Frage: Sind ... Verzeihung, waren Sie beide eineiige Zwillinge?«

»Ja. Arthur hat das Licht der Welt einige Minuten vor mir erblickt, aber ansonsten sind wir absolut identisch in unser Leben gestartet. Warum fragen Sie? Nehmen Sie an, dass es der Mörder von Arthur in Wirklichkeit auf mich abgesehen hatte?«

»Nein, zu dieser Annahme haben wir keinerlei Veranlassung.«

»Also, warum dann diese Frage?«

»Nun, verzeihen Sie, aber wie es scheint, pflegte Ihr Bruder einen Lebenswandel, der sich mit dem Ihren nicht eben vergleichen ließ.«

»Worauf spielen Sie an? – Zugegeben: Arthur hatte viel Pech und ist als Kaufmann mehr als nur einmal gescheitert. Aber er war ein Stehaufmännchen und hat nie aufgegeben.«

»Das stimmt sicherlich. Aber seine Geschäftskontakte reichten bis in Kreise hinein, in denen Gewalt zum guten Ton gehört.«

»Wollen Sie meinem Bruder etwas unterschieben? Arthur war kein Verbrecher!«

»Aber er stand mit Verbrechern in Verbindung. Er war mehrfach vorbestraft und hat sogar im Gefängnis gesessen.«

»Das ist lange her. Arthur war kein unrechter Mensch. Er hatte nur – Pech.«

»Wie dem auch sei: Wir müssen davon ausgehen, dass sein Mörder in den Reihen eben jener Menschen zu suchen ist, mit denen Ihr Bruder in geschäftlichem Kontakt stand. Können Sie uns weiterhelfen? Sind Ihnen Namen geläufig, die Ihr Bruder in letzter Zeit genannt hat?«

»Arthur und ich ... – wir haben uns nicht mehr sehr oft gesehen in den letzten Jahren.« Dem Kommissar blieb nicht verborgen, wie sein Gesprächspartner nach Worten suchte, um die Fassade aufrechtzuerhalten und das offensichtlich belastete Verhältnis zu seinem Bruder weiterhin zu beschönigen: »Ich habe es nicht gutgeheißen, was er machte. Es kam deshalb häufig zu Diskrepanzen zwischen uns. Ich habe ihm natürlich ausgeholfen. Mit Geld, viel Geld. Aber unser persönlicher Kontakt blieb in den letzten Jahren sehr eingeschränkt.«

»Sie können sich also nicht vorstellen, wer konkret hinter dem Tod Ihres Bruders steckt?«

»Nein. Bedauerlicherweise kann ich das nicht.«

»Trotzdem vielen Dank. Ich lasse Ihnen meine Visitenkarte da, für den Fall, dass Ihnen noch etwas einfällt. Auf Wiedersehen und herzliches Beileid.«

Federlein verließ das Schiffsbrückenbüro und witterte das sportlich frische Parfüm von Frau Hofmann. Dr. Baumgartner folgte ihm auf den Fuß. Er sah mitgenommen aus, als er seiner Sekretärin mitteilte: »Entschuldigen Sie, Beatrice. Wir müssen unser Dinner ausfallen lassen. Ich bin ... – in Trauer. Aber wir holen es nach. Versprochen.«

Beatrice Hofmanns Wangen färbten sich rot, und ihre Blicke wanderten zwischen Baumgartner und Federlein hin und her. Federlein räumte leicht enttäuscht das Feld.

*

Die Todesursache ließ sich als eine Folge unterschiedlicher Gewalteinwirkungen verifizieren: Arthur Baumgartner war schwer misshandelt worden oder vielmehr gefoltert, wie der Gerichtsmediziner befand. Die finale Verletzung erfolgte durch die Fraktur der Halswirbelsäule. Dass der Leichnam anschließend ins Wasser geworfen worden war, fügte dem toten Körper zwar noch weiteren äußerlichen Schaden zu, aber davon hatte das bedauernswerte Opfer nichts mehr mitbekommen. Letzteres konnte der Gerichtsmediziner mit Bestimmtheit sagen.

»Das hört sich nach einer Hinrichtung in übelster Mafia-Manier an«, schlussfolgerte Federlein, während er an der Seite des Gerichtsmediziners durch die kalten Flure der Pathologie in Erlangen schritt. Der Arzt winkte ab und meinte, dass die Mafia ihre endgültigen Resultate doch wohl eher durch aufgesetzte Kopfschüsse erziele. Und wenn sie Leichen im Wasser verschwinden lassen wolle, dann mit Betonklötzen an den Füßen der Opfer. Federlein musste diesem Argument zustimmen, gleichwohl stand er zu seiner Überzeugung, dass er es mit einem skrupellosen Gewaltverbrecher zu tun hatte.

Die Kollegen aus der eilends eingerichteten Soko »Wöhrder See« hatten ihm mittlerweile sämtliche Unterlagen auf den Schreibtisch gelegt, die sich zu Arthur Baumgartner, seinen Geschäften und seinem Lebenswandel auftreiben ließen. Federlein setzte sich sogleich daran, sie eingehend zu studieren. Dabei formte sich ein wenig schönes Bild in seinem Kopf: Arthur schien – im Gegensatz zur landläufigen Meinung über Zwillinge – seinem Bruder vielleicht rein äußerlich wie ein Ei dem anderen geglichen zu haben, nicht aber in seiner Wesensart. Schon in jungen Jahren hatte er über die Stränge geschlagen, war immer wieder in Konflikt mit dem Gesetz geraten. Sein Vorstrafenregister machte einen beachtlichen Eindruck, und immer wieder war Gewalt im Spiel gewesen. Federlein erkannte sehr bald, dass sein Bruder den Zwilling aus einer geschönten Perspektive dargestellt hatte. Denn ein ehrbarer Kaufmann war dieser Arthur mit Sicherheit nicht einen einzigen Tag seines verkorksten Lebens gewesen.

Der Mörder Arthur Baumgartners musste unter seinen letzten Geschäftspartnern zu finden sein, dessen war sich Federlein immer gewisser. Ebenso fest überzeugt war er von der Theorie, dass Arthurs Bruder mehr über diese Geschäftspartner wusste, als er bei ihrem ersten Zusammentreffen einzuräumen bereit gewesen war. Federlein würde Dr. Hubert Baumgartner erneut aufsuchen müssen, um seine Spur zu konkretisieren und dem Täter auf die Schliche zu kommen.

Dr. Baumgartner räumte ihm kurzfristig einen weiteren Termin in seinem engen Zeitplan ein. Doch bevor er das Schiffsbrückenbüro betreten konnte, musste oder durfte Federlein an der bezaubernden Beatrice Hofmann vorbei. Kaum hatte er ihr Revier, das durch den markant-angenehmen Duft ihres Parfüms gekennzeichnet war, erreicht, wurde er von ihrer Aura in Beschlag genommen. Seine Knie wurden weich, als er sich diesem Ebenbild seiner Traumfrau gegenübersah (heute trug sie ein reizend figurbetontes Kostüm, und ihr Lächeln übertraf selbst das Strahlen der Frühlingssonne).

»Ich habe einen Termin beim Chef«, meldete sich Federlein an, wobei er sich mit seinen Händen auf dem Schreibtisch seiner neuen Flamme abstützte und sich ein Stück weit zu ihr vorbeugte.

»Sie stehen im Kalender. Dr. Baumgartner erwartet Sie bereits. Ich sage ihm, dass Sie hier sind.«

»Warten Sie. Einen Moment bitte.«

»Ja?«

»Darf ich Sie, ehem, darf ich Ihnen eine Frage stellen?«

»Eine Frage? Mir? – Ja, warum nicht.«

»Eigentlich sind es sogar zwei Fragen, die ich Ihnen gern stellen würde.«

»Bitte. Ich habe nichts dagegen einzuwenden.«

»Die erste Frage ist dienstlich, die zweite rein privater Natur. Ich habe bei meinem letzten Besuch ein paar Wortfetzen eines Gesprächs zwischen Ihnen und Dr. Baumgartner aufgeschnappt. Offenbar ging es um eine Verabredung zwischen Ihnen beiden. Meine Frage lautet, ob Sie des öfteren mit Ihrem Chef essen gehen?«

»Diese Frage soll dienstlich sein? Was hat das denn mit dem Mordfall zu tun?«

»Nun ja, sie ist zum Teil dienstlich. Denn ich muss das nähere und weitere Umfeld des Toten erkunden. Also, geben Sie mir eine Antwort, bitte?«

»Die Antwort lautet: nein. Dr. Baumgartner hat mich bislang eher von oben herab behandelt. Dass er mich einmal einladen würde, mit ihm auszugehen, hätte ich mir in den fünf Jahren, die ich schon für ihn arbeite, nicht träumen lassen. Dieses Essen – oder Dinner, wie er es nennt – wäre das erste, zu dem er mich ausführt.«

»Sie glauben gar nicht, wie sehr mich Ihre Antwort freut. Sie macht es mir nämlich leichter, meine zweite Frage zu stellen: Würden Sie mit *mir* ausgehen? Zum Essen oder auf einen Drink in eine Bar, meinetwegen gern auch in die Disco?«

»Ich? Mit Ihnen? – Das kommt jetzt ziemlich plötzlich. Aber ... – ja, gern. Hundertmal lieber als mit meinem Chef.«

Gestärkt durch den persönlichen Erfolg und durch die Kraft einer erwachenden Liebe ging Federlein das Gespräch mit Dr. Baumgartner an. Der Firmenlenker war Profi genug, um sich den persönlichen Verlust und die Trauer um seinen Bruder nicht übermäßig anmerken zu lassen und kühl und sachlich auf Federleins Fragen zu antworten. Viel Neues kam dabei allerdings nicht ans Licht. Hubert Baumgartner blieb dabei, seinen verstorbenen Bruder als im Grunde ehrbaren Bürger zu schildern, dem es lediglich durch unglückliche Umstände nicht vergönnt gewesen war, einen ähnlich erfolgreichen Weg einzuschlagen wie er. Auch konkrete Hinweise auf Kontakte seines Bruders zur Nürnberger Unterwelt blieb Dr. Baumgartner dem Kommissar schuldig. Alles in allem wirkte Federleins Gesprächspartner zwar oberflächlich kooperativ, im Verborgenen jedoch blockte er ab und ließ sich nicht in die Karten schauen.

Unverrichteter Dinge musste Federlein abziehen.

*

Beatrice hatte das *Café Lukas* in der Kaiserstraße als Treffpunkt vorgeschlagen. Sie saßen im hinteren Eck der Terrasse mit Pegnitzblick und himmelten sich an. Federlein wusste, dass es ihn schwer erwischt hatte. Schon lange nicht mehr war es einer Frau gelungen, sein Herz dermaßen zu entflammen. Die beiden Gläser Weißwein, die er trank, verstärkten diesen Eindruck noch mehr: In seinen Augen saß vor ihm ein Himmelsgeschöpf, das von Minute zu Minute hübscher und unwiderstehlicher wurde. Beatrice schien es ähnlich zu gehen, denn schon bald streifte sie die Pumps von ihren Füßen und tastete sich mit ihren Zehen an Federleins Beinen empor.

Federlein war von euphorischen Empfindungen erfüllt, vergaß gleichwohl nicht seine andere große Leidenschaft: das Ermitteln. Auch wenn es die Romantik kurzzeitig störte, erkundigte er sich: »Wie stand es denn zwischen deinem Chef und seinem Bruder? Waren sie ein Herz und eine Seele?«

»Das kann man nicht gerade behaupten. Dr. Baumgartner hat jedenfalls nie besonders freundlich über Arthur geredet. Im Gegenteil: Ab und zu habe ich mitgekriegt, wie er über seinen Bruder schimpfte. Einmal hat er ihn am Telefon so lautstark zur Schnecke gemacht, dass ich es selbst durch die Doppeltür zu seinem Büro gehört habe. Meistens ging es ums Geld. Ich glaube, mein Chef war es leid, seinem Bruder immer wieder aus der Patsche helfen zu müssen. – Aber das hat sich ja nun erledigt. Ich kann mir gut vorstellen, dass sich Dr. Baumgartners Trauer in Grenzen hält.«

»Hat dein Chef deiner Meinung nach über die Machenschaften seines Bruders Bescheid gewusst?«

»Das glaube ich kaum. Sicher ahnte er, dass Arthur in krumme Geschäfte verwickelt war. Aber er hat sich da herausgehalten. Er wollte nichts damit zu tun haben – aus gutem Grund. Immerhin ist Dr. Baumgartner Vorstand eines der bedeutendsten Nürnberger Unternehmen und muss auf seinen Leumund achten. – Deshalb wundert es mich auch, dass er neuerdings mit mir ausgehen will. Ausgerechnet mit mir, einer kleinen Tippse.«

»Stell dein Licht nicht unter den Scheffel. Du bist eine begehrenswerte Frau!«

»Danke für das Kompliment. Aber seltsam ist es trotzdem.«

»Zugegeben: Sein plötzlicher Sinneswandel scheint mir verdächtig.«

»Verdächtig? Wie du das sagst … – willst du dich noch einmal mit Dr. Baumgartner unterhalten?«

»Schaden könnte es nicht.«

»Dann tu es gleich morgen früh. Ich kenne ja seinen Terminkalender. In den nächsten Tagen steht eine Messe in Chicago an, dann erwischst du ihn ganz bestimmt nicht mehr.«

»Danke für den Tipp. Du darfst mir gleich für neun einen Termin beim großen Industriekapitän freihalten.«

Beschwingt von der jungen Liebe machte sich Federlein auf den Heimweg. Doch ein Anruf aus dem Präsidium holte ihn abrupt aus den rosaroten Wolken. Die Soko »Wöhrder See« vermeldete wichtige Neuigkeiten: Dr. Baumgartner hatte sich überraschend aus der Spitze der NMW zurückgezogen und seinen Vorstandsposten niedergelegt. Aus persönlichen Gründen, wie es aus dem Unternehmen verlautete. Zudem hatte er angekündigt, seinen nicht unerheblichen Aktienanteil zu Geld zu machen. Seinen Termin in Chicago wolle er zwar noch wahrnehmen, unmittelbar danach aber den neuen Lebensabschnitt als Privatier beginnen. Federleins Kollegen mutmaßten am Telefon, dass der gewaltsame Tod seines Bruders Dr. Baumgartner aus der Bahn geworfen habe und er sich deshalb zu diesem scharfen Schnitt in seinem Lebenslauf entschlossen habe. In Federlein selbst keimten indes ganz andere Gedanken. Die aber behielt er vorerst für sich.

*

Beatrice empfing ihn am nächsten Morgen mit einem Lächeln, das ihn verzauberte wie die Wunderkraft einer Märchenfee. Ihm wurde warm und kalt zugleich, als er bei der Begrüßung die zarte Haut ihrer Hand berührte und ihr einen vorsichtigen Kuss auf die Wange setzte. Dann zogen sich die Brauen über seinen Augen zusammen, während er seine Angebetete ernst ansah. Mit gewählten Worten kündigte er ihr an, dass er gekommen sei, um seines Amtes zu walten. Dass es wahrscheinlich in wenigen Minuten zu einigen unschönen Szenen kommen könne, ja, vielleicht sogar eine Verhaftung ins Haus stehe. Ob sie stark genug sei, einen solchen Aufruhr in ihrer unmittelbaren Umgebung zu verkraften? Beatrice nickte (mit dem scheuen Blick eines Rehs). Federlein lächelte ihr ermutigend zu und deutete auf die Sprechanlage. Beatrice verstand und informierte ihren Chef über Federleins Eintreffen.

Dr. Baumgartner empfing ihn mit festem Händedruck und unverbindlichem Lächeln. Federlein, der fast die ganze Nacht kein Auge zugemacht hatte, weil ihn ein ungeheuerlicher Verdacht umtrieb, betrachtete sein Gegenüber voller Argwohn.

»Was führt Sie erneut zu mir?«, wollte der scheidende Firmenchef wissen.

»Die Ermittlungen um den Tod Ihres Bruders.«

»Ich habe Ihnen alles gesagt, was ich weiß. Mehr kann ich nicht tun, um Ihnen zu helfen. Haben Sie inzwischen eine heiße Spur?«

»Ich glaube ja.«

»Sie glauben?«

»Richtig. Denn bisher ist es nur eine Vermutung, zu der mir die Beweise fehlen.«

»Lassen Sie mich an Ihrem Wissen oder an Ihrer Ahnung teilhaben? Ich bin neugierig.«

»Zunächst muss ich mich vergewissern: Trifft es zu, dass Sie den NMW den Rücken kehren und ihre Aktienfonds auflösen?«

»Ja. Aber das ist kein Geheimnis, sondern ein seit langem geplanter unternehmerischer Vorgang. Wir haben dazu eine offizielle Presseerklärung herausgegeben.«

»Nennen Sie mir die Gründe für diesen Schritt? Hat es mit dem Tod Ihres Bruders zu tun?«

»Nein. Wie gesagt: Ich hatte schon länger damit geliebäugelt, beruflich kürzerzutreten und die Verantwortung in jüngere Hände zu übergeben. Außerdem ist es für mich an der Zeit, den Lohn der jahrzehntelangen Mühe einzufahren und das Leben zu genießen.«

»Kann es vielleicht auch einen anderen Grund für Ihren plötzlichen Entschluss geben?«

»Welchen anderen Grund? Worauf wollen Sie hinaus?«

»Wissen Sie das nicht selbst am besten?«

»Nein. Sie sprechen in Rätseln, und ich würde Ihnen dringend raten, endlich auf den Punkt zu kommen, denn meine Zeit ist begrenzt.«

»Ja, ja, ich weiß: Die Reise nach Chicago steht unmittelbar bevor. Eine Reise ohne Wiederkehr, habe ich recht?«

»Ihre Andeutungen entbehren jedweder Logik. Sagen Sie endlich: Worauf wollen Sie eigentlich hinaus?«

»Lassen Sie mich darauf mit einer Gegenfrage antworten: Gehe ich richtig in der Annahme, dass Sie Ihre Flucht planen?«

»Flucht? Das ist lachhaft! Vor wem oder was sollte ich flüchten?«

»Vor mir. Vor uns. Vor der Polizei, Herr Baumgartner. – Oder sollte ich Sie lieber bei Ihrem Vornamen nennen: Arthur?«

Federlein hatte sich darauf konzentriert, sein Verhör zielstrebig aufzubauen und auf einen bestimmten Punkt hinzuarbeiten. Er hatte dabei auf jede Antwort, jedes Wort und jede Silbe, ja, jede Veränderung der Mimik seines Gegenübers geachtet. Des Mannes, den er für einen Mörder hielt. Dennoch wurde er vollkommen überrascht von der schnellen Bewegung, mit der Baumgartner einen länglichen, konisch zulaufenden Gegenstand hinter seinem Schreibtisch hervorzog und mit beiden Händen in die Höhe schwang.

Federlein konnte sich nur leidlich schützen, sodass ihn der Aufprall des Baseballschlägers vom Stuhl schmiss. Benommen und aus einer Platzwunde an der Stirn blutend sah er zu Baumgartner auf. Der holte ein zweites Mal aus und schlug zu. Federlein spürte kaum Schmerzen, erlitt dafür aber einen Schock, der ihn wie erstarrt auf dem Boden liegen ließ.

Er nahm die Welt um sich wie durch einen Nebel wahr. Doch er bekam mit, dass sich die Tür öffnete. Dass jemand in den Raum kam. Eine schemenhafte Erscheinung, die sich über ihn beugte. Dann erkannte er: Es war Beatrice!

Er streckte ihr seine Arme entgegen, versuchte, um Hilfe zu rufen. Doch seine Stimme gehorchte ihm nicht mehr. Er blieb stumm und wehrlos am Boden liegen.

Beatrice ging neben ihm in die Hocke. Sie streichelte sein Haar und schenkte ihm ihr wunderschönes Lächeln. Gleich darauf erklang ihre verzückende Stimme:

»Du armer Idiot. Dachtest, ich fahre auf deine Masche ab. Wie dumm von dir! Hast du ernsthaft angenommen, dein bescheidenes Polizistengehalt hat mich auch nur eine Sekunde lang reizen können?« Sie lachte herzlich. »Arthur ist der neue Mann an meiner Seite. Er wird mir all meine Wünsche erfüllen.«

Federlein war entsetzt über diese Enthüllung. Er sah die Frau seiner Träume an, blickte in ihre unschuldigen Augen, in ihr Engelsgesicht. Abermals versuchte er, Worte zu bilden, doch seine Lippen bewegten sich nicht.

Baumgartner holte zum dritten Schlag aus. Das war das Letzte, was Federlein sah.

Veit Bronnenmeyer

Der König von Fürth

Fürth 1964
Warum muss so was immer passieren, dachte Georg, während er den alten Ado mit Geldscheinen um sich werfen sah, als wären sie Konfetti. Er stand mit Manni, seinem Lehrling, in der Tür zum *Roten Roß*, dem Treffpunkt allerlei halbseidener Prominenz im Viertel.

Georg war Wachtmeister bei der Stadtpolizei und musste an jenem Abend für einen älteren Kollegen einspringen, der kurzfristig erkrankt war. Als weiteres Personal stand der kleinen Rathauswache nur der Anwärter Manni zur Verfügung, und den konnte man bei einer Spätschicht nicht alleine lassen. Georg hatte versucht, das Beste daraus zu machen, sich ein Buch und ein Radio mitgenommen und bei einbrechender Dunkelheit den kleinen Manni auf Tour durch die einschlägigen Wirtschaften am Gänsberg geschickt. Es war Mittwoch und somit nicht damit zu rechnen, dass sich großartige Schlägereien ereignen würden. Und wenn, dann wurde es höchste Zeit, dass der Lehrling mal was lernte. Aber wir reden hier immer noch von Zeiten, in denen die blaue Uniform eines städtischen Polizisten den meisten Menschen Respekt einflößte und sich kleinere Vergehen oder Beleidigungen mit einer saftigen Ohrfeige gleich vor Ort erledigen ließen. Und tatsächlich war Mannis Runde weitgehend störungsfrei verlaufen. In der *Stadt New York* hatten sie ihm ein Bier spendiert, im *Bergbräu* einen Schnaps und in der *Stadt Fürth* sowohl ein Bier als auch einen Schnaps. Natürlich sprach zur nämlichen Epoche noch überhaupt nichts dagegen, dass ein Polizist auf Streife solche Aufmerksamkeiten annahm. Bei Manni war nur das Problem, dass er noch nicht so furchtbar viel vertrug. Das mag der eine Grund gewesen sein, warum er im *Roten Roß* die Vorschriften vergaß, als der alte Hausierer Ado plötzlich zur Tür hereinstolperte und sofort eine Lokalrunde für die anwesende Kiez-Hautevolee spendierte. Besser gesagt: spendieren wollte, doch Kunner, der Rossen-Wirt, hatte ihm nur einen Vogel gezeigt und gemeint:

»Du zahl lieber erst einmal die 22 Biere und 14 Schnäpse, die hier noch auf deinem Deckel stehen!«

Da hatte der Ado einen Luftsprung gemacht, oder so was Ähnliches, was ihm halt mit seinem lahmen Bein möglich war, und drei Zwanzigmarkscheine auf die Theke geworfen. »Wenn's weiter nix ist«, hatte er gerufen und noch ein Bündel Geldscheine aus der Jacke gezogen. »Und jetzt will ich eine Runde Bier für meine Freunde und eine Runde Schnaps ... ach was, Schnaps! Eine Runde Cognac, aber vom Besten!!«

Er hatte eine einladende Geste gemacht, die ihn fast zu Fall gebracht hätte, denn der Ado hatte schon mehrere Bierchen und Cognac intus. »Und unserem Inspektor hier gibst du einen Doppelten!!«, hatte er noch hinzugefügt, während er sich bei dem kleinen Manni abstützte.

So ungefähr musste es sich zugetragen haben, bevor Manni mit rot leuchtender Nase in die Wache zurückgetorkelt war und grinsend ein Bündel Geldscheine zählte. Mittlerweile hatte der Ado zwei weitere Lokalrunden geworfen und dem Polizei-Lehrling eine großzügige Aufbesserung seines mageren Gehalts zugesteckt.

»Wo hast du das Geld her?«, hatte Georg sofort gefragt und sich von seinem Stuhl erhoben.

»Da ist so ein Irrer im *Roten Roß*, der sagt, er ist der König von Fürth. Und der hat noch viel mehr davon«, hatte Manni gegluckst und sich dann am Schreibtisch festhalten müssen, um nicht umzufallen.

Georg hatte zuerst die Scheine sichergestellt und dann den sich kaum wehrenden Manni in den Waschraum geschleift, wo er ihn in voller Uniform unter eine kalte Dusche stellte. Dann hatte er ihn mit deutlichen, hier nicht zitierbaren Worten an seine Dienstpflichten erinnert und den patschnassen Stiften schließlich hinter sich her ins *Rote Roß* gezogen, um sich selbst ein Bild von der Lage zu machen.

Die Veranstaltung hatte sich offenbar schon herumgesprochen im Viertel, denn mittlerweile waren gut 50 Leute aller Altersgruppen im Schankraum, und der Ado war schon zweimal rum und hatte allen, die er kannte, einen Zehnmarkschein in irgendeine Tasche gestopft, den Kindern immer zwei.

»Ja, bist du denn noch zu retten?«, brüllte Georg schließlich, »was soll denn das werden, wenn's fertig ist, Ado?«

»Du, du musst jetzt auch immer machen, was ich sag«, lallte der Alte und musste sich an Georg festhalten, »ich bin jetzt der König von Fürth!« Daraufhin warf er noch einmal ein Bündel Zwanzigmarkscheine in die Luft, verlor das Gleichgewicht, fiel hin und blieb benommen am Boden liegen.

Man kann jetzt nicht sagen, dass so was zu Georgs Routineeinsätzen gehörte, dennoch wusste er sofort, was zu tun war. Erst schaffte er dem Kunner an, die Tür zuzusperren, dann nahm er den Schlüssel an sich und steckte ihn ein. Er zog die Handschellen heraus und ließ sie laut in der linken Hand klappern, während er langsam das versammelte Volk abschritt und jedem tief in die Augen schaute. Neben der üblichen Kundschaft, die aus Handwerkern und alten Junggesellen bestand, war auch die kriminelle Stammbelegschaft anwesend. Der Ehm, der sich auf Schmuggelware spezialisiert hatte, die er von amerikanischen Soldaten bezog. Der Rudi Heberlein, der es kaum über kleine Kaufhaus- und Fahrraddiebstähle hinaus brachte, der Bartl, bekannt durch Hühnerdiebstahl und geknackte Schrebergartenschuppen und der Scharfen Res, Polier bei einem Bauunternehmen, der bisweilen einen kreativen Umgang mit dem Material seiner Firma pflegte. Die vier waren nicht weiter erwähnenswert, wohingegen der General schon fast etwas zu prominent für das *Rote Roß* war. Georg kannte ihn eigentlich nur vom Hörensagen. Er war Offizier bei der Wehrmacht gewesen und nach dem Krieg durch Schwarzhandel zu einem gewissen Wohlstand gelangt. Wobei der Titel »General« wohl nicht seinem früheren Dienstgrad entsprach – ehemals hatte es nur zum Oberleutnant gelangt – sondern mehr den Meriten, die er sich im halblegalen Milieu erworben hatte. Schon durch seine Kleidung hob er sich vom Rest der Gäste ab und durch die dicke Zigarre, die selbst Bundeskanzler Erhard zur Ehre gereicht hätte. Georg schritt die Mannschaft nacheinander ab, und der Ehm war der erste, der ihm, nicht freiwillig, die vom Ado zugesteckten Geldscheine in die aufgehaltene Hand drückte.

»Ich hab doch von dem kein Geld nötig«, lachte er blechern.

»Wie viel hat er jedem gegeben?«, wandte sich Georg an den Wirt.

»Zwei Zehnmarkscheine«, gab Kunner widerstrebend Auskunft. Die Wirte im Viertel waren auf das Wohlwollen der Polizei besonders angewiesen.

»Also, dann darf ich bitten«, sagte Georg zu Ehm und schnippte mit den Fingern.

Doch der Ehm grinste nur höhnisch und zündete sich eine Zigarette an.

»Zwanzig Mark her«, befahl Georg, während er dem Kerl die Zigarette aus dem Mund schlug, »oder ich nehm dich mit, und dann sehen wir uns morgen einmal genauer in deinem Keller um!«

»Lassen Sie's gut sein, Herr Wachtmeister«, mischte sich der General ein, während er Georg einen Fünfzigmarkschein in die Brusttasche der Uniformjacke knitterte, »ich löse meinen Freund hier aus. Zwanzig für ihn und zwanzig von mir ... der Rest ist für Sie!«

Georg ließ den Blick kurz durch den Raum schweifen, in dessen Mitte der lallende Ado lag. Manni, immer noch tropfnass, versuchte dem Alten auf die Beine zu helfen, was stets aufs Neue misslang, weil Ado auf den vom Polizeilehrling verursachten Pfützen zuverlässig wieder ausglitt. Georg bemerkte sofort, dass sie im Begriff waren, den Respekt zu verlieren. Jetzt musste er dem General eine passende Antwort geben, sonst würde die Streife in Zukunft keinen Spaß mehr machen.

»Bei so viel Freundschaft gibt´s Rabatt«, sagte er schließlich und stopfte dem feisten General einen Zwanziger zurück in die Westentasche.

Am nächsten Tag waren sie zu dritt. Hacker, der alte Wachvorsteher, war pünktlich zum Dienst erschienen. Manni, der die Nacht in der Ausnüchterungszelle neben Ado verbracht hatte, musste zur Strafe Doppelschicht schieben und den Bericht über den Vorfall verfassen. Georg hatte sich einige Stunden Schlaf gegönnt und war dann auch am späten Vormittag wieder in die Wache gekommen, um zusammen mit Hacker den alten Ado in die Mangel zu nehmen.

»Also, König von Fürth, noch einmal ganz langsam zum Mitschreiben«, brummte Hacker, der selbstredend nicht mitschrieb, »wie bist du zu dem vielen Geld gekommen?«

»Das habe ich im Lotto gewonnen«, erwiderte Ado heiser. Er hatte zum Frühstück nur ein altbackenes Brötchen und ein Konterbier bekommen, das er gerade mal zur Hälfte getrunken hatte.

»So?«, höhnte Hacker, eine stinkende Zigarre im Mundwinkel.

»Und wann genau?«, fragte Georg.

»Na, gestern natürlich«, sagte Ado.

»Gestern war aber gar keine Ziehung«, erklärte Georg, »die ist immer am Samstag!«

»Und wenn man Lotto spielen will, muss man zuerst einmal Geld haben, mit dem man den Lottoschein bezahlen kann«, ergänzte Hacker.

»Die Mark fuchzig hab ich schon noch«, antwortete Ado trotzig.

»Welche Zahlen haben Eure Majestät denn getippt?«, hakte Hacker nach und zündete sich eine weitere seiner billigen, krummen Zigarren an.

»Das, das weiß ich nicht mehr«, haspelte Ado und wurde von einem Hustenkrampf geschüttelt, »die wo gewonnen haben halt!«

»Und welche waren das?«, fragte Georg noch einmal.

»Das spielt doch keine Rolle«, meinte Ado. »Hauptsache ist, dass ich sie geraten habe.« Er richtete sich auf der Pritsche auf und versuchte, ein wenig Würde in sein stoppelbärtiges Gesicht zu bekommen. »Und wann kriege ich mein Geld jetzt zurück?«

»Das Geld, das übergeben wir jetzt fein der Kripo«, beschied Hacker und erhob sich wieder.

Nun war auch zu jener Zeit die Kripo zwar für vieles zuständig, aber noch lange nicht so eifrig, sich um jede Kleinigkeit selbst zu kümmern. Oberinspektor Hörlein war bekannt dafür, dass er zwei Jahre vor der Pensionierung gerne Arbeit nach unten delegierte. Er wollte weder das Geld haben noch den armen Ado. Der musste bis auf Weiteres in der Ausnüchterungszelle der Rathauswache bleiben, während die Streifenpolizisten die Geldscheine des angeblichen Lottogewinners mit einer Reihe von Seriennummern vergleichen sollten, die Hörlein ihnen durch einen Boten zukommen ließ. Eine Strafarbeit, die Hacker Georg übertrug und Georg Manni. Zwar war der kleine Anwärter sonst auch alles andere als dienstbeflissen, machte sich aber ob seines Schnitzers vom Vortag gleich am Nachmittag im Rahmen einer weiteren Zusatzschicht ans Werk, und tatsächlich stimmten fast alle der Zwanzig- und Zehnmarkscheine mit den Seriennummern der Kripo überein.

»Dann sieht es so aus, als ob wir unseren Villenschreck gefunden haben«, schnarrte Hörlein in den Hörer, als Georg ihn telefonisch informierte.

»Villenschreck?«, wiederholte der ungläubig.

»Ja, die Serie von Einbrüchen im letzten Vierteljahr«, erklärte der Oberinspektor unwirsch, »einer der Geschädigten, Oberstudienrat a.D. Kammerer, hatte sich Seriennummern seines Bargeldes notiert.«

»Unglaublich«, entfuhr es Georg.

»Dummerweise hatten die das damals in der Zeitung gemeldet«, sagte Hörlein. »Na ja, wie es aussieht, hat die Kripo hier trotzdem wieder ganze Arbeit geleistet.«

»Dann holen Sie ihn jetzt ab?«, fragte Georg, einen Widerspruch unterdrückend.

»Das hat Zeit bis morgen«, beschied Hörlein, »und dann holen wir ihn nicht, sondern Sie bringen ihn gleich zum Ermittlungsrichter. Ich werde ihn rechtzeitig informieren!«

»Jetzt mach schon«, befahl Hacker, auf den Hammer deutend, während der arme Ado leichenblass geworden war.

»Aber ich weiß doch gar nicht so genau, wohin«, wehrte sich Manni.

»Na da, genau in die Mitte vom Knie.« Hacker wurde nun laut und deutete auf besagtes Körperteil bei dem alten Bettler, und Manni haute drauf.

»Aauuu«, wimmerte Ado.

»Hat sich was bewegt?«, fragte Hacker ungerührt.

»Ich glaube nicht«, Manni zweifelte wohl und holte noch einmal aus.

»Das ist Krampf«, mischte sich Georg ein und entwand dem Lehrling das pfundschwere Werkzeug.

»Der Arzt nimmt doch immer so ein ganz kleines Ding und keinen Fäustel! Aber ich glaube, man kann es auch mit der Handkante probieren.«

»Das tut weh«, jammerte Ado, nachdem Georg ihn noch ein paar Mal traktiert hatte, wobei sein Unterschenkel jedoch keinerlei Regung zeigte.

»Das Bein ist wirklich lahm«, stellte Hacker fest.

»Natürlich ist das lahm«, empörte sich Ado, »da steckt seit '44 ein Granatsplitter drin!«

»Dann kann Seine Hoheit aber unmöglich der Villenschreck sein«, folgerte Hacker.

»Das sage ich doch die ganze Zeit«, heulte Ado.

»Dann sag jetzt endlich die Wahrheit und erzähl uns, wo du das Geld her hast!«, befahl Hacker.

»Du hast noch 14 Stunden«, drohte Georg, »dann müssen wir dich zum Gericht fahren!«

»Ja, Moment«, wandte Hacker ein, »ich brauche meine acht Stunden Schlaf!«

»Also sechs Stunden«, korrigierte Georg.

Ado hatte sich nach dem Krieg lange Jahre als Hausierer durchschlagen können, als es noch wenig gab und die Hausfrauen keine Vorräte an Nadeln, Nähgarn, Streichhölzern oder Seife im Haus hatten. Mit dem Wirtschaftswunder war es aber immer schwerer geworden für die fahrenden bzw. laufenden Händler, und der Ado hatte sich mehr und mehr aufs Betteln verlegt. Zwar hatte er immer noch seinen Koffer dabei, verkauft hatte er aber schon lange nichts mehr. Dafür bekam er an den Haustüren immer öfter etwas geschenkt. Mal waren es Lebensmittel, alte Zeitungen, kleine Möbel, die nicht mehr gebraucht wurden. Mal waren es aber auch Kleidungsstücke, die dem Hausherrn nicht mehr passten oder die aus der Mode gekommen waren. Just am gestrigen Nachmittag war Ado mal wieder in den besseren Straßen der Weststadt unterwegs gewesen, als ihm eine Frau mit einem prallen Wäschesack über den Weg lief. Jetzt würde es ja schon bald Herbst, soll sie gesagt und eine dicke Jacke aus dem Sack gezogen haben. Da könnte einer wie Ado doch sicher was Wärmeres zum Anziehen brauchen. Ado besaß zwar noch einen warmen Mantel, sagte aber natürlich nicht nein und nahm sowohl die Jacke als auch noch einige andere Stücke aus dem Sack gerne an, den die Frau zur Caritas bringen wollte. Wieder daheim in seiner Dachkammer hatte er die großzügigen Spenden näher begutachtet und die Geldbündel gefunden, eingenäht ins Futter der Winterjacke. Lauter Zehner und Zwanziger, wie viele es insgesamt gewesen waren, wusste er nicht mehr, schätzungsweise dürfte es sich aber um gut 3.000 Mark gehandelt haben. Leider wusste der Ado weder, wer die Frau war, noch, wo sie wohnte. Lediglich eine grobe Beschreibung konnte er abgeben.

»Was machen wir denn jetzt mit ihm?«, fragte Georg, als er mit Hacker wieder in der Wachstube saß und sich bereits auf den Feierabend vorbereitete.

»Was sollen wir da machen?«, fragte Hacker zurück. »Ich glaub dem armen Irren ja sogar. Aber solange wir nicht wissen, wer die Frau war, muss er seine Geschichte halt dem Richter erzählen.«

»Wie soll denn einer mit einem lahmen Bein in 10 Villen eingestiegen sein?«, murmelte Georg und wollte sich ein Bier aufmachen, doch der Kasten war leer.

»Stimmt ja«, meldete sich Hacker, »morgen kriegen wir eine neue Lieferung. Du bist mit Zahlen dran!« Er rieb Daumen und Zeigefinger zusammen in Georgs Richtung.

»Ich habe aber kaum noch Geld dabei«, Georg suchte seine Taschen ab, bis er einen Fünfziger in seiner Brusttasche fand. »Moment, das ist doch der vom ...«

»Ist mir wurst, wo der her ist«, konterte Hacker, »der Bierkutscher will morgen kassieren!«

»Nein, ich meine, der Ado hat nur Zehner und Zwanziger gehabt«, Georg hielt den Schein trotzig fest und suchte die Liste mit den Seriennummern von der Kripo. »Mein lieber Herr Gesangsverein«, sagte er schließlich und pfiff durch die Zähne.

»Das werdet ihr noch bereuen«, polterte der General, als ihn zwei Kollegen der Funkstreife am nächsten Morgen in der Rathauswache ablieferten.

»Abwarten«, grinste Hacker schief und ließ sich in seinen knarzenden Schreibtischstuhl fallen, während der General auf der anderen Seite des Tresens stehen musste.

»Was soll denn das heißen?«, echauffierte sich der korpulente Gangster weiter. »Ich soll der Villenschreck sein? Lächerlich! Als ob ich so was nötig hätte ...«

»Na ja«, Hacker zündete eine seiner Zigarren an, »die Geschäfte auf dem Schwarzmarkt sollen ja auch nicht mehr so gut laufen, wie man hört.«

Nun begann der General zu grinsen, lehnte sich provokant über die Absperrung und fingerte eine seiner Ludwig-Erhard-Zigarren aus dem Etui. »Was stinkt denn hier so?«, fragte er in Anspielung auf Hackers Rauchgerät.

»Sie waren vorgestern so freundlich, meinem Kollegen einen Fünfzigmarkschein zu übergeben.« Hacker tat ungerührt und blies seinen Zigarrenrauch weiter in die Richtung des Generals.

»Ja, ich wollte meinem Freund Ehm Ärger ersparen«, sagte er, »nur leider wollte Ihr Kollege das Trinkgeld nicht annehmen ...«

»Gut, dass Sie das nicht abstreiten«, lächelte Hacker, »die Seriennummer von dem Schein steht nämlich auf der Liste von denen, die beim Oberstudienrat Kammerer gestohlen wurden.«

»Beim Oberstudienrat Kammerer ...«, wiederholte der General und erbleichte, »das kann doch nicht sein!«

»Da gibt es keinen Zweifel«, meldete sich nun Georg, der das Gespräch im Nebenzimmer mitgehört hatte. »Ein wirklich dummer Fehler war das. Fast so dumm wie die Zeitung, die gemeldet hat, dass die Scheine vom Kammerer registriert sind und dass nach dem Geld gesucht wird.«

»Hat viel Ärger gemacht vor zwei Wochen«, nickte Hacker, »und da hat sich so ein Schlaumeier gedacht, er opfert mal einen kleinen Teil der Beute, damit er den Verdacht auf einen anderen lenken kann. Dumm, dass Sie ihm nur Zehner und Zwanziger zugeschustert haben!«

»Das ist doch der Gipfel«, der General haute mit seiner Pranke auf den Tresen. »Das kann ja jeder behaupten, dass dieser Schein von mir sein soll. Ihr schiebt mir doch was unter!«

»Das wird sich klären, wenn die Kripo Ihre Fingerabdrücke mit denen auf dem Schein vergleicht«, antwortete Georg achselzuckend.

»Die Kripo?«, nun schien der General tatsächlich nervös zu werden.

»Ja, die Kripo«, wiederholte Hacker, »die wollen Sie aber erst morgen sehen, deswegen sind Sie die nächsten 24 Stunden unser Gast.« Er deutete in Richtung der Ausnüchterungszellen, die hinten über dem Rathaushof lagen.

»Ihr glaubt doch nicht, dass ich mich von euch hier einsperren lasse«, lachte der General heiser.

»Das müssen Sie schon uns überlassen«, erwiderte Hacker, während er beiläufig seinen Revolver aus dem Halfter zog und Georg mit den Handschellen klapperte.

»Ich will sofort meinen Anwalt sprechen«, rief der General, auf dessen Stirn sich große Schweißperlen gebildet hatten.

»Sie dürfen ein Telefongespräch führen«, erklärte Hacker, »entweder Sie rufen Ihren Anwalt an oder ...«

»Oder was?«

»Oder Sie verständigen einen engen Familienangehörigen, damit er Kaution stellt«, fuhr Hacker ungerührt fort.

»Kaution?«, der Blick des Generals hellte sich auf, »geht das?«

»Der Schaden, den der Villenschreck angerichtet hat, beläuft sich auf mindestens 50.000 Mark«, sagte Hacker, »üblich sind zehn Prozent Kaution. Die müssen aber von Ihnen kommen, daher brauchen wir einen Familienangehörigen, am besten Ihre Frau.«

»Kann ich dann wenigstens ungestört telefonieren?«, fragte der General.

»Bitteschön«, Hacker deutete auf das Nebenzimmer.

»Wo ist er denn … wo denn?« Es hatte keine halbe Stunde gedauert, bis die Frau des Generals die Wache betrat und einen großen braunen Umschlag auf den Tresen legte.

»Elfriede«, meldete sich der Gesuchte von der Besucherbank in der Ecke, »endlich!«

»Na, dann schauen wir mal«, brummte Hacker und erhob sich mühsam aus seinem Stuhl. »Wo ist denn jetzt die Liste von dem Kammerer?«

»Das können Sie gerne überprüfen«, der General hatte sich nun auch wieder erhoben.

»Die glauben doch nicht im Ernst, dass du der Villenschreck …«, wandte sich die Frau in gekünsteltem Hochdeutsch an ihren Gatten.

»Lass es gut sein, Elfriede«, beschwichtigte der General, nun wieder die Selbstsicherheit in Person, »die Herren machen nur ihre Arbeit.«

»Viertausendsechshundert, -siebenhundert, -achthundert«, Hacker zählte die Scheine gewissenhaft. »Oh, ich glaube, das sind Hundert zu viel«, meinte er schließlich.

Noch während der General zu einer höhnischen Antwort ansetzte, machte sich Panik im Blick seiner Gattin bemerkbar, als Georg – wie zufällig – den humpelnden Ado in die Wachstube führte.

»Das ist sie!«, rief der Hausierer. »Die war es. Von der habe ich die Jacke gekriegt mit dem ganzen Geld drin.«

»Nein, doch nicht«, bemerkte Hacker trocken, »es sind 45.000 zu wenig!«

Natascha Engel

Die dunkle Seite

Pater, mich hat der Teufel geritten. Deswegen bin ich auch hier. Mein Gott, ich saß ja schon ewig nicht mehr in einem Beichtstuhl. Zuletzt vor der Firmung, glaube ich. Da kommt also einiges zusammen. Stellen Sie sich besser schon mal darauf ein, dass es etwas länger dauert. Eine Sieben-Minuten-Beichte mit schneller Absolution, bei der Sie zwanzig Ave-Maria und ebenso viele Vaterunser verordnen, wird das nicht werden.

Warum ich ausgerechnet heute bei Ihnen auftauche, kann ich gar nicht so genau sagen.

Wissen Sie, manchmal zieht es mich trotz allem noch in sakrale Räume. Fast immer zünde ich eine Kerze an, egal, ob ich eine Kapelle oder eine Kathedrale betrete. Obwohl ich schon vor Jahren ausgetreten bin aus der Kirche. Eigentlich dürfte ich also gar nicht da sein und dieses heilige Sakrament empfangen. Aber Sie werden ein verlorenes Schäfchen doch nicht wegschicken, oder?

Immerhin hatte ich ja mal eine heilige Phase. So zwischen neun und dreizehn. Wollte sogar Ministrantin werden. Das wussten meine Eltern zu verhindern. Vielleicht hätte sich alles anders entwickelt, wenn ich mich damals hingegeben hätte an den kleinstädtischen bayerischen Katholizismus? Voller Demut? Hm. Wahrscheinlich auch nicht.

Es wäre wohl trotzdem so gekommen, wie es kam. Meine Abwendung von alldem. Nicht nur von der Kirche, auch von der Idee, dass es einen Gott geben könnte. Wer glaubt schon an solch ein Ammenmärchen? Unkritische, naive Geister. Was für ein Unsinn, dieses theologische Konstrukt, aus der Perspektive und mit der Schärfe eines erwachenden, kritischen Intellekts betrachtet. So was von unwahrscheinlich.

Die kirchliche Lehre erschien mir ganz klar als Mittel, Macht zu gewinnen über die Menschen, sie abhängig zu machen, sich zu bereichern. Diese Gedanken sind nicht gerade neu und dürften Ihnen ja nicht fremd sein. Wer Priester werden will, kommt um die Beschäftigung mit der Religionskritik nicht herum. Aber für mich lagen darin neue Erkenntnisse damals. Ich war überzeugt, begriffen zu haben. Kennen Sie solche ketzerischen Gedanken auch von sich selbst? Geben Sie's schon zu.

Ja, ich habe mich als Atheistin bezeichnet. Nach der heiligen Phase, versteht sich. Aber irgendwann, viel später, nachdem ich die wissenschaftlich-rationale Seite, diese funkelnde Facette vermeintlicher Klarheit, bis zur Neige ausgekostet hatte, rief sie mich wieder, die spirituelle Welt. Leise zunächst, ein Wispern nur, eine Faszination von Ferne, verboten noch. Nur nicht zu nah hingehen, das könnte gefährlich werden. Angst vor erster Berührung. Vor unbekannten Sphären. Vor dem Sog. Aber dann wagte ich mich doch hinein.

Nein, mit der christlichen Kirche hatte das nichts mehr zu tun. Auch nicht mit irgendeiner Sekte. Ich lasse mich doch nicht zum Sklaven eines größenwahnsinnigen Gurus machen. Es war eher das Terrain der Esoterik, das ich für mich entdeckte.

Ich weiß schon, »Esoterik« ist inzwischen als Schimpfwort gebräuchlich. Unter normalen, vernünftigen, bodenständigen Menschen jedenfalls. Eine spöttisch-überhebliche Bezeichnung für das Abgehobene, die Spinnerei, das total Durchgeknallte. Und ehrlich gesagt, begegnet man schon Thesen und Ritualen, die auch ich als »abgespaced« bezeichnen würde. Die einen sofortigen Fluchtreflex auslösen bei mir. *Too much.*

Aber da muss man ja nicht mitmachen. Jeder hat halt seine Grenze woanders. Und wem's hilft.

Viele würden sicher auch das, was ich selbst dann nach und nach so ausgetestet habe, für verrückt erklären. Und mich wahrscheinlich gleich dazu. Aber das stört mich nicht mehr. Nein, falsch. Es stört mich nur noch manchmal, wenn dieses Verdikt von Menschen kommt, die mir nahestehen. Von denen ich mir wünsche, dass sie mich verstehen, auch in meinem Innersten. Von Menschen, deren Meinung mir wichtig ist. Eltern. Partner. Eine Form emotionaler Abhängigkeit? Kann schon sein. Ich habe ja schließlich noch nie behauptet, erleuchtet zu sein.

Ja, ich schweife ab. Sie fragen sich wahrscheinlich schon, warum ich eigentlich gekommen bin. Jedenfalls nicht, um einen religionsphilosophischen oder esoterischen Diskurs mit Ihnen zu führen. Aber um zu verstehen, was ich getan habe, braucht es nun mal diese Vorgeschichte. Also, ich mach es kurz jetzt: Der neue Weg hat mich zur Magie geführt. Zu magischen Praktiken. Da gibt's mehr an konkreten Anleitungen, als Sie ahnen. Und erfahrene Lehrer fanden sich auch beinahe wie von selbst.

Sie holen tief Luft? Das wundert mich nicht. Eine ganz schöne Zumutung für einen Kirchenmann. Gott sei Dank gibt's keine Scheiterhaufen mehr. Sonst wär ich jetzt wahrscheinlich ein Fall für die heilige Inquisition und die reinigende Kraft der Flammen.

Viele Verfechter des naturwissenschaftlichen Weltbildes halten die Grundannahmen magischer Rituale und geistiger Heilarbeit sowieso für Humbug. Scharlatanerie. Erklären das Konzept der Seele, die über den körperlichen Tod hinaus existiert, für unbeweisbar. Und damit ist es aus deren Sicht auch schon erledigt.

Zumindest darin sind wir uns einig, Sie und ich. Beweisbar oder nicht, wir beide sind überzeugt davon, dass wir mehr sind als nur ein Gehirn in einem Körper. Aber keine Angst, das reicht nicht zur Verbrüderung zwischen uns.

Jedenfalls hab ich viel gelernt auf dem Weg der Magie. Vieles, was Menschen hilft. Ob Sie's nun glauben oder nicht, Pater. Altes Wissen. Ein wertvolles Geschenk, so hab ich das empfunden. Aber, wie sich herausgestellt hat, auch gefährlich. Die Gefahr des Missbrauchs war mir zwar theoretisch schon lange bewusst. Die geht schließlich mit jeder Form von Macht einher. So auch mit mentaler Macht. Aber diese Gefahr wähnte ich fern von mir, mich schien sie nicht zu betreffen.

Kurz ist der Weg vom Licht zum Schatten. Nur ein Schritt. Ich weiß, wovon ich rede, das können Sie mir glauben. Wer das Energiefeld eines Menschen stärken kann, kann es auch schwächen. Wer helfen und heilen kann, kann auch schaden und töten. Mit den gleichen Techniken, den gleichen Werkzeugen, der gleichen erschaffenden, manifestierenden Kraft. Man muss nur die Vorzeichen ändern.

Ich habe es tatsächlich getan. Habe die Vorzeichen geändert. Von Plus nach Minus. War ganz leicht. Ich habe meine dunkle Seite gelebt. Und das ist noch gar nicht lange her.

Kennen Sie die Hohepriesterin im Tarot? Nein, sicher nicht. So was fassen Sie ja gar nicht an. Das meiden Sie wie der Teufel das Weihwasser. Verzeihen Sie den Vergleich. Aber er passt, das müssen Sie zugeben.

Jedenfalls sitzt die Hohepriesterin auf dieser Karte zwischen zwei Säulen, einer weißen und einer schwarzen. Licht und Dunkel. Schwarz und Weiß. Und sie in der Mitte. Die Hohepriesterin, die weise, intuitive Frau von hoher Spiritualität wertet nicht. Sie hat erkannt, dass alles auf dieser Welt seine zwei Seiten hat. Die völlig gleichberechtigt sind. Das eine ist nicht besser als das andere. Gut und böse, das sind Kategorien dieser polaren Welt. Unserer Welt der Gegensätze. Oder was meinen Sie?

Haben Sie schon mal was von Dethlefsen gelesen? Nein? Die Frage ist doch: Können wir überhaupt leben auf dieser Welt, wir, die wir vom Baum der Erkenntnis gegessen haben, ohne schuldig zu werden? Die Bibel sagt nein. Die griechische Tragödie sagt nein. Shakespeare sagt nein, lesen Sie doch den *Hamlet* noch mal unter diesem Aspekt. Goethe sagt nein, nicht nur im *Wilhelm Meister*. Wir können gar nicht leben, ohne Schuld auf uns zu laden. Schuld im Sinne unserer moralischen Kriterien. Auch wenn wir versuchen, immer das Gute, das Richtige zu tun. Weil wir uns ständig entscheiden müssen. Weil wir immer nur das eine tun können und nie beides zugleich. Das Heil umfasst beides, gut und böse, in der Verbindung der Gegensätze, in ihrer Einheit, die vor der Abtrennung, der Aufspaltung in Pole war. Wir können immer nur das eine tun, und deshalb fehlt das andere zur Ganzheit. Das ist es doch, was wir Ursünde nennen. Pater?

Man muss sich entscheiden, ob man gut sein will oder ganz. Gut oder ganz. Können Sie was damit anfangen?

Wie dem auch sei, meine schwarze Seite hat vor neun Monaten das Ruder übernommen. Mein Schatten, von dem ich gar nicht wusste, dass er da ist. Und dass er so groß ist.

Nach dem Schock kam die Trauer. Und nach der Trauer kam die Wut. Kam der Hass. So viel Hass. Das können Sie sich gar nicht vorstellen, wie viel. Dieser Mensch hat die kleine Tochter meiner Freundin getötet, meiner engsten, unendlich vertrauten Freundin. Er hat sie gequält, ihr furchtbar wehgetan. Marie, mein geliebtes Patenkind. Sie ist nicht mehr da, sie fehlt mir so. Wir hatten eine ganz besondere Verbindung zueinander.

Sie war noch so klein, sieben erst. Und hatte ein so riesengroßes Herz. Als es mir schrecklich elend ging, nach der Trennung von meinem Freund vor zwei Jahren, und ich die Tränen nicht zurückhalten konnte vor ihr, da hat sie mich ganz fest umarmt. Und getröstet. Meinen Rücken gestreichelt und meine zitternde Hand. Die Kleine hat die Große getröstet mit einer Hingabe, wie ich sie selten erlebt habe.

Wissen Sie, was sie zu mir gesagt hat, als wir da saßen, auf dem Baumstamm am Rand der kleinen Lichtung, oben auf dem Hügel? Dieses zarte, fast zerbrechliche Wesen, mit seiner hellen Haut und dem feingeschnittenen Gesicht, umrahmt von kastanienbraunen Locken. Aber *ich* hab dich doch lieb, hat sie gesagt und mich aus großen, wissenden, schwarzen Augen angesehen. Und dann hat sie diesen runden weißen Stein aufgehoben und mir in die Hand gedrückt. Das ist jetzt dein Glücksstein, heb ihn gut auf. Mir wurde so warm ums Herz in diesem Augenblick. Und ihre Worte haben sich tief hineingesenkt in meine Seele. Damals hatte ich wirklich das Gefühl, da sitzt ein lichter Engel an meiner Seite. Marie.

Warum musste sie sterben? Warum gerade sie? So einen Schmerz habe ich noch nie erlebt.

Sicher haben Sie von dem Fall gelesen in der Zeitung? Am helllichten Tag ist es passiert, hier, mitten in der fränkischen Idylle. Sie war mit dem Fahrrad unterwegs zum Badeweiher. Platter Reifen. Und der, der ihr angeblich helfen wollte, hat sich an ihr vergangen und sie anschließend erwürgt. Wie kann ein Mensch nur so etwas tun?

Immer wieder hab ich mir das alles vorgestellt, hat mich die grausame Tat in meine Träume verfolgt, mich hochschrecken lassen in der Nacht, mir den Schlaf geraubt.

Ihre Leiche identifizieren, das hätte ich nicht geschafft. Ich hätte es nicht ertragen, sie so zu sehen. Ihre Eltern waren dort zu diesem schweren Gang.

Maries Mutter ist komplett zusammengebrochen danach. Sie war am Ende. So viel Leid. Da stirbt dein Kind und du bleibst zurück. Ohnmächtig. Völlig hilflos. Wie gelähmt. Wie betäubt. Wofür soll man noch bleiben auf dieser Erde? Wenn das Liebste dir genommen wurde.

Ich musste zusehen, wie meine Freundin langsam versank in dem grauen Sumpf. Ihr Mann hat es nicht mehr ausgehalten. Konnte es nicht mehr mit ansehen. Nicht mehr mit dieser Schwere leben. Er ging, hat sie verlassen. Sie blieb zurück. Sie ist zerbrochen daran. Alles ist zerbrochen. Und ich habe einen Entschluss gefasst.

Natürlich hätte ich den Prozess und das Urteil abwarten können. Und auf höhere Gerechtigkeit hoffen. Aber das ging nicht. Der Schmerz der Familie, die mir so nahe stand wie meine eigene, und die Wunde in meinem Herzen waren zu groß, zu fürchterlich, zu grauenhaft. Unbändig hat der Zorn in mir gewütet, mich gepackt und mit seiner Faust immer von Neuem geschüttelt. Wollte so lange nicht aufhören zu wachsen, bis er mich irgendwann ganz ausfüllt hat. Jede Zelle, jede Faser.

Ich konnte unmöglich warten, die Mühlen des Universums mahlen langsam. Ich musste es einfach tun. Und ich musste nicht mal das Haus verlassen, um es zu tun. Wissen Sie, das funktioniert auch über die Distanz. Energetische Prozesse. Über die Ferne. Etwas, das die Schulmedizin nie begreifen wird.

Überhaupt scheint mir das die effektivste Methode zu sein, einen Mord zu begehen. Die sauberste Lösung. Spuren hinterlässt sie schon. Aber wer könnte die zurückverfolgen? Der Fährte folgen bis in den Kopf des Täters? Bis in meinen Kopf? Niemand. Ein großer Heiler, ein Weiser, eine Hellsichtige vielleicht. Aber sonst? Hier, im aufgeklärten Mitteleuropa? Jedenfalls keiner von den Offiziellen. Würde mir ja eh niemand glauben. Stellen Sie sich mal vor, ich würde dieses Geständnis ablegen auf dem Polizeirevier. Die würden mich doch höchstens in die Psychiatrie einweisen. Diagnose: Schizophrenie. Oder so was Ähnliches.

Kein Mensch hat Verdacht geschöpft. Er ist einen qualvollen Tod gestorben, Maries Mörder. In seiner Zelle noch während der U-Haft hat er den letzten röchelnden Atemzug getan. Dass er in relativ kurzer Zeit so krasse körperliche Symptome zeigte, deutete nicht auf Fremdeinwirkung hin. Nicht in der Denkweise unseres Kulturkreises. Von der Macht des bösen Blicks und der Verwünschung ist doch nur noch, wenn überhaupt, eine Ahnung geblieben. Verbannt in den Aberglauben des Volkes und das Reich der Märchen.

Außerdem: Kennt man doch von Krebs, dass das ganz schnell gehen kann. Wer käme denn da jemals auf den Gedanken, dass die systematische Anwendung schwarzmagischer Techniken dahinterstecken könnte? Nicht mal die katholische Kirche.

Dazu braucht es keine schwarze Messe. Keine schwarze Katze auf der Schulter. Und einen Säugling müssen Sie auch nicht schlachten bei Vollmond. Das geht völlig unblutig, rein äußerlich betrachtet. Auf dem Sofa im Wohnzimmer.

Gut, zugegeben, die Kerze war schwarz, die ich jeden Abend angezündet habe. Ein paar tiefe Atemzüge – und dann täglich eine Stunde intensive, konzentrierte Versenkung. Fast wie Meditation. Nur eben umgekehrt.

Es ist nicht die Leere, die Freiheit von allen Gedanken, die Sie dann heraufbeschwören. Es ist eine scharfe, punktgenaue geistige Fokussierung auf Ihr Ziel. Auf das, was Sie erschaffen. Konsequent und regelmäßig. Ein dunkles, übelwollendes Gebet, abgewandt vom Licht, schwarze Blüten treibend im Schatten. Mentaler Mord, wenn Sie verstehen, was ich meine. Missbrauch der manifestierenden Macht.

Mit meinem Hass habe ich ihm die Krankheit geschickt, sie eingepflanzt in seine Organe. Tag für Tag schwere, klebrige Energie hineingesandt in die Wucherungen. Es hat erstaunlich gut funktioniert. War ja auch das erste Mal für mich, wie sollte ich also so genau wissen, dass sein Ende schon nach wenigen Wochen kommen würde?

Eins müssen Sie zugeben: Selbst wenn irgendwer irgendwann doch auf die Idee käme, die Sache zu untersuchen, so gäbe es keine Beweise. Und Ihnen kann ich's ja bedenkenlos erzählen. Beichtgeheimnis, dem Himmel sei Dank.

Ich habe die Regeln gebrochen. Ich habe geurteilt, verurteilt, mir göttliche Macht angemaßt. Ich habe gemordet, statt Liebe und Licht zu schenken. Sie brauchen mir gar nicht zu sagen, dass es nicht in meinem Ermessen, in meiner Entscheidung lag, ob mein Opfer es verdient hat oder nicht. Es war nicht an mir zu richten und zu strafen. Das ist mir klar. Ich habe es trotzdem getan.

Sieht ganz so aus, als müsste ich auf Ihre Absolution verzichten. Denn ich bereue nichts. Noch nicht? Keine Ahnung, was da noch nachkommt. Jedenfalls stand ich zur Tatzeit nicht unter Drogen- oder Alkoholeinfluss, also keine mildernden Umstände. Seltsam eigentlich, dass übermäßiger Alkoholkonsum die Strafe verringern kann, finden Sie nicht?

Ob ich es wieder tun würde, weiß ich nicht, jetzt, wo der Rachedurst gestillt, die Wut gekühlt ist. Der weltlichen Justiz werde ich mich ganz sicher nicht unterwerfen. Aber dem Richter in mir, meinem Gewissen, kann ich nicht entrinnen. Niemals. Und vermutlich habe ich mir jede Menge Karma aufgeladen, das meine Seele wird abtragen müssen. Reden wir im nächsten Leben darüber. Aber danke fürs Zuhören.

Peter Freudenberger

Partner

Ich schließe die Augen.

Ich muss nicht hinsehen. Ich kenne die Szene, habe sie mir oft genug ausgemalt in den vergangenen Tagen. Meine geschlossenen Lider sind eine Leinwand, auf der die Bilder ablaufen wie ein Film.

Der vorsitzende Richter schreitet als erster durch die Tür und tritt an den langgestreckten Tisch. Er bleibt hinter seinem Stuhl stehen, legt die Hände auf die Lehne, während ihm die Beisitzer und Schöffen im Gänsemarsch folgen und sich die Menschen im Saal schnell und schweigend erheben. Er sieht niemanden an. Sein Blick gleitet über den Angeklagten und die Zuschauer hinweg, scheint sogar weiter zu schweifen, die Rückwand zu durchdringen, wie der meine die geschlossenen Augenlider.

Die Schöffen haben ihre Plätze erreicht. Der Richter löst die Hände von der Stuhllehne, ergreift das Barett, das vor ihm auf dem Tisch bereitliegt, und drückt es auf sein dunkles, an den Schläfen leicht ergrautes Haar. Er lässt die Arme sinken, richtet den Blick in die Ferne und spricht in die Stille: »Im Namen des Volkes ergeht folgendes Urteil: Der Angeklagte ist schuldig.« Wieder packt er den Stuhl, zieht ihn zurück und lässt sich in geübter Geschmeidigkeit darauf nieder.

Die Menge setzt sich zögernd. Erleichtert bricht sie das Schweigen, rückt geräuschvoll die Stühle, raunt, brummt zweifelnd, murmelt zustimmend. Eine Frau schluchzt laut auf.

Der Angeklagte und sein Anwalt stehen noch. Der Angeklagte starrt unverwandt zum Richtertisch. Sein Gesichtsausdruck bleibt den Zuschauern in seinem Rücken verborgen, auch wenn sie die Augen nicht, wie ich, geschlossen haben.

Nur seine Schultern verraten eine Gemütsregung. Sie sinken herab, sind nicht mehr so breit wie zuvor unter dem mitternachtsblauen Jackett. Es ist, als schrumpfe der Angeklagte, als sei ihm der maßgeschneiderte Anzug plötzlich eine Nummer zu weit.

Der Anwalt dagegen ist groß und massig, wirkt noch massiger durch die Robe aus schwarzer Atlasseide. Er wendet sich dem Angeklagten zu, zeigt dem Publikum sein Profil, die kindliche Stupsnase, den Tränensack unter dem Auge, den Schmiss auf der Wange. Er flüstert ein paar Worte, dann setzt sich das ungleiche Paar.

Der Richter wartet, bis Ruhe einkehrt, streift mit der Spitze des linken Zeigefingers über eine Narbe am Kinn. Ein Schmiss, auch dies. War als Student in einer schlagenden Verbindung, vielleicht in derselben wie der Anwalt. Es hat nichts genutzt, niemandem. Dem Angeklagten nicht, der jetzt den Kopf schüttelt, als habe er eben erst die Tragweite des Spruchs begriffen. Dem Anwalt nicht, der seinen Mandanten bisher nur in Steuerfragen vertrat und sich von ihm eher widerwillig zur Verteidigung gegen die Mordanklage überreden ließ. Dem Richter nicht, der nach den Indizien kein anderes Urteil sprechen konnte, keinen Zweifel fand, der für den Angeklagten gesprochen hätte.

Oh ja, ich kenne die Indizien. Ich habe keinen Verhandlungstag ausgelassen, alle Zeugen gehört, die Beweise gewürdigt. Mehr noch, ich habe alle Varianten durchgespielt, auch die abwegigen. Ich habe mich in die Fakten dieses Falls versenkt, wieder und wieder die Geschichte durchlebt, die sie erzählen. Ich habe sie gespeichert in Bildern, die ich mit geschlossenen Augen jederzeit abrufen kann.

*

Das erste Bild ist keines für schwache Nerven. Es ist das Bild, das sich den Beamten der Aschaffenburger Polizeidienststelle bietet, als sie nach und nach am Schauplatz eintreffen. Ein Passant hat sie alarmiert. Keine fünf Minuten nach dem Notruf ist die erste Streife da, obwohl der Tatort am Stadtrand liegt, an einem der Hänge im Osten, wo sich die Wohnviertel in die Arme des Spessarts schmiegen. Es ist ein nobles Viertel mit parkartigen Gärten, in die sich die Häuser tief zurückgezogen haben. Die Villen sind in diesem Bild nicht sichtbar. Es ist Nacht.

Der Wagen steht am linken Fahrbahnrand. Er passt in diese Gegend, es ist ein teures Auto, ein BMW X 5. Es nieselt, eine nahe Laterne lässt die Wassertropfen auf dem schwarzen Lack glänzen. Der Motor läuft nicht.

Die Beamten beurteilen den ersten Augenschein, formulieren im Geist bereits den Text für den späteren Bericht: Der Wagen ist auf der abschüssigen Fahrbahn in einer leichten Rechtskurve offensichtlich aus der Spur geraten, geradeaus weitergefahren, hat den Bürgersteig auf der linken Seite überquert und ist schließlich an der Mauer eines Anwesens zum Stehen gekommen. Der linke Kotflügel ist eingedrückt, aber nicht stark. Überhöhte Geschwindigkeit allein kann nicht die Ursache für diesen Unfall gewesen sein.

Es riecht nach Erbrochenem. Der Passant, der die Polizei alarmiert hat, kauert unweit des Wagens unter der Laterne am Fuße der Mauer. Er hat die Arme um seine Knie geschlungen. Die Beamten sprechen ihn an: »Herr Günther?« Und: »Danke, dass Sie auf uns gewartet haben.« Er antwortet nicht, hebt nur sein bleiches Gesicht in den Regen.

Die Beamten nähern sich dem Wagen. Die Beifahrertür steht weit offen. Das Fenster auf der Fahrerseite ist einen fingerbreiten Spalt herabgelassen. Einer der Männer leuchtet mit der Stablampe durch die Scheibe und taumelt zurück. Er würgt. Der andere eilt hinzu, schaut erst auf den Kollegen und dann durchs Fenster. »Fass bloß nichts an«, krächzt der erste. Er übergibt sich.

Hinter dem Steuer sitzt eine Gestalt. Der Beamte sieht die Silhouette, denkt an einen Körper, dessen Kopf vor Übermüdung auf dem Steuerrad liegt oder durch eine Herzattacke krampfartig nach hinten gegen die Nackenstütze gepresst ist.

Doch der Körper hat keinen Kopf. Es ist ein Torso mit Beinen und Armen, die Hände liegen noch am Lenkrad. Der Lichtstrahl der Stablampe lässt keinen Zweifel. Er sucht das Gesicht und leuchtet ins Leere. Hinter dem Steuer sitzt der Körper eines Geköpften. Der Hals ist einige Zentimeter oberhalb des Schlüsselbeins durchtrennt. Blut tränkt die Nackenstütze, die Lehne, die Kleider der toten Person, die sich ohne Kopf nicht auf den ersten Blick als Mann oder Frau identifizieren lässt.

Der zweite Beamte tritt zurück, zückt sein Mobiltelefon und wählt die Nummer der Dienststelle. Er fordert die Spurensicherung an, die Kripo, den Amtsarzt. Die Staatsanwaltschaft möge verständigt werden, besser jetzt als später, wenn die Damen und Herren womöglich schon zu Bett gegangen sind.

Er klappt das Handy zu, steckt es weg und tritt noch einmal an den Wagen heran, obwohl er weiß, dass er das nicht tun sollte. Langsam lässt er das Licht über den toten Körper fließen. Den Kleidern nach zu schließen, ist es der eines Mannes. Er ist angeschnallt. Zentimeter für Zentimeter tastet der Beamte mit der Stablampe die Kabine des Wagens ab, während die nächsten Streifen eintreffen. Endlich entdeckt er den Kopf. Er liegt auf der Rückbank hinter dem Fahrersitz. Das Gesicht ist zu einer Fratze verzerrt, das Licht bricht sich in den aufgerissenen Augen. Der Beamte wendet sich rasch ab. Dann muss auch er sich übergeben.

*

Das zweite Bild zeigt den Konferenzraum der Kripo. Er ist karg eingerichtet. Der ovale Besprechungstisch in der Mitte, ein Dutzend Bürostühle drum herum. An der Wand, die der Längsseite mit den Fenstern gegenüberliegt, ein Sideboard, darüber ein Poster: das Wappen der bayerischen Polizei. Die

Leinwand an der Stirnseite ist heruntergelassen, der Beamer an der Decke eingeschaltet.

Hauptkommissar Strobel betritt den Raum. Er drückt auf den Schalter neben der Tür. Die Lamellen der Jalousien klappen zu und verdunkeln den Raum. Die Leinwand wirft das Licht des Beamers grell zurück.

Strobel setzt sich zur Soko, die sich um den Tisch versammelt hat. Es sind wenige Leute, sechs mit dem Hauptkommissar, aber es sind die besten. Strobel hat die Arbeit verteilt, jedem Mitglied des Teams ein bestimmtes Ermittlungsgebiet zugewiesen: das familiäre Umfeld, die beruflichen Beziehungen, die finanzielle Situation, die Rekonstruktion des Tatabends, die Suche nach Zeugen und die Auswertung der Spuren zum Tatablauf. Körbe von Akten sind sichergestellt worden, Computer durchleuchtet, Telefonlisten ausgewertet, Korrespondenzen gesichtet.

Die Ergebnisse liegen auf dem Tisch, ein Mosaik aus Ordnern, Schnellheftern, Papierstapeln und Notizzetteln. Ein Mosaik, aus dem die Soko Stück für Stück das Leben des Toten zusammensetzt. Es sieht aus wie das perfekte Leben eines erfolgreichen Mannes – und doch endet es damit, dass er mit abgeschnittenem Kopf hinter dem Steuer seines Wagens sitzt.

Reihum tauschen die Ermittler ihre Erkenntnisse aus, verweisen auf Schriftstücke, lassen den Beamer Fotos an die Wand werfen. Verstörende Fotos zum Teil, aber die Beamten haben sich daran gewöhnt.

Der Geköpfte heißt Martin Wenzel. Er ist 42 Jahre alt, hinterlässt eine Frau und zwei schulpflichtige Kinder. Er hat gut für sie gesorgt. Die Familie wohnt in einer Jugendstilvilla auf der Sonnenseite der Stadt, der Schweinheimer Höhe. Das Anwesen ist bezahlt, es gibt keine Schulden, stattdessen eine Lebensversicherung über eine schwindelerregende Summe.

Wenzel ist Mitinhaber eines florierenden IT-Unternehmens im Floßhafen. Er hat es zusammen mit einem Freund aufgebaut. Die beiden haben sich während des Studiums kennengelernt, haben die magere Zeit der Firmengründung ebenso miteinander geteilt wie die späteren Jahre der fetten Erlöse.

Dennoch trügt der Schein. Nach allem, was ich heute über ihn weiß, war der Geschäftspartner kein Freund. Er hat sich weit mehr genommen als das, was ihm zustand. Auch das steht in den Akten. Es wird später ein Thema sein. Strobel winkt weiter, will, dass sich die Soko zuerst dem Tatabend zuwendet.

Der Passant hat den BMW um 22.35 Uhr entdeckt. Der Wagen kann nicht lange an der Mauer gestanden haben, Wenzels Tod war wenige Minuten zuvor eingetreten. Weitere Zeugen gibt es nicht: Der Regen hielt die Menschen in den Häusern.

Der Tathergang gibt den Ermittlern noch Rätsel auf. Der Mörder muss hinter Wenzel gesessen haben. Er hat mit der rechten Hand den Kopf des Opfers zurückgerissen und mit der linken den tödlichen Schnitt geführt. Von rechts vorne nach links hinten, so steht es im Bericht der Würzburger Gerichtsmedizin. Der Kopf ist vollständig abgetrennt, Kampfspuren fehlen. Das Opfer hat sich nicht gewehrt, seinen Mörder vermutlich sogar gekannt. Beim Täter handelt es sich um eine kräftige Person, es bedarf besonderer Kraft, um mit einem einzigen Hieb und Schnitt Gewebe, Gefäße und Knochen im Halswirbelbereich zu durchtrennen.

Von der Tatwaffe fehlt trotz intensiver Suche jede Spur. Es kann kein gewöhnliches, es muss ein besonders scharfes Werkzeug gewesen sein. Am ehesten kommt eine Art Schlachtermesser in Frage. Abgleiche des Schnitts mit gängigen Klingen haben noch keine Übereinstimmung ergeben.

Was danach geschieht, ist besonders verwirrend. Um den Wagen die Straße hinabfahren zu lassen, wechselt der Täter von hinten nach vorn auf den Beifahrersitz. Er betätigt die Zündung, setzt seinen Fuß auf den des Ermordeten, um Gas zu geben, legt seine Hände auf die des Toten, um das Steuerrad auszurichten. Während der Wagen anfährt, springt er heraus. Das erklärt die offene Beifahrertüre.

Es erklärt aber nicht, weshalb der Täter den BMW überhaupt gestartet hat. Warum hat er den Wagen nicht an Ort und Stelle verlassen? Warum ist er das Risiko eingegangen, Zeugen auf das Auto, auf sich, aufmerksam zu machen?

Der Beamte, der Wenzels Geschäftsbeziehungen untersucht hat, hebt den Finger. Seine Oberlippe bebt, seine Wangen röten sich. Ich lächele. Jeder Muskel, selbst der Blick dieses Ermittlers, sie verraten: Er kennt die Antwort.

*

Ich lasse die Bilder an mir vorüberziehen, raste erst bei einem späteren wieder ein. Die Soko versammelt sich in der Straße, in der sich die Tat ereignet hat, aber gut fünfzig Meter oberhalb der Fundstelle des BMW – und auf der rechten Seite. Strobel hat den Treffpunkt nicht ohne Grund gewählt: Er liegt exakt vor dem Anwesen, das Wenzels Partner gehört.

Auf dem Klingelschild steht der Name: Harald Lehr. Darüber das schwarze Glasauge einer Kamera. Die Villa versteckt sich im Hintergrund des Gartens, auch die Nachbarhäuser rechts und links sind weit von der Straße abgerückt. Mauern begrenzen die Grundstücke, verstellen den Blick von den Häusern auf das, was sich vor ihnen abspielt, auch jetzt, bei Tageslicht. Umso leichter ist es im Dunkeln, hier ungesehen zu bleiben.

Das Grundstück auf der anderen Straßenseite ist unbebaut. Eine Streuobstwiese, wie sie früher einmal hier üblich war. Ein Stück Kulturlandschaft, das die Stadt beim Wachsen übersehen hat. Für die Soko ist es nur aus einem Grund interessant: Auch dort kann niemand zur Tatzeit zufällig aus einem Fenster gesehen haben. Es gibt keines.

Strobel ragt aus der Gruppe heraus. Er blickt die Straße hinab zur Fundstelle, die von schwarzen Lackspuren an der weißen Mauer markiert wird. Er hält in seiner Linken einen Stapel Fotos, ergreift mit der Rechten das oberste, hält es vor sich, streckt den Arm aus, kneift die Augen zusammen. Das Foto zeigt den BMW in der Tatnacht.

Die anderen Beamten stellen sich auf die Zehenspitzen, versuchen, Strobel über die Schulter zu sehen, was ihnen seine Statur nicht leicht macht. Unzufrieden runzelt er die Stirn. Er reicht das Foto weiter, wiederholt den Vorgang mit einem zweiten, mit einem dritten.

»Der Winkel könnte stimmen«, sagt Claudia Junk, eine erfahrene Ermittlerin. Strobel wiegt dennoch den Kopf. Lieber wäre es ihm gewesen, die Spurensicherung hätte noch in der Tatnacht untersucht, ob der Wagen von dieser Stelle aus gestartet worden ist.

Das ist ein Schwachpunkt in der Beweiskette, das ist mir klar. Aber in der Tatnacht konnte noch niemand wissen, dass der Unfallort des BMW so nahe an Lehrs Villa liegt. Niemand hat geahnt, dass der getötete Wenzel im Streit mit seinem Partner lag, ihm vorgeworfen hatte, Geld aus der Firmenkasse in die eigene Tasche zu leiten. Niemand hat in der Tatnacht sagen können, wo sich Wenzel unmittelbar vor seiner Ermordung aufgehalten hatte. Erst im Laufe der Ermittlungen stellt es sich heraus: Er war hier, genau in dieser Villa. Lehr hatte ihn um ein klärendes Gespräch gebeten.

Wenzel verlässt das Haus gegen 20.45 Uhr, sagt seiner Frau, er wolle noch einmal in die Firma. Die beiden Kinder sind noch auf, sie bestätigen die Angaben der Frau. Um 21 Uhr trifft er in der Firma ein, der Pförtner hält ihm die Tür auf. Wenzel bleibt aber nicht lang. Vermutlich findet er Lehrs E-Mail, entschließt sich, auf das Gesprächsangebot einzugehen, verlässt die Firma um 21.15 Uhr. Eine Viertelstunde später muss er den BMW etwa hier vor der Villa abgestellt haben. Eine Stunde später ist er tot.

Strobel blickt auf seine Schuhspitzen. »Wir sollten die Szene vorsichtshalber mit einem unserer Wagen nachstellen.«

Er seufzt. Ich weiß: Er weiß, eine letzte Sicherheit gibt das nicht. Der Winkel kann sich beim Aufprall des BMW verändert haben.

»Wenn er nicht wollte, dass der BMW mit der Leiche vor seinem Haus gefunden wird, weshalb hat er ihn dann nur diese 50 Meter weit fahren lassen?« Strobel spricht mehr zu sich selbst.

»Vielleicht sollte es so aussehen, als habe der Täter dem Opfer im Auto aufgelauert«, schlägt Claudia vor. »Als habe jemand gewartet, bis Wenzel einsteigt, den Wagen startet und losfährt. Als habe er dann erst zugeschlagen und sich abgesetzt.«

»Hm«, brummt Strobel. »Das ist keine Erklärung. Du weißt, warum.«

Claudia nickt: »Der Täter saß hinten, aber die Beifahrertür stand offen. Und wenn es zwei waren?«

»Finden wir's raus.« Bewegung kommt in die Gruppe. Strobel sammelt die Fotos ein, überquert mit zwei langen Schritten den Bürgersteig. Vor dem Gartentor bleibt er stehen, liest noch einmal den Namenszug auf dem Türschild, als wolle er ganz sicher gehen. Dann drückt er die Klingel.

*

Ein neues Bild. Ein grauer Raum. Er liegt auf der Nordseite der Polizeidienststelle, zudem lassen die niedrigen Fenster unter der Decke wenig Licht herein. Nur spärlich leuchtet auch die Lampe, die in der Mitte des Raumes hängt, genau über dem Tisch, an dem sich Strobel und der Verdächtige gegenübersitzen. Zwischen den beiden liegt ein Diktiergerät.

In eine der Wände ist ein großer, einseitiger Spiegel eingelassen – wie die Streuobstwiese im modernen Wohnviertel auch dies ein Relikt aus vergangenen Tagen. Der Raum hinter dem Spiegel ist leer. Zwei Kameras in gegenüberliegenden Ecken des Verhörzimmers zeichnen die Gespräche auf, jedes

Mitglied der Soko kann die Szene vom eigenen Schreibtisch aus am PC verfolgen.

Harald Lehr lehnt sich auf seinem Stuhl zurück, massiert sich mit den Händen den Nacken. Er wirkt trotzig, aber nicht mehr so selbstsicher wie noch zu Beginn des Verhörs. Es dauert schon über drei Stunden. Strobel hat ein Team zusammengestellt, das sich alle dreißig Minuten ablöst. Er hat die erste halbe Stunde übernommen, jetzt ist er zum zweiten Mal an der Reihe.

Ich bin mir sicher, Lehr wird nicht gestehen. Ich sehe ihn vor mir in diesem Raum. Ich sehe ihn in seiner Firma, in seinem Haus, in seinem Bett, in dem er, der Junggeselle, kaum eine Nacht allein verbringt, wenn er nicht will. Er ist erfolgsverwöhnt, ein Siegertyp. Er kämpft. Mag sein, dass er diesmal nicht gewinnt, dass er leer ausgeht, aber er gibt nicht auf. Er wird nicht gestehen, weder jetzt noch später.

Die Fragen und Antworten wiederholen sich.

»Sie sind gegen 20 Uhr nach Hause gekommen?«

»Ja.«

»Allein?«

»Wie oft denn noch? Ja!«

»Sie haben das Haus anschließend nicht mehr verlassen?«

»Ja.«

»Die ganze Nacht nicht? Sie sind nicht für ein paar Minuten vor die Tür?«

»Ja, verdammt!«

»Aber Sie waren nicht den ganzen Abend allein, richtig?«

»Richtig.«

»Ihr Geschäftspartner Martin Wenzel war bei Ihnen.«

»Sie sagen es.«

»Von wann bis wann?«

»Er kam Punkt 21.30 Uhr und ging eine knappe Stunde später. Und bevor Sie noch mal fragen: Ich habe ihn nicht rausbegleitet.«

»In Wenzels Wagen sind überall Spuren von Ihnen.«

»Na und? Er hat mich oft nach Hause gebracht, wenn wir nach der Firma noch auf einen Absacker in der Kneipe waren. Ich fahre nie selbst, wenn ich etwas getrunken habe.«

»Warum war er bei Ihnen?«

»Es ging um Geld, das wissen Sie doch alles.«

»Sie hatten ihn um das Gespräch gebeten ...«

»Ja. Nein.«

»Ja? Nein? Was denn nun?«

»Er hat mich um das Gespräch gebeten. Ich hätte weiß Gott darauf verzichten können.«

»Schauen Sie sich den Ausdruck dieser Mail an. Haben Sie das geschrieben?«

»Das hab ich schon tausendmal gesagt: Ja.«

»Sie haben die Mail am Tatabend um Viertel nach acht abgeschickt. Wenige Minuten, nachdem sie nach Hause gekommen waren. Sie bieten Ihrem Partner ein Gespräch an. Um halb zehn. Bei sich.«

»Er hatte mich um ein Gespräch gebeten. Ich wollte es endlich hinter mich bringen. Reinen Tisch machen, verstehen Sie?«

»Sie meinen die Sache mit der Unterschlagung?«

»Genau.«

»Martin Wenzel hat Ihnen vorgeworfen, sie hätten Geld unterschlagen.«

»Herrgott, jetzt reicht's mir aber. Das ist doch frei erfunden!«

»Dass er Ihnen das vorgeworfen hat?«

»Nein. Es ist erfunden, dass ich was unterschlagen hätte. Er war's, der sich aus der Firmenkasse bedient hat, nicht ich.«

»Haben Sie ihn zur Rede gestellt?«

»Natürlich.«

»Schriftlich?«

»Nein. Ich spreche noch mit den Leuten in der Firma.«

»Bis auf den Vorschlag für das Treffen.«

»Okay, Sie haben mich. Da hab ich geschrieben. Es war nach Feierabend. Ich wollte nicht bei ihm zu Hause anrufen.«

»Schön. Sie haben ihn also auf die Unterschlagung angesprochen. Das war wann?«

»Vor drei, vier Wochen vielleicht. Ich kümmere mich kaum um die Konten, sonst wär's mir sicher früher aufgefallen.«

»Wie hat er reagiert?«

»Ausflüchte. Aber ziemlich erregt. Wie ein getroffener Hund eben.«

»Das sagen Sie, aber ...«

»Das ist die Wahrheit!«

»Es ist aber auch wahr, dass er Ihnen in einer E-Mail vorgeworfen hat, Sie hätten Geld aus der Kasse abgezweigt.«

»Vor einer Woche. Ich hab gedacht, jetzt dreht er völlig durch.«

»So durchgedreht sieht das gar nicht aus. Er hat in seinem Büro Buch geführt. Demnach haben Sie über hundertfünfzigtausend Euro in den vergangenen zweieinhalb Jahren unterschlagen.«

»Das ist Blödsinn, bitte, Sie müssen mir glauben. Er war das. Er wollte mir das anhängen.«

»Haben Sie ihm gedroht?«

»Ich weiß nicht, was Sie unter ›drohen‹ verstehen. Ich hab ihm gesagt, er soll das Geld bis Monatsende zurückschaffen, sonst geh ich zum Anwalt. Und ich wollte, dass er aus der Firma verschwindet.«

»Sie haben ihm nicht gedroht, dass Sie ihn zum Schweigen bringen würden, wenn er den Mund aufmacht?«

»Jetzt kommen Sie mir schon wieder mit dieser Mail.«

»Es ist eine interessante Mail, das müssen Sie zugeben. Da steht: *Schon mancher hat den Kopf verloren, wenn er ihn zu hoch getragen hat*. Das verstehe ich unter einer Drohung.«

»Das habe ich nie geschrieben. Diese Mail ist nicht von mir.«

»Sie ist aber von Ihrer Adresse abgeschickt worden. An Martin Wenzel. Zwei Tage, bevor er auf grausame Weise seinen Kopf verloren hat.«

»Sie ist trotzdem nicht von mir. Jemand hat das getürkt. Vielleicht Martin selbst. Er ist – war – IT-Spezialist.«

»Sie haben ein Passwort für Ihren E-Mail-Account?«

»Sicher. Halten Sie mich für blöd?«

»Kannte Martin Wenzel das Passwort?«

»Natürlich nicht.«

»Sonst jemand?«

»Erzählen Sie Ihres überall 'rum?«

»17kathrin04, ist das Ihr Passwort?«

»Offensichtlich muss ich mir ein neues zulegen.«

Jetzt, nach drei Stunden und achtzehn Minuten stellt Strobel eine neue Frage: »Wer ist Kathrin?«

Lehr grinst. »Ich würde sagen: eine Frau.«

Strobel grinst mit. »Welche Frau?«

»Das ist privat.« Das Grinsen verschwindet. Lehr setzt sich aufrecht, ist auf der Hut.

Strobel blättert in einem Aktenordner, sucht eine bestimmte Stelle. Als er sie gefunden hat, schaut er Lehr ins Gesicht. »Die Frau Ihres Geschäftspartners – heißt sie nicht auch Kathrin?«

Lehr hebt die Schultern. »Möglich. Der Name ist ziemlich geläufig.« Er wirkt unsicher.

»Wofür stehen die Ziffern 17 und 04?« Strobels Blick ruht auf Lehr, sein Zeigefinger auf der Fundstelle im Aktenordner. »Doch wohl nicht für ein Kartenspiel.«

Lehr schweigt.

»Ein Geburtstag vielleicht?« In Strobels Tonfall schwingt Ironie mit.

»Ich werde Ihnen bestimmt nicht verraten, wie ich meine Passwörter zusammensetze.« Lehr beugt sich vor, lugt auf das Blatt unter Strobels Finger.

Strobel dreht den Aktenordner auf dem Tisch, pocht auf das Blatt, lässt sein Gegenüber lesen. »Kathrin Wenzel hat am 17. April Geburtstag. Wussten Sie das?«

»Also gut.« Lehr atmet tief aus. »Ja.«

»Sie haben ein Verhältnis?« Strobel zieht den Ordner wieder an sich, schlägt ihn zu.

»Können Sie es ihr verdenken? Martin kannte nur die Firma. Er hatte nie Zeit für Kathrin. Sie saß zu Hause mit den Kindern.« Er spricht nicht mehr laut, er murmelt nur noch. »Ich hab mich anfangs nur ein wenig um sie kümmern wollen. Wir haben uns schon immer gut verstanden, sie ist eine ganz Sympathische. Sie war froh über die Ablenkung, meldete sich immer häufiger. Irgendwann ist es dann einfach passiert.«

»Weiter ...«

Lehr spreizt die Hand, massiert sich mit Daumen und Mittelfinger die Schläfen. »Hören Sie, mir war das zuerst sogar unangenehm, ganz ehrlich. Martin war schließlich mein Freund, bevor ich das mit der Unterschlagung rausfand.«

»Sie wollten Ihren Geschäftspartner aus der Firma haben. Was mich interessiert ...«, Strobel legt eine kleine Pause ein, »... ist: Ging es um das Geld oder die Frau?«

Lehr braust wieder auf. »Kathrin hat nichts damit zu tun!«

»Womit?« Strobel steht langsam auf, dehnt sich. »Mit der Unterschlagung? Mit dem Mord?«

Lehr schweigt.

Strobel schaut in die Kamera und sagt: »Claudia, du bist dran.«

*

Kathrin ist unter den Zuschauern im Gerichtssaal. In der ersten Reihe sitzt sie, hinter dem Angeklagten. Ich sehe es genau vor mir, selbst mit geschlossenen Augen. Sie schluchzt. Vielleicht weint sie aus Trauer über den Tod ihres Mannes, vielleicht aus Mitgefühl für den Mörder.

Lehr wendet den Kopf, blickt sie über die Schulter hinweg an. Er hat begriffen. Seine Augen sind feucht. Selbstmitleid. Sie erwidert den Blick nicht. Tut auch sie sich nur selbst leid? Weil sie ihren Mann betrogen, sich einem anderen vor die

Füße geworfen hat, der es nicht wert war. Der sie zur Witwe und die Kinder zu Halbwaisen gemacht hat.

In gestelztem Juristendeutsch begründet der Richter das Urteil. Einzelne Phrasen hallen in meinen Gedanken nach: Aus niederen Beweggründen ..., Verdunklung der Untreue ..., aufwendiger Lebensstil ..., den Partner geschäftlich und privat hintergangen ..., keinerlei Belege für seine These, das Opfer habe selbst ..., Schutzbehauptung ..., alle Indizien dagegen ..., für die Tatzeit kein Alibi ..., Linkshänder ..., die Spuren im BWM des Opfers ..., das Gericht sieht es als erwiesen an ...

Ich öffne die Augen. Es wird Zeit für das letzte Bild. Vor mir liegt die Straße. Ich habe den Wagen auf der linken Seite geparkt, vor der Streuobstwiese, Lehrs Grundstück gegenüber.

Ich hab es nie für mich allein getan, immer auch für sie. Der Unterhalt für die alte Villa. Die beiden teuren Autos – sie hatte auf einem eigenen Sportwagen bestanden. Ihre Shoppingexzesse und die Cappuccinofrühstücke. Unsere Reisen, natürlich nur in die besten Clubs, das Schulgeld für die Kinder. Und plötzlich die Wirtschaftskrise, die sinkenden Erlöse der Firma.

Dass er es früher oder später herausfinden würde, damit habe ich gerechnet. Niemand kann Hundertfünfzigtausend beiseite schaffen, ohne dass der Geschäftspartner etwas merkt. Womit ich nicht gerechnet habe: Wie unerbittlich er sein würde. Wie unersättlich. Wollte das Geld zurück. Die Firma für sich allein. Kathrin hatte er sich schon genommen. Hat gemeint, ich merk das nicht. Auch sie hat mich verletzt – nach allem, was ich für sie getan habe.

Zugleich hat sie es mir dadurch leicht gemacht. Seit der Uni weiß ich, dass er die Namen und Geburtsdaten seiner Liebschaften als Passwort benutzt. Es war kein Problem für mich, unter seiner Adresse Drohbriefe an mich selbst zu schicken. Die Unterschlagungen so zu kaschieren, dass er genauso gut wie ich der Urheber hätte sein können.

Für mich ändert sich nichts. Ich habe verloren, ich habe für mich weder Geld noch Frau noch Firma gerettet. Für ihn dagegen wird sich alles ändern. Er hat gewonnen. Aber er wird nichts behalten können. Diesmal geht er leer aus. Ich büße – und lasse ihn büßen. Ich habe keine moralischen Zweifel, ich tu es wieder auch für sie: Bei Selbstmord zahlt die Versicherung keinen Cent.

Ich prüfe den Sitz der Schlinge um meinen Hals. Ich wende den Kopf nach links, mein Blick folgt dem Draht, der sich durch den Fensterspalt nach draußen zieht. Er verliert sich in der Dunkelheit, doch ich weiß, wo er endet. Ich habe ihn um einen der Obstbäume geschlungen. Wenn Gewebe und Blut an der Schlinge haften, wird der Regen alles wegspülen, bevor die Kripo sie findet.

So weit es der Draht erlaubt, beuge ich mich nach rechts, strecke den Arm aus und lasse die Beifahrertür aufschnappen. Beim Aufprall des Wagens wird sie nach vorne klappen.

Ich schnalle mich an, starte den Motor und richte das Lenkrad aus. Dann gebe ich Gas, entschlossen und fest. Der Wagen fährt an.

Ich will die Augen schließen. Ich komme nicht mehr dazu.

Tommie Goerz

Blutspur

Der 16. Juni war ein herrlicher Sommertag. Blauer Himmel, leichter Wind, nicht zu warm. Ganz einfach angenehm. Die heißen Tage würden erst noch kommen. Juli, August ... So ein Tag, dachte sich der Nürnberger Kommissar Friedo Behütuns, der könnte ewig dauern. Der sollte eigentlich nie zu Ende gehen, jedenfalls vom Wetter her gedacht. Zeit anhalten, Wetter anhalten, fertig.

Der Tag aber fing gerade erst an.

Wo fängt ein Fall überhaupt an, fragte er sich und blätterte in der Akte auf seinem Tisch. Für mich, wenn ich involviert werde, klar. Aber das ist ja nicht sein Anfang. Der fängt ja immer schon früher an. Um einen Fall zu lösen, muss ich immer in die Vorgeschichte zurück, sonst verstehe ich nichts. Und da finde ich dann neue Geschichten, die sich nach und nach auftun. Nur – wo fangen die dann an? Und: Geht das nicht immer weiter so, immer weiter zurück? Gibt es denn überhaupt einen Anfang? Haben Geschichten denn überhaupt einen Anfang?

Bei Büchern ist das einfach, hatte er einmal gelesen. Da sei der erste Satz entscheidend. Sol Stein hatte das geschrieben, einer von diesen selbsternannten Fachleuten. Oder Besserwissern. Der erste Satz produziert die Spannung, die dann die gesamte Geschichte trägt. Als ob es in Geschichten anders wäre als im richtigen Leben. Man weiß doch nie, was hinten herauskommt, oder? Weder im Leben noch bei einer Geschichte, die man zu lesen beginnt. Also ist die Spannung doch ohnehin schon da, zumindest durch die Neugier. Die viel interessantere Frage lautete doch eher anders herum, ähnlich wie sie Woody Allen gegen Ende seines Films *Whatever*

Works gestellt hatte: Wie halten die Menschen das überhaupt aus, Tag für Tag und ein Leben lang, wenn sie nie wissen, wie es weitergeht, nie wissen, was passiert? Warum macht sie das denn nicht verrückt? Macht es ja, müsste man ihm eigentlich antworten. Denn wo immer man auch hinschaut: überall nur Verrückte.

Der Nürnberger Kommissar Friedo Behütuns saß im Präsidium an seinem Schreibtisch, hatte das Kinn in die eine Hand gestützt und spürte die Stoppeln seines Dreitagebartes. Die andere spielte mit einem Bleistift. Peter Dick, einer der drei Peters aus seinem Team, saß am Schreibtisch gegenüber und hackte immer wieder in die Tasten, den Blick fest fixiert auf den Bildschirm. Er kroch förmlich in ihn hinein. Und klopfte auf der Tastatur herum wie auf einer Schreibmaschine, mit richtig viel Kraft. Als sei zwischen seiner Tastatur und seinem Bildschirm eine Mechanik, die er erst mit Kraft in Bewegung setzen müsse. Hat das Schreiben wohl noch auf der Maschine gelernt.

Der Fall, der vor Behütuns lag, war scheinbar klar. Aber trotzdem irgendwie rätselhaft. Und es war mit ihm wie mit jeder Geschichte: Er hatte keinen Anfang, alles ergab sich immer aus irgendetwas – aus anderen, vorherigen Geschichten. Behütuns blätterte die Akte noch einmal zurück, ganz nach vorn. Also zur ersten Seite. Es war die Akte von Thomas Haas, 21. Er saß in der Nürnberger Justizvollzugsanstalt und hatte große Probleme. Behütuns hatte sich den Fall schon mehrfach angeschaut heute. Irgendwo war hier der Wurm drin.

Im Januar vor eineinhalb Jahren war Thomas Haas verhaftet worden nach einem Überfall auf eine Tankstelle in Doos. Da war er 19 Jahre alt und brauchte Geld für Drogen. Hatte sich dabei aber denkbar dumm angestellt. Richtig dilettantisch. War in die Tankstelle rein, hatte eine Kundin bedroht, um seiner Forderung Nachdruck zu verleihen, und das war Geiselnahme. Der Mann an der Kasse aber war ruhig geblieben, hatte oben auf die Kamera gedeutet und ihm nur kleine

Scheine herausgegeben. Thomas Haas war schließlich panisch geworden und Hals über Kopf geflohen. Mit fast nichts. Seine Waffe hatte er weggeworfen, eine Spielzeugpistole, wie sich herausstellte. Zwei Stunden später hatte man ihn gefasst, seitdem saß er.

Eigentlich konnte man Haas als richtigen Kleinkriminellen bezeichnen mit der typischen Karriere. Verkorkste Jugend, versautes Elternhaus, Schulabbruch, Schlägereien, kleinere Diebstähle, lauter so Zeug. Das stand ihm auch ins Gesicht geschrieben. Verschlagenes Rattengesicht, fiese Mundwinkel, berechnend lauernde Augen. Aber hochintelligent. Die Augen zeigen dir das. So zumindest hatte ihn Behütuns in Erinnerung und so waren die Bilder in der Akte. Wie deutlich doch der Charakter die Gesichtszüge bestimmt. Manche Typen brauchst du nur zu sehen und du weißt, woran du bist.

Sieben Monate nach seiner Festnahme, also vor ungefähr einem Jahr, bekam Thomas Haas drei Jahre. Die Untersuchungshaft wurde ihm angerechnet, also blieb er in Nürnberg, denn bei guter Führung hätte er noch zu Ende dieses Jahres mit seiner Freilassung rechnen können.

Der und gute Führung?, hatte sich Kommissar Behütuns gedacht, als in dem Fall, an dem sie gerade arbeiteten, der Name Haas ins Spiel kam. Gute Führung, das passt nicht zu ihm, allenfalls aus Kalkül. Damit er schneller rauskommt und weitermachen kann, weiterarbeiten an seinem Absturz. Aber gute Führung aus Kalkül? Dauerhaft durchgehalten? Das schafft dieser Typ nicht, nicht wirklich. Der ist versaut, aus dem wird nichts mehr, der dreht gleich wieder etwas und wandert in den Bau. Aber hier stand es schwarz auf weiß: Haas führe sich gut. Sehr gut sogar. Mit allerbesten Beurteilungen. Er engagiere sich für Mithäftlinge, gehe zum Blutspenden, arbeite viel mit der Psychologin. Alles zusammen war schließlich auch der Grund dafür, warum man in der vergangenen Woche seinen ersten Freigang befürwortet hatte, damit er sich

Schritt für Schritt wieder auf seine Freiheit vorbereiten könne. Und mit welchem Ergebnis? Es war wieder etwas passiert, Behütuns hätte es damals vorhersagen können.

Um acht Uhr früh, so hatten es die Recherchen ergeben, hatte Thomas Haas die JVA verlassen, um neun hatte er einen Termin bei seinem Bewährungshelfer, nachmittags um vier einen bei seinem Vermieter, diese beiden Termine hatte er wahrgenommen, aber dazwischen klaffte ein zeitliches Loch. Ein entscheidendes und für ihn ganz offensichtlich verhängnisvolles. Auch wenn er zehn Minuten vor acht am Abend wieder pünktlich vor der JVA erschienen war, um sich zurück in seine Zelle zu begeben.

Eigentlich lagen die Dinge ganz einfach. Am Tag vor seinem Freigang hatte sich Thomas Haas in der JVA unglücklich verletzt. Hatte sich an einer der schweren Türen die Finger der linken Hand gequetscht, unschöne Fleischwunden. Die Nägel von drei Fingern würden sich wohl lösen, die Kuppe des Mittelfingers war beinahe ab. Die Wunde hatte heftig geblutet, er hatte sie vom Gefängnisarzt behandeln lassen. Auf den Freigang aber wollte er deswegen nicht verzichten. Er war also draußen gewesen mit diesen blutigen Fingern. Und genau das war der springende Punkt.

Einen Tag nach Thomas Haas' Freigang hatte eine Frau aus der Nordstadt angerufen, sie mache sich Sorgen um ihre Nachbarin. Sie habe sie am gestrigen Morgen zum letzten Mal gesehen. Eigentlich hätte sie am Nachmittag zum Kaffee kommen wollen, war sie aber nicht. Sie sei doch sonst immer sehr zuverlässig. Die Anruferin habe an der Tür geklopft, sie angerufen – nichts. Am Abend habe sie mit ihr ins Kino gehen wollen, die Nachbarin sei aber auch dazu nicht erschienen. Ans Telefon sei sie wieder nicht gegangen, bis jetzt nicht. Sie habe es schon so oft versucht. Und die ganze Nacht sei es in der Wohnung so ruhig gewesen. Irgendetwas sei da nicht normal, und sie mache sich große Sorgen.

Warum sie sich Sorgen mache?

Das sei nur so ein Gefühl. Also ziemlich vage. Trotzdem, man hatte einmal eine Streife vorbeigeschickt. Die hatten dann den Schlüsseldienst geholt, nachdem sie auf der Arbeitsstelle der Frau angerufen und erfahren hatten, dass sie dort ohne Entschuldigung fehlte. Das sei nicht ihre Art. Sie habe zwar nur eine Halbtagsstelle, sei aber sehr gewissenhaft. Und dann hatte sie da gelegen im siebten Stock, auf das Sofa geworfen, tot. Erwürgt, so wie es aussah. So war Kommissar Behütuns zu dem Fall gekommen.

»Wissen Sie denn, ob Frau Lienhardt Feinde hatte oder bedroht wurde, sich bedroht fühlte? Hatte sie eine Beziehung? Hat sie vielleicht einmal irgendetwas in dieser Richtung erzählt?«

Behütuns und Dick hatten im Präsidium gesessen und die Nachbarin befragt.

»Lona hatte keine Feinde, Sie haben sie doch gesehen«, antwortete die Nachbarin auf die Fragen von Kommissar Behütuns. Sie schien erstaunlich gefasst. »Ganz im Gegenteil, sie hatte nur Freunde. Freundinnen«, verbesserte sie sich, »so wie mich. Sie hat sich doch vor zwei Monaten von ihrem Mann getrennt. Und sie hat sehr darunter gelitten, das können Sie mir glauben. Deshalb habe ich sie ja auch mit ins Haus genommen, erst einmal. Die Wohnung war ja leer.«

»Hatte sie Streit mit ihrem Mann?«

»Nein, der war sogar öfters hier, nein, sie haben sich nicht gestritten. Sie hatten sich nur getrennt.«

»Ja und warum?« fragte der Kommissar.

»Sie wollte eine andere Beziehung. Eine, in der der Mann mehr daheim ist und mehr für sie da.«

»Hatte ihr Mann vielleicht eine Affäre?«

»›Der liebt nur seine Arbeit‹, hat sie immer gesagt. ›Kommt abends um zehn Uhr heim und sitzt dann noch am Laptop oder telefoniert.‹ Das wollte sie nicht.«

»Aber sie hat ihn geliebt?«

»Ja schon. Deshalb ja auch.«

»Was deshalb?«

»Deshalb hat sie sich getrennt. Weil sie ihn liebte. Sie hat immer gesagt: ›Besser, ich tue es jetzt als erst in drei, vier Jahren.‹ Sie hat nicht mehr an die Beziehung geglaubt.«

Immer diese Beziehungen, hatte sich Behütuns gedacht. Beziehungen sind immer auch Besetzungen und Inbesitznahmen. Wie hatte das Woody Allen einmal gesagt? Beziehungen sind der Versuch, Probleme zu zweit zu lösen, die man alleine nicht hätte, oder so ähnlich. Ich bin mir schwer genug und oft genug selbst im Weg. Gut, dass ich es alleine ertrage. Und wie hatte seine Nichte einmal ihre Bedenken umschrieben, als sie sich nicht entscheiden konnte, mit anderen zusammen in eine Wohngemeinschaft zu ziehen? »Ich habe Angst, dass ich mir die Probleme anderer zu meinen eigenen mache.« Sie war dann aber doch dort eingezogen.

Am Morgen nach dem Auffinden der Leiche waren die ersten Berichte eingetroffen.

Die Spurensicherung hatte in der Wohnung nichts Verwertbares gefunden. Die Folgerungen daraus: Der Täter wusste, was er tun wollte und hatte sich entsprechend umsichtig verhalten. Und: Das Opfer muss den Täter oder die Täterin gekannt haben. Es hat ihn in die Wohnung gelassen oder ihn mit hineingenommen, auch seien in der Wohnung keinerlei Spuren eines Kampfes zu finden gewesen. Das deute auf ein vertrautes Verhältnis hin, zumindest nicht auf eines, vor dem das Opfer hätte Angst haben müssen. Soweit man das feststellen konnte, fehlte auch nichts in der Wohnung, sie war offenbar nicht durchsucht worden, alles schien an seinem Platz, das bestätigte auch die Nachbarin.

Auch den Noch-Ehemann des Opfers hatte man verhört. Herr Lienhardt hatte für die fragliche Zeit ein Alibi. Viele sogar. Er hatte eine lange Liste von Telefonaten, die er um den vermuteten Zeitpunkt der Tat, die Mittagszeit, geführt hatte. Neunzehn Telefonate, beinahe ohne Pausen dazwischen, allenfalls einmal fünf oder acht Minuten. Die Liste der Nummern lag vor, und die Gesprächsteilnehmer wurden gerade überprüft, einer nach dem anderen. Peter Abend hatte diese Aufgabe übernommen. Telefonieren, telefonieren, telefonieren. Behütuns hatte es für sinnvoll angesehen, diese Gespräche zu überprüfen, da der Ehemann nicht im Büro gewesen war, sondern, wie er es oft tat, viele Telefonate mobil führte, vor allem während der Mittagszeit, wenn er dazu in die Sonne konnte. Er habe dazu oft im Freigelände gesessen, draußen im Nordostpark, auf einer der vielen Bänke, oder sei einfach spazieren gegangen. Im Schatten der Bäume dort sei es sehr schön. Und er nannte eine Handvoll Personen, die ihn wahrscheinlich gesehen haben und sich an ihn erinnern müssten, wie er meinte, zumindest habe er ihnen beim Telefonieren zugenickt, als sie an ihm vorübergingen.

Sie hatten das Handy konfisziert, um Nummern, Zeiten, Gesprächslängen und so weiter auszulesen, und hatten sich die Namen der Personen geben lassen, die ihn gesehen haben müssten. Beim Ehemann gab es viel zu überprüfen, dringender Tatverdacht jedoch bestand nicht.

»Meint ihr, er könnte es gewesen sein?«, hatte Behütuns gefragt, als das Team gegen Mittag zusammengesessen und den Zwischenstand der Ergebnisse besprochen hatte. Das war vor vier Tagen gewesen.

»Wir sind nicht dazu da, dass wir hier Tipps abgeben. Oder will vielleicht noch jemand Wetten abschließen?«, beschwerte sich Jaczek, der solche Fragen immer missverstand.

»Na gut, dann formuliere ich es anders: Was haben wir, das dafür spricht, dass er es gewesen sein könnte, und was, das ihn entlastet?«

»Geht doch«, grunzte Jaczek humorlos. Sagte aber sonst nichts.

»Eifersucht scheint nicht im Spiel zu sein, so wie die Beziehung von allen geschildert wird«, sagte P. A. und blätterte in seinen Aufzeichnungen.

»Das könnte auch nur die sichtbare Oberfläche sein. Fassung und Disziplin«, unkte Jaczek. »Kein Mensch kann uns garantieren, wie es da drunter aussieht.«

»Was noch?«, überging Behütuns den Einwand.

»Er profitiert auf jeden Fall davon«, meldete sich Dick. »Seine Frau ... Nochfrau ... ehemalige Frau ...«, er zuckte hilflos mit den Schultern, suchte nach dem richtigen Wort, »... das Opfer war hoch versichert.«

»Erst seit jüngerer Zeit?«, wollte Behütuns wissen.

»Nein, schon seit fast sieben Jahren. Höhe rund 300.000 Euro. Hat ihr Mann finanziert. Ihr zur Hochzeit geschenkt.«

»Hat er vielleicht finanziell irgendwie Schwierigkeiten?« fragte P. A. in Richtung Dick.

»Bis jetzt deutet nichts darauf hin.«

In die Besprechung hinein hatte das Telefon geklingelt, ein ergänzender Befund aus der Gerichtsmedizin: Die Frau wurde von hinten erwürgt, für sie wahrscheinlich völlig überraschend. Man habe weder Merkmale eines Kampfes gefunden, etwa Haut- oder Gewebespuren unter den Fingernägeln, noch Hinweise auf ein Sexualdelikt. Allerdings etwas vielleicht ganz Entscheidendes: In den Würgemalen habe man Spuren von Blut entdeckt. Es sei aber nicht das Blut der Frau, vielmehr müsse der Täter eine Verletzung an der Hand oder den Fingern gehabt haben. Dafür sprächen auch kleinste Gewebespuren. Sie könnten von einem Verband stammen, das würde noch untersucht. Und noch etwas, völlig absurd: Fettreste, wahrscheinlich Bratenfett. Ob das Opfer sich wohl etwas gebraten hatte? Übrigens müsse der Täter sehr kräftig gewesen sein, denn sogar das Zungenbein sei gebrochen. »Der hat richtig fest zugedrückt. Das muss geknackt und geknirscht haben.« Dazu machte der Gerichtsmediziner so ein trockenes »Krrrrrk«. Die hatten schon einen eigenartigen Humor.

Der Ehemann war von kräftiger Statur. Man verglich das Blut mit der DNA des Ehemannes: Fehlanzeige. Dann glich man den Befund mit den Datenbeständen ab – und am Tag darauf war das Ergebnis gekommen: Haas.

Behütuns spielte noch immer mit seinem Bleistift. Er hatte sich zurückgelehnt, die Beine übereinandergeschlagen und sah an die Decke. Aber er sah eigentlich nichts, nicht bewusst. Dünnschwarze Staubfäden zogen sich unter der Decke entlang und zeigten die Luftbewegung im Raum. Er war noch am Nachmittag in die JVA gefahren und hatte Haas mit den Fakten konfrontiert. Diese miese, kleine Ratte – mit dieser Erinnerung kam er in die JVA. Aber der, der ihm dann gegenübersaß, war eine völlig andere Person. Er wirkte auf ihn kein bisschen mehr verschlagen wie damals. Ganz im Gegenteil.

Haas schien von den Vorwürfen völlig irritiert, kapierte erst gar nicht, um was es ging. Und schien dann völlig verzweifelt.

»Wissen Sie denn, wie das ist?«, hatte Haas ihm bei der Vernehmung erzählt, »wenn man nach über einem Jahr mal wieder raus kommt? Freien Himmel sieht? Die Sonne scheint und Sie gehen können, wohin Sie wollen? Das ist, wie wenn Sie aus einem Loch kommen und endlich wieder Licht sehen, nach langer, langer Zeit. Das treibt Ihnen die Tränen ins Gesicht, und Sie spüren so richtig, was Freiheit bedeutet. Frei sein, atmen, gehen, wohin man will!«

Der Junge hat sich verändert, hatte Behütuns bei der Vernehmung gedacht, der Knast hat ihm gutgetan und die Arbeit mit den Psychologen. Seine Augen waren inzwischen ganz anders. Oder er ist ein verdammt guter Schauspieler geworden, sagte sein Kopf, und zieht eine ziemlich clevere Show ab. Doch Behütuns' Gespür sagte nein. Nur die Fakten sprachen dagegen.

Zu seinem Alibi hatte Haas Folgendes gesagt: Er sei nach dem Besuch bei seinem Bewährungshelfer mit der U-Bahn zunächst nach Herrnhütte gefahren und von da mit dem Bus nach Käswasser. Mit dem 212. Nur hinaus habe es ihn getrieben. Wiesen sehen und Weite, über das Tal schauen und ins Land, die Erde riechen, den Boden, die Bäume, das Gras. Fliegen brummen hören und Vögel zwitschern, Ameisen über den Handrücken laufen lassen, sich in die Wiese setzen. »Das hat man doch alles nicht, wenn man drin ist. Es war so ein schöner Tag!«

Dann war Haas zusammengebrochen, und man hatte den Anstaltsarzt geholt. Der hatte erst einmal jede weitere Vernehmung untersagt.

Behütuns hatte an sich beobachtet, wie ihn die Geschichte gefangen genommen hatte. Eigentlich nicht die Geschichte, sondern die Art, wie Haas sie erzählt hatte. Ja, dachte er, der fragliche Tag war genauso wie heute. Sommer, Sonne, leichter Wind. Blauer Himmel, nicht heiß. Seit Tagen ist es schon so. Und immer wieder kurze Wolkenschatten. Aus dem Ort hinaus sei er gelaufen, hatte ihm Haas erzählt, erst ein Stück Richtung Großgeschaidt, dort oben auf der Höhenstraße entlang, dann sei er nach links, einen Feldweg hinunter ins Tal. Am Waldrand dort sei er gesessen, Gesicht in der Sonne, und habe geheult. Es sei ihm einfach so gekommen. Mit dem Rücken an einem Baum, vor sich die gemähte Wiese. Dieser unglaubliche Geruch von Heu! Das klang alles nicht erfunden oder erlogen, das klang verdammt authentisch.

Konnte es sein, dass Haas' Version stimmte? Die Fakten sprachen eindeutig dagegen. Es war sein Blut, fertig. Das ist nur so mein Gefühl, dachte Behütuns und legte den Bleistift weg. Der kullerte über die Akte hinüber zu Dick. Das Motiv wird er uns schon noch nennen, ansonsten kriegen wir es heraus. Aber das müssen wir nicht, die Beweislage ist dicht. Er hatte Zeit, er hatte angegeben, in Herrnhütte gewesen zu sein, also quasi vor der Wohnung der Frau, und es war sein Blut. Behütuns klappte die Akte zu. Dick sah an seinem Bildschirm seitlich vorbei, nahm den Stift an der Spitze, hielt ihn mit aufgestütztem Arm hoch, zeigte dann auf Behütuns und schließlich auf seinen Bildschirm.

»Weißt du, was ich da gerade seh?«

»Wie soll ich?« fragte Behütuns, »Was denn?« Aber was Dick dann sagte, nahm er nicht mehr wahr. Der Stift ... Ein Gedanke formte sich in seinem Kopf. An dem Stift sind meine Fingerabdrücke und durch den Schweiß oder kleinste Hautpartikel vielleicht auch DNA. Habe ja lange genug damit gespielt. Verlöre ich ihn und würde er irgendwo gefunden, wo es brenzlig ist oder war, und man kennt meine DNA, wäre ich dran – egal, ob ich da war oder nicht ...

»Was sagst du jetzt?« fragte Dick triumphierend und warf ihm den Stift wieder zu.

»Zu was?« fragte Behütuns irritiert. Kein Wort von dem, was Dick erzählt hatte, war zu ihm durchgedrungen. Es interessierte ihn jetzt auch nicht. Vielleicht stimmte es doch, was Haas ihm erzählt hatte? Wider alle so scheinbar klaren Fakten? Oder spielte ihm sein Gefühl einen Streich? Hatte vielleicht jemand mit Haas' blutigem Verbandszeug ...? Absurde Idee. Aber Behütuns' Gefühl war stärker als die Klarheit der Fakten. Und die täuscht einen oft genug. Nur – was würde das bedeuten? Dass irgendeine Person, die gewusst haben musste, dass Haas an diesem Tag draußen war, und die auch noch Zugang zu blutigem Verbandszeug von Haas' Verletzung gehabt haben musste – dass diese Person den Überfall getätigt und dabei ganz bewusst das blutige Verbandszeug eingesetzt haben musste. Das war schon eine waghalsige Konstruktion. Zu waghalsig, um sie überhaupt zu formulieren, geschweige denn gegenüber seinen Kollegen auszusprechen. Trotzdem, Behütuns blieb dran.

Was die Vermutung jedoch extrem unwahrscheinlich machte, war, dass Thomas Haas das Opfer gekannt hatte. Flüchtig auf jeden Fall. Und das könnte erklären, warum sie ihn eingelassen hat: Sie war die Cousine eines Freundes, mit dem Haas, bevor er verknackt wurde, viel unterwegs gewesen war. Trotzdem: Behütuns' Gefühl. Er musste sicher gehen, dass er mit seiner Vermutung irrte. Haas' Veränderung hatte ihn zu tief beeindruckt. Positiv.

»Sorry, ich habe überhaupt nicht zugehört, war mit meinen Gedanken völlig woanders«, entschuldigte sich Behütuns bei seinem Kollegen Dick und schüttelte kurz den Kopf. »Was hattest du gesagt?«

Aber der Kommissar erwartete keine Antwort, war noch immer mit dem Kopf woanders. War auch schon aufgesprungen, stand vor seinem Schreibtisch, den Bleistift gedankenverloren in der Hand. Dann warf er ihn auf den Tisch. »Ich fahr da mal raus, muss das checken, ob das alles stimmen kann. Wenn etwas ist ...« und deutete dabei auf sein Handy. Dann war er auch schon draußen. Peter Dick sah ihm verwundert hinterher, dann wandte er sich wieder seinem Bildschirm zu.

Behütuns verließ zu Fuß das Präsidium. Er wusste, dass die praktische Überprüfung von Angaben immer wertvoller war als die theoretische. Man konnte zwar Fahrpläne lesen, sich Straßenverläufe ansehen, Zeiten addieren – aber in der Wirklichkeit draußen, in der »echten« Welt, war immer alles anders. Außerdem war es ein herrlicher Tag, und da war es draußen immer und überall besser als in dem grauen Büro.

Behütuns fuhr mit der U-Bahn nach Herrnhütte. Dort stieg er hinauf und wartete auf den Bus. Die Haltestelle lag nur einen Steinwurf vom Haus entfernt, in dem die Frau ermordet worden war. Ob er drüben schnell noch einen Döner ...? Doch da kam schon der Bus.

In Käswasser stieg er aus und nahm, so wie Haas es ausgesagt hatte, dort oben die Straße Richtung Großgeschaidt, sah sich um, wo Haas nach links hätte hinuntergehen können und entschied sich dann für einen Feldweg, der auf ein Wäldchen zuführte, das unten am Hangfuß lag. Vor dem Wäldchen eine Wiese, das Gras erst vor Tagen gemäht, das Heu aber schon eingefahren. Nur vereinzelt lagen noch trockene Halme im Gras – alles so, wie Thomas Haas es geschildert hatte. Er war also tatsächlich hier gewesen.

Unter einem überhängenden Ast einer Eiche, einem Randbaum dort, setzte sich Behütuns hin, halb im Schatten, das Gesicht zur Sonne, den Rücken am Stamm. Lauschte den Vögeln, sah ihnen zu. Wenn ich schon einmal hier draußen bin, dachte er sich und sog zufrieden die Luft ein. Waldränder riechen immer besonders. Meisen turnten durch das Eichengeäst, ein Buchfink schlug irgendwo an, zwei, drei Amseln schimpften, als sei eine Katze unterwegs, und ein Eichelhäher fiel aus der Tiefe des Wäldchens mit ein. Dann klopfte ein Specht, nein, das musste ein Kleiber sein, es war viel zu nah und zu leise. Er begann seinen Ausflug zu genießen. Ein Bussard kreiste über dem Wäldchen und der Wiese und stieß immer wieder sein »Kiäh« aus, den Ruf, der das Land so weit machte. Und dann kam noch eine Singdrossel hinzu. Was für ein schöner Gesang! Behütuns sah auf seine Uhr. Von den Zeiten käme das hin, dachte er. Die Hinfahrt, der Gang hierher, hier verweilen und wieder zurück – doch das ist noch kein Beweis.

Eine jähe Handbewegung riss ihn aus seinen Überlegungen. Ganz unwillkürlich hatte er sie gemacht, hatte mit der Hand geschlagen, mit dem Handrücken, ganz knapp vor seinem Gesicht: ein Tier ... eine Fliege ... eine Spinne! Fett und schwarz hatte sie sich ganz knapp vor seinem Gesicht heruntergelassen, fest spürte er sie beim Wegschlagen auf der Haut – und im gleichen Augenblick schon war er sich der intuitiven Panik seiner Reaktion bewusst, und das Tier tat ihm leid. Urtriebe waren hier im Spiel, keine Zeit für Überlegungen. Klack machte es im Laub neben ihm, wo der Spinnenkörper landete. Trockenes Eichenlaub ist hart und laut. Er beugte sich seitlich hinüber, um nach der Spinne zu suchen, aber er fand sie nicht. Leicht schob er mit einem Stöckchen die Blätter auseinander, um das Tier vielleicht doch zu entdecken. Wahrscheinlich aber hatte sie sich zusammengerollt und stellte sich erst einmal tot.

»Verdammt noch mal! Überall müssen die hinschei...«, war sein erster Gedanke, und er wollte schon aufstehen und gehen. Er hatte den Zipfel eines Papiertaschentuches freigelegt, und so gut, wie es unter dem Laub versteckt war, konnte es nur bedeuten: Hier hatte einer gekackt und versucht, das Ergebnis zu verdecken. So nah neben einem wahrscheinlich noch frischen Haufen zu lagern, war nicht sehr appetitlich. Und frisch musste der Haufen sein, zu dem das Papier gehörte, denn der Zellstoff wirkte noch trocken und weiß. Der hatte, so wie er aussah, noch keinen Regen gesehen. Doch dann fiel es Behütuns wieder ein: Hatte Haas denn nicht etwas von Tränen erzählt? Die wischt man sich ab und man schnäuzt sich. Wenn der genau hier ... und das Tuch dann, damit es nicht offen ... einfach mit Blättern bedeckt ...?

Vorsichtig, auf alles gefasst und deshalb aus einer gewissen Distanz, schob Friedo Behütuns die Blätter beiseite und legte das Tuch frei, immer mit der Befürchtung, darunter vielleicht doch einen Haufen ...

War aber nicht. Das Tuch wirkte nicht allzu alt, wirkte benutzt – und hatte ein paar rotschwarze Flecken! Getrocknete Spuren von Blut?

Vorsichtig wickelte Behütuns das Taschentuch ein und steckte es in seine Tasche. Dann ging er den Hang hinauf zurück und wartete auf den Bus. Da klingelte sein Handy.

»Chef?«

Peter Dick war dran.

»Ja?«

»Es hat sich ein Zeuge gemeldet.«

Die Nürnberger Nachrichten hatten einen Bericht gebracht über die Ergebnisse der Ermittlungen und darin auch die mutmaßliche Beweiskette erwähnt: die Handverletzung des Hauptverdächtigen sowie die Blutspuren am Hals des Opfers. Der Betreiber der Dönerbude bei Herrnhütte hatte sich jetzt gemeldet und ausgesagt, dass der Täter vielleicht bei ihm war. Auf jeden Fall hatte am fraglichen Tag ein junger Mann mit einer blutigen Hand bei ihm gegessen.

»Ich sprech mal mit ihm«, beendete Behütuns den Anruf, »ich bin ohnehin gleich dort.«

Dann rief er noch einmal zurück. »Kannst du vielleicht auch zum Döner kommen? Mit einem Bild von Haas?«

Zwanzig Minuten später traf Behütuns beim Dönerstand ein. Dick war schon dort, kaute.

Sie zeigten dem Dönerbetreiber das Bild.

»Das war er, der Mann«, sagte der Imbisswirt und nickte. »Und der hat die Frau umgebracht?«

»Sieht ganz so aus«, antwortete Dick. »Wissen Sie noch, wann das war? Also wann genau der hier war?«

Der Wirt schüttelte den Kopf. »Mittags irgendwann, aber ich schau ja nicht ständig auf die Uhr.«

»Wir müssten Sie bitten, auf die Wache zu kommen. Wir brauchen dazu Ihre Aussage.«

Der Dönerwirt überlegte. Dann schüttelte er den Kopf. »Sagen Sie, der Mord war doch da drüben, oder?« Und er deutete auf das Haus. »Aber dieser Typ da ist in den Bus gestiegen ... der ist nicht in das Haus ...«

Behütuns war wie elektrisiert. »In die 212?«

»Könnte sein, ja. Da habe ich nicht drauf geachtet. Aber die geht ja hier weg.«

Behütuns und Dick sahen sich an.

»Und wo ist er hergekommen? Haben Sie das gesehen?«

»Ich glaub aus der U-Bahn«, und er überlegte einen kurzen Moment. »Auf jeden Fall von da drüben. Der ist mir gleich aufgefallen mit seinem blutigen Verband. Den hat er ja hier dann auch abgemacht. Wissen Sie ...«. Und er stockte erneut einen Moment, als würde er nach Worten suchen oder über etwas nachdenken. »Das war überhaupt komisch, das fällt mir jetzt wieder ein. Der hat den Verband abgemacht und dann wieder dran. Hat sich die Finger angeschaut. Einen

Teil vom Verband hat er weggeschmissen, in die Tonne da drüben am Eck. Habe ich zumindest gedacht. Der Verband war aber nicht da drin, wie ich die Tische abgeräumt hab und das Zeug da reingeworfen hab. Ich wollte ja sehen, wie das aussieht. Ist ja nicht so schön für die Gäste, wenn sie im Müll einen blutigen Verband sehen, oder? Also nicht, wenn man essen will.«

Behütuns und Dick warteten ab. »Wie kann das sein?«, fragte Dick dann.

Der Dönerwirt schüttelte den Kopf. »Keine Ahnung. Sonst war da nur so ein Typ, der ständig telefoniert hat. So ein ganz wichtiger« und er strich dabei mit dem Zeigefinger unter der Nase entlang. »Aber ordentlich war er, immerhin. Der hat seinen Abfall wenigstens selber weggebracht.«

»Und den Verband aus der Tonne geholt?« fragte Behütuns ganz intuitiv. Dick sah ihn verständnislos an. Der Wirt ebenso.

»Puh, das kann ich nicht sagen. Ich schau ja nicht überall hin. Aber so sah der nicht aus, dass er im Abfall wühlt. Nein, das kann ich mir nicht vorstellen.«

»Und wo ist der dann hin?«

Der Dönerwirt zuckte mit den Schultern. »Keine Ahnung, da hab ich nicht drauf geachtet.«

»Aber das wissen Sie ganz genau«, beendete Behütuns das Gespräch und deutete erneut auf das Foto. »Der war hier und hat den Verband abgemacht.«

»Ich bin doch nicht doof«, gab der Wirt leicht genervt zurück. »Ja. So was vergisst man doch nicht! So wie das ausgesehen hat.«

Behütuns und Dick fuhren zurück ins Präsidium. »Die Blutspur ist ganz schön spannend«, sagte Behütuns und zeigte Peter Dick das Taschentuch. »Überall wo der war, ist Blut.«

»Das muss das Labor erst zeigen«, gab Dick nur trocken zurück.

Friedo Behütuns dachte nach. Vernünftig betrachtet, entlastete das Taschentuch Thomas Haas nicht. Er hatte einfach zu viel Zeit gehabt. In den sechs Stunden hätte er ohne Weiteres die Tat begehen und noch hinausfahren können, um das Tuch zu deponieren – in der Hoffnung, dass man es fände, wenn man sein Alibi überprüfte. Allerdings hatte er das mit dem Taschentuch nicht erwähnt – und das hätte er sicher, wenn er es darauf angelegt hätte. Außerdem: Es fehlte nach wie vor ein Motiv. Und: Auch das mit dem Döner hatte er nicht erzählt. Warum? Wollte er da etwas vertuschen?

Wer noch, dachte Behütuns, hätte an blutiges Verbandszeug von Haas gelangen können, um es möglicherweise – und dann aus teuflischem Kalkül – einzusetzen? Der Kommissar ging die Kette noch einmal in Gedanken durch. Der erste, der Haas versorgt hatte, war ein Vollzugsbeamter mit Ersthelferausbildung, ein Arzt war um diese Zeit nicht zugegen. Das Mullmaterial der Wundreinigung war ganz normal in den Müll gewandert, andere Häftlinge hatten ihn abtransportiert. Dann verlor sich dessen Spur. Es befand sich wohl schon in der Müllverbrennung.

Am Morgen hatte Haas in seiner Zelle das Verbandszeug zum zweiten Mal gewechselt, die Wunde hatte in der Nacht durchgeblutet, aber auch hier war kein Hinweis auf eine Spur. Haas hatte die gebrauchten Pflaster und Binden mit seinem normalen Zellenabfall entsorgt.

Dann war Haas bei seinem Bewährungshelfer gewesen. Bei diesem habe er den Verband nicht gewechselt, obwohl er inzwischen durchgeblutet war. Der Bewährungshelfer aber hatte ihm Verbandszeug mitgegeben, falls Haas es doch noch wechseln wollte. Das hat er dann vielleicht am Imbiss benutzt.

Am späten Nachmittag saßen die vier wieder zusammen. Das Taschentuch wurde gerade im Labor untersucht.

»Ich nehme jetzt Wetten an«, sagte Behütuns in Richtung Jaczek. »Der Haas war es nicht.«

»Ich wette nicht«, kam es von Jaczek empört.

»Aber ihr zwei telefoniert noch mal«, wies Behütuns die Peters Abend und Jaczek an. »Alle Kontakte des Ehemannes noch mal. Fragt nur nach den Hintergrundgeräuschen. Ob den Gesprächspartnern irgendwas aufgefallen ist. Wer nimmt die Wette an?«

»Ich setz einen Zehner, dass es Haas war«, tippte Dick, »und mach jetzt Feierabend.«

24 Stunden später saß Herr Lienhardt im Präsidium und musste sich den Fragen des Teams stellen. Und den Aussagen seiner Gesprächspartner vom fraglichen Tag. Denn die hatten ergeben: Von 11.15 bis 11.28 Uhr waren Vogelgeräusche im Hintergrund. »Er war wohl im Garten oder in einem Park«, hatte der Gesprächspartner gesagt. »Das war ganz schön anzuhören. Ich habe ihn auch darauf angesprochen.«

Das Telefonat von 11.32 bis 11.41 Uhr war ganz offenbar aus dem Auto heraus geführt worden. »Das hört man immer, und das nervt mich schon seit Langem. Weil es eine Zumutung ist, weil man da immer so schreien muss.« Der Gesprächspartner hatte das ganz klar in Erinnerung. Auch seine Empörung.

»Zum Nachfolgegespräch sagte der von Ihnen Angerufene Herr Leupold der Inacta AG Düsseldorf, Sie seien wohl gerade beim Essen gewesen. Zumindest hätten Sie immer wieder mit vollem Mund gesprochen und mit dem Verkehrslärm im Hintergrund seien Sie oft schwer zu verstehen gewesen«, berichtete P. A. weiter, »und gleich anschließend telefonierten Sie mit Ludwig Bess aus Mannheim. Richtig?«

»Wenn das mein Handy so hergibt«, gab Lienhardt zurück. »Aber was soll das Ganze? Das alles ist doch lückenlos.« Ihm war bewusst, dass er beschuldigt wurde. »Und im Folgegespräch hört man Röcheln! Das ist doch absurd.«

»Herr Bess berichtete, das Gespräch habe wohl in einer Halle stattgefunden. Oder in einem Treppenhaus. Auf jeden Fall habe Ihre Stimme gehallt. Und Sie hätten«, hielt ihm

Jaczek trocken vor, »das Telefonat abrupt abgebrochen, wollten ihn sofort zurückrufen.«

»Was Sie kaum zehn Minuten später auch taten«, setzte P. A. nach, »und wieder mit dem Hall im Hintergrund, dann Straßengeräusche und schließlich über den Freisprecher im Auto. Was haben Sie dazu zu sagen?«

»Und in den zehn Minuten soll ich ...?«

»Exakt.« Das kam von Behütuns, hart.

Aber Lienhardt fühlte sich sicher. »Und was ist mit dem Blut?«, fragte er beinahe herausfordernd frech. »Wie erklären Sie das mit dem Blut dieses Häftlings? Das ist ja haarsträubend hier. Muss ich mir das denn gefallen lassen?«

Lienhardt schien hochgradig empört.

»Wissen Sie«, sagte Peter Dick da ganz ruhig und pokerte dabei, »wir haben die Aussage eines Imbissbetreibers, der Sie gesehen hat, wie Sie ...«. Den Rest ließ Dick in der Schwebe.

»Und außerdem«, trat Behütuns noch nach, »Haas hatte die Verletzung an der Linken. Die Blutspuren am Hals aber waren da, wo die Rechte hingreift, wenn man von hinten würgt. Wie erklären Sie das?«

Lienhardt wurde aschfahl.

Eine Stunde später war Lienhardt überführt. Er hatte alles gestanden. Er habe die Trennung nicht ausgehalten, sie habe ihn wahnsinnig gemacht. Und das mit der Binde war Zufall, die Idee sei ihm ganz spontan gekommen. Das war überhaupt nicht geplant. Aber eine gute Gelegenheit. Denn an den Typen hatte er sich sofort erinnert, erzählte er, als er ihn am Kiosk gesehen hatte. Er hatte ihn irgendwann einmal mit seiner Frau getroffen, in der Innenstadt, er war ein Freund von einem ihrer Cousins gewesen. Sehr unangenehm sei er ihm damals vorgekommen, deshalb habe er sich auch erinnert. Es gebe ja so Visagen, die prägten sich einem ein. Und, nein, der Typ habe ihn nicht erkannt. Habe er zumindest nicht gezeigt. Im Grunde sei das nichts weiter als Glück gewesen. Und als er dann auch noch in der Zeitung gelesen habe, der sei ein Häftling ...

»Das Glück war leider Ihr Pech«, schloss Behütuns die Befragung ab. »Und von dir«, und dabei hielt er Dick seine offene Hand hin, »krieg ich noch einen Zehner!«

Anne Hassel

Zweite Chance

Liebe Christine,
viele Grüße aus Würzburg. Ich weiß, ich habe lange Zeit nichts von mir hören lassen, aber ich wollte nicht, dass meine Briefe von Unberechtigten gelesen werden. Nun muss ich das nicht mehr befürchten. In unser kleines Münnerstadt bin ich extra nicht gezogen, denn da kennen mich die Leute, wissen Bescheid. Hier interessiert sich niemand für mich, keiner wird meinen Namen mit meiner Vergangenheit assoziieren. Zwar besteht meine Wohnung nur aus einem Zimmer, das ich zum Wohnen und Schlafen benutze, einer kleinen Küchenzeile und einer winzigen Nasszelle, doch ich fühle mich wohl. Am schönsten ist der Blick aus dem Fenster, auf die Marienburg und das Käppele sowie auf den Main, von dem mich nur die Straße und die Uferpromenade trennen. Er führt zur Zeit Hochwasser, kein Wunder bei dem anhaltenden Regen. Auch jetzt gerade klatschen die Tropfen an die Scheibe, verbinden sich, sammeln sich auf dem Sims und laufen dann die Hauswand entlang in die Tiefe. Es ist schön, das alles ohne Gitter zu beobachten.

Wie geht es dir? Jonas ist bestimmt schon sehr groß. Besucht er noch die Schule? Macht er Abitur? Wohnt er noch bei euch? Damals, als ich euch verlassen musste, war er gerade zwei Jahre alt und ein richtiger Wonneproppen. Schade, mir war es versagt, eigene Kinder heranwachsen zu sehen. In all den Jahren vermisste ich das nicht, nun schon. Vielleicht auch deshalb, weil hier im Untergeschoss eine Familie mit zwei Kleinkindern lebt, denen ich manchmal begegne. Und dein Mann? Arbeitet er noch bei der Elektrofirma? Damals gefiel es ihm ja nicht mehr so gut dort, aber ich denke, es ist schwer, einen neuen adäquaten Arbeitsplatz zu finden.

Ich bin so gespannt, was du antwortest und freue m[illegible]
deinen Brief.

Deine Sandra

*

Liebe Christine,
seit ich dir geschrieben habe, sind zwei Wochen vergangen, zwei Wochen, in denen ich jeden Tag hinter dem Vorhang stehend auf den Postboten wartete und dann sofort zum Briefkasten lief. Doch nichts lag darin, jedenfalls nichts von dir!

Hoffentlich ist bei euch nichts passiert! Doch dann tröste ich mich mit dem Gedanken, dass du vielleicht einfach keine Zeit hast, und das beruhigt mich wieder. Jetzt schreibe ich dir und erzähle noch ein wenig von den Jahren, in denen wir uns nicht gesehen haben.

Als ich damals von den Polizisten abgeholt wurde, verbrachtet ihr gerade euren Urlaub auf den Malediven. Das war gut, denn so wurdet ihr mit dem Geschehenen nicht so konfrontiert wie unsere Eltern, liebe Christine. Vater warf mir ein paar Jahre später einmal vor, ich sei schuld am Tod seiner Frau. Ja, »meiner Frau« sagte er, nicht »deiner Mutter«. Sie habe die ganze Aufregung, den Rummel nicht verkraftet. Nicht die Belagerung durch die Reporter der Fernsehsender und Klatschpresse, die das Haus Tag und Nacht beobachteten. So lange, bis sich ein anderer spektakulärer Fall ereignete und die Medien das Interesse an den Eltern der Mörderin verloren. Nicht das Getratsche der Nachbarn, die nicht mehr grüßten oder den Gruß nicht erwiderten, die Dinge erzählten, die nicht stimmten. Ein Monster als Tochter – nein, das verkraftete ihr Herz nicht!

Um mir das mitzuteilen, besuchte er mich jedoch nicht. Durch seinen Anwalt erfuhr ich es, und der verlangte, dass ich Vater aus meinem Leben streiche. Wie soll das gehen, Christine? Ich liebe ihn! Außerdem habe ich ihm doch nichts getan! Hast du noch Kontakt? Bestimmt, ihr wohnt ja nicht weit entfernt.

her in diesem Jahr als sonst. Die Figuren auf
ke hüllen sich in weiße Schleier, alles sieht
ein erstes Weihnachtsfest in Freiheit! Ich
efühle, freue mich und doch auch wieder
st vor dem Alleinsein nistet sich in meine
ge nicht zu fragen, ob du mich besuchen
Oder doch? Es wäre wunderschön!

Deine Sandra

*

Liebe Christine,
wieder keine Post von dir, und wieder habe ich vergebens gewartet. Die Feiertage sind irgendwie vergangen, die meiste Zeit habe ich geschlafen oder den Fernseher eingeschaltet. Auch in den Wochen danach. Es ist noch so kalt, jetzt im Februar.

Langsam kenne ich mich in Würzburg aus. Die Stadt gefällt mir. Vorhin lief ich zur Residenz, durch den Hofgarten. Alles von der Kälte erstarrt, wie ich innerlich. Die Einsamkeit lässt sich nur schwer ertragen. Ich weiß, ich habe sie selbst verschuldet, doch gibt es nicht auch für mich eine zweite Chance?

Weißt du, manchmal kommen nachts die Bilder zurück. Dann stehe ich im Wohnzimmer und warte auf Heinz. Wie oft habe ich damals gewartet. Wusste doch, wo er war! Und trotzdem wartete ich. Ist schon seltsam, was man alles erträgt, wenn man liebt.

Als er mir verkündete, dass er sich trennen wolle. Grundlose Eifersucht warf er mir vor, immer wieder. Sogar der Staatsanwalt behauptete später, ich sei krank! Unnormal! Du glaubst gar nicht, wie mich das verletzte. Dabei hatte ich Indizien für seine Untreue, doch niemand glaubte mir.

Vielleicht erreichen dich meine Briefe gar nicht? Vielleicht wohnt ihr überhaupt nicht mehr in Münnerstadt? Antworte doch bitte!

Deine Sandra

*

Liebe Christine,
du bist nicht umgezogen, Jochen Krauer, ein ehemaliger Nachbar von euch, den ich zufällig in Würzburg beim Einkaufen traf, sagte es. Er stand an der Kasse hinter mir, und als ich mich umdrehte, starrte er mich entgeistert an. Dann fragte er: »Sandra?«, und ich nickte.

Wir unterhielten uns kurz. Ich verriet ihm nicht, wo ich jetzt lebe, sondern erkundigte mich nur nach dir. Ich weiß, ich werde jetzt wieder eine Weile das Ortsgespräch sein, ich, die entlassene Mörderin. Es stört mich nicht, es tut mir nur leid, dass du jetzt erneut mit dem allem konfrontiert wirst.

Ich weiß, du konntest den Winter nie ausstehen, die Kälte, liebtest eher den Frühling. Ich genieße ihn nun auch. Bewundere das erste Grün der Bäume, die Magnolien im Residenzgarten. Wie lange vermisste ich das!

Dich vermisse ich noch mehr. Die Fürsorge der älteren Schwester! Ich denke, wenn du damals zu Hause gewesen wärst, hätte diese Tat nicht stattgefunden. Aber du warst nicht da!

Gestern ist die Mieterin aus der Wohnung neben mir ausgezogen. War bestimmt eine Studentin, so jung wie sie aussah. Bin gespannt, wer nun dort einziehen wird.

Warum ich nicht anrufe? Ich traue mich nicht, habe Angst, du legst einfach auf oder nimmst überhaupt nicht ab, wenn du die Würzburger Vorwahl siehst.

Deine auf Antwort wartende Sandra

*

Liebe Christine,
noch immer kein Lebenszeichen von dir. Ich hatte ein paar Mal den Telefonhörer in der Hand, wählte die Nummer, die ich noch immer auswendig kenne. Nach dem ersten Klingelton legte ich aber immer wieder auf, denn ich fürchte deine

Ablehnung, habe Angst, du könntest sagen, ich solle dich nicht mit Anrufen belästigen. Das Schreiben fällt mir leichter, es ist einfacher, meine Gefühle auf Papier zu bringen, als sie auszusprechen. Außerdem hoffe ich, dass du die Briefe liest, auch wenn du nicht antwortest. Sie kommen ja nicht zurück.

Stell dir vor, ein Mann ist gegenüber eingezogen. Als ich ihn das erste Mal sah, dachte ich, das kann nicht sein. Ich schätze, der hat die fünfzig überschritten und ist wesentlich stattlicher als Heinz, besitzt aber dessen Lachen. Es hat mich fast umgehauen, als er vor meiner Tür stand und sich vorstellte. Dieses Lachen, das mich faszinierte!

Heinz kanntest du, den brauche ich dir nicht zu beschreiben. Den neuen Mieter schon. Er überragt mich um eine Kopflänge, und ich bin ja nicht gerade klein. Sein Körper füllte fast den gesamten Türrahmen aus, die Schultern lassen mich an Anlehnen denken. Und sein Gesicht hat nur wenige Falten, wie oft bei kräftigeren Personen. Die Farbe der Haare ist genauso dunkel wie die des Oberlippenbartes und der Augenbrauen. Könnte auch dir gefallen, der Mieter. Er trägt keinen Ehering, das registrierte ich, als er mir die rechte Hand entgegenstreckte. Mache dich jetzt bitte nicht lustig über mich, wenn ich dir gestehe, dass ich durch das Schlüsselloch schaue, sobald ich etwas auf dem Flur höre. Wie ein Teenager benehme ich mich. Mein Gott! Ich habe zum ersten Mal seit Jahren wieder Schmetterlinge im Bauch, das Gefühl, dass ich lebe!

Inzwischen begreife ich langsam, dass du nicht antworten wirst. Ich werde dir trotzdem schreiben, denn ich brauche jemandem, dem ich von meinem heutigen Leben berichte.

Immer an dich denkend,
deine Sandra

*

Liebe Christine,
ich liebe wieder. Seit einem Monat sind wir ein Paar, Achim und ich. Es ist so viel anders mit ihm als damals mit Heinz. Ich

fühle mich geborgen, das erste Mal in meinem Leben. Achim weiß nichts von meiner Vergangenheit, ich werde ihm davon auch nicht erzählen. Will das Stückchen Glück, das mir das Schicksal schenkt, nicht unnötig aufs Spiel setzen. Aber wahrscheinlich mache ich mir ganz umsonst Sorgen, und er würde mich sogar verstehen.

Wir unternehmen viel zusammen, erkunden die Umgebung von Würzburg. Ich wusste gar nicht, wie schön die Städtchen ringsum sind, nicht nur Sommerhausen und Volkach. Noch niemals habe ich so viel Frankenwein getrunken. Und dieses Mal nicht, um zu vergessen. Das Leben ist schön!

Deine dich innig umarmende Schwester Sandra

*

Liebe Christine,
nur ein paar Monate hielt mein Glück. Wie konnte ich mich nur so täuschen! Achim betrügt mich! Erst glaubte ich es nicht! Spähte durch das Schlüsselloch und sah die Frau, die ihn besuchte. »Nein, da gibt es niemanden außer dir. Es ist nur meine Putzfrau«, behauptete er, als ich ihn fragte, ob er eine Geliebte habe. Stell dir vor, er wurde noch nicht einmal verlegen bei dieser Lüge. Ich bin doch nicht debil, begreife, was ich sehe. Die Rothaarige kommt zwei Mal in der Woche, exakt um 9.00 Uhr, und geht zwei Stunden später. Sie sieht gut aus! Er macht sich nicht einmal die Mühe, leise zu sprechen, wenn er sie in seine Wohnung lässt. Es ist wie bei Heinz. Nur dass Achim noch unverfrorener vorgeht. Am helllichten Tage – stell dir vor, Christine, am helllichten Tage empfängt er sie!

Putzfrau! Dass ich nicht lache!

Bei Heinz war es angeblich die Arbeitskollegin, mit der er berufliche Dinge zu besprechen hatte.

Die Eiseskälte in meinem Inneren ist zurückgekehrt. Ich fühle nichts mehr. Du fehlst mir so! Wenn du jetzt bei mir wärst, könntest du mir einen Rat geben. Obwohl – ich brauche keinen Rat, ich weiß, was ich tun werde. Es ist alles wie beim ersten Mal – der Verrat, der Schmerz, das Messer, das in meinen Händen liegt. Nur die Jahreszeit ist eine andere – Sommer. Mit einer Hitze, die mich ganz kirre macht!

Bestimmt wirst du mir auch auf diesen Brief nicht antworten und mich im Gefängnis wieder nicht besuchen. Aber das weiß ich ja schon.

Lebe wohl!

Deine dich liebende Schwester Sandra

Thomas Kastura

Brückenmord

Der Schnulzensänger legte los. *Über sieben Brücken musst du gehn* in einer scheußlichen Musikantenstadl-Version.

Staatsanwalt Brandeisen starb einen kleinen Tod. Seine empfindlichen Ohren waren nur an Bachkantaten gewöhnt.

Es war der Beginn eines Festakts, den ganz Bamberg seit Monaten herbeisehnte: die Eröffnung der neuen Markusbrücke. Alle waren gekommen, Oberbürgermeister, Erzbischof, Stadträte, Honoratioren und wer sich dafür hielt, jede Menge gemeines Volk und natürlich die Mitglieder der Jury, die im Zuge eines Architektenwettwerbs den Siegerentwurf ausgewählt hatten.

Nur einer der Experten fehlte, Hippolyt Strohbichler. Schon vor Baubeginn war der hochbetagte Ingenieur einem Herzversagen erlegen. Brandeisen indes hegte einen düsteren Verdacht.

»Halten Sie die Augen offen, Küps. Der Mörder ist mitten unter uns.«

»Was Sie nicht sagen«, brummte der Kommissar.

»Er wird sich verraten, das spüre ich.«

Küps seufzte und stand sich weiter die Füße platt. Wenn sich der Staatsanwalt auf seine Intuition verließ, war mit allem zu rechnen.

»Aber einmal auch der he-elle Schei-ein!«, troff es aus den Lautsprechern. Halbherziger Applaus, endlich verließ der Schänder gesamtdeutschen Liedguts die Bühne.

Mit Schwung erklomm der OB das Rednerpult und leitete seine Ansprache mit einem Witz ein, wie es seine Art war. Brandeisen hörte kaum hin, seine Gedanken drifteten ab ...

Bamberg, Weltkulturerbestadt, Heimat der berühmten Symphoniker, im Mittelalter Nabel des Okzidents, barockes

Schatzkästlein, Biermetropole, Basketballhochburg und jetzt auch – Brückenparadies! Ja, Info-Broschüren und Werbeflyer mussten umgeschrieben werden. Denn in kurzer Folge waren im Fränkischen Rom mehrere bahnbrechende Konstruktionen errichtet worden, Zeugnisse menschlicher Gestaltungskraft: Gleich drei neue Brücken spannten einen Bogen von der glorreichen Vergangenheit in die nicht minder goldene Gegenwart.

»Golden« war dabei durchaus wörtlich zu nehmen: Der Neubau von Luitpold-, Löwen- und Kettenbrücke hatte Summen verschlungen, bei denen sogar der Märchenkönig Ludwig II. erblasst wäre. Doch handelte es sich bei den Brücken nicht um Steckenpferde eines Geisteskranken, sondern um städtische Projekte zum Wohle der Allgemeinheit. Dass sich der Kostenrahmen dabei nicht immer auf die Million genau einhalten ließ, lag in der Natur der Sache. Nur kleinliche Spötter rümpften darüber die Nase.

Mit der Markusbrücke hatte man sich nun selbst übertroffen, und zwar in mehrfacher Hinsicht. Passend zur ehemaligen Fischersiedlung Klein-Venedig stellte sie nichts Geringeres dar als eine Neuinterpretation der weltbekannten Rialtobrücke. Und nicht nur das. Das Bauwerk ließ sich dank eines aufwendigen hydraulischen Systems in der Mitte hochklappen, damit die bei Jung und Alt beliebten Fahrgastschiffe *Christl* und *Stadt Bamberg* darunter hindurchpassten – um nur eine von vielen spektakulären technischen Finessen zu nennen.

Natürlich hatte kaum jemand einem solch kühnen Vorhaben ernsthaft widersprochen. Bamberg sollte ein neues Wahrzeichen bekommen, es würde die Stadt in eine Reihe mit London, Paris und der Serenissima stellen. Was machte es da schon aus, dass der Entwurf – rein ästhetisch betrachtet – der Legofantasie eines Halbwüchsigen glich?

Leider sah die Markusbrücke auch realiter so aus. Brandeisen stellte dies zum wiederholten Mal fest, während die launige Rede des OBs an ihm vorüberrauschte. Von wegen Rialto. Das Ding würde höchstens auf der Nürnberger Spielwarenmesse einen gewissen »Zugeschaut-und-mitgebaut«-Reiz entfalten, alles andere war Wunschdenken. Doch dazu schien die anwesende Festgesellschaft wild entschlossen. Augen zu und durch.

Der OB übergab an den Erzbischof, der sich selten einen öffentlichkeitswirksamen Auftritt entgehen ließ. Eigentlich sollte der Kirchenmann die Brücke nur weihen und segnen. Er wurde aber schnell noch ein paar Worte los über den verbindenden, grenzüberschreitenden und nachgerade christlichen Charakter –

»Aufwachen, Küps!«, zischte Brandeisen. An seiner Schulter lehnte schwer der Kommissar und schnorchelte leise vor sich hin.

»Herrgottsack!«, entfuhr es Küps.

Der Erzbischof stutzte. Er probierte es mit einem gütigen Lächeln für die Pressefotografen und fuhr fort. Wie sein Vorredner ging auch er nicht auf die Kosten der Brücke ein. Die waren an einem solchen Tag tabu.

Obwohl sie es in sich hatten. Bereits bei der Kettenbrücke, einem ähnlich ambitionierten architektonischen Experiment, war der Betrag von der Planung bis zur Fertigstellung auf das Doppelte gestiegen. Aus sieben waren wie durch Zauberei vierzehn Millionen geworden. Jeder kannte den alten Bauernfängertrick: erst mal einen Schnäppchenpreis ansetzen, um Konkurrenten zu unterbieten, und dann eine Schippe nach der anderen drauflegen. Steigende Baustoffpreise, schwierige Bodenbeschaffenheit, Erdstrahlen, der Einfluss von Jupiter und Merkur, das launische fränkische Wetter ... Gründe ließen sich viele finden. Höhere Gewalt war ein dehnbarer Begriff.

Und was einmal klappte, konnte immer wieder funktionieren – eine unumstößliche Regel der Baubranche. Vorausgesetzt, ein notorisch vergesslicher Stadtrat winkte die Mogelpackung durch den Haushalt. Die Markusbrücke hatte ursprünglich zehn Millionen kosten sollen und war schließlich bei runden hundert gelandet. Ein Sieg der Frechheit. Und ein wahres Meisterstück in Bescheißerles-Arithmetik, vor dem sogar ein FIFA-Funktionär den Hut ziehen würde.

Nur ein einziges Mitglied der Brückenjury hatte im Vorfeld Bedenken angemeldet: der im Alter von 93 Jahren unglücklich verstorbene Hippolyt Strohbichler. Er hatte ausdrücklich vor einer Kostenexplosion und der eingeschränkten Realisierbarkeit des ausgewählten Wettbewerbsentwurfs gewarnt und dafür plädiert, die alte Brücke – eine schlichte Balkenkonstruktion – einfach zu reparieren. Dass Strohbichler der einzige wirkliche Brückenbauspezialist in der Jury gewesen war, nur seinem Gewissen verantwortlich und mit dem Sachverstand eines langen, erfüllten Berufslebens, hatte nach seinem Tod niemanden mehr interessiert.

Für Brandeisen war klar: Da hatte jemand nachgeholfen und Strohbichlers Einwände im Keim erstickt. Jemand, der von dem Brückenbau in der einen oder anderen Form profitierte.

»Amen!« Der Erzbischof war mit seinem Segen fertig, woraufhin ein Vertreter des Bürgervereins »Sand« ans Mikrofon trat. Seine Ausführungen kreisten um den Bierumsatz bei der nächsten Sandkerwa. Der Bamberger »Rialdo« würde den Pro-Kopf-Verbrauch in nie dagewesene Höhen treiben – was zahlreiche Anwohner schon jetzt mit einer spontanen Trampelmaß begossen. Im Laufe des Festakts waren immer mehr Schaulustige ans Regnitzufer gekommen. Mit dem Krug in der Hand warteten sie auf das feierliche Durchschneiden des Bandes. Es war ein strahlender Mainachmittag, das Wasser glitzerte im Schein der Frühlingssonne, die Stimmung stieg.

»Gehen wir die Verdächtigen noch einmal durch«, raunte Brandeisen dem müden Kommissar zu.

Die beiden verließen ihre Ehrenplätze und erklommen die Trittbretter eines Polizeibusses, um sich einen besseren Überblick zu verschaffen.

»Da wäre Graudenz, der Architekt dieser Geschmacksverirrung. Der hätte den größten Nutzen von Strohbichlers Tod gehabt.«

»Das weiß doch jeder!«, erwiderte Küps. »Zu offensichtlich, so blöd ist der nicht.«

»Ich habe gehört, er will sich in Dubai niederlassen und für die Scheichs das Mühlenviertel samt Altem Rathaus nachbauen. Dafür braucht man ein bisschen Startkapital.«

»Jeder, wie er kann.« Der Kommissar gönnte Graudenz den Erfolg. Im Gegensatz zu Brandeisen hielt er Cleverness nicht für ein Verbrechen. Und wenn sie über Franken hinausstrahlte, zum Ruhme der Region – umso besser. »Müssen Sie immer alles mies machen?«

»Dann der Zweitplatzierte des Wettbewerbs, Pross. Der war total frustriert wegen seiner Niederlage und wollte den Verdacht auf Graudenz lenken.«

»Zu weit hergeholt!«

»Aber Neid ist ein starkes Motiv.«

»Wenn es für einen Mord ausreichen würde, gäbe es nach jedem Schafkopfrennen Tote.«

»Am Schlachthof sind die sich früher schon nach einem verlorenen Solo an die Gurgel gegangen. Und erst neulich auf einer Kirchweih in den Haßbergen –«

»Nein, Pross ist kein schlechter Verlierer«, widersprach der Kommissar und brachte einen neuen Kandidaten ins Spiel. »Wie wär's mit dem OB? Der hat die Markusbrücke doch zur Chefsache erklärt. Seine Umfragewerte sind im Keller, bald haben wir wieder Wahlen.«

»Meinen Sie, er wollte dieses Prestigeprojekt auf Biegen und Brechen durchdrücken, um an der Macht zu bleiben?«

»Der nimmt jede Stimme mit Kusshand.«

Brandeisen hatte Zweifel. »Ich weiß nicht, mein lieber Küps. Das Ganze hat sich ja als Geldvernichtungsmaschine herausgestellt. Der Bund der Steuerzahler möchte die Markusbrücke sogar in die Top Ten der Fälle schwerer Verschwendung aufnehmen.«

»Was vorher nicht abzusehen war.«

»Solche Baugeschichten sind politisch immer heikel, und das weiß der OB. Wie ich ihn kenne, hat er die Kostensteigerung vorausgeahnt und nur aus Gewohnheit eine dicke Lippe riskiert. Für den ist doch praktisch alles Chefsache. Wenn Strohbichlers Einwände berücksichtigt worden wären, hätte er sich eben zum Sparfuchs stilisiert. Der nimmt's, wie's kommt, einen Mord hat der gar nicht nötig.«

»Leuchtet mir ein«, stimmte der Kommissar zu und spekulierte weiter. »Und sein Vorgänger? Der Alt-OB sitzt immer noch im Stadtrat und bildet sich ein, die Bürger wünschten sich ihn zurück. Kann einfach nicht loslassen.«

»Der Alt-OB ist bekannt dafür, was er in seiner Amtszeit alles *nicht* angepackt hat. Wieso sollte der plötzlich einen Mord hinkriegen, von dem wir noch nicht einmal wissen, wie er überhaupt vonstatten ging? Herzversagen kann ja viele Ursachen haben.«

Was Küps daran erinnerte, dass Brandeisens Verdacht nur eine Vermutung war und auf einem vagen Gefühl beruhte. Es gab keinen konkreten Hinweis auf ein Kapitalverbrechen, deshalb war Strohbichlers Leiche auch nicht obduziert worden. Vor seinem Dahinscheiden hatte der Ingenieur ein vegetarisches Restaurant besucht. Das war die einzige Spur, die möglicherweise auf Fremdeinwirkung hindeutete. Küps hatte das Lokal auf Giftstoffe untersuchen lassen und den Wirt sowie mehrere Gäste vernommen, ohne Ergebnis.

»Und die anderen Jurymitglieder?«, schlug er vor. »Wenn die bestochen worden sind, damit sie den Rialtoentwurf favorisieren, war ihnen Strohbichler im Weg. Ihr Schmiergeld bekamen sie bestimmt nur dann, wenn auch gebaut wurde.«

»Wer saß denn in dem Preisgericht?«, überlegte Brandeisen. »Zwei unparteiische Architekten, der Baureferent und die Vertreter der Stadtratsfraktionen.«

»Die Stadträte scheiden aus. Denen fehlt es an krimineller Energie.«

»Die sind generell etwas antriebslos«, meinte der Staatsanwalt. »Jedenfalls die meisten von ihnen.« Schon nach so manchem Stadtratsbeschluss hatte sich ihm der Eindruck aufgedrängt, dass die Herren und Damen Bürgervertreter die Abstimmung nur möglichst reibungslos hinter sich bringen wollten, damit sie umso mehr Zeit an ihren Stammtischen oder in einschlägigen Etablissements verbringen konnten.* Gemütlichkeit wurde in Bamberg großgeschrieben. Daran war im Grunde nichts auszusetzen, verhinderte sie doch viele Verbrechen schon im Frühstadium.

»Dann der Baureferent.« Küps suchte den betreffenden Mann unter den Anwesenden und entdeckte dessen wallendes Haar, das ihn um Jahre, wenn nicht Jahrzehnte jünger wirken ließ. Die unter städtischen Amtsleitern weit verbreitete Eitelkeit trieb seltsame Blüten, fand der Kommissar und strich bedauernd über seine Halbglatze.

»Der soll Strohbichler umgebracht haben?« Brandeisen mochte es nicht glauben. »Wenn es um undurchsichtige Baufeststellungsverfahren geht, um Schiebereien auf dem kleinen Dienstweg oder um Genehmigungen von Vierfachgaragen in verdichtetem Wohngebiet, dann würde ich den Mann mal unter die Lupe nehmen. Aber Mord und Korruption in großem Stil? Nicht unser Baureferent.«

»Bleiben die Architekten aus der Jury«, resümierte Küps.

»Was sagen Sie dazu, als Freund dieser ... Zunft?«

»Na ja, eine Krähe hackt der anderen kein Auge aus. Architekten wollen ihre Projekte verkaufen, und je ausgefallener und teurer diese Projekte sind, desto besser, schließlich ist ihr Honorar von den Baukosten abhängig. Und sie denken voraus. Vielleicht ist die nächste Jury andersherum besetzt: Die Architekten, die den Bambergern die Rialtobrücke empfohlen haben, reichen bei künftigen Wettbewerben, sagen wir in Würzburg oder Regensburg, selber Entwürfe ein. Und dort sitzt dann zufällig Graudenz im Auswahlgremium. Networking nennt man das.«

* Siehe Thomas Kastura, *Fest der Liebe*, In: Der Pelzmärtelmörder, S. 114-126

»Und was folgt daraus?«

»Architekten stimmen im Zweifelsfall immer für den kostspieligsten Entwurf, das ist quasi genetisch bedingt. Strohbichlers Vorschlag, die Markusbrücke nur zu sanieren, muss ihnen wie Ketzerei vorgekommen sein.«

»Aber begeht man deshalb einen Mord?«

»So weit geht die Solidarität unter Kollegen nun auch wieder nicht.«

»Jetzt sind wir wieder keinen Schritt weitergekommen.« Brandeisen stieg von dem Polizeibus herunter. »Dabei hätte ich schwören können, dass wir heute auf einen entscheidenen Hinweis stoßen. Der Täter wiegt sich in Sicherheit, alles hat sich wie am Schnürchen entwickelt ...«

»Oder wir jagen nur einer fixen Idee nach«, sagte Küps. »*Ihrer* fixen Idee, wenn ich das anmerken darf.«

Inzwischen war der Mann vom Bürgerverein am Ende seiner Bierumsatzvisionen angelangt und verließ unter tosendem Beifall das Pult. Der Festakt steuerte seinem Höhepunkt entgegen.

Gemessenen Schritts näherte sich der OB dem roten Band, das quer über die Brücke gespannt war. Eine hübsche junge Dame gesellte sich zu ihm. Sie trug ein Dirndl, das zwar rein gar nichts mit fränkischer Tracht zu tun hatte, dafür aber Platz ließ für ein beeindruckendes Dekolleté vom Umfang zweier Hallstadter Weißkohlköpfe. Die diesjährige Miss Rauchbier musste keine Rede halten, das fehlte noch. Ihre einzige Aufgabe bestand darin, die Schere entgegenzunehmen, die ihr der Stadtkämmerer auf einem Samtkissen präsentierte, und fünf Zentimeter Seide durchzuschneiden.

Beim dritten Anlauf gelang es ihr trotz Dauerkicherns, worauf die Böllerschützen vom »Zwiebeltreter-Fähnlein Bamberg« ihre Vorderlader abfeuerten und die Festgemeinde vollends außer Rand und Band geriet. Jeder wollte als erster die neue Brücke überqueren, ohne dabei sein Bier zu verschütten. Die Honoratioren wichen vor dem Ansturm des Pöbels zurück, und das Volk nahm seinen »Rialdo« bzw. den »Ponte Prozzo«, wie manche Italienkenner liebevoll sagten, mit viel Gejohle und Geschrei in Besitz. Miss Rauchbier posierte in einem Bogengang für die Kamera von *TV Oberfranken*. Der Citymanager verteilte Freikarten für das nächste Public-Drinking-Event auf dem Maxplatz. Ein Fotograf des *Fränkischen Tags* flog in einem Doppeldecker über Klein-Venedig und hielt das Geschehen in Luftbildern fest. Der Peter-Maffay-Verschnitt sang *Bridge Over Troubled Water* von Simon & Garfunkel. Doch keiner hörte etwas, der Verstärker gab zu wenig her.

Ein besonders übermütiger Zecher balancierte auf dem Geländer, verlor das Gleichgewicht und stürzte in die Regnitz. Dort war Hilfe zur Stelle. Neben einem Streckenboot der Wasserschutzpolizei verkehrten zwei venezianische Original-Gondeln auf dem zwanzig Meter breiten Strom. Einer der beiden Gondolieri fischte den Schwimmer aus dem trüben Nass. Daraufhin sprang eine Reihe weiterer Verrückter in die Fluten. Freak City machte ihrem Spitznamen wieder mal alle Ehre.

Küps und Brandeisen sahen dem Treiben teils belustigt, teils angewidert zu.

»Den Leuten gefällt's«, freute sich der Kommissar und sehnte sich nach einer frisch gezapften Halben. Der Anblick der Miss Rauchbier hatte seine Urbedürfnisse geweckt.

»Ja, und demnächst wird die Neue Residenz zum Dogenpalast umgemodelt. Muss man denn alles abkupfern?«

»Wenn's dem Tourismus dient.«

»Schon mal was von Stilreinheit gehört, Küps?«

»Ach, in Bamberg gibt es so viele Stile, da fällt einer mehr oder weniger gar nicht auf.«

»Seien Sie nicht so eklektizistisch.«

»Wenn das eine Beleidigung war, Sie verknöcherter, ewig nörgelnder Besserwisser ...«

Brandeisen versetzte dem Kommissar einen unsanften Stoß in die Rippen. »Sehen Sie das?«

»Suchen Sie Streit?«

»Da drüben, wo die Brücke in die Markusstraße übergeht.« Er deutete in die entsprechende Richtung. »Kennen Sie diese Menschen?«

Küps stellte sich auf die Zehenspitzen, um den Längenunterschied zu dem hoch aufgeschossenen Staatsanwalt auszugleichen.

Eine Gruppe ernst dreinblickender Bürger hatte sich vor einem viereckigen Loch versammelt. Es befand sich neben der ersten Säule des rechten Bogengangs, etwas unterhalb der Fahrbahn, und sah so aus, als gehöre es zum Entwässerungssystem.

»Das werden die Krötenfreunde sein.« Der Kommissar lachte. »Die machen da ihre eigene Einweihungsfeier.«

»Ich hätte es wissen müssen ...«, murmelte Brandeisen.

Das Loch war nichts anderes als der Eingang – oder Ausgang – eines kleinen Tunnels. Nun erfüllte die Markusbrücke ja viele Zwecke: Verbindung des Sandgebiets mit der Inselstadt, kommunalpolitisches Vorzeigeobjekt und nicht zuletzt Mahnmal neobambergialen Größenwahns. Doch es gab noch einen – in zähen Verhandlungen erstrittenen – Zusatznutzen. Der Staatsanwalt hatte ihn in seinem Übereifer vergessen: einen in den Brückenkörper integrierten Krötentunnel. Das »Loch« hieß im Beamtenkauderwelsch »Amphibien-Durchlass-Portalelement«.

»Helfen Sie mir, Küps. Was hat es mit diesem Ding auf sich?«

»Die Krötenfreunde, das ist der Verein *Bewahrt die westoberfränkische Sumpfzackenkröte.*« Der Kommissar, selbst passionierter Gärtner und Teichanleger, kannte sich in ökologischen Belangen bestens aus und verfiel in Fachsprache. »Wie jedermann weiß, hat die Sumpfkröte ihr natürliches Habitat am Ottobrunnen und in den Terrassengärten am Kloster Michaelsberg. Dort fühlt sie sich wohl und kann ihren Krötengeschäften nachgehen.«

»Warum auch nicht? Das ist ein freies Land.«

»Aber einmal im Jahr geht die Sumpfzackenkröte auf Wanderschaft, und zwar zu ihrem Laichgrund am Weidendamm.«

»Auf der anderen Seite des Flusses.«

»Um lauter kleine Sumpfzackenkröten in die Welt zu setzen.«

»Süß.« Der Staatsanwalt lächelte sein Ich-fordere-gleich-die-Höchststrafe-Lächeln.

Küps ließ sich nicht beirren. »Die Frage ist: Wie kommt sie unbeschadet ans andere Ufer? Theoretisch könnte sie den Heinrich-Bosch-Steg nehmen ...«

»Die Fußgängerbrücke an der Kongress- und Konzerthalle«, ergänzte Brandeisen.

»Da läuft sie jedoch Gefahr, von Radfahrern und Passanten plattgemacht zu werden.«

»Igitt. Das mag ich mir gar nicht vorstellen.«

»Ich mir auch nicht.«

»Kann die Kröte nicht schwimmen?«

»Dafür ist sie zu schwer.« Küps war jetzt ganz in seinem Element. Zoologie! Schon als Kind hatte er Experimente mit der regionalen Fauna angestellt und so manchem Frosch das Rauchen beigebracht, bis sein Vater ihn mit einer Mordsdrümmaschelln bzw. einer saftigen Ohrfeige eines Besseren belehrt hatte. Seine Leidenschaft für Lurche aller Art war jedoch ungebrochen. »In Gestalt und Verhalten ist die Sumpfzackenkröte dem durchschnittlichen fränkischen Bierkellerbesucher nach dem fünften Seidla nicht unähnlich.«

»Sie neigt zur Lethargie.«

»Genau. Und aus diesem Grund braucht sie ein wenig ... Führung.«

»Aha.«

»Deswegen haben sich die Krötenfreunde dafür eingesetzt, dass die neue Markusbrücke einen separaten Übergang für Amphibien und Kleintiere erhält. Und weil sich die teure Brücke mit einem umweltfreundlichen Anliegen besser rechtfertigen ließ, hat Graudenz, der Architekt, den Tunnel in seinen Entwurf aufgenommen.«

»Strohbichler war bestimmt dagegen«, überlegte Brandeisen. »So ein zusätzlicher Tunnel kostet ... eine Million?«

»Mindestens. Das Ding ist vierspurig und beleuchtet. Über Lautsprecher wird Mozart eingespielt.«

»Das Klarinettenkonzert?«

»Hauptsache, die Tiere bleiben nicht stehen oder kehren um. Klassische Musik wirkt sich erwiesenermaßen anregend auf die Psyche aus.«

»Jetzt wird mir einiges klar«, sagte Brandeisen, der sich auch ein wenig mit Kröten auskannte. »Wie heißt der Vorsitzende dieses Vereins?«

»Gückelhirn.«

»Kein Scherz?«

»Nein, das ist der mit dem komischen Poncho.« Küps zeigte auf einen Mann, der gerade die erste, glücklich am Weidendamm eintreffende Sumpfzackenkröte mit einem Willkommensregenwurm begrüßte.

Die Krötenfreunde stimmten ihr Motto an: »Aga-Aga!« Sie hoben ihre Bionadeflaschen, prosteten einander zu und freuten sich im Rahmen ihrer Möglichkeiten.

»Haben die nicht ursprünglich eine Totalsperrung des Maienbrunnens und der Unteren Sandstraße gefordert?«, fragte Brandeisen.

»Sie sind ein bisschen ... radikal. Strohbichler bezeichnete sie als Krötentaliban.«

»Man weiß ja, wozu Fanatiker fähig sind. Wenn dieser Krötentunnel nicht gebaut worden wäre und Strohbichler sich mit seinen Sparplänen durchgesetzt hätte ...«

»Wollen Sie damit sagen ...«

»Das Rätsel ist gelöst. Wir haben den Täter.«

Für den Staatsanwalt lag der Fall auf der Hand. Er setzte ihn dem verdutzten Kommissar auseinander.

Gückelhirn hatte sich verraten. Zur Feier des Tages trug er einen Poncho mit einem Zackenmuster, typisch für eine bestimmte Region in Mexiko: Oaxaca. Dort war eine Kröte heimisch, die bei Berührung ein bestimmtes Hautgift absonderte. Dieses Gift enthielt Adrenalin und andere Stresshormone, je nach aufgenommener Sekretmenge war es für Säugetiere tödlich. Gückelhirn musste es irgendwie nach Deutschland geschmuggelt haben. Er oder einer seiner Gefolgsleute hatte es dann Strohbichler unters Essen gemischt, in dem Restaurant, das der Ingenieur am Tag vor seinem Ableben nichtsahnend besucht hatte.

»Woher wollen Sie das wissen?«, fragte Küps.

»Ich war letztes Jahr in Mexiko im Urlaub. Aus Versehen habe ich so ein Vieh angefasst. Das war kein Vergnügen, hat gebrannt wie Feuer. Wenn ich in Strohbichlers Alter gewesen wäre und den Giftstoff oral aufgenommen hätte ...«

»Und was jetzt? Nehmen wir Gückelhirn fest? Mit einer an den Haaren herbeigezogenen Begründung, ohne einen stichhaltigen Beweis?«

»Bei der Vernehmung wird er schon weich werden. Vielleicht finden wir bei ihm zu Hause Reste des Gifts. Dann müsste ich nur noch eine Exhumierung des Leichnams zum Zweck einer gerichtlichen Obduktion erwirken. Paragraph 87 Strafprozessordnung.«

Der Kommissar stöhnte auf. Er hörte schon die Häme der Kollegen, wenn dieses Kartenhaus an Mutmaßungen und Hypothesen in sich zusammenfiel. Dann würde er als »Krötenküps« in die Annalen der Polizeidirektion eingehen, ganz zu schweigen von den gefürchteten Leserbriefseiten im *FT*. Und jedes Mal, wenn er sich zu einem Feierabendbier auf seinem geliebten *Spezial-Keller* niederließ, würden die jungen Burschen an den Nebentischen despektierliche Quakgeräusche von sich geben, und die schönen, umweltbewegten Studentinnen würden ihm den Rücken zukehren und nach der Rechnung verlangen. Das Wort Unkenruf bekäme für ihn eine ganz eigene Bedeutung.

»Wissen Sie was, Brandeisen? Sie kommen mir vor wie diese Krimiautoren, die erst auf den allerletzten Seiten den Hauptverdächtigen aus dem Hut ziehen und einen Haufen fadenscheiniger Indizien nachliefern. Besonders glaubwürdig ist das nicht.«

»Hat auch niemand behauptet«, sagte der Staatsanwalt. »Aber wenn Sie diese Brücke betrachten, müssen Sie zugeben, dass in Bamberg nichts unmöglich ist.«

Es war kurz vor sechs, ein Zug Bereitschaftspolizei war gerade dabei, den Ponte Prozzo zu räumen. Zur vollen Stunde sollte eine Demonstration des Klappmechanismus erfolgen. Der Brückenwärter wartete in seinem Steuerhäuschen bereits auf das Startsignal.

Endloses Geschiebe, Gedränge, Protest. Gummiknüppel kamen in der alkoholisierten Menge zum Einsatz. Ein echter Franke ließ sich, auch gegen jede Vernunft, ungern von seinem Platz vertreiben. Schließlich kratzte man selbst die widerspenstigsten Dickschädel vom Asphalt. Der Krötentunnel wurde vom städtischen Tierpflegerteam kontrolliert und für den Übergang kurzzeitig gesperrt.

Aus gestalterischen Gründen hatte der Architekt auf unschöne Schranken verzichtet. Stattdessen fuhren blinkende Poller aus dem Boden, eine in Bamberg überaus populäre Methode zur Verkehrsregelung, konnte man doch sein Bierseidla auf den eleganten Stahlzylindern abstellen.

Dann war es so weit. Die große Arkade auf dem Scheitelpunkt der Brücke teilte sich. In der Mitte.

Gravitätisch hoben sich die beiden Hälften des technischen Wunderwerks in die Lüfte. Brandeisen schien es, als habe ihnen der Geist des Fortschritts, jene unstete, oft gescholtene Triebfeder zivilisatorischen Schaffensdrangs, höchstpersönlich Flügel verliehen.

Plötzlich fühlte er sich ganz klein. Wer war er, engherziger Gesetzesknecht, dass er sich anmaßte, solch ein geniales Gebilde geringzuschätzen und als eitel Tand zu missachten? Nein, jetzt wehte auch ihn die Größe dieses sternstundenhaften Unterfangens an! Wären die Pyramiden je gebaut worden, hätte der Pharao beim Kostenvoranschlag den Rotstift angelegt? Stünde die Freiheitsstatue am New Yorker Hafen, wenn die Franzosen den Amis zum Revolutionsjubiläum nur einen Karton Landwein geschenkt hätten?

Brandeisen begriff. Alles.

Das Leben war ein Fluss. Über den sich eine Brücke immerwährender Weisheit spannte. Würde er einst als Sumpfzackenkröte reinkarniert werden? Oder als Küps? Der Dalai Lama hatte schon recht, als er bei einem Bamberg-Besuch kundtat: »Hmmm. I don't know.«

Der Kommissar holte sich ein Paar Bratwürste. Hinter einem Dixie-Klo nahm er einen Schluck selbst gebrannten Zwetschger aus seinem Flachmann. Gestärkt kehrte er zurück – und traute seinen Augen nicht. »Sehen Sie, was ich sehe?«

Brandeisen schreckte hoch. Was war geschehen?

Die Brückenhälften hielten inne in ihrem prometheischen Hub. Sie klemmten. Und das zur Premiere!

Nichts ging mehr, wie sich der Wärter vernehmen ließ, weder nach oben noch nach unten. Eine bedauerliche Fehlfunktion ...

... die auch nach Wochen und Monaten nicht zu beheben war. Irgendeine Verwindung in den Klappenachsen – irreversibel – Haftungslage unklar – Abriss undenkbar – Reparatur nur unter Aufwendung erheblicher finanzieller Mittel möglich.

Mittlerweile war die Stadt aber so arm wie eine Kirchenmaus. Also blieb die Markusbrücke auf Dauer halb hochgeklappt. Keiner konnte sie mehr überqueren, weder Mensch noch Kröte. Und die Ermittlung gegen Gückelhirn wurde aus Mangel an Beweisen eingestellt. Aga-Aga!

Immerhin: Bamberg besaß eine neue Sehenswürdigkeit.

Die Poller, die zur Absperrung dienten, funktionierten einwandfrei.

Christian Klier

Die Reise zum Mond

Life is good
And I feel great
Cause mother says
I was
A great
Mistake
Eels, »Novocaine for the soul«

»Radfahren und Mopedfahren im Schlosspark ist verboten. Hunde müssen an der Leine geführt werden. Beschädigungen der Anlagen, der Bäume und Sträucher sind untersagt. Bei Zuwiderhandlung wird polizeiliche Anzeige erstattet. Graf v. Schönborn'sche Hauptverwaltung.«

Dieser Text enthält zweihunderteinundzwanzig Buchstaben, dreißig Punkte, ein Komma und einen Apostroph. Über dem Schild, auf dem der Text steht, befinden sich neunzehn horizontal verlaufende Rillen im Sandstein. Danach brechen die Rillen ab, und man sieht nur noch eine Landschaft aus porösem Sandstein, die so aussieht wie die Oberfläche des Mondes.

Das Tor ist geöffnet. Ich laufe um den See herum und blicke in den Himmel. Dabei stolpere ich manchmal und falle sogar hin, aber das macht nichts, denn es tut mir nicht weh. Ich verstehe nicht, was Schmerzen sind. Und die anderen verstehen nicht, dass ich das nicht begreife. Dafür begreife ich die Farbabstufungen des Himmels. Ich begreife, dass sich das Blau ständig verändert, von einem Augenblick auf den anderen nicht mehr dasselbe ist. Ich weiß, dass es dieses Wort gibt, *blau*, aber für das, was ich sehe, gibt es kein Wort.

Wenn ich mit Himmelschauen fertig bin, gehe ich in Richtung Pferdekoppel. Dabei betrete ich nicht immer die vorgeschriebenen Wege. Besonders dann nicht, wenn mir ein Spaziergänger entgegenkommt, der einen Stock bei sich führt. Dann sehe ich auf meine Füße, setze einen Fuß in einem Winkel von neunzig Grad zu dem anderen und laufe in eben diese Richtung, in die der angewinkelte Fuß zeigt. Meistens lande ich dann in einem Hain, in einer Insel aus Bäumen, die mich beschützt. Ich lasse mich in die Sträucher fallen und warte. Um mich zu beruhigen, zähle ich die Beine der Käfer, die vor meinen Augen vorbeiwandern, oder die Halme der Grasbüschel. Mein Atem wird ruhiger. Manchmal so ruhig, dass ich einschlafen muss.

Als ich an der Koppel angekommen bin, sehe ich nach links, in die Sonne. Sie steht zwischen einem gelben Haus und einem Haus aus Feldsteinen, das drei Fenster hat. Ich liebe dieses Haus. Ich liebe es, weil es eigentlich sechs Fenster hat, im Erdgeschoss drei und im ersten Stock drei. Aber zwei der drei Fenster im Erdgeschoss sind zugemauert. Nur das Fenster ganz rechts hat eine Glasscheibe. Im ersten Stock ist das erste Fenster auf der linken Seite auch mit Steinen geschlossen.

Ich stelle mir eine gerade Linie vor, eine Diagonale, die die verschlossenen und die geöffneten Fenster teilt. Der imaginäre Strich berührt das oberste Fenster an der oberen rechten Ecke. Das Fenster daneben streift er links unten. Dann das mittlere Fenster des Erdgeschosses wieder rechts oben. Das Fenster ganz außen wird von der Linie links unten berührt. *Rechts oben, links unten, rechts oben, links unten.* Ich lache. Ich sehe das Spiel, das in diesen Fenstern liegt. Ich sehe das Spiel, das im Himmel und in den Wolken liegt. In den Linien und Bogen und Winkeln, von denen die Welt übervoll ist. In der Fassade des Hauses mit den drei Fenstern. Drei, sechs, neun, zwölf, einundachtzig, vierundzwanzig, sechstausendfünfhunderteinundsechzig, achtundvierzig, dreiundvierzigmillionensechsundvierzigtausendsiebenhunderteinundzwanzig. Ich rufe: »Ich, ich, ich!«

Klatsche in die Hände. Springe in die Luft. Fasse an den Elektrozaun, der die Pferdekoppel umgibt, und brülle.

Am liebsten sind mir die Hellbraunen. Die mit den weißen Mähnen. Ihre Mähnen sind so lang, dass man ihre großen Augen darunter kaum sehen kann. Und deswegen mag ich sie. Weil sie ihre Augen verstecken. Und weil ich jede Woche auf einem von ihnen reiten darf, am Freitag nach der Schule. Mein Pferd heißt übrigens beinahe wie ich. Ich heiße Konstantin Gruber. Mein Pferd heißt nur Konstantin.

Eine Weile sehe ich mir den Atem der Pferde an, wie er aus den Nüstern stäubt. Wie er durch den Druck nach unten, in Richtung Erde, gepresst wird. Dann steigt er ein wenig auf und verpufft in der Luft. Und schon der nächste Atemstoß. Es ist schön, etwas anzusehen, das sich wiederholt.

Ich gehe weiter in die Ecke des Parks. Sie liegt der Sonne gegenüber. Hier ist eine Bank, die zusammen mit der Parkmauer ein gleichschenkliges Dreieck bildet. In der Mitte des Dreiecks steht ein abgesägter Baum. Oft sind hier Jugendliche vom Gymnasium. Sie sind laut. Sie trinken Bier, rauchen und hören Musik. Es wäre wirklich schön, wenn die rauchenden Jugendlichen die Ordnung dieses Ortes nicht durch ihre unkoordinierte Herumsitzerei zerstören würden. Leider sind viele Menschen wie Objekte, die sich nicht an die Regeln der Symmetrie halten. Immer müssen sie sich irgendwie bewegen oder etwas Dummes sagen, und damit machen sie alles kaputt. Wie schön, dass meine Freundin nicht so ist.

Hier, in der Ecke, bereite ich mich vor, denn ich habe gleich ein Treffen mit ihr. Das macht mich ziemlich unruhig. Ich hole den Frosch, den ich vorhin am See gefunden habe, aus der Tasche und lege ihn auf die Mitte des Baumstumpfes. Der Frosch ist kalt, und er spricht nicht, genau wie Dornröschen. Das ist schön. Trotzdem bin ich aufgeregt.

Ich laufe im Kreis um den Frosch herum und schüttle die Arme. Alle drei Runden werfe ich meine Hände in die Luft und schlage meinen Kopf auf die Bank. Wenn dann endlich das Blut von meiner Stirn rinnt, dann habe ich es geschafft. Dann bin ich bereit. Dann kann ich los.

Ich packe den Frosch wieder ein und gehe an der Mauer entlang nach Osten. Irgendwann kommt auf der linken Seite ein Tor. Aber ich verlasse den Park nicht. Ich schwenke etwas nach rechts und betrete einen dichten Hain aus Eichen, Buchen und Linden, um deren Stämme der Efeu rankt.

Nach wenigen Augenblicken sehe ich einen niedrigen Turm mit einem Dach, das aussieht wie ein flacher Kegel. Daneben ein Holztor, das sich nicht mehr öffnen lässt. Eine hohe Mauer, hinter der man die Spitzen von Nadelbäumen erkennen kann. Ich bin da.

Ich umarme die Eiche, die ich immer umarme, wenn ich hierher komme. In der Höhe meiner Brust hat sie achtundvierzig Vertiefungen um den Stamm. Jedes Mal kontrolliere ich das. Danach drehe ich mich um und blicke in die Ecke, wo der Turm steht.

Früher, als kleines Kind, habe ich immer wahnsinnige Angst davor gehabt, Geschenke auszupacken. Ich hatte Angst, weil ich nicht wusste, was sich hinter dem farbigen Papier befand. Nach ein paar Jahren verstand ich dann, dass unter dem Papier niemals etwas Gefährliches sein kann. Seitdem liebe ich es, Geschenke auszupacken. Sogar die, die nicht für mich bestimmt sind, nehme ich – wenn sie mir unter die Finger kommen – kurzerhand an mich und reiße sie auf.

So ähnlich war das auch vorgestern. Da war diese neue Erhebung, die tags zuvor noch nicht da gewesen war. Bunte Blätter lagen auf ihr. Geschenkpapier. Ich musste es tun, ich konnte nicht anders. Ich wischte die Blätter beiseite. Das Erdreich war locker und weich. Ich grub mit den Händen.

Zuerst sah ich nur Nase und Stirn. Nach und nach legte ich das Gesicht frei. Und ich war froh, als ich feststellte, dass ihre Augen geschlossen waren. Ich grub weiter. Befreite Schultern und Brustkorb vom Humus. Als ich am Bauchnabel angelangt war, habe ich aufgehört.

Jetzt liegt sie vor mir, erdig und weiß. Bald wird ihr hundertjähriger Schlaf zu Ende sein. Nachdem ich meine Hand an meine blutige Stirn gelegt habe, reibe ich ihr die Wangen ein. Das Rot steht ihr gut. Im Grunde bräuchte sie es gar nicht. So wie sie ist, ist sie eigentlich schön genug. Aber ich habe das bei den anderen gesehen, das mit dem Rot. Bei solchen, die nicht mehr schlafen. Bei solchen, die bereits erwacht sind und trinken und lachen und küssen.

Nachdem ich alles Blut von meiner Stirn entfernt und auf ihr Gesicht geschmiert habe, ziehe ich den Frosch aus der Tasche. Das Gefühl, den Frosch zwischen die Brüste zu legen, ist wunderbar. Als ich damit fertig bin, kämme ich ihr Haar. Es muss ein Scheitel sein, der genauso exakt und symmetrisch ist wie ihr Gesicht. Die blonden Haarspitzen lege ich auf die Brüste. Dann lausche ich auf den Wind und sehe den fallenden Blättern dabei zu, wie sie meine Freundin langsam bedecken. Morgen komme ich wieder. Morgen bringe ich dir etwas Schönes mit. Mach's gut, bis morgen.

Ich überquere die Straße und biege in den Hans-Zander-Weg ein. Zum Heim zurückzulaufen macht mich ärgerlich, denn eigentlich will ich nicht zurück. Aber in einer Viertelstunde gibt es dort Abendessen, und es ist meine Pflicht, pünktlich zu erscheinen. Wenn ich das nicht tue, hat Herbert gesagt, dann darf ich nicht mehr raus. Zumindest nicht alleine. Einmal war ich zu spät, und dann ist es wahr geworden, und ich durfte nur noch einmal am Tag für eine Stunde nach draußen. Zusammen mit den anderen Kindern und in Begleitung der Erzieher. Das war dann einen ganzen Monat lang so.

Herbert ist ein strenger Erzieher. Alle Erzieher sind streng. Aber ohne Strenge geht es nicht im Leben, sagt Herbert, ohne Strenge, Druck und Konsequenz geht nichts.

Ich höre die Glocke von Sankt Mauritius schlagen. Ich bleibe kurz stehen. Ich sehe noch einmal auf meine Uhr. Dreiviertel sechs.

Das einzig Schöne auf diesem Weg ist ein Schuppen. Unten ist er aus Backsteinen gebaut und oben ganz aus Holz. Herbert hat gesagt, dass der Schuppen alt ist, und das macht mich traurig. Denn wenn etwas alt ist, dann kann es sterben. Und etwas, das gestorben ist, ist tot. Und was tot ist, ist weg. Und ich will nicht, dass der Schuppen verschwindet. Deswegen muss ich immer kontrollieren, ob noch alle Bretter und Klinker da sind. Manchmal, da fehlt ein Brett, oder es ist etwas abgebrochen. Und an einigen Stellen ist der Abstand zwischen den Backsteinen größer geworden, und es gibt Risse im Mauerwerk. Das will ich nicht. Das darf nicht sein. Denn mit den Steinen und Brettern des Schuppens kann man so wunderbar spielen im Kopf.

Wenn ich bei den türkisfarbenen Fenstern des Gymnasiums angekommen bin, ist es nicht mehr weit.

*

Von seinem Büro aus sah Herbert Hämmerlein hinunter auf die Straße, auf der ein paar Jugendliche beisammenstanden, die zum angrenzenden Landschulheim gehörten. Seit Langem schon waren ihm diese Gymnasiasten ein Dorn im Auge. Ob es an der Art lag, wie sie ihre Köpfe zusammensteckten? Als würden sie sich vor irgendetwas abschotten wollen. Als hätten sie ein Geheimnis zu hüten, das sie niemandem preisgaben. Eine Gruppe, zusammengehalten durch einen unseligen, konspirativen Geist. Vielleicht fühlte sich Hämmerlein aber auch dadurch beleidigt, dass die Teenager, wenn sie nicht gerade einen Zug von ihren Zigaretten nahmen, immer wieder auf den Boden spuckten. Einen schlechten Einfluss hatten die auf das *Heilpädagogische Zentrum* und auf seine Bewohner, Hämmerleins Schutzbefohlene. All das, was er hier tagein tagaus predigte, machten diese Gymnasiasten durch ihr Gespucke und ihre Raucherei im Handstreich zunichte. Gleich morgen würde er sich beim Direktor und Leiter des Landschulheims beschweren, beschloss er. So ging das nicht mehr weiter.

Wütend blickte er auf die dunklen Gestalten, an denen gerade einer seiner Schützlinge eilig vorbeilief. Hämmerlein sah auf seine Armbanduhr. Drehte sich um und verließ das Büro.

Sobald er auf den Gang hinausgetreten war, wandten die Kinder ihren Blick schnell ab und verstummten. Einige kreischten trotzdem, glucksten oder feixten munter weiter. Sie hatten den pädagogischen Leiter der Anstalt noch nicht bemerkt.

»Ruhe!«

Hämmerlein schob die Ärmel seines schreiend gelben Pullovers nach oben und blickte auf die Köpfe der vorbeiziehenden Kinder.

»Herbert, kann ich dich noch mal kurz sprechen?«

Hämmerlein sah einer schlanken, rothaarigen Frau ins Gesicht.

»Hallo Monika. Können wir das vielleicht auf dem Weg zum Speisesaal klären?«

»Ich denke schon«, antwortete die Erzieherin und begegnete Hämmerlein mit einem warmen Blick.

»Also, es geht um Alexander. Du meintest ja, dass wir die Polizei ...«

»Das meine ich noch immer.«

»Können wir die Sache nicht doch intern bereinigen?«

»Monika, du weißt doch selbst, dass es nicht das erste Mal war, dass Alexander das getan hat. Wenn wir jetzt keine Konsequenzen folgen lassen, wenn wir jetzt kein Exempel statuieren, dann werden wir unglaubwürdig.«

»Ja, aber ...«

»Der Junge hat gestohlen! Und das zum wiederholten Male. Da beißt die Maus keinen Faden ab. Und ich habe es langsam satt, mir seine Lügen und Ausflüchte anzuhören. Am Ende wird er wieder in Tränen ausbrechen, und in vier Wochen haben wir den nächsten Diebstahl. Taten haben Folgen. Das muss der Junge endlich begreifen!«

»Alexanders Sozialverhalten ist aber ansonsten doch recht positiv. Er ist hilfsbereit, einfühlsam und sensibel. Ich bin mir sicher, dass ...«

»Du weißt aber auch, warum er so ist.«

»Ja, natürlich, aber ...«

»Wir dürfen da nicht auf seine spezifische Behinderung hereinfallen. Kinder mit Trisomie 21 wirken nun mal auf den ersten Blick nett und freundlich, und viele von ihnen sind das ja auch. Das ist aber noch lange kein Freibrief dafür, dass man einfach so klauen darf!«

»Ja, aber was hat er denn groß ...«

»Es geht ums Prinzip. Basta. Außerdem habe ich mit den Beamten schon einen Termin für morgen Abend ausgemacht.«

Sie waren stehen geblieben. Hämmerlein sah auf die imposanten Flügeltüren, hinter denen sich der Speisesaal befand, und zog einen Schlüsselbund aus der Hosentasche. Seine Begleiterin hatte begriffen, dass bei ihrem Vorgesetzten nichts mehr zu erreichen war.

»Wie geht es eigentlich Annabelle? Hat sie schon angerufen aus ihrem Urlaub? Wo ist sie noch mal hin?«

»Ägypten«, murmelte Hämmerlein, der damit beschäftigt war, den richtigen Schlüssel zu suchen.

Gerade als er den Schlüssel in das Schloss gesteckt hatte, ließ ihn ein Schrei in seinem Rücken zusammenfahren. Er drehte sich um und sah einem Jungen ins Gesicht, der einen abgehetzten Eindruck machte. Hämmerlein fiel auf, dass seine Stirn aufgeschlagen war. Hastig atmete der Bub durch seinen geöffneten Mund und sah den Heimleiter mit großen Augen an. Diesem Autisten, dachte er, dem würde er demnächst mal auf den Zahn fühlen müssen.

Just in dem Moment, in dem die Glocke zu läuten begann, öffnete er die Tür des Speisesaals. Herbert Hämmerlein lächelte.

*

Heute hat es Kartoffelbrei mit Fischstäbchen gegeben. Ich esse das gern, denn ich habe oft Hunger. Das kommt daher, weil ich mich so viel bewege, bewegen muss. Eigentlich mag ich jedes Essen gern. Ich kann nicht verstehen, wenn einem etwas nicht schmeckt. Entweder hat man Hunger oder nicht. Und wenn man Hunger hat, dann isst man das, was eben da ist. Und wenn nichts da ist, dann sollte man weinen oder schreien. Dann bekommt man meistens was. Allerdings ist es besser, wenn man weint. Ich weiß nicht warum, es ist einfach Erfahrung: Weinen ist besser als schreien. Wenn einer schreit, bekommt er oft gar nichts. Bei Herbert ist es egal, ob man schreit oder weint oder einen Kopfstand macht. Herbert ist konsequent, sagt er. Aber bei den anderen Erziehern funktioniert es meistens, das mit dem Weinen.

Bevor ich auf mein Zimmer gehe, laufe ich in den Aufenthaltsraum. Wenn man vom Speisesaal kommt, ist es die fünfte Tür rechts. Dort steht ein Trampolin. Nach dem Essen muss ich immer springen. In die Luft und wieder zurück. Immer wieder. Manchmal stelle ich mir vor, ich würde bis zum Mond springen. Das möchte ich einmal, dass das passiert. Dass ich *so* hoch springe, dass ich auf dem Mond lande. Und dann würde ich nie mehr zur Erde zurück. Aber jetzt springe ich noch. Hoch und wieder zurück. Hoch und runter, immer und immer wieder. Es ist schön, wenn sich die Dinge wiederholen. So schön und so beruhigend.

Im Keller des Westflügels liegt mein Zimmer. Der Boden ist mit weißen Fliesen gekachelt, die Wände bis auf Kopfhöhe. Eine Kachel misst zwanzig mal zwanzig Zentimeter. Mein Zimmer besteht aus siebenhundertsiebenundsechzig Fliesen.

In der Mitte steht ein Tisch, um den ich jetzt meine Runden drehe. Dabei sehe ich mir die Linie von Spielsachen an, die ich dort von einer Ecke zur anderen aufgebaut habe.

Eine schwarz-weiß gefleckte Kuh, ein tragbarer CD-Spieler, zwei Matchboxautos, die sich noch in ihrer Verpackung befinden, eine Polaroidkamera, ein Schlüssel, ein Playmobilmännchen, ein Fingerskateboard, ein grünes Stofftier, ein Märchenbuch, ein Schiff aus Plastik.

Nach zwei Runden bin ich mir sicher: Das Playmobilmännchen steht nicht mehr so, wie es heute nach der Schule stand. Ebenso die Polaroidkamera und der Schlüssel. Ich gehe zum Tisch und rücke die Gegenstände wieder zurecht. Dann nehme ich die Polaroidkamera und werfe sie aufs Bett. Ich mag das Ding nicht. Mutter hat es mir zu meinem dreizehnten Geburtstag geschenkt. Ich kann den Apparat nicht leiden, weil die Bilder, die aus ihm kommen, nicht das sind, worauf man den Apparat richtet, wenn man abdrückt. Die Bilder sind nur *ähnlich*. Das scheint außer mir niemanden zu stören. Kameras sind Lügengeräte. Sie verzerren die Wirklichkeit.

Ich öffne das Fenster und starre in die Ritzen zwischen den Kieselsteinen. Dort ist Wasser. Wasser ist nass und macht Rost. Ich hole den Schlüssel vom Tisch und stecke ihn in das Wasser hinein. Danach schließe ich das Fenster wieder.

Der Tisch besitzt eine Schublade, die man mit dem Schlüssel öffnen kann. In der Schublade liegt das Lügendornröschen. Ihr Haar, ihr Gesicht, ihre Schultern, ihre Brüste. Und ihre geschlossenen Augen.

Herbert hat mich abgeholt. Er hat mich gefragt, warum ich mir die Stirn aufgeschlagen habe, und ich konnte ihm keine Antwort geben. Er hat ein zweites Mal gefragt, und ich habe wenigstens das Wort *Schlosspark* sagen können. Da war ich sehr stolz.

Schließlich hat er mich zum Bad begleitet. Ich habe mich in die Wanne gesetzt und gewaschen. Nach zehn Minuten bin ich aufgestanden. Habe mich abgetrocknet und den Schlafanzug angezogen. Als Herbert die Tür wieder geöffnet hat, war ich mit Zähneputzen schon fertig. Er hat mir eine Tablette gegeben und mich zurück in mein Zimmer geführt. Als ich im Bett lag, hat er mir eine gute Nacht gewünscht und das Licht gelöscht. *Auf Wiedersehen, Herbert, gute Nacht ... Schlosspark. Der Schlosspark hat ein Loch, und da musste das Blut rein. Dornröschen. Gute Nacht.*

Bevor ich einschlafe, spiele ich in meinem Kopf. Mit den Fenstern, den Steinen, dem Holz, den Farben des Himmels, mit den Gradzahlen der Winkel, die sich zwischen den Ohren der Pferde befinden. In der Schule haben sie gesagt, dass das gut sei. Und wenn ich so weitermache, würde ich später Programmierer werden können. Ich weiß nicht genau, was das ist. Ich weiß nur, dass es mit Computern, Zahlen und Mathematik zu tun hat. Und das ist schön. Ordnung ist schön. Aber eigentlich würde ich viel lieber Astronaut werden. So gern würde ich einmal zum Mond fliegen. Doch Herbert sagt, dass das nicht geht. Wenn man so ist wie ich, dann kann man höchstens Programmierer werden. Oder gar nichts. Sagt er.

Unsere Heimschule ist furchtbar langweilig. Man lernt Sachen, die man für nichts gebrauchen kann. Heute haben wir den ganzen Vormittag über ein Spiel gemacht, das gar kein Spiel war. Es heißt *Planung – Handlung*. Wir sollten lernen, wie man einen Pudding macht. Was brauche ich? Wo bekomme ich die Dinge her, die ich brauche? Was mache ich mit den Sachen, um zu meinem Ziel zu gelangen?

Mein Ziel ist es nicht, Zucker und Pulver und was weiß ich miteinander zu vermischen, bis irgendwann Pudding herauskommt. Viel reizvoller ist es doch, sich das Licht anzusehen, das sich in den Zuckerkristallen bricht. Was man da alles sehen kann! Aber das begreift niemand.

Mein Freund Alexander ist viel besser in diesen uninteressanten Dingen als ich. Er hat mir auch geholfen, diesen blöden Pudding fertig zu kriegen. *Danke, Alexander.*

Endlich ist es Nachmittag. Mit einem Pflasterstein in der Hand stehe ich vor dem alten Rathaus. Ich sehe zum Schloss und zum Kirchturm von Sankt Mauritius. Ich warte noch, bis diese Frau an mir vorbei ist. Ihr Mantel ist schwarz und hat sieben Knöpfe. Dann werfe ich den Stein zwischen die Tauben. Die meisten fliegen weg, aber eine liegt zuckend am Boden. Ich knie mich hin, hebe den Stein auf, greife die Taube und schlage ihr den Stein auf den Kopf. Endlich ist das Tier still. Ich stecke es ein. Den Stein lasse ich liegen.

Ich bin da. Den Baum habe ich schon umarmt. Jetzt nehme ich die Blätter von ihr. Braune, gelbe, rote Blätter. Die Blätter sind Dornen. Mit den Fingern fahre ich über sie und spüre ihr Gerippe. Wie schön sie ist, wie wunderschön. Wieder gebe ich mein Blut auf ihre Wangen. Über den Frosch lege ich die Taube. Das zerschmetterte Köpfchen stecke ich unter den Flügel. Hier kann sie hundert Jahre schlafen.

Aus der Tasche ziehe ich den Schlüssel, der im Wasser war. Noch warte ich. Warte auf einen Lichtstrahl vom Himmel.

Als die Sonne endlich ihr Gesicht trifft, öffne ich ihren Mund. Ein seltsamer Geruch entweicht. Ich stecke den angerosteten Schlüssel hinein und schließe den Mund wieder. Ich sehe auf ihre Lider. Das ist schwierig. Das ist so schwierig, dorthin zu sehen. Aber zum Glück sind die Augen ja geschlossen. Das macht es ein wenig leichter.

Ich weiß nicht, was Liebe ist. Aber wenn mich einer fragen würde, wen ich liebe, dann würde ich sagen, sie.

Liebende sehen sich in die Augen. Immerzu in die Augen. Ständig. Ohne Unterlass blicken sie sich an.

Bei ihr kann ich das vielleicht. Das mit der Liebe und dem Blick in die Augen. Ich greife mit Zeigefinger und Daumen an die Stelle, wo sich die Lider treffen und schiebe sie auseinander. Erst bei dem einen, dann bei dem anderen Auge.

In dem Weiß liegt ein Ring. Ein blauer Ring, der sich um die Pupille zieht. Da sind feine Linien in dem Blau. Sie schillern gelb, sie schillern grün. Und da ist auch ein Bruch.

Ich habe es geschafft. Ich liebe sie. In ihren Augen sehe ich den Himmel, ich sehe die Wolken, ich sehe die Sonne. Und dann plötzlich ein Gesicht, das alles dunkel macht ... Ist das der Mond?

*

Herbert Hämmerlein wusste nicht mehr, wie lange er das lauwarme Wasser über seine Finger hatte laufen lassen. Irgendwann hatte er den Hahn zugedreht und schließlich in den Spiegel gesehen. Beinahe wie in Zeitlupe kämmte er jetzt sein schwarzes Haar nach hinten. In seinen Gesichtsausdruck schlich sich nach und nach etwas ein, das sich zwischen Selbstgerechtigkeit und Arroganz verortete.

Er drehte sich um. Auf dem niedrigen Tisch in der Mitte des Zimmers befanden sich angebrochene Bier- und Limonadenflaschen, das metallene Ende eines Löffels ragte aus einer Kaffeetasse. Wie ein erhobener Zeigefinger kam ihm dieser Löffelstiel vor. Eine Drohung, die ihn dazu aufforderte, dem Chaos hier auf dem Tisch den Garaus zu machen. Und dennoch fühlte er sich momentan außerstande, Ordnung zu schaffen.

Er setzte sich und nahm einen Keks von einem Teller, der zwischen den Getränken vor sich hindümpelte. Dann starrte er auf die Bücher, die in dem Regal an der Wand gegenüber aufgereiht waren: *Die Welt des Nigel Hunt*, *Asperger: Diagnostik und Heilungschancen*, *Wenn ein Kind anfängt zu stottern*, *Die Aufmerksamkeitsdefizit-Hyperaktivitätsstörung – ein Ratgeber für Erzieher.*

Plötzlich flackerte es in den Oberlichtern des Kellerraums. Er fuhr zusammen. Unweigerlich stellte sich das plötzliche Bedürfnis nach Ausbruch und Flucht bei ihm ein. Dann, einige Schrecksekunden später, atmete er, nachdem er einen Blick auf die Uhr geworfen hatte, erleichtert auf. Ja, er musste beinahe lachen, als ihm einfiel, dass er selbst es ja gewesen war, der die Polizei herbestellt hatte. Wegen diesem Langfinger, diesem Alexander.

Gefasst sah er auf seine Handflächen und sah die Kinder vor sich, die jetzt in den oberen Stockwerken an den Fenstern klebten und große Augen machten. *Hey, schau mal, ein Polizeiauto!* Einige würden wie gebannt auf das Blaulicht stieren, andere würden anfangen zu kreischen oder zu schreien, und wieder andere würden in ihre Zimmer gehen und weinen.

Obwohl es nicht unbedingt eine Seltenheit war, dass sowohl im benachbarten Landschulheim als auch hier im *Heilpädagogischen Zentrum Graf Schönborn* von Zeit zu Zeit die Polizei erschien, galt das plötzliche Auftauchen eines Streifenwagens doch immer wieder als ein Ereignis, das für Aufregung und Nervosität unter den Kindern sorgte. Während er erneut einen Keks nahm, bemerkte er, dass er zitterte. Schnell ließ er den Keks im Mund verschwinden. Beim Kauen konzentrierte er sich auf das mahlende Knuspern in seinen Ohren. Das beruhigte. Einige Sekunden später hörte er das Geräusch hallender Schritte. Die Schritte, sie kamen näher. Unaufhaltsam kamen sie näher. Unaufhaltsam und unwiderruflich, dachte er und stand auf. Er ließ seine Handflächen über das frisch gewaschene Haar gleiten und konzentrierte sich.

Es klopfte. Herbert Hämmerlein öffnete die Tür.

Nachdem er den Polizeihauptmeister und dessen Kollegin empfangen hatte, gingen sie in Hämmerleins Büro im zweiten Stock. Der Heimleiter ermunterte die Beamten, auf einem Sofa gegenüber der Tür Platz zu nehmen.

»Möchten Sie vielleicht etwas trinken?«

Die beiden Polizisten sahen sich an. Fragende Mienen. Kopfschütteln. Hämmerlein setzte sich an seinen Schreibtisch.

»Bevor wir den Jungen holen, sollten wir unser Vorgehen möglichst genau absprechen«, schlug Hämmerlein vor, »letztendlich soll es ja darum gehen, den Burschen so weit einzuschüchtern, dass er mit dieser Klauerei aufhört.«

Der Hauptmeister hatte seine Handschuhe ausgezogen. Jetzt schichtete er sie langsam aufeinander und strich mit der flachen Hand andächtig über das Leder.

»Was hat er denn genau gemacht?«

»Alexander interessiert sich für das Spielzeug von anderen Kindern. Vor drei Tagen haben wir bei einer Zimmerkontrolle einen Teddybären gefunden, der einem Jungen aus seiner Gruppe gehört. Ich weiß, das scheint ein Bagatelldelikt zu sein, aber das ist inzwischen das vierte Mal in diesem Jahr, dass Alexander gestohlen hat. Vor etwa einem Monat haben wir bei ihm die Geldbörse eines Therapeuten gefunden. Eigentlich hätten wir Sie damals schon holen sollen, aber wir dachten, eine interne Lösung wäre besser.«

»Das war ein Fehler, uns da nicht zu informieren.«

»Ist wohl so, Sie haben völlig recht. Aber wir können ja *jetzt* prophylaktisch eingreifen, bevor noch Schlimmeres passiert.«

»Ja, das können wir«, der Hauptmeister lehnte sich zurück, »dann machen wir das folgendermaßen. Haben Sie vielleicht ein Stempelkissen?«

Hämmerlein durchsuchte die Schubladen seines Schreibtisches. Schnell wurde er fündig und überreichte den Beamten das erbetene Objekt. Die Polizistin hatte inzwischen einen Notizblock herausgeholt.

»Das mit dem Stempelkissen ist eine prima Idee«, lobte Hämmerlein die Beamten.

»Funktioniert immer«, kommentierte der Hauptmeister, »wir nehmen einfach die Fingerabdrücke, ohne irgendetwas zu erklären, und dann werfen wir dem Bürschlein seinen Diebstahl vor und machen ihm klar, dass er jetzt polizeilich registriert ist. Das nächste Mal kommt er dann ins Gefängnis.«

Die Polizisten lachten.

»Genauso machen wir's«, rief Hämmerlein und griff zum Telefonapparat.

»Die Polizei ist jetzt da … Ja, alles klar … In Ordnung.«

Er legte auf.

»Monika … Frau Berger wird gleich da sein.«

»Gut.«

Wenige Minuten später betrat die Erzieherin das Zimmer. An der Hand hatte sie einen Jungen, der auf der Schwelle haltmachte, als er die Uniformierten entdeckte.

»Ich will da nicht rein! Ich will nicht!«, rief er schrill und versuchte, seine Hand aus der der Frau zu befreien.

Nachdem ihm Frau Berger ein paar aufmunternde Worte zugeflüstert hatte, überwand der Bub seinen Widerstand. Schließlich schlüpfte er zusammen mit der Erzieherin durch die Tür.

Da stand er nun mit seinen abgetragenen Turnschuhen und einer viel zu weiten Bluejeans, die an den Enden hochgeschlagen war. Unter einer grauen Fleecejacke spitzte auf einem gelben T-Shirt ein lächelnder rosaroter Panther hervor. Die ängstlichen Augen des Jungen hatten einen mandelförmigen Schnitt. Sein Gesicht war rundlich. Rundlich wie der Mond, dachte Herbert Hämmerlein und sah auf seine Fingerspitzen.

»Was hat er denn?«, wandte sich der Hauptmeister an Hämmerlein.

»Trisomie 21.«

»Wie bitte?«

»Down-Syndrom.«

»Was?«

»Er ist ein Mongo.«

»Ach so.«

Während der Polizist verlegen über seine Handschuhe strich, warf er seiner Kollegin einen auffordernden Blick zu.

»Du bist also der Alexander«, begann die Polizistin.

Sie sah dem Angesprochenen fest in die Augen. Doch der Junge reagierte nicht. Er stand bloß da, wie ein Fragezeichen, und machte einen verlorenen Eindruck.

»Sie müssen lauter sprechen, sonst versteht er Sie nicht. Alexander ist schwerhörig«, erklärte Monika Berger. Der Junge lächelte und steckte seine Hände in die Jackentaschen.

Die Polizistin wiederholte ihren Satz.

»Ja, ich bin der Alexander. Ja.«

»Also, Alexander«, sie klappte das Stempelkissen auf, »wir werden jetzt deine Fingerabdrücke nehmen.«

»Das kenne ich. Das hab' ich schon mal gesehen, im Fernsehen!«, rief der Junge freudig aus.

Es schien ihm wirklich Spaß zu machen. Während er seine Fingerspitzen reihum in das Stempelkissen und danach auf den Notizblock presste, lachte der Junge immer wieder auf und sah dabei den Anwesenden offen ins Gesicht. Als die Prozedur beendet war, ergriff der Hauptmeister das Wort.

»Alexander, du weißt, dass man nicht stehlen darf.«

Der Junge vergrub seine Hände in den Taschen der Fleecejacke.

»Ja.«

»Nun. Herr Hämmerlein und deine Gruppenleiterin Frau Berger haben uns darüber informiert, dass du gestohlen hast.«

»Nein. Das stimmt nicht.«

Die Stimme des Jungen zitterte, seine Finger begannen sich in den Taschen nervös hin und her zu bewegen.

»Alexander!«, schaltete sich Hämmerlein nun ein, »bei einer Zimmerkontrolle hat man Diebesgut in deinem Schrank gefunden! Ein teures Stofftier, das einem anderen Kind aus deiner Gruppe gehört. Sag die Wahrheit! Lügen hat doch keinen Zweck!«

Das war zu viel für den Jungen. Alexander brach in Tränen aus. Er schrie und wälzte sich auf dem Boden. Hämmerlein sprang sofort auf. Warf sich auf den Jungen. Packte ihn an beiden Armen und schüttelte ihn.

»Was soll das, Alexander?«, brüllte er das Kind an, »benimm dich, verdammt noch mal! Das macht doch alles keinen Sinn! Und nimm endlich deine Hände aus den Taschen! Was hast du da in der Tasche? Was hältst du da fest? Gib das her, verdammt! Das ist doch bestimmt wieder ...«

Plötzlich war alles still. Der Junge hatte aufgehört zu kreischen. Hämmerlein brüllte nicht mehr. Die Blicke waren auf eine Stelle unter der großen Deckenlampe gerichtet, wo jetzt kleine weiße und farbige Karten richtungslos durch die Luft wirbelten, um im nächsten Moment auf die kleine Gesellschaft niederzuregnen. Ratlose Gesichter blickten auf die Rechtecke, die nun überall im Raum verstreut waren. Hämmerlein spürte, wie eines von ihnen an seiner glatten Frisur auf den Boden hinunterrutschte. Langsam hob Monika Berger eines der Polaroid-Fotos auf.

»Aber das ist doch ... Herbert! Das ist doch Annabelle! Das ist ja deine Frau!«

Herbert Hämmerlein spürte, wie sich die Blicke der anderen auf ihn geheftet hatten. Blicke, in denen das blanke Entsetzen zu lesen war. Blicke aus Blei, die ihn zerdrückten, zerstörten, endgültig und unwiderruflich vernichtet hatten.

Plötzlich sprudelte es aus dem Jungen heraus:

»Ja, ich habe das alles gestohlen. Und die Bilder habe ich aus der Schreibtischschublade von Konstantin. Er hat gesagt, dass da seine Freundin drin ist. Und ich wollte auch einmal eine Freundin haben.«

Mit verweinten Augen sah er die beiden Polizisten an.

»Muss ich jetzt ins Gefängnis?«, stammelte er.

Dieses Mondgesicht, dachte Hämmerlein, als er durch ein Fenster nach draußen in den Himmel sah. Dieses fürchterlich runde Mondgesicht, dachte er, als er den Jungen anblickte. Ich könnte es erschlagen.

*

Wochenendausgabe der *Main-Post,* Samstag/Sonntag, 15./16. Oktober 2010:

Wiesentheid – Der idyllisch gelegene Marktflecken am Rande des Steigerwalds wurde in der letzten Woche zum Schauplatz zweier grausamer Morde, die sich rund um das Heilpädagogische Zentrum Graf Schönborn ereigneten.

Gestern fand man im Wiesentheider Schlosspark die Leichen der neunundzwanzigjährigen Annabelle H. und des dreizehnjährigen Konstantin G. Bei der Frau handelt es sich um die Gattin des Heimleiters des nahegelegenen Heilpädagogischen Zentrums, in dem auch der tote Junge als Bewohner lebte. Aufgrund dieses Umstandes wird davon ausgegangen, dass sie demselben Täter zum Opfer fielen.

Verhaftet wurde, wie die Kripo Würzburg mitteilte, der Ehemann der Toten, der seine seit fünf Tagen verschwundene Frau nicht vermisst gemeldet hatte. Seine Angaben, sie befinde sich auf einer Urlaubsreise, erwiesen sich als unwahr. Kollegen bestätigten, er und die Tote hätten wiederholt Streit gehabt, und es sei von Scheidung die Rede gewesen. Über seine Motive für die Tötung des Jungen kann zu diesem Zeitpunkt nur spekuliert werden, da der Angeklagte bislang schweigt.

Keine Aussagen wollte oder konnte er auch zu dem Umstand machen, dass mit seiner Frau zusammen mehrere seltsame »Grabbeigaben« verscharrt waren. Die Polizei gab keine Einzelheiten bekannt, erhofft sich aber Aufklärung von einer Vernehmung des Verdächtigen, die stattfinden wird, sobald er sich von den Folgen eines Suizidversuches in der U-Haft erholt hat.

Tessa Korber

Das Loch

Das Forchheimer Rathaus stand noch. Seit die Stadt Gengenbach die Idee geklaut hatte, bildeten seine erleuchteten Fenster zwar nicht mehr den »größten«, sondern nur noch den »schönsten« Adventskalender der Welt; aber was man hatte, hatte man.

Weg war allerdings die gesamte östliche Häuserzeile, der Juwelier, die Boutique und der Bäcker; das Areal zur Holzstraße offen wie nach einem Dammschnitt. Unter anderem war das Lieblings-Frühstücks-Café des Lokalredakteurs Fritz Häfner verschwunden.

»Du denkst an Kaffee, Mann, das war unersetzliche Bausubstanz«, meinte Peter Gmeinsen, Archäologiestudent und Volontär bei den *Nordbayerischen Nachrichten*.

»Halb so schlimm, war doch bloß Barock, höchstens.«

Sie betrachteten das Foto, das Häfner geschossen hatte und das die nächste Titelseite zieren sollte unter der Überschrift: »Das Loch wird zugemacht«. Es zeigte die Einsturzstelle mitsamt den halbverfallenen umliegenden Häusern, den kreuz- und querliegenden Balken, die die enorme Tiefe des Risses verdeckten, der sich da von einem auf den anderen Tag aufgetan hatte, und das rotweiße Absperrband. Ein Witzbold hatte ein handgemaltes Schild aufgestellt, das hinunterwies und die Aufschrift trug: »Tor zum Hades, 666 km«.

»Man merkt, dass ihr hier ein humanistisches Gymnasium habt.«

In dessen Turnhalle es aussah wie in einem bosnischen Flüchtlingslager. Oder flüchtete man heutzutage anderswo? Die evakuierten Familien der umliegenden Häuser kampierten dort, Carepakete-beschenkt, Seelsorger-betreut und von einem begeisterten THW versorgt, das hauptsächlich die spendenwilligen Mitbürger und ihre Altkleidergaben abzuwehren hatte, die zur Plage zu werden drohten. Der Pausenhof sah aus wie eine Kreuzung aus Sperrmülltag, Flohmarkt und Gazastreifen, zur großen Freude der Kinder und zum Ärger der Eltern, die täglich vor dem Büro des Bürgermeisters standen und Eingaben machten bezüglich des Ersatzes ihres Wohneigentums.

Versicherungsvertreter mit Klemmblöcken schlichen um die Unglücksstelle, faszinierte Feuerwehrleute, ratlose Geologen, Statiker, Tiefbauingenieure, Katastrophenschutzberater, die die Warum-Frage durchkauten, neugierige Hunde und wagemutige Teenager. Eine Dönerbude hatte sich nähergewagt, und der Kinderschutzbund verkaufte Kaffee für einen guten Zweck.

Aber jetzt war zumindest eines entschieden: Morgen würden lastwagenweise Sand, Kies und Bauschutt herangekarrt, mit Sondergenehmigung durch die Fußgängerzone der Altstadt geleitet und in das Loch gekippt werden, bis es wieder geschlossen war. Früher wäre daraus vielleicht eine Pilgerstätte geworden, mit ansässigem Eremiten und einer Kapelle, in der man über die strafende Hand Gottes hätte meditieren können: Sodom, Gomorrha, Jericho, Forchheim. Heute fand sich nicht mal *ein* Verrückter, der daraus ein Denkmal machen wollte. Alle wollten ihr Café wiederhaben.

Nur Peter Gmeinsen hatte eigene Pläne.

»Haben sie deine Petition abgeschmettert?«, fragte Häfner mit flüchtigem Mitfühlen.

»Da unten ist etwas zu finden, das spüre ich.« Gmeinsen legte erbittert die Zeitung weg. »Aber diese Ignoranten von der Stadtverwaltung wollen ja nicht hören. Da haben sie Jahrzehnte gebraucht, um zu entdecken, dass sie einige der ältesten Wandmalereien Süddeutschlands in ihrer Kaiserpfalz haben. Aber das Wunder ist geschehen. Und jetzt? Jetzt haben sie die einmalige Chance, die echte Pfalz zu finden, den Ort, an dem deutsche Könige residiert haben. Und was tun sie?«

»Sie denken an die Sicherheit.«

»Sie haben mir nicht mal zugehört.«

»Du hast drei Gutachten à 200 Seiten hingeschickt, Peter. War vielleicht 'n bisschen viel.«

»Ich hab jedenfalls genug.« Peter schaute seinen Vorgesetzten und Freund an. »Heute Nacht geh ich da runter.«

»Du tust was?«

»Und wenn ich karolingische Ruinen finde, darfst du die ersten Bilder davon schießen. Wir werden berühmt, Fritz. Du wirst berühmt, ich werde berühmt. Forchheim wird berühmt werden. Wenn ich erst mal auf das gestoßen bin, was ich mir erwarte, dann werden sie von allen Seiten hierher strömen, das sage ich dir. Von Zumachen ist dann keine Rede mehr. Das Landesdenkmalamt, das Kultusministerium, die Universitäten, alle werden sie mobil machen. Und denk meinetwegen auch an die Touristen.«

»Ich denke an dich heute Nacht in diesem schwarzen Loch. Mensch Peter, das Ding ist einsturzgefährdet. Lies meine Lippen: E-r-d-r-u-t-s-c-h-g-e-f-a-h-r.«

»Brauchst ja auch nicht mit. Du wartest im *Neder*, da ist es schön warm. Und ich bin schließlich Mitglied im *DAV*. Lies meine Lippen, Fritz: B-e-r-g-s-t-e-i-g-e-r. Okay?«

Noch einmal betrachteten sie das Bild, das zwischen ihnen auf dem Schreibtisch lag. Den Wegweiser zum Hades hatte der Bürgermeister im Zuge der Pressekonferenz, die er am Rande des Loches gehalten hatte, öffentlichkeitswirksam aus dem Schutt gezogen und in den Abgrund hinuntergeworfen. Forchheim war immer noch das Tor zur Fränkischen Schweiz. Manche meinten, das hätte er nicht tun sollen.

Als schwierigster Punkt erwies es sich, einen festen Halt für das Seil zu finden. Peter Gmeinsen stakte durch rutschenden Schutt, über zerbrochenes Geschirr, zerrissene T-Shirts, zerschmetterte Möbel und eine verstaubte Herbstkollektion billiger Uhren – die teuren waren schon aufgelesen –, bis er ein vertrauenswürdiges

Balkenkreuz gefunden hatte, das sein Gewicht tragen würde. Mit einem letzten Blick auf den um diese Zeit menschenleeren Rathausplatz setzte er seine Stirnlampe auf und ließ sich hinab. Hades, ich komme. Die Spalte war unregelmäßig; immer wieder musste er klettern und rutschen, um einen tiefer führenden Gang zu finden. Peter sah Heizungsrohre, aufgerissene, halbe Kellerappartements, nacktes Erdreich mit Kieselsteinen, verkohlte Balken, rieselnde Wasserrohre, die kleine Fälle ins Dunkle hinab bildeten. Er sah eine Espressomaschine, verhakt an Metallgittern, ein Bettgestell, kopfüber über dem Abgrund hängend, und dazu Schwärze, Schwärze, Schwärze, aus der seine Lampe zum Verzweifeln kleine Bilder ausschnitt. Immer wieder zog er den gezeichneten Querschnitt zu Rate, den er sich eingesteckt hatte, um seine Reise durch die Jahrhunderte einigermaßen bestimmen zu können. Das hier war nicht Troja, aber für den geübten Archäologen sollte es doch Anhaltspunkte geben, in welcher Tiefe sich welcher Zeitabschnitt befand. Nur dass der Einsturz alles durcheinandergebracht hatte.

Peter fand einen Absatz und hielt erst einmal inne, um sich zu orientieren. Da hörte er Stimmen über sich. Unwillkürlich drückte er sich an die Wand und knipste den Lichtstrahl seiner Lampe aus, um sich nicht zu verraten. Tatsächlich, dort oben waren Schritte zu hören, geflüsterte Anweisungen, ein »Hauruck«. Dann ein Knall.

»Verflucht!« Peter hielt sich den Arm vor das Gesicht, um es gegen herumfliegende Scherben und Steine zu schützen. »Was zum Teufel ...« Als er sein Licht wieder angefingert hatte, sah er die Bescherung: einen zerborstenen Fernseher. »Arschlöcher«, wollte er gerade schimpfen, als ein Computerbildschirm hinterhergeflogen kam. Als Draufgabe noch ein Vierundzwanzignadeldrucker.

»Dreckschweine.« Peter stieß mit dem Fuß gegen den frohgemut entsorgten Müll; der rutschte tiefer und verschwand. Na, wer hier in tausend Jahren mal Ausgrabungen machte, würde sich aber wundern. Der junge Archäologe vergaß seinen Ärger und kehrte zu seiner Karte zurück. Im Prinzip befand er sich auf der richtigen Höhe; die Kellermauern der Häuser standen auf wesentlich älteren Fundamenten, die wiederum ... oder nein, er musste die Karte andersherum halten. Peter klemmte sich die Handschuhe zwischen die Zähne und positionierte sich neu. Wenn er nur mehr Licht hätte.

»Plumps«, machte es hinter ihm.

Reflexartig hob Peter die Hand und pflückte einen Packen Karten aus der Luft. Starrte überrascht auf den nackten Hintern einer Frau auf allen vieren. Ein klasse Hintern. Nächstes Bild. Der Busen war auch nicht schlecht. Peter zwang sich, Busen zu denken und nicht ... toller Mund, aber was aß sie da? Ach so. Peter errötete alleine im Dunkeln.

Oben erklang eine Grabesstimme. »Alles ist einmal zu Ende. So nimm denn Gott ...« Der Rest ging in Murmeln unter.

Eine hellere Stimme fügte hinzu: »Und eins, und zwei ... nein, ich bin zu traurig dazu!«

»Nein«, schrie Peter, »nicht springen.« So schnell er konnte, kletterte er nach oben. »Das ist doch wirklich kein Grund ...«, keuchte er, als er über den Rand kam. »Es sind doch im Grunde sehr ästhetische ... äh ...«

Er verstummte, als er in das Gesicht einer Sechsjährigen sah, die einen Schuhkarton umklammerte. Hinter ihr stand ein junger Mann und hatte ihr die Linke auf die Schulter gelegt. In der Rechten hielt er eine alte Kommunionskerze, deren brennender Docht leicht flackerte.

»Bist du der Petrus?«, fragte das Mädchen. Tränen liefen ihr über die Wangen.

»Äh, nein, nicht ganz.« Peter setzte sich auf den Rand. Ihm taten die Arme weh.

Sie schob die Unterlippe vor. »Mümmel war der beste Hase der Welt, also soll er auch das beste Begräbnis bekommen.«

»Ich hab's ihr versprochen«, sagte der Mann. Er reichte Peter die Hand. »Thomas Heinlein. Meine kleine Schwester Hannah.«

»Peter Gmeinsen.«

»Das ist doch nicht verboten, oder?«

Peter überlegte. »Ist das nicht der halbe Spaß?«, fragte er. Sie grinsten einander an.

»Also hepp!« Mümmel flog im hohen Bogen der Karolingerzeit zu. »Amen.«

»Friede seinen Knochen.«

»Ach, übrigens, Sie«, rief Peter, als er eine Gestalt im ungünstig beigefarbenen Trenchcoat sah, die sich aus den Ruinen in Richtung Straße schlich. Sie kam nicht recht voran, was an den Stöckelschuhen liegen konnte oder an der Sonnenbrille, die nachts um elf ein wenig deplatziert wirkte. »Sie hätten wirklich einen Schredder nehmen können, wissen Sie. Das Zeug flog mir direkt auf den Kopf.« Er hielt ihr die Bilder hin und fügte, als sie zögernd näher kam, hinzu: »Ich hab mir schon Sorgen um Sie gemacht.«

Sie verzog den geschminkten Mund zu einem bitteren Lächeln. »Dreitausend hat der Dreckskerl mich dafür zahlen lassen. Ein Schredder reicht da einfach nicht.«

Interessiert neigte Thomas sich über die Bilder. »Hat er Ihnen auch die Negative gegeben?«, fragte er.

Sie nahm die Brille ab und starrte ihn erschrocken an. Ihre roten Lippen murmelten einen Fluch.

»Ist doch heute alles digital«, wagte Peter einzuwerfen, was die Sache nicht besser machte.

Keiner von ihnen bemerkte, dass die Kleine sich die Bilder aus den fühllosen Händen der schönen Unbekannten geschnappt hatte. »Das ist ja mein Relilehrer!«, rief sie. Sie zog Thomas am Sweatshirt. »Guck mal, wie komisch der aussieht.«

Rasch nahm er die Fotos an sich. »Das ist schon mal gar nix für dich.«

Die Frau ging in die Knie. »Das ist dein Lehrer? Sie hob den Kopf und funkelte die beiden an. Und mir hat er erzählt, er sei Chirurg.« Ihre Stimme wurde weicher, sie gurrte beinahe.

»Weißt du denn, wie er heißt und wo er wohnt, Schätzchen?«

Das Mädchen strahlte. »Klar weiß ich das. Seine Frau verkauft doch immer die tollen Kuchen auf dem Sommerfest.« Sie nannte den Namen und eine Adresse in der Fränkischen Schweiz.

»Wenn Sie wollen, bringe ich Sie hin«, erbot sich Thomas. »Wir sind mit dem Auto da.«

»Kriegen wir dann auch Kuchen?«, hörte Peter das Mädchen im Weggehen fragen. Die Absätze der Frau auf dem Asphalt wurden leiser.

»Wissen Sie«, sagte Thomas, schon weit fort, »das sind wirklich tolle, ich meine, Bilder.«

Ein Auto sprang an. Peter Gmeinsen seufzte. Endlich wieder Ruhe. Er schaute in die Grube und zögerte einen Moment, wieder dorthin zu klettern, wo nun irgendwo der steife Körper von Mümmel ruhte und ihn mit kalten Augen betrachten würde. Das war Unsinn, schalt er sich; er war Archäologe, und sollte er dort unten auf Mumien oder Gerippe stoßen, so würde sein Archäologenherz lediglich höher schlagen. Also dann.

Er war kaum drei Meter in den Schlund abgetaucht, da hörte er über sich ein Schluchzen.

Es war ein Mann, der weinte, das war peinlich, aber auch alarmierend. Nein, es war ultrapeinlich. Besser, man mischte sich da nicht ein. Und wenn er sprang? Peter hielt inne, die Beine gegen die Wand gestemmt. Es machte »Plopp«. Kalt und feucht landete etwas in seinem Schoß.

Als er hinleuchtete, sah er ein in durchsichtiges Plastik gewickeltes Paket, mit Rauhreif überzogen, etwa so wie die Rehkeulen, die seine Mutter zu Weihnachten aus der Tiefkühltruhe zog. Auch annähernd so groß. Nur dass das Gesicht, das ihn durch die Folie anschaute, ganz und gar menschlich war. Peter schrie. Ohne nachzudenken packte er das Päckchen mit dem toten Säugling und schleuderte es in einer einzigen hysterischen Bewegung von sich, nach oben, in hohem Bogen hinaus aus dem Loch. Oben schrie es ebenfalls.

Peter steckte den Kopf aus dem Loch. Der Mann saß mit in den Abgrund baumelnden Beinen mitten im Schutt. Er hatte runde Schultern und einen Bauch, der seinen Anorak spannen ließ. Tiefe Geheimratsecken ließen das sportliche Design seiner Kleidung albern wirken. Ein freundlicher Bär, tapsig, unattraktiv, aber weiß Gott nicht gefährlich – den Eindruck machte er. Dass man es den Mördern aber auch nie ansah. Peter umklammerte ein Bleirohr und brachte sich in eine sichere Position. Der andere hob sein tränenüberströmtes Gesicht.

»Ich versteh das nicht«, sagte er. »Ich verdien doch gut. Und die Kleine, die Lara, hat es doch gut bei mir. Ich bin doch kein schlechter Vater.« Seine Hand strich über das Paket, das wieder an seiner Seite gelandet war.

Peter packte das Rohr fester. Er suchte nach einem bedrohlichen Satz. »Sie wissen schon, dass das strafbar ist.« Na ja, ausbaufähig. Er sollte mehr Krimis schauen.

Der Mann hatte ihn gar nicht gehört. In seinen Kummer vergraben schüttelte er den Kopf. »Die Kühltruhe stand in der Garage, ich hab da nie reingesehen. Da war Wild drin, dachte ich. Der Martin schießt uns manchmal was.«

»Kenne ich«, entfuhr es Peter. Langsam wurde ihm das Rohr zu schwer. Es senkte sich von selbst. Er setzte sich. Irgendwo schlug es Mitternacht. Verdammt kalt auch. Er erinnerte sich an den Iso-Flachmann mit heißem Tee, den er dabei hatte und bot dem Fremden einen Schluck an. »Ich hätte nie aufgemacht, wenn wir jetzt nicht renovieren würden. Und da, und da ...« Der Mann nahm einen großen Schluck. Es war ein kleiner Flachmann. »Ich hätte es merken müssen, oder? Ich meine, dünn war sie noch nie, aber ich hätte es merken müssen ... Was meinen Sie?«

»Keine Ahnung.« Peter war ehrlich überfordert. »Ich hab derzeit keine Freundin, ich meine ... ich arbeite sehr viel.« Er fühlte sich müde.

»Ich weiß nicht, warum sie es nicht wollte.« Der Mann

flüsterte nur noch. Wieder und wieder strich er über die Folie, das darunter liegende Gesichtchen.

»Was, was, was wäre es denn gewesen?«

»Ein Mädchen.« Er schaute Peter an. »Aber ich kann sie doch jetzt nicht anzeigen, oder? Lara ihre Mutter wegnehmen, das macht es doch nicht besser?« Wieder weinte er. »Ich muss was falsch gemacht haben.«

Peter starrte in das Loch und dachte an Mümmel.

»Sie sagt, es war schon tot.«

Na klar, dachte Peter.

»Sie hatte Angst.«

Armer Idiot.

»Ich liebe sie doch so.«

Peter stand auf. »Also, reinschmeißen ist nicht die Lösung. Aber ich hab da unten eine schöne Stelle gesehen, einen Platz, wo Sie Abschied nehmen können.« Er dachte an den halben Keller, beinahe wie eine Zelle in einer Katakombe.

Der Mann schaute auf.

»Trauen Sie sich zu, da runterzuklettern?« Peter hob ein zweites Seil hoch.

Der Mann wischte sich mit dem Ärmel übers Gesicht.

»Na dann.«

Sie waren am Ziel angekommen, einem fast verschlossenen Raum, der noch immer ein wenig nach Winteräpfeln und Waschmittel roch. Peter hatte sich nach so etwas wie einem Sarg umgesehen und zumindest eine defekte Mikrowelle gefunden. Weiß, wie es sich für ein Kind gehörte. Nach der Kühltruhe war das sicher eine schöne Abwechslung. »Klick.« Sie schlossen die Tür. Mit andächtig gefalteten Händen standen sie da. »Klack.« Das war hinter ihnen, laut und metallisch.

»Also jetzt reicht es.« Peter schaute sich um, hob die Pistole auf, die draußen zwischen die Rohre gefallen war und kletterte, so schnell er konnte, hinauf. Für die kurze Strecke brauchte er nur ein paar Handgriffe. »Jetzt reicht's mir«, wiederholte er und hielt die Waffe in Richtung des dunklen Umrisses am Rande des Lochs. »Das ist hier schließlich eine Trauerfeier!«

Die alte Dame kreischte auf und hob die Hände. »Nicht schießen!«

»Was? *Ich* soll schießen? Sie schmeißen hier doch mit Waffen durch die Gegend!« Peter war ein wenig aus der Ruhe. Er fuchtelte mit dem Lauf herum. »Hat denn heutzutage niemand mehr ein Minimum an Respekt?«

»Das ist nicht meine.«

»Nein, natürlich nicht. Na klar! Sind alles Unschuldslämmer, die heute Nacht hier herumlaufen.« Hysterie konnte so erholsam sein.

»Lassen Sie die Dame in Ruhe!« Ein rüstiger Rentner trat auf den Plan, der sich in der Ruine der Bäckerei verborgen gehalten hatte, auf seinen Schultern die Reste von Semmelbröseln. Mannhaft stellte er sich vor die kleine Dame mit dem Wollhut, die sich prompt an ihn klammerte.

»Aha, Bonnie und Clyde«, höhnte Peter. »Und was wollten *Sie* hier entsorgen, hm? Giftmüll, Katzenkadaver, 'ne tote Ehefrau? Was hatten wir denn heute noch nicht?« Ehe der Alte protestieren oder mit seinem Stock nach ihm ausholen konnte, riss Peter ihm die Plastiktüte aus der Hand und schüttete den Inhalt brutal auf den Boden. Ein Wehrmacht-Pass, SS-Abzeichen, gebündelte Feldpostbriefe und allerlei Hakenkreuz-Devotionalien fielen heraus. Sie verliehen dem Schutt einen Hauch von Historie.

»Aha«, rief Peter.

»Gar nichts ›Aha‹«, verwahrte sich der Rentner, »wofür halten Sie mich?«

»Na, wonach sieht's denn aus?« Peter hatte keine Lust auf höfliche Konversation. Er stupste mit dem Fuß gegen eine Feldpostkarte, die gehenkte Partisanen mit posierenden Soldaten zeigte. »Für Leute wie Sie wurden die Nürnberger Prozesse gemacht.«

»Ich bin Jahrgang 39«, sagte der Alte und stemmte würdevoll seinen Stock auf. »Rechnen sollte die Jugend schon noch können. Was Sie da sehen, gehörte meinem Vater.«

Peter hatte auch keine Lust mehr zu erröten. Aber die Luft war raus. »Verstehe. Sie haben rausgefunden, dass er nicht der Held war, für den Sie ihn hielten, und da reichte ein Schredder einfach nicht. Den Fall hatte ich heute schon.« Es schlug eins.

»Glauben Sie im Ernst, ich hätte das Eiserne Kreuz in den Schredder gekriegt?«

»Sie sollten sich was schämen!«, sekundierte die alte Dame.

Peter richtete den Lauf der Waffe auf sie. »Sie halten sich raus. Oder ist das etwa nicht Ihre?«

»Die gehört meinem Enkel.«

»Der auf die schiefe Bahn geraten ist, und Sie wollen es richten.«

Sie begann zu schluchzen. »Es ist nicht einfach mit der Jugend heutzutage.«

Der Alte nahm sie in den Arm und murmelte tröstende Worte in ihr Ohr.

Fassungslos senkte Peter die Waffe. »Au«, schrie er, als der Stock des Alten auf seinen Oberarm traf. Und noch einmal »Au!«. Er fühlte seine Finger taub werden. »Jetzt machen Sie aber mal halblang; ich ...«

Die Pistole entglitt ihm; wieder klirrte es drunten, dann löste sich ein Schuss. Die drei standen wie erstarrt. Ein kleiner Erdrutsch mit Sinn für Timing ging rasselnd nieder.

Endlich war Peter wieder ausreichend bei sich, dass er sich auf die Knie niederlassen und hinunterrufen konnte: »Hallo, ist alles okay?« Die Antwort, die heraufhallte, beruhigte ihn so weit, dass er dem Rentnerpärchen, das sich noch immer eng umschlungen hielt, einen strafenden Blick zuwerfen konnte. »Dort unten trauert immerhin ein Vater um sein Kind.«

Die Dame riss die Augen auf.

Aber ihr neu gefundener Kavalier kam ihrer Frage zuvor. »Ich glaube nicht, dass wir das verstehen müssen. Kommen Sie, ich bringe Sie nach Hause.«

»Ich heiße Ernestine«, sagte die kleine Dame und hängte sich bei ihm ein.

Der Mann steckte den Kopf aus dem Loch heraus. »War das Polizei?«, fragte er schuldbewusst.

Peter winkte ab. »Erklär ich Ihnen später. Und«, fuhr er dann lauter fort, »was haben Sie hier abzuladen? Immer rein in die gute Stube.«

Die junge Frau, die aus der Holzstraße gekommen war, blieb zögernd am Rand des Schuttfeldes stehen. Sie hatte einen Arm in Gips und die Schnur eines Schlittens um den Oberkörper geschlungen. »Ich kann ihn nicht begraben, nicht bei dem gefrorenen Boden und schon gar nicht mit einem Arm.« Sie trat beiseite und gab den Blick auf den Kadaver eines Dobermannes frei, der notdürftig in eine karierte Reisedecke gewickelt war. »Aber ich wollte ihn nicht in die Tierkörperverwertungsanlage lassen.«

Der Mann zog sich an die Oberfläche und inspizierte den toten Hund. »Das kriegen wir schon hin«, sagte er und lächelte zum ersten Mal, seit Peter ihn kannte, als er den dankbaren Blick der Frau sah.

»Er hat Nestor geheißen«, sagte sie und reichte ihm die freie Linke. »Claudia, ich meine: ich.«

»Na klar«, seufzte Peter, der sich den Rest ersparen wollte. Er blieb nicht für den nächsten Teil der Vorstellungsrunde. Es war Zeit für ihn, sich den Dingen zu widmen, deretwegen er hergekommen war. Noch einmal wollte er es wagen. Beinahe dankbar schaute er zu, wie die Dunkelheit des Schlundes sich wieder um ihn schloss. Eins, zwei, drei, zählte er im Geiste die Schichten, die ihn durch die Zeit zurückreisen ließen an die Orte, die ihn bislang einzig interessiert hatten. Hier war es: dunkler Lehm, vermischt mit Sandsteinfragmenten, verbranntes Holz. Das sah interessant aus. Er zückte seine Instrumente, um vorsichtig in die Schicht einzudringen. Mit einem Pinsel kratzte er an der Oberfläche herum. Da war etwas, eindeutig, da war etwas, ein Objekt, aus Bronze möglicherweise. Peters Herz schlug tatsächlich schneller. Ein solcher Fund, der sich mitnehmen und vorzeigen ließe, den er dem Bürgermeister und dem Denkmalpfleger auf den Schreibtisch knallen könnte, das wäre hervorragend, das wäre einfach ideal. Vorsichtig jetzt, ganz vorsichtig.

Der nächste Gegenstand flog so lautlos wie eine Fledermaus. Er war nur unwesentlich größer und schmerzhafter deshalb, weil er Peter mit dem kleinen Metallverschluss an der Schläfe traf.

Der Archäologe hob das Objekt mittels seines Pinsels an. Es war eine Handtasche, ganz offensichtlich leer und ausgeplündert. Ein Geldbeutel folgte, bar jeglicher Karten und Scheine. Peter überlegte kurz, ließ dann die Handtasche fallen, ignorierte die Börse und widmete sich wieder seinem Fund. Das hier war der Durchbruch, seine Zukunft, war alles, was ...

»... zum Teufel.« Das Motorengeräusch war schon eine Weile zu hören gewesen, doch er hatte es ignoriert. Jetzt, wo ihm Kies und Steinbrocken um die Ohren rauschten, ging das nicht mehr. Der Bronzekelch glänzte im Schein von Peters Stirnlampe, zu einem Drittel freigelegt, schon war die Ziselierung zu erkennen. Aber er ließ sich nicht packen und nicht bewegen. Oben polterte es; es klang wie Donner. Etwas Schweres knallte auf Peters Helm. Noch einmal krallten sich seine Finger vergeblich um das glatte Metall, dann gab er mit einem Fluch auf und stieß sich von der Wand ab. Er rettete sich unter einen Überhang an der gegenüberliegenden Wand und nutzte eine Pause für einen schnellen Aufstieg, ehe er wieder Schutz suchen musste. Stück für Stück schob er sich so gegen die herunterrauschende Flut aus schwarzen Brocken. Hatten die denn schon angefangen? Es hatte doch Mittag geheißen. Erdrutsch, dachte er. Scheiße auch. Lies meine Lippen.

Als er sich mit letzter Kraft in die freie Forchheimer Luft zog, sah er einen Kleinlaster mit schräggestellter Ladefläche. Der Besitzer stand mit einer Stange daneben und half dem sich verkeilenden Bauschutt nach. Die Nummernschilder waren kunstvoll mit Dreck verschmiert. Peter robbte rückwärts gegen die Wand, wo zwischen zusammengebrochenen Jeansregalen schon ein circa fünfzehnjähriger Junge lehnte und große Augen machte.

»Du hast einen Fünfziger in der Börse vergessen«, sagte er.

Die Augen wurden noch größer. Ein ordinärer Fluch folgte. Peter winkte ab und hustete. »War nur ein Scherz.«

»Sehr komisch.« Der Junge spuckte aus. »Aber der echte Scherzkeks ist der da drüben. Das sind 1 A Kupferrohre, die er da gerade versenkt. Dafür könnte er bares Geld kriegen. Und wer weiß, was er noch alles dabei hat.«

»Im Ernst?« Peter rappelte sich auf und winkte. »Na, dann wollen wir doch mal für Ordnung sorgen. Heh!«, brüllte er, »Sie da!«

Der Mann hielt erschrocken inne; einen Moment lang sah er so aus, als wollte er davonlaufen.

»Sie sind ein Dilettant«, schrie Peter, »wissen Sie das?« Er klopfte dem Jungen auf die Schulter. »Los, Kevin, geh hin und erklär's ihm.«

»Ich heiße Nicolas.«

Peter brachte nur noch ein Schulterzucken zustande. Er trat an den Abgrund und betrachtete traurig das halbverfüllte Loch. Das Balkenkreuz, an dem sein Seil gehangen hatte, war ins Rutschen geraten. Zwecklos zu versuchen, seine Ausrüstung zu retten. Er machte sich los, warf alles, was er bei sich hatte, dem Hades entgegen und stapfte über die Trümmer davon. »Beeilt euch aber«, brummte er im Vorbeigehen den beiden diskutierenden, frischgebackenen Recycling-Geschäftsleuten zu, »die Polizei ist gleich da.«

»Das hast du uns eingebrockt«, fauchte Nicolas seinen neuen Kumpel an. Immerhin waren sie schon beim Du.

Peter hörte sie den Motor starten und winkte zum Abschied über die Schulter. Müde und staubig wankte er dem *Neder* entgegen, wo Häfner noch immer auf ihn wartete, vor Müdigkeit rote Augen, ein Bier in der Hand und bedrängt von einem hünenhaften Steinmetz, der der Ansicht war, seine Lebensgeschichte gehöre auch endlich mal in die Zeitung.

Als sie den Mann schließlich abgewimmelt hatten und Häfner dem Kellner zwei weitere Bier signalisieren konnte, seufzte er: »In diesem Forchheim liegt wirklich der Hund begraben, Peter. Nix los, absolut gar nix. Wie war's bei Dir?«

Peter Gmeinsen schaute lange in sein Bier. »Ach«, sagte er.

Dirk Kruse

Herrn Meyers Obsessionen. Ein Krimi in fünf Brillen

1. Die Meisterdetektive von Feuchtwangen

Der Schrei einer Frau gellte durchs Fränkische Museum. Der Schall breitete sich von den Kellerräumen des Fachwerkhauses bis ins Obergeschoss aus, erreichte auch den modernen Anbau und drang schließlich in das Büro der Museumsleiterin. Die sah erschreckt von ihrem Computerbildschirm auf und ging ins Vorzimmer, wo die Sekretärin gerade damit beschäftigt war, ihren Schreibtisch aufzuräumen. Die beiden Frauen schauten sich fragend an und eilten in die große Halle. Von links kam ihnen ein erstauntes Pärchen entgegen, während rechts ein asiatischer Besucher das Museum verließ. Sie stürmten die Treppe hinunter, durchquerten eine menschenleere Abteilung mit historischen Holzschlitten und erreichten das Magazin. Dort stand die Putzfrau fassungslos in der Tür.

»Da drinnen liegt ein Toter«, schrie sie.

Die beiden schoben sie zur Seite und betraten den Raum. Vor einem geöffneten Archivschrank lag der leblose Nikolaus Leberecht Meyer auf dem Boden. Der leidenschaftliche Brillensammler, der eine der größten und besten Sammlungen historischer Brillen besaß, war gerade dabei gewesen, eine Ausstellung seiner Schätze im Museum vorzubereiten. Die Leiterin kniete sich neben den wachsbleichen Mann und versuchte, seinen Puls zu fühlen. Da schlug Meyer die Augen auf und stammelte mit letzter Kraft: »Die wertvollste Brille ist gestohlen.«

Dann verdrehte er die Augen und starb.

»Schnell«, sagte sie zur Sekretärin, »rufen Sie einen Arzt. Und am besten auch die Polizei.«

*

Kommissar Kleinlein saß im Rauchsalon der *Greifen-Post*, ließ sich die Havanna schmecken, die Dr. Watson ihm angeboten hatte, und schaute befriedigt in die erlauchte Runde. Neben ihm stopften Kommissar Maigret und Sherlock Holmes ihre Pfeifen. Auf dem Sofa lümmelte Philip Marlowe und nippte an seinem Whiskey. Und weiter hinten am Kartentisch plauderten Miss Marple, Mister Stringer und Pater Brown darüber, ob das eben verzehrte fränkische Schäufele nicht gar englischem Roastbeef vorzuziehen sei. Kleinlein war stolz darauf, diese Meisterdetektive zu einem Internationalen Kriminalistikkongress nach Feuchtwangen gelockt zu haben. Und das, obwohl in seiner Stadt das Verbrechen, von einigen Ladendiebstählen und Trunkenheitsfahrten einmal abgesehen, eher nicht zu Hause war.

In diesem Moment betrat Polizist Götz mit ernster Miene den Raum, steuerte auf seinen Chef zu und flüsterte ihm etwas ins Ohr. Die Gespräche verstummten, gespannt sahen die Kongressteilnehmer Kommissar Kleinlein an. Der erhob sich, steifte das Rückgrat und sprach eine Spur zu bedeutungsvoll: »Meine Dame, meine Herren, wie es aussieht, haben wir drüben im Museum einen Toten. Verzeihen Sie, wenn ich mich zurückziehe, aber die Pflicht ruft.«

»Lieber Kleinlein«, entgegnete Pater Brown, »Sie wollen uns doch nicht eine Leiche vorenthalten. Wann gab es schon mal so viel kriminalistischen Sachverstand auf einem Haufen. Natürlich begleiten wir Sie.« Und so setzte sich die Gruppe, beinahe vergnügt, in Bewegung.

*

Vor dem Museum standen ein Krankenwagen und ein Polizeiauto. Die Sekretärin empfing die Detektive und wies sie auf die Garderobe hin, doch weder wollte Sherlock Holmes seinen Deerstalker absetzen noch Philip Marlowe seinen Trenchcoat ausziehen. Also führte sie die Gruppe ins Magazin. An der Leiche knieten eine Ärztin und ein Sanitäter. Eine Polizistin befragte die Putzfrau, ihr Kollege tat dasselbe im Nebenraum mit einem Besucherpaar.

Noch ehe Kleinlein eine Frage an die Ärztin richten konnte, hatte Dr. Watson das Gespräch mit seiner Kollegin begonnen.

»Kein Blut, keine äußere Gewalteinwirkung, das sieht nicht gerade nach einem Mord aus?«

»Ganz genau kann ich das erst nach der Obduktion sagen«, entgegnete die Ärztin, »aber es deutet alles auf akutes Herzversagen hin.«

»Vermutlich ist der Mann durch einen großen Schreck gestorben«, wandte sich Polizist Götz an die Detektive, »und die Ursache ist eine gestohlene Brille.«

Dann berichtete er in knappen Worten, was im Museum vorgefallen war und um wen es sich bei dem Toten handelte.

»Konnten Sie feststellen, ob tatsächlich eine wertvolle Brille gestohlen wurde?«, fragte Kommissar Kleinlein die Museumsleiterin.

»Leider nein. Herr Meyer war zwar ein leidenschaftlicher Sammler, aber ein schlechter Archivar. Nur ein Bruchteil seiner genau 448 Brillen umfassenden Sammlung ist bislang wissenschaftlich erfasst. Das einzige, was meine Sekretärin und ich nach dreimaligem Durchzählen feststellen konnten, ist, dass tatsächlich eine Brille fehlt. Aber fragen Sie mich nicht, welche.«

»Wenn das jemand herausbekommen kann, dann diese Herrschaften hier.« Kleinleins Stimme bebte vor Stolz. »Miss Marple, Mister Holmes, Monsieur Maigret, Pater Brown, Mister Marlowe, Sie haben alle Freiheiten. Es ist jetzt 13.20 Uhr. Ich schlage vor, dass wir uns um 20.00 Uhr in der *Greifen-*

Post zum Abendessen wieder treffen. Es müsste doch mit dem Teufel zugehen, wenn wir bis dahin die fehlende Brille nicht aufgespürt hätten.«

2. Sherlock Holmes und der Ferne Osten

Sherlock Holmes ließ sich von Dr. Watson die Lupe reichen und untersuchte zunächst eingehend die Leiche Meyers. Dann inspizierte er systematisch die Sammlung, zog Schublade um Schublade des Archivschrankes auf und sah sich jede der 447 Brillen genau an. Eine moderne Ray-Ban-Sonnenbrille, die inmitten chinesischer Schläfenbrillen lag, hob er mit einer Pinzette hoch und legte sie vorsichtig auf ein Seidentuch. Während er Watson anwies, die Fingerabdrücke auf der Brille sicherzustellen, ging er im Magazin umher und richtete seinen prüfenden Blick in jeden Winkel, um danach, begleitet von seinem treuen Assistenten, das Museum zu erkunden. Kein Raum entging seiner Aufmerksamkeit. Als die beiden von diesem Rundgang zurückkamen, war von ihren Detektivkollegen nichts mehr zu sehen, der Tote war fortgeschafft worden, die Polizei gegangen. Lediglich die Museumsleiterin und die Putzfrau, die gerade den Fußboden im Erdgeschoss wienerte, waren noch da. Nach einer Befragung der beiden Frauen verabschiedeten sich Sherlock Holmes und sein Freund und traten hinaus in die Dämmerung.

»Nun, mein lieber Watson, was halten Sie von der Sache?«

»Rätselhaft, äußerst rätselhaft«, beeilte sich der Arzt zu antworten, »ich habe keine Ahnung, wie Sie Licht in diese trübe Angelegenheit bringen wollen.«

»Ich bitte Sie, Watson«, sagte Sherlock Holmes und nickte freundlich Marlowe zu, der sich hinter einem Baum verborgen hielt und das Museum beobachtete, »wir müssen nur noch den Chinesen finden, und der Fall ist gelöst.«

»Den Chinesen?«

Holmes schaute amüsiert in das völlig verständnislose Gesicht Watsons.

»Nun gut, es könnte auch ein Tibeter sein«, schränkte er ein.

*

Die Tafel im Bankettsaal der *Greifen-Post* war festlich gedeckt. Pünktlich hatten sich die Meisterdetektive versammelt und an den Tisch gesetzt, lediglich der Platz neben Miss Marple blieb leer. Man kam überein, Sherlock Holmes als dienstältestem Ermittler das erste Wort zu erteilen.

Auf sein Zeichen hin erhob sich Dr. Watson und verließ den Saal. Es wurde still, und alle Augen richteten sich auf den Gentleman-Detektiv, der die Aufmerksamkeit sichtlich genoss.

»Verehrte Kollegen«, er machte eine dramaturgische Pause, »hiermit präsentiere ich Ihnen eine vermisste Brille und einen Dieb.« Daraufhin zog er aus seiner Brusttasche ein mit Schnitzereien verziertes Brillenfutteral hervor, legte es auf den Tisch und rief laut: »Dr. Watson, bitte treten Sie ein!«

Die Tür öffnete sich, und der dickbäuchige Arzt kam herein. An seiner Seite, mit einer Handschelle an seinen Arm gefesselt, ein zierlicher Asiate.

»Das ist Herr Wong Cha aus Tibet. Er ist Schüler eines bedeutenden Mönches dort. Und er ist extra nach Deutschland gereist, um sich in den Besitz dieser Brille hier zu bringen, was ihm auch, zumindest für ein paar Stunden, geglückt ist.«

Damit öffnete Sherlock Holmes das vor ihm liegende hölzerne Futteral und entnahm daraus eine randlose Brille mit grauen Gläsern und Messingbügeln, die sich zweimal nach innen abklappen ließen.

»Das ist eine 200 Jahre alte tibetische Gelehrtenbrille«, fuhr der Detektiv fort, »die Bügel werden nicht hinter den Ohren fixiert, sondern an die Schläfen gepresst. Die Gläser sind aus Rauchtopas gefertigt, aber sie haben keine optische

Wirkung, denn diese Brille ist ein Statussymbol. Wie ich von Herrn Wong Cha erfahren habe, gehörte sie seinem Meister, bis der sie mit dem Touristen Nikolaus Leberecht Meyer gegen dessen Sonnenbrille tauschte. Dieses Geschäft reute ihn schon bald, denn es war ein altes Erbstück, das nur von Mönch zu Mönch weitergegeben wird. Und so schickte er schließlich seinen Schüler aus, um die Brille zurückzutauschen. Gestern kam er aus Tibet hier an und sprach bei Meyer vor, doch der wollte von dem Rücktausch nichts wissen. So musste er diesen heimlich im Museum vornehmen.«

Ein Raunen ging durch die Reihen der anwesenden Detektive.

»Und wie, verehrter Mister Holmes, sind Sie auf diese Lösung gekommen?«, fragte Miss Marple.

»Zuerst einmal fiel mir die gar nicht museale Sonnenbrille inmitten lauter chinesischer Gelehrtenbrillen auf. Und als dann noch die Leiterin erklärte, sie haben kurz nach dem Schrei einen asiatisch aussehenden Besucher das Museum verlassen sehen, war mir klar, dass es da einen Zusammenhang geben musste. Denn soweit ich weiß, besuchen asiatische Touristen zwar gern Nürnberg und Rothenburg, aber hierher verirrt sich nur selten einer. Doch mir war ein Gast aus Fernost heute Morgen in diesem Hotel beim Frühstücksbüfett aufgefallen. Wir mussten nur noch die Fingerabdrücke an der Klinke seines Hotelzimmers mit denen auf der Sonnenbrille vergleichen, und die waren identisch. Damit konfrontiert gestand unser Verdächtiger den heimlichen Brillentausch im Museum.« Er schaute geziert in die Runde. »Allerdings behauptet der Dieb, den Tausch erst nach Meyers Zusammenbruch vorgenommen zu haben. Er will in der Nähe des Magazins herumgelungert und auf eine günstige Gelegenheit gewartet haben, als er von dort ein lautes Poltern hörte. Er beteuert, dass Meyer bereits wie tot dalag, als er die Tür öffnete und in einem spontanen Akt die Brillen austauschte.« Sherlock Holmes schmunzelte. »Aber ein paar offene Fragen muss ich ja noch für Sie übrig lassen.«

Damit gab er Dr. Watson einen Wink, der den Tibeter wieder abführte.

3. Philip Marlowes schlagkräftige Beweise

Philip Marlowe war nicht der Typ Detektiv, der mit kulturgeschichtlichem Wissen glänzte. Aber er konnte Spuren lesen, und er hatte ein Gefühl für den wunden Punkt. Während Holmes und Watson sich an der Leiche zu schaffen machten und die anderen die Brillensammlung anschauten, stellte sich Marlowe eine wesentliche Frage. In diesem Raum war ein wertvoller Gegenstand abhandengekommen. Wie war er hier herausgelangt? Marlowe steuerte auf das Fenster zu. Merkwürdig, dass es offen stand, denn es war kalt hier. Er beugte sich vor und schaute in einen kurzen Lüftungsschacht. Eineinhalb Meter über ihm fiel Tageslicht durch ein Gitter. Er kletterte in den Schacht und drückte gegen den Rost, der sich nach etwas Ruckeln anheben ließ. Dann stieg Marlowe ins Magazin zurück, verließ den Raum und ging nach oben. Draußen umrundete er das Fachwerkhaus, bis er den Gitterrost im Boden entdeckte. Er studierte das Rechteck und seine Umgebung eingehend. Zurück im Museum suchte er die Leiterin und fragte: »Wer hat alles einen Schlüssel zum Magazin?«

»Nur ich und mein Mitarbeiter, Herr Lehmann. Aber der ist gerade auf Dienstreise«, antwortete sie.

»Wie ist Meyer ins Magazin gekommen?«

»Ich habe ihm die Tür geöffnet.«

»Was ist mit der Putzfrau?«

»Normalerweise schließe ich ihr auf und warte dann die paar Minuten, bis sie dort fertig ist. Im Magazin sind schließlich unsere Schätze. Und die Putzfrau arbeitet erst seit Kurzem bei uns.«

»Heute war es aber anders?«

»Ja, heute konnte sie so hinein, da Herr Meyer ja im Raum arbeitete.«

Danach stöberte Marlowe im Magazin und dem angrenzenden Ausstellungsraum herum und durchsuchte auch den Putzwagen. Schließlich ging er wieder aus dem Museum und postierte sich hinter einem Baum, von dem aus er das Gebäude gut überblicken konnte. Er wartete und rauchte.

*

Am Abend in der *Greifen-Post* hörte sich Philip Marlowe mit Interesse und wachsendem Zorn die Ausführungen von Sherlock Holmes an. Als amerikanischer Detektiv, der gern seine Fäuste einsetzte, konnte er der blasierten Art des Briten so gar nichts abgewinnen. Nachdem dieser geendet hatte, sprang Marlowe auf und rief: »Tolle Geschichte, Holmes, aber das erklärt noch nicht, wo die fehlende Brille abgeblieben ist.«

»Nun, da Sie hier so siegesgewiss herumpoltern, nehme ich an, wir werden gleich eine Antwort von Ihnen darauf hören«, entgegnete Sherlock Holmes ironisch.

»Worauf Sie sich verlassen können. Fakt ist doch: Es fehlt eine Brille. Und zwar eine sehr wertvolle, sonst wäre Meyer ja wohl kaum wegen 'nem Herzkasper über den Jordan gegangen.«

»Ach, und Sie, Mister Marlowe, haben diese Brille gefunden?« Sherlock Holmes lehnte sich zurück und führte seine gespreizten Finger an den Fingerkuppen geziert zusammen.

»Ich will nicht behaupten, dass ich genau diese habe. Aber ich habe definitiv eine, die heute gestohlen wurde.« Und dann zog er aus seinem verbeulten Jackett eine große, massivgoldene Brille hervor.

»Eine Scherenbrille«, warf Miss Marple ein, »ich habe selber mal so eine besessen, sie ist hübsch, aber wenig praktisch. Die beiden Bügel lassen sich auf Augenabstand auseinander klappen, und dann hält man die Brille wie einen Fächer vor die Augen. Ihr Exemplar ist wirklich besonders schön mit den kunstvollen Verzierungen. Wo haben Sie es gefunden?«

Jetzt war es an Marlowe, triumphierend zu lächeln. »Ich habe sie von der Putzfrau bekommen. Ich brauchte nur ein ganz klein wenig Gewalt anzuwenden, und schon hat sie sie mir gegeben.«

»Aber Mister Marlowe«, sagte Miss Marple erschreckt.

»Keine Sorge, ich habe die Puppe nicht verletzt, nur etwas unter Druck gesetzt. Danach rückte sie die Beute fast freiwillig heraus.«

»Und wie kamen Sie auf die Putzfrau?«, fragte Kleinlein neugierig.

»Mich irritierte das trotz der Kälte geöffnete Fenster zum Luftschacht. Das sah aus wie ein Fluchtweg. Aber durch diesen Schacht ist definitiv niemand abgehauen. Der Gitterrost ist zugewachsen und wurde schon lange nicht mehr geöffnet. Wer hatte also ein Interesse daran, uns einen Täter zu präsentieren, der durchs Fenster ein- und wieder aussteigt? Doch nur jemand, der ganz normal durch die Tür kommt, wie die Putzfrau.« Marlowe ballte seine Faust.

»Ich hatte sie von Anfang an auf dem Kieker. Die Putze kam in den Raum und sah Meyer tot auf dem Boden liegen. Sie dachte tatsächlich, dass er abgekratzt ist. Aber sie schrie nicht sofort, denn sie sah auch diese dicke goldene Brille in der offenen Schublade funkeln. Sie packte das Ding, und aus Angst vor einer Leibesvisitation versteckte sie es dort, wo sie jederzeit rankonnte: im Ausstellungsraum nebenan. Dann erst legte sie mit ihrer Brüllerei los.«

»Und wo war die Brille versteckt?«, wollte Kleinlein wissen.

»Unter dem Sitzpolster eines Schlittens. Ich habe sie dort gefunden, als ich den Raum durchsuchte, aber ich wollte ja noch den Täter dazu. Ich musste also nur warten, bis sich die Putzfrau das Diebesgut schnappte und die Fliege machte. Dann habe ich ihr die Brille und das Geständnis gleich mit abgenommen.« Marlowe zog einen Mundwinkel nach oben.

»Eine aufregende Erzählung, Mister Marlowe«, entgegnete Sherlock Holmes spitz, »aber doch nur ein zu vernachlässigender Nebenaspekt. Die Ursache für den Tod des Sammlers ist immer noch Herr Wong Cha.«

»Wenn Sie sich da mal nicht täuschen, Holmes. Die Putze hat mir gesteckt, dass sie auf dem Weg ins Magazin beinahe mit so einem Schlitzauge zusammengestoßen wäre, der es wahnsinnig eilig hatte. Sieht ganz so aus, als ob auch Ihr Täter erst nach dem Zusammenbruch Meyers im Magazin war.«

»Dann muss es ja noch einen dritten Brillendieb geben, der das ganze Drama ausgelöst hat«, sagte Kleinlein aufgeregt.

4. Pater Brown und der Fingerzeig Gottes

Pater Brown beobachtete, mit welcher Präzision und Aufmerksamkeit sich Sherlock Holmes und Dr. Watson der Brillensammlung widmeten und buchstäblich jedes Stück unter die Lupe nahmen. Auch Miss Marple und Mister Stringer unterhielten sich eifrig über die Ausstellungsstücke. Also zog auch er eine der Archivschubladen auf, setzte seinen Zwicker auf die Nase und warf einen Blick hinein. Etwa 40 Lorgnetten befanden sich darin, aus Schildpatt und fein ziseliertem Silber. Pater Brown seufzte. Er hatte nicht die geringste Ahnung von Brillen und würde durch zielloses Anschauen niemals feststellen können, welches Exemplar denn nun fehlte. Auch fand er es pietätlos, sich um diese materiellen Dinge zu kümmern, während die Leiche noch immer auf dem Boden lag. In dem Moment kamen zwei Beerdigungsunternehmer ins Magazin und hoben den Toten auf eine Bahre. Pater Brown sprach ein kurzes Gebet und folgte den Männern, er brauchte frische Luft und Bewegung.

Oben angekommen ging er am Leichenwagen vorbei und marschierte mit kleinen federnden Schritten, seinen Schirm als Spazierstock nutzend, ins Zentrum. Dort fand er das, was in jeder Stadt im Zentrum zu finden war: die Kirche. Diese hier war eine alte Klosterkirche, allerdings seit Jahrhunderten protestantisch. Da das Hauptportal verschlossen war, ging er durch den Seiteneingang hinein. Er bekreuzigte sich und schritt langsam den Mittelgang entlang. In der ersten Reihe nahm er Platz, schnäuzte sich die Nase und ließ den Raum auf sich wirken. Wäre jetzt ein Besucher in die Kirche getreten, hätte er gedacht, Pater Brown sei ins Gebet vertieft oder in tiefe Meditation versunken. Doch das Gegenteil war der Fall, die Sinne des Geistlichen waren aufs Äußerste geschärft. Und gerade als er seinen Blick über die Altarbilder schweifen ließ, die aus der Werkstatt von Dürers Lehrer Michael Wohlgemut stammten, sah er auf einer gemalten Marienverkündigung etwas, was ihn mit einem Ruck hochschnellen ließ. Er ging näher. Kein Zweifel, einer der abgebildeten Schriftgelehrten auf dem Altar trug eine Brille. Pater Brown lächelte. Als nächstes musste er mit der Museumsleiterin sprechen und, wenn alles klappte, einen erneuten Blick auf die Brillensammlung werfen. Aber dieses Mal gezielt.

*

In der *Greifen-Post* ergriff nach Sherlock Holmes und Philip Marlowe Pater Brown das Wort und stand auf.

»Es gibt einen dritten Täter, den kann ich Ihnen aber leider nicht auf einem Tablett servieren. Doch ebenso wie meine beiden Vorredner habe ich Ihnen eine Brille mitgebracht.« Er hob eine unscheinbare kleine Holzbrille ohne Bügel in die Höhe.

»Das ist eine sogenannte Nietbrille, eine der ältesten Brillen, die es überhaupt gibt. Sie stammt vermutlich aus dem 14. Jahrhundert und heißt so, weil sie aus zwei gestielten Eingläsern zusammengenietet ist. Man konnte sie sich auf dem Nasenrücken festklemmen, aber da das schlecht hielt, mussten sie die Gelehrten meist mit der Hand festhalten.«

»Bitte, Pater«, warf der ungeduldige Sherlock Holmes ein, »keine gelehrten Vorträge. Kommen Sie zur Sache, bitte.«

»Nun, Mister Holmes, ich gebe gern zu, dass dieses Wissen für mich so neu ist wie frisch gefallener Schnee. Ich habe es gerade erst in der Museumsbibliothek und im Gespräch mit der Leiterin erworben. Mich trieb die Frage um, seit wann es überhaupt Brillen gibt, und war sehr erstaunt, als ich auf dem Altar hier in der Feuchtwanger Stiftskirche einen Gelehrten an der Seite Marias abgebildet fand, der eine Nietbrille trägt.«

»Sie wollen doch nicht behaupten, dass dieses unscheinbare Holzding da die gesuchte Brille ist«, warf Marlowe ein. »Außerdem haben Sie sie ja, dann kann sie wohl kaum gestohlen worden sein.«

»Doch. Genau diese Brille hier hat Nikolaus Leberecht Meyer den tödlichen Herzinfarkt zugefügt. Diese Art Brillen sind an der Niete so zerbrechlich, dass sich nur ganz wenige Exemplare erhalten haben. Dieses ist die seltenste und deshalb teuerste Brille, die es gibt. Nur leider ist das hier eine plumpe Fälschung, wie ein herbeigerufener Experte aus dem Germanischen Nationalmuseum bestätigen konnte. Der Täter, den ich Ihnen, wie gesagt, leider nicht mitliefern kann, muss die Brille gestern oder heute ausgetauscht haben. Denn vorher lag die Sammlung sicher in Meyers Tresor verwahrt.«

Pater Brown schob seinen Zwicker zurecht und schaute zufrieden in die Runde.

5. Maigret und die kalte Pfeife

Maigret beobachtete irritiert, wie sich die Detektive eifrig an die Arbeit machten. Er war der einzige Kommissar unter ihnen und daran gewöhnt, Anweisungen zu erteilen und nicht alles selbst zu ermitteln. Ohne seinen Stab vom Quai des Orfèvres fühlte er sich wie amputiert. Wenn er doch wenigstens Lucas oder Janvier nach Franken mitgenommen hätte. Langsam stopfte er sich eine Pfeife und zündete sie an. Eine strenge Stimme riss ihn aus den Gedanken.

»Herr Maigret, im Museum herrscht absolutes Rauchverbot. Wenn Sie also bitte mit Ihrer Pfeife nach draußen gehen würden.« Die Leiterin schaute ihn empört an.

Wortlos drehte Maigret sich um und ging langsam, fast trotzig, die Treppe hoch. So konnte er nicht arbeiten. Es fehlte diesen Deutschen einfach an Charme. In Frankreich wurde es auch immer schwieriger, in der Öffentlichkeit zu rauchen, aber so hatte ihn noch kein Franzose zurechtgewiesen. Vor dem Museum schlug er ohne nachzudenken den Weg nach links ein, weg vom Zentrum. Er machte einen langen Spaziergang und grübelte über den Fall nach. Die deutsche Polizei würde die Spurensicherung hier auch nicht schlechter machen als seine Leute daheim. Er würde später in der Wache vorbeigehen und sich die Ergebnisse der Kollegen zeigen lassen. Vielleicht kam ihm dann eine Eingebung. Jetzt hatte er jedenfalls Durst. Er trat in die nächste Eckkneipe und bestellte ein Bier. In einem Zug trank Maigret das Glas leer und orderte sofort ein zweites.

»Pfeife aus«, riss ihn die Stimme des Wirts aus seinen brütenden Gedanken. Er deutete auf das Schild mit dem großen roten Kreis und der durchgestrichenen Zigarette darin. »Alle Gastwirtschaften in Bayern müssen rauchfrei bleiben. Anordnung von oben.«

Klingt, als habe Gott persönlich das Rauchverbot erteilt, dachte Maigret, vielleicht war es aber auch nur der bayerische Ministerpräsident – ist sowieso fast dasselbe. Mürrisch legte er einen Fünf-Euro-Schein auf die Theke, setzte seinen Hut auf und ging. Sie übertrieben, die Deutschen.

Er schlenderte mit gebeugtem Kopf stadteinwärts. Wie kam man nur auf die Idee, Brillen zu sammeln? Merkwürdiges Hobby. Er hatte noch niemals über Brillen nachgedacht. Er war froh, dass er, anders als Madame Maigret, keine Lesebrille brauchte. Brillen waren überhaupt nicht sein Thema. Er achtete nicht auf sie, er sah sie nicht, er las nichts über sie … oder doch? Hatte da nicht etwas im *Figaro* gestanden, den er gestern auf der langen Zugfahrt hierher ausgiebig studiert hatte?

Irgendetwas in Wien? Er musste die Zeitung noch im Hotel haben. »Werd' doch mal nachschauen«, brummte er.

*

In der *Greifen-Post* hatte Kommissar Maigret mürrisch den Reden von Holmes, Marlowe und Brown gelauscht und dabei ein Pils getrunken. Er war schlechter Laune. Das Bier hier war nicht bitter genug, das Essen mit dem von Madame Maigret nicht zu vergleichen und – was ihm am meisten zusetzte – er durfte schon wieder nicht rauchen. So kaute er auf seiner kalten Pfeife herum, als die Gemeinschaft ihn bat zu sprechen.

Er bewegte seinen massigen Körper und setzte sich im Stuhl aufrecht.

»Chapeau, Pater Brown«, sagte er zu dem Geistlichen und deutete tatsächlich eine Bewegung an, als zöge er den Hut.

»Ihre Erkenntnisse decken sich absolut mit meinen Recherchen. Ich kann Ihnen zwar weder eine verschwundene Brille noch einen verhafteten Täter präsentieren, aber ich kann Ihnen zumindest seinen Namen nennen. Er heißt Lorenzo Occhiali, stammt aus Treviso und ist ein international gesuchter Dieb, Betrüger und manischer Sammler.«

In der Runde machte sich Erstaunen breit. Mit den letzten Worten Maigrets trat Mister Stringer in den Saal, schaute irritiert auf den Kommissar und setzte sich neben Miss Marple. Er flüsterte ihr erregt etwas ins Ohr, und Miss Marple schlug die Hände zusammen. Als sich die Unruhe wieder gelegt hatte, fuhr Maigret fort.

»Oh, das war wirklich nicht schwer herauszubekommen. Ich sagte mir, wer hier eine museumsreife Brille stiehlt, wird es auch schon woanders getan haben. Und das hat er. Vor zwei Tagen wurde in Wien im Geburtshaus von Franz Schubert die Brille des Komponisten entwendet. Wenn Sie schon mal Porträts von Schubert gesehen haben, wissen Sie, wie sie aussieht: ein ziemlich unscheinbares kleines Ding aus Nickeldraht. Ich habe es im *Figaro* gelesen und musste nur noch eins und eins zusammenzählen.«

»Und woher haben Sie seinen Namen?«, fragte Miss Marple erregt.

»Interpol, ma chère. Lorenzo Occhiali ist in sechs Ländern aktenkundig. Ihm werden mehrere Museumsdiebstähle vorgeworfen, darunter etliche Brillen. Auch in Wien hat er sich zur Tatzeit aufgehalten. Aber als die Polizei sein Hotel ausfindig machte, war er schon abgereist, angeblich in Richtung München. Ich bin zwar ein Feinschmecker, aber ich fresse einen Besen, wenn das nicht unser Mann ist.«

Daraufhin erhob Maigret sein volles Bierglas und trank es in einem Zug leer. Es schmeckte ihm plötzlich viel besser als das erste.

6. Miss Marple und der Adler

Miss Marple sagte zu Mister Stringer: »Ist das nicht aufregend? Kaum sind wir einen Tag da, und schon in ein echtes Verbrechen verwickelt.«

So ganz teilte ihr Begleiter diese Begeisterung nicht, wollte aber seine Freundin nicht enttäuschen. Um sie von der Leiche wegzulotsen, machte er ihr den Vorschlag, doch zuerst einen Blick auf die Brillen zu werfen. Außerdem hatte er etwas übrig für Sammlungen. Er selbst war ein begeisterter Eisenbahn-Liebhaber und sammelte Modellbahnen.

»Schauen Sie nur, Mister Stringer, was für ein kurioses Modell. Es hat keine Bügel, sondern nur einen Faden, um es damit hinter den Ohren zu befestigen.«

»Ich glaube, so etwas trug man im Ersten Weltkrieg unter der Gasmaske. Oh, sehen Sie nur!« Mister Stringer hatte eine weitere Schublade aufgezogen und war völlig begeistert. »Eisenbahnerbrillen! Die waren nicht zum schärferen Sehen da, sondern zum Schutz der Augen.« Er nahm eine Brille mit blau gefärbten Gläsern in die Hand. »Nicht nur gegen Helligkeit, sondern auch gegen Rauch und Wind. Dazu musste der Lokführer die doppelten Gläser im 90-Grad-Winkel aufklappen, dann waren auch die Seiten geschützt. Liebe Miss Marple, wenn wir diesen Fall hier abgeschlossen und den Kongress beendet haben, können wir dann nicht über Nürnberg nach England zurückreisen? Ich würde mir zu gern dort im Museum den *Adler* ansehen. Das ist die erste deutsche Eisenbahn, wissen Sie, ein Import aus Newcastle, und sie wurde natürlich von einem Engländer gesteuert. Er soll auch in Nürnberg begraben sein. Was haben Sie denn?«

Er schaute besorgt zu Miss Marple, die in leicht gebückter Stellung stocksteif dastand.

»Haben Sie einen Hexenschuss?«

Sie richtete sich auf, drückte ihre Brust heraus und sagte mit resoluter Stimme: »Nein, ich habe eine Idee. Und wenn mich nicht alles täuscht, haben Sie heute noch eine kleine Reise vor sich.«

*

Miss Marple war die Letzte, die am Abend das Wort ergriff.

»Ist es nicht wunderbar, Kommissar Kleinlein, welch geballter kriminalistischer Sachverstand hier versammelt ist? Vier hervorragende Ermittler, und jeder hat einen Teil der Lösung parat.« Sie schaute anerkennend in die Runde.

»Fehlt nur noch, dass Sie uns jetzt diesen verflixten Italiener hier anschleppen«, rief Kleinlein fröhlich.

»Nein, meine Herren, er ist nicht hier. Aber ich kann Ihnen die erfreuliche Mitteilung machen, dass Occhiali vor drei Stunden in Nürnberg festgenommen wurde. Er sitzt dort in Untersuchungshaft.«

Applaus brandete los und Miss Marple erhob sich huldvoll.

»Nein, danken Sie nicht mir, danken Sie Mister Stringer. Ich habe heute Nachmittag hier in einem Handarbeitsgeschäft entzückende fränkische Stickmuster erstanden, während er nach Nürnberg gefahren ist und dort alles Nötige veranlasst hat. Ohne seine Begeisterung für Eisenbahnen wäre mir sowieso nie der zündende Gedanke gekommen.«

»Und welcher Gedanke war das, verehrte Miss Marple?«, wollte Maigret wissen.

»Derselbe wie Ihrer. Auch ich ging davon aus, dass wir es hier mit einem zwanghaften Dieb zu tun haben. Einem manischen Sammler, dessen Leidenschaft nicht vor Verbrechen zurückschreckt. Auch ich habe von dem Diebstahl der Schubert-Brille in Wien gelesen. Nicht im *Figaro,* sondern in der *Times,* natürlich. Und da der Dieb offensichtlich auf, sagen wir mal ›Einkaufstour‹ war, musste ich nur noch überlegen, was nach Wien und Feuchtwangen sein nächstes Ziel sein würde.«

Miss Marple sah beifällig auf ihren Freund hinunter, der schüchtern zur Seite blickte. »Und da brachte mich Mister Stringer auf die glänzende Idee mit dem *Adler.* Eine Nachbildung dieser Eisenbahn, die 1835 erstmals in Deutschland zwischen Nürnberg und Fürth fuhr, ist im Museum der Deutschen Bahn in Nürnberg zu bewundern. Nebenbei bemerkt, es ist ein Produkt britischer Ingenieurskunst, und der Lokomotivführer war natürlich ein Landsmann. Er hieß William Wilson und seine originale Eisenbahnerbrille ist im Museum ausgestellt. Mister Stringer gelang es, den Museumsleiter dort von der drohenden Gefahr für sein Ausstellungsstück zu überzeugen. Der postierte zwei kräftige Mitarbeiter unauffällig in der Nähe, und tatsächlich, heute Abend kurz vor der Schließung, als alle Besucher dem Ausgang zustrebten, schlug der als Installateur verkleidete Italiener zu und wurde in flagranti erwischt. Als die Polizei *Einblick* in sein Gepäck nahm und sich dort einen *Überblick* über die gestohlenen Brillen aus Wien und Feuchtwangen verschaffte, hatte Occhiali den *Durchblick,* dass jedes Leugnen zwecklos sei und sitzt jetzt hinter Gittern mit *Ausblick* auf den Gefängnishof. Ich hoffe, Sie verzeihen mir mein kleines Wortspiel.«

Stefanie Mohr

Hemmungslos

Die Füße auf den niedrigen Couchtisch gelegt, saß er gelangweilt in einem der Ledersessel im weitläufigen Wohnzimmer seines exklusiven Lofts, das sich im ehemaligen, klassizistischen Reithallenbau in der Bärenschanzstraße befand. Hätte er den Blick gehoben, hätte er aus den schlanken, neogotischen Fenstern direkt auf den rückwärtigen Teil des Versorgungsamts geschaut. Auf den Knien balancierte er sein Netbook, neben ihm stand ein zur Hälfte geleertes Glas Rotwein. Es war schon nach 23.00 Uhr. Trotzdem hatte er mehrere Chatfenster offen und flirtete, um sich die Zeit zu vertreiben.

Seine Kontaktliste war ansehnlich, enthielt aber ausschließlich Frauennamen. Wann immer er sich im Messenger anmeldete, poppte ein Fenster nach dem anderen auf. Es hagelte Willkommensgrüße und so manche zweideutige Bemerkung. An manchen Abenden musste er sogar seinen Status auf »unsichtbar« ändern, nur um nicht ständig während eines Flirts, bei dem es zur Sache ging, gestört zu werden. Zwei bis drei Fenster schaffte er gleichzeitig, je nachdem, was für Gespräche er führte. In Ausnahmefällen auch mal fünf. Da wurde es aber schon brandgefährlich. Denn dann konnte es vorkommen, dass er sich irgendwo vertat und versehentlich den falschen Satz ins falsche Fenster tippte, was die eine oder andere Frau mit einem Schwall an Beschimpfungen quittierte und ihn danach in seinem Chatfenster sitzenließ. Das hielt zwar nicht lange an, aber es konnte ihm an dem Abend doch die Stimmung verhageln.

Vor wenigen Wochen hatte sich eine neue Frau in seine Liste verirrt: Ditta. Sie war sofort zum Objekt seiner Begierde avanciert und hatte ihm seither schlaflose Nächte bereitet.

Ihretwegen vertrieb er sich die Wartezeit an diesem Abend nur mit belanglosen Nettigkeiten. Er wollte bereit sein, wenn sie endlich online gehen würde. Zumindest hoffte er, sie werde sich noch anmelden. Gesagt hatte sie es. Sogar versprochen. Sie hatte ihn allerdings nicht wissen lassen, wann sie erscheinen würde. Und das konnte bedeuten, dass es spät wurde. Richtig spät.

Was sie wohl an den Abenden trieb, an denen sie erst nach Mitternacht online kam? Sie war süße 24 Jahre alt und hatte derzeit keinen festen Freund – so viel hatte sie ihm verraten. Ihr Avatar zeigte ihr knackiges, nur mit einem Tanga bekleidetes Hinterteil. Welche Frau hatte schon ein derartiges Selbstbewusstsein, ein Foto ihres nackten Arsches ins Internet zu stellen – zusammen mit ihrem echten Vornamen? Denn das hatte sie ihm in einem vertraulichen Moment gestanden: Bei der Anmeldung hatte sie den Fehler gemacht, ihre echten Daten anzugeben, aber das merkte eigentlich niemand, denn »Ditta« war ein so seltener Name, dass ihr noch keine zweite begegnet war. Er hatte natürlich sofort an die New-Burlesque-Tänzerin denken müssen, auch wenn diese sich mit nur einem T schrieb.

Manchmal hatte er Ditta im Verdacht, dass sie als Hostess jobbte. Ein Gedanke, der ihn erregte. Einmal hatte sie ihm anvertraut, sie müsse sich nebenbei ein Taschengeld verdienen, um ihr Studium zu finanzieren. Sie hatte noch zwei Semester Jura in Erlangen vor sich. Auch diese Kombination ließ ihn nicht kalt. Eine semi-professionelle Hure, die irgendwann die gestrenge Staatsanwältin mimen würde. Gerade das reizte ihn an ihr. Sie war gebildet, konnte ihm Kontra geben. Wie herrlich musste es da sein, sie in sein Appartement zu locken und dann Stück für Stück seine Fantasien an ihr auszuleben?

Die Frauen in seiner Kontaktliste waren in zwei Gruppen aufgeteilt: Mit der Mehrzahl chattete er nur oberflächlich, checkte sie ab und ließ sie dann wieder fallen. Schlussendlich interessierten sie ihn jedoch nicht. Und dann gab es noch eine winzig kleine Gruppe, aus der er sich nach und nach eine Frau auswählte, um sie auf ein Treffen mit ihm vorzubereiten. Bei Ditta hatte er sofort gespürt, dass eine Zusammenkunft mit ihr ein ganz besonderer Höhepunkt werden würde. Deswegen wollte er daraus ein richtiges Event machen und die Nacht zelebrieren. Er genoss die spielerische Heranführung an ein reales Treffen. In den Chats ging er jedes Mal ein kleines Stück weiter und zog sie mit den Erzählungen seiner sexuellen Fantasien in den Bann. Machte sie süchtig. Sie sollte nach seinen Worten und virtuellen Berührungen gieren.

Deshalb wäre es ein herber Rückschlag, wenn sie sich heute Nacht einfach nicht bei ihm meldete, obwohl sie es ausgemacht hatten. Dafür würde er sie bei ihrem Treffen bestrafen müssen. Aus einer Laune heraus wechselte er sein Avatarbild. Es zeigte nun nicht mehr den wohltrainierten, muskulösen Oberkörper eines nackten Mannes, sondern Handfesseln, einen Knebel und eine Augenmaske. Er war gespannt, wie sie darauf reagieren würde.

Plötzlich leuchtete ihr Name in seiner Kontaktliste grün auf. Sie war da. Er merkte, wie eine Welle der Erregung ihn erschaudern ließ. Trotzdem hielt er sich zurück, sie gleich anzusprechen. Sie sollte ihn begrüßen, nicht umgekehrt.

Ditta: Hi! :)
Er_46: Einen wunderschönen guten Abend, meine hübsche Biene.
Ditta: Du Schmeichler!
Er_46: Sag mir, wie du deine Haare heute trägst.
Ditta: Hochgesteckt.
Er_46: Fühlst du meine Fingerspitzen, die deinen Nacken streicheln?
Er_46: Meine Lippen, die dich zart berühren?
Er_46: Höre ich da ein leises Seufzen?
Ditta: *seufz*

Er_46: Ich möchte wissen, wie dein Haar riecht.
Ditta: Ganz leicht nach Pfirsich.
Er_46: Ich wünschte, ich könnte es tatsächlich riechen.
Er_46: Möchte meine Nase in deinen Locken vergraben, während ich dich in den Arm nehme und dein Gesicht streichle.
Ditta: Wirklich?
Er_46: Stell dir vor:
Er_46: Wir vereinbaren ein Treffen.
Er_46: Nächste Woche.
Er_46: Spätabends.
Er_46: Ich gebe dir eine Wegbeschreibung zu einem Haus.
Er_46: Es ist ganz leicht zu finden.
Er_46: Du kannst es nicht verfehlen.
Er_46: Trotzdem bist du aufgeregt.
Er_46: Kannst es nicht erwarten, mich endlich zu spüren.
Er_46: Endlich ist es so weit.
Er_46: Du stellst dein Auto in die Tiefgarage.
Er_46: Nimmst den Aufzug.
Er_46: Fährst ins oberste Stockwerk.

Er machte eine Pause.

Ditta: Erzähl weiter!!!
Er_46: Du klopfst an die Tür.
Er_46: Das Licht im Treppenhaus geht aus.
Er_46: Du stehst im Dunkeln.
Er_46: Wartest.
Er_46: Was wird geschehen?
Er_46: Du bist unruhig.
Er_46: Klopfst noch einmal.
Er_46: Endlich geht die Tür auf.
Er_46: Aber nur einen Spaltbreit.
Er_46: Du ahnst, dass es im Zimmer dunkel ist.
Er_46: Glaubst, das Flackern der Kerzen erkennen zu können.

Er_46: Du bleibst noch einen Augenblick vor der Tür stehen.
Er_46: Zählst leise bis hundert.
Er_46: Dann drückst du die Tür auf und kommst herein.
Er_46: Im Zimmer ist es schummrig.
Er_46: Die Rollläden sind heruntergelassen.
Er_46: Aber ein Meer von Kerzen verströmt sein sanftes Licht und seine Wärme.
Ditta: Woooooooooooooooooooooow!!! :O
Er_46: Du merkst, dass das Zimmer leer ist.
Er_46: Auf dem Bett liegen Dessous für dich bereit.
Er_46: Du entkleidest dich und probierst sie an.
Er_46: Sie passen dir wie angegossen.
Er_46: Es erregt dich, die weiche Seide auf deiner Haut zu spüren.
Er_46: Aber es nutzt nichts.
Er_46: Du musst die schönen Dinge noch einmal ausziehen.
Ditta: *seufz*
Er_46: Wenn du wieder nackt bist, gehst du ins Badezimmer.
Er_46: Dort habe ich die ganze Zeit auf dich gewartet.
Er_46: Du öffnest die Tür, kommst herein und schließt sie sofort wieder.
Er_46: In dem Raum ist es stockdunkel.
Er_46: Man sieht die Hand vor Augen nicht.
Er_46: Ich nehme dich in den Arm.
Er_46: Küsse deinen Nacken.
Er_46: Du hast die Haare hochgesteckt.
Er_46: Wie heute Abend.
Er_46: Ich nehme deine Hand und führe dich zur Dusche.
Er_46: Drehe das warme Wasser auf.
Er_46: Benetze deine Haut.
Ditta: Was wirst du anhaben?
Er_46: Das erfährst du nicht.
Er_46: Fürs Erste wirst du nur meine Hände spüren.
Ditta: *stöhn*

Er_46: Ich nehme das Duschgel und seife jeden Millimeter deines Körpers ein.
Er_46: Danach dusche ich dich wieder ab.
Er_46: Das warme Wasser und meine Hand auf deiner Haut werden dich unendlich erregen.
Er_46: Du wirst dir wünschen, dass meine Finger an dir spielen.
Er_46: Aber das wird nicht passieren.
Er_46: Noch nicht.
Er_46: Erst später.
Ditta: *seufz*
Er_46: Ich trockne dich ab.
Er_46: Anschließend gehst du wieder zurück in das Zimmer mit den Kerzen.
Er_46: Schlüpfst in die Dessous.
Er_46: Verbindest dir die Augen mit dem Tuch.
Er_46: Dann legst du dich aufs Bett.
Er_46: Spreizt Arme und Beine.
Er_46: Wartest.
Er_46: Du hast mich noch immer nicht gesehen.
Er_46: Dein Herz klopft wie wild.
Er_46: Du sehnst dich danach, wieder von mir berührt zu werden.
Er_46: Ein Lufthauch zeigt dir, dass ich ins Zimmer gekommen bin.
Er_46: Plötzlich nehme ich deine rechte Hand.
Er_46: Küsse deine Fingerspitzen.
Er_46: Dann fühlst du, wie sich ein Seil um dein Handgelenk schlingt.
Er_46: Kurz darauf geschieht dasselbe mit deiner anderen Hand.
Er_46: Dann mit dem linken Fuß.
Er_46: Und schließlich noch mit dem rechten.
Ditta: *stöööööööööhn*

Er konnte sich ein breites Grinsen nicht verkneifen. Frauen waren so verdammt einfach gestrickt, wenn sie rollig waren.

Er_46: Was meinst du?
Er_46: Wollen wir das zusammen erleben?
Ditta: Ganz real?^^
Er_46: Ja.
Ditta: Wann?
Er_46: Nächste Woche.
Ditta: Wo?
Er_46: Das sage ich dir, wenn es so weit ist.
Ditta: Zahlst du mir ein Taschengeld?

Er hätte sich fast an seinem Rotwein verschluckt. So ein Biest, diese kleine Nutte! Natürlich konnte er es sich als Arzt durchaus leisten, aber hier ging es schließlich ums Prinzip. Andererseits ... sie war einfach ungemein reizvoll.

Er_46: Ich zahle nicht für Sex.
Ditta: Schade! Ich bin gerade ein bisschen klamm.
Er_46: Wie viel willst du?
Ditta: 250 Mäuse.
Ditta: Dafür beschere ich dir ein absolut einzigartiges Erlebnis.
Ditta: So was hast du garantiert noch nie erlebt. :O
Ditta: Wir bauen deine Fantasien noch um ein paar aufregende Momente weiter aus.
Ditta: Du wirst es lieben.
Ditta: Und ich bleibe die ganze Nacht.
Ditta: Du hast also keinen Zeitdruck.
Ditta: Wir werden es so oft tun, wie du kannst.
Ditta: Plus: Bei dir mache ich eine Ausnahme und bestehe ausnahmsweise mal nicht auf einem Gummi. ;)
Ditta: Überleg es dir.
Ditta: Du wirst es nicht bereuen.

Ditta: Jetzt muss ich leider off gehen.
Ditta: Ich küsse dich.
Ditta: Wohin, verrate ich dir nicht.
Er_46: Warte!
Ditta: Ja?
Er_46: Erzähle mir, was wir an dem Abend erleben werden.
Ditta: Übermorgen.
Ditta: Same time, same place.
Ditta: Ciao! :-*

Ihr Name verschwand aus der Liste. Mit einem Mal saß er wieder allein in seinem Bett. Er zitterte vor Erregung – und Wut, weil sie sich ihm so einfach entzogen hatte.

*

Ditta: Hey! :)
Er_46: Hallo, meine Schöne.
Ditta: Hast du es dir überlegt?
Ditta: Willst du mich treffen?
Er_46: Du bist mir letztes Mal eine Antwort schuldig geblieben.
Ditta: Ich weiß.
Er_46: Uuuuuund?
Ditta: Da ist aber jemand neugierig.
Ditta: *ggg*
Ditta: Also, pass auf.
Ditta: Wir machen es so, wie du es mir erzählt hast ...

Sie legte eine Pause ein.

Ditta: ... nur mit vertauschten Rollen.
Er_46: Wie jetzt?
Ditta: Ich warte in dem Zimmer auf dich und bereite alles vor.
Ditta: Die Kerzen, ein Glas Champagner.

Ditta: Wenn du klopfst, werde ich dich hereinlassen.
Ditta: Ich werde mein Catwoman-Kostüm tragen.
Ditta: Latex.
Ditta: Hauteng.
Ditta: Du wirst es lieben. :D
Ditta: Wir setzen uns, trinken einen Apéro zusammen.
Ditta: Ich werde uns einen Kir Royal machen.
Ditta: Während wir ihn trinken, wird uns kein Wort über die Lippen kommen.
Ditta: Wir sitzen einfach nur da und genießen das Prickeln auf der Zunge und die Vorfreude.
Ditta: Dann gehe ich ins Bad.
Ditta: Du entkleidest dich.
Ditta: Folgst mir, wenn du so weit bist.
Ditta: Dann werde ich dich duschen.
Ditta: Genauso, wie du es mir vorgestern beschrieben hast.
Ditta: Und danach gehe ich hinaus, verbinde mir die Augen und lege mich auf dem Bett für dich in Pose.
Er_46: Hast du ein Bild von dir als Catwoman?
Ditta: Klar.^^

Es dauerte einen Augenblick, dann wurde in seinem Chatfenster eine Anfrage für einen Datentransfer angezeigt. Er klickte auf akzeptieren und lud das Foto herunter. Als er die Datei öffnete, stockte ihm der Atem. Auf dem Bild war eine schlanke, hochgewachsene Frau in einem engen Latexanzug zu sehen, der ihre Kurven extrem betonte. Insbesondere ihre üppigen Brüste kamen ungemein gut zur Geltung. Vom Gesicht konnte man nur wenig erkennen, da sie den ebenfalls in eine Latexmaske gehüllten Kopf seitlich gesenkt hielt und ihre Augen hinter einer altmodischen Fliegerbrille mit abgedunkelten Gläsern verborgen waren. Der Nasenrücken wurde ebenfalls von der Maske verhüllt. Nur ihre wohlgeformten, grellrot geschminkten Lippen konnte er erkennen. Der Anzug schien an allen wichtigen Stellen mit Reißverschlüssen versehen zu sein. Er erschauderte, fühlte, wie sich sein Geschlechtsteil versteifte.

Ditta: Was sagst du dazu?
Er_46: Ich bin sprachlos!
Ditta: Wann wollen wir uns treffen?
Er_46: Donnerstagabend.
Er_46: 21.00 Uhr.
Ditta: Und wo?
Er_46: Ich habe ein kleines Appartement, das genau für diesen Zweck eingerichtet ist.
Ditta: Wow!!! O.o
Ditta: Wie wollen wir es mit dem Schlüssel machen?
Er_46: Ich kann ihn dir in den Briefkasten werfen.
Ditta: Da habe ich eine viel bessere Idee.
Ditta: Kennst du den Johannisfriedhof?
Er_46: Ja.
Ditta: Dort gibt es ein Grab mit einem Epitaph, auf dem ein Junge und eine Eidechse zu sehen sind.
Ditta: Links vom Osteingang, erste Reihe in südlicher Richtung, das sechste oder siebte Grab.
Er_46: Ich kenne es.
Ditta: Kauf mir einen großen Bund roter Rosen.
Ditta: Leg den Schlüssel in einem Kuvert auf das Grab und die Rosen darüber.
Ditta: Morgen Nachmittag um 17.00 Uhr.
Er_46: Und wenn jemand anders das Kuvert findet und einsteckt?
Ditta: Das wird nicht passieren.
Ditta: Ich werde es kurz nach dir abholen.
Ditta: Du musst also pünktlich sein, damit wir uns nicht versehentlich über den Weg laufen.
Ditta: Außerdem könntest du mein Taschengeld auch gleich in das Kuvert legen.
Ditta: Einverstanden?

Das kleine Miststück war raffiniert. Widerwillig stimmte er zu.

*

Er parkte sein Auto in der Lindengasse genau vor der letzten der sieben von Adam Kraft geschaffenen Kreuzwegstationen und stieg aus. Vom Beifahrersitz nahm er einen stattlichen Bund roter Rosen. Sie hatten um diese Jahreszeit ein Vermögen gekostet. Das Kuvert mit Schlüssel und Geld hatte er in seiner Manteltasche. Schnellen Schrittes ging er durch den Osteingang auf den Friedhof und bog gleich in die erste der Gräberreihen ein. Einen Augenblick musste er an die Friedhofsführung vor einigen Jahren denken, bei der die Sage zu dem auf dem Epitaph abgebildeten Knaben erzählt worden war, dem angeblich die Echse in den Hals geklettert sein soll, nachdem er im Garten eingeschlafen war. Allerdings hatte eine in der Gruppe anwesende Theologiestudentin erklärt, wie die dargestellten Figuren anderweitig gedeutet werden konnten: Ein schlafender Knabe als Symbol der Seele des Menschen, das Lamm stand für Jesus Christus und die Echse war ein Zeichen für die Auferstehung.

Er schüttelte den Kopf. Ein komischer Zufall, dass Ditta ausgerechnet dieses Grab ausgesucht hatte. Mit einem Blick über die Schulter sah er sich um. Er war allein und unbeobachtet. Schnell nahm er das Kuvert aus der Tasche, faltete es einmal in der Mitte zusammen, legte es auf den Grabstein und drapierte den Blumenstrauß darüber, sodass man den Umschlag nicht mehr sah. Dann drehte er sich um und ging langsam in der entgegengesetzten Richtung davon. Natürlich hatte er nicht die Absicht, das Kuvert aus den Augen zu lassen. Er wollte die junge Frau sehen, die sich verstohlen zu dem Grab schleichen, Blumen und Umschlag an sich nehmen und schnell wieder verschwinden würde. Die Vorstellung, ihr auf dem Weg durch die Gräber zu begegnen, bereitete ihm eine diebische Freude.

Plötzlich klingelte sein Handy. Die angezeigte Nummer gehörte seiner Frau. Nicht ausgerechnet jetzt!

»Ja?«, fragte er harsch.

»Hallo, Schatz. Du hast heute keinen Notdienst, oder?«

»Nein, ich muss ein paar Erledigungen in der Stadt machen.«

»Kannst du bitte Tyra abholen. Der Tierarzt macht um 17.30 Uhr zu, und ich bin gerade von der Klinik angerufen worden. Eine Patientin hat Nachblutungen, wir müssen sofort in den OP. Ich habe für eine Kollegin den Nachtdienst übernommen und komme erst morgen früh wieder nach Hause.«

Er sah auf seine Armbanduhr. Wenn er bis nach Bubenreuth fahren sollte, um die Katze abzuholen, konnte er keine Sekunde länger auf dem Friedhof verweilen, sondern musste sofort los. Und auch dann würde es verdammt knapp werden. Scheiß Mistvieh!

»Susanne, das ist jetzt ganz schlecht! Ich bin –«

»Mein Gott, kannst du nicht einmal in deinem Leben etwas für mich erledigen, ohne dass wir eine halbe Stunde lang darüber diskutieren müssen? Ich muss jetzt in den OP.« Grußlos legte sie auf.

Er erwog kurz, die Katze einfach beim Tierarzt zu lassen, aber dann hätte er ernsthaft Ärger mit seiner Frau bekommen. Das wollte er nicht riskieren. Also ging er notgedrungen zurück zu seinem Auto und fuhr nach Bubenreuth.

Als er sich gut zwei Stunden später endlich zu Hause in seinen Messenger-Account einloggte, poppte sofort ein Fenster auf.

Ditta: Wow!
Ditta: Wie geil ist das denn? :O
Ditta: Ich stehe gerade in deiner Wohnung.
Ditta: Das perfekte Liebesnest.
Ditta: Ein fantastisches Bett.

Ditta: Am liebsten würde ich gleich jetzt ...^^
Ditta: Ich melde mich später noch einmal.
Ditta: Kuss!

Schnell schaute er nach, von wann die Nachrichten stammten. Ditta musste den Schlüssel nur ein paar Minuten, nachdem er den Friedhof verlassen hatte, abgeholt haben. Sonst hätte sie es nicht so schnell in die Wohnung geschafft, wenn sie ihm wirklich von dort geschrieben hatte. Er ärgerte sich maßlos, dass er seiner Frau nachgegeben und ihre blöde Katze abgeholt hatte. Wäre er nur eine Viertelstunde länger auf dem Johannisfriedhof geblieben, hätte er Ditta mit Sicherheit gesehen. Während er sich noch ärgerte, blinkte plötzlich ihr Name in der Chatliste auf.

Ditta: Hi! :)
Er_46: Guten Abend, du vollmundige Schönheit.
Ditta: Ich hab nicht viel Zeit.
Ditta: Deine Wohnung ist total geil.
Ditta: Bleibt es bei unserem Treffen?
Ditta: Donnerstagabend, 21.00 Uhr?
Er_46: Ja, noch zwei Mal schlafen, dann ist es so weit.
Ditta: Und wir machen es so, wie wir es besprochen haben?
Ditta: Du kommst, ich lass dich rein, wir trinken einen Kir Royal, dann gehe ich ins Bad.
Er_46: Ich ziehe mich aus und folge dir.
Ditta: Und während der ganzen Zeit sagt keiner von uns beiden ein Wort.
Er_46: Wenn du es schaffst.
Ditta: Verlass dich drauf!
Ditta: Ich muss los. :(
Ditta: Heißen Kuss, wohin du ihn am nötigsten hast.

Er lachte und beobachtete, wie ihr Name wieder in der Liste erlosch. Dann schloss er die Augen, legte den Kopf gegen die

Sofalehne und stellte sich vor, wie aufregend ihr Treffen ablaufen würde.

*

Sein Herz klopfte. Seine Kehle war ganz ausgetrocknet, als er mit dem Aufzug von der Tiefgarage in das oberste Stockwerk fuhr. Noch nie zuvor hatte es ihn derart erregt, sich mit einer Fremden zu treffen. Aber es war ja auch das erste Mal, dass nicht er der Frau die Tür öffnete, sondern die Unbekannte ihn in seine eigene Wohnung ließ. Schwer atmend, als sei er die Treppen zu Fuß hinaufgestiegen, wartete er, bis das Licht der Treppenhausbeleuchtung erlosch. Dann erst hob er seine Hand und klopfte sachte an die Appartementtür, die fast unmittelbar danach aufging. Anscheinend hatte sie ihn bereits ungeduldig erwartet. Mit zögerlichen Schritten trat er ein.

Der Raum war voller brennender Kerzen und Teelichter. Ein betörender Duft stieg ihm in die Nase. Ditta musste entweder eigene Duftkerzen mitgebracht haben oder aber ein Öl für die Duftlampe. Er schloss für ein paar Sekunden die Augen und sog den ungewohnten Geruch tief ein. Zum ersten Mal konnte er nachfühlen, was in all den Frauen vorgegangen sein mochte, die er hierher gelockt hatte. Auf dem Nachtkasten standen zwei Sektflöten, in denen der von der Crème de Cassis rötlich verfärbte Champagner perlte.

Die Tür hinter ihm wurde geschlossen. Dennoch drehte er sich nicht um, er wollte Ditta die Chance geben, sich ihm zu präsentieren, wie sie es geplant hatte. So legte sich ihm auch nur Sekunden später eine behandschuhte Hand auf seine Schulter, die ihm sanft die Jacke abstreifte und ihn anschließend zum Bett dirigierte. Erst als er sich auf die Matratze setzte, bekam er sie zu Gesicht. Ihm stockte der Atem.

Vor ihm stand eine makellos gut gebaute Frau. Sie wirkte noch attraktiver als auf dem Foto. Der schwarze, glänzende

Latexanzug betonte ihre Hüften und Brüste. Es war eine absolute Wonne. In ihren schwarzen, hochhackigen Stiefeletten, die sie noch einen Tick größer machten, als sie sowieso schon war, sah sie atemberaubend sexy aus. Ihre Augen waren wieder hinter der altmodisch anmutenden Fliegerbrille verborgen, ihre Lippen wie auf dem Foto blutrot geschminkt. Als könnte sie seine Gedanken lesen, drehte sie sich einmal langsam um ihre eigene Achse.

»Guten Abend, meine wundervolle Ditta«, stieß er endlich heiser hervor.

Sofort glitt ihr ausgestreckter Zeigefinger an ihre Lippen und erinnerte ihn an das Schweigegelübde. Er bedeutete ihr mit einem Nicken, dass er sich daran halten würde. Ihre Lippen verzogen sich zu einem wohlwollenden Lächeln. Sie ging zu dem Nachtkästchen und nahm die beiden Champagnergläser, von denen sie ihm eines reichte. Lässig ließ sie ihres gegen seines klirren, hob es kurz an, so als prostete sie ihm stumm zu. Dann trank sie einen großen Schluck. Er tat es ihr gleich. Der Kir schmeckte fruchtig. Offenbar hatte sie etwas zu viel Crème de Cassis erwischt. Er trank noch einen weiteren Schluck. Es schmeckte nicht schlecht.

Sie stand noch immer vor ihm, die Beine leicht gespreizt. Das Glas hatte sie weggestellt und angefangen, mit beiden Händen aufreizend über ihren Körper zu streichen. Was für ein raffiniertes Luder sie doch war, ihn derart anzumachen. Plötzlich beugte sie sich zu ihm vor, nahm ihm sein Glas aus der Hand und hielt es ihm an die Lippen. Er machte mit. In einem Zug trank er das Glas leer. Sie warf ihm eine Kusshand zu, lächelte ihn an. Dann drehte sie sich um und ging zur Küchenzeile hinüber, die vom Raum durch einen Bartresen abgetrennt war. Sie stellte sein Glas ab, goss eine gute Portion Crème de Cassis hinein, bevor sie es mit Champagner auffüllte. Augenscheinlich hatte sie sein Geld gut angelegt, denn sie hatte eine Flasche Dom Pérignon gekauft. Welche Verschwendung, solch einen herausragenden Champagner mit Crème de Cassis zu verschneiden. Er schüttelte den Kopf und schaute sich im Zimmer um.

Ihm wurde allmählich warm, ein Prickeln machte sich in seinem Körper breit. Er fühlte sich leicht und fluffig, euphorisch angesichts der Dinge, die er bald mit ihr anstellen würde. Ob es der Kir Royal war, der ihm ein klein wenig zu Kopf stieg? Oder der hautenge Latexanzug, der jeder ihrer Bewegungen einen aufreizenden Touch gab. Sie schien auf ihn zuzuschweben.

Diesmal blieb sie nicht vor ihm stehen, sondern setzte sich neben ihn auf die Bettkante. Sie schlug die Beine übereinander. Ihre Schuhspitze berührte seinen Hosenaufschlag. Wieder klirrten die Sektflöten. Wieder tranken sie. Wieder lächelte sie ihn verführerisch an. Ließ ihre kleine spitze Zunge über ihre roten Lippen gleiten.

Nachdem sie auch das zweite Glas geleert hatten, erhob sie sich und verschwand im Badezimmer. Das war für ihn das Zeichen, dass es losgehen konnte. Er stand ebenfalls auf, um sich zu entkleiden. Plötzlich erfasste ihn ein Schwindelanfall. Er konnte nicht anders, als sich zurück auf das Bett sinken zu lassen. Schweiß trat ihm auf die Stirn. Er fühlte, wie sich sein Magen zusammenzog und ihm schlecht wurde. Nur mit Mühe schaffte er es, sich nicht an Ort und Stelle zu übergeben. Was war nur los mit ihm? An den zwei Gläsern Champagner konnte es wohl kaum liegen, auch wenn er noch nie zuvor einen Kir Royal getrunken hatte. Ob er eine Allergie gegen Crème de Cassis hatte? Mit Mühe knöpfte er sein Hemd auf und zog es aus. Als er sich zu den Schnürsenkeln hinabbeugte, drehte sich alles.

Er ließ sich seitlich aufs Bett sinken. Sein Atem ging keuchend. Erst nach einer Weile bemerkte er, dass Ditta wieder neben dem Bett stand und ihm seine Schuhe und Socken auszog. Er kam sich vor, als sei er in Watte gepackt. Schließlich hob sie seine Beine an und legte ihn ins Bett. Dann machte sie sich an seiner Hose zu schaffen. So, wie er sich gerade fühlte, war er sich sicher, vorerst zu keiner Erektion imstande zu sein, doch gelang es ihm nicht, ihr das mitzuteilen. Er hatte den Eindruck, ihm sei die Fähigkeit abhandengekommen, Gedanken in Sätze zusammenzusetzen und zu artikulieren. Außerdem konnte er sich nicht rühren, seine Muskeln reagierten nicht mehr auf die entsandten Anweisungen – oder war es sein Gehirn, das einfach keine Impulse mehr sendete? Überrascht stellte er fest, dass ihn Ditta mittlerweile komplett entkleidet hatte. Nun stand sie neben dem Bett, musterte ihn. Er fühlte sich irgendwie entblößt, und doch war es auch ein Hochgefühl.

»So hast du dich mir schon lange nicht mehr präsentiert«, sagte sie leise.

Jetzt spielte ihm offenbar auch noch sein Gehör einen Streich. Er hatte sich ihr so überhaupt noch nie präsentiert. Aber noch immer schaffte er es nicht, sich ihr mitzuteilen.

»Vielleicht hättest du das tun sollen, anstatt dir ständig über das Internet eine neue Gespielin nach der anderen zu suchen. Dann würdest du jetzt nicht hier liegen.« Sie setzte sich neben ihn auf das Bett und strich ihm mit der behandschuhten Hand über den Körper. »Tja, Jan, da sagst du nichts mehr.« Die roten Lippen verzogen sich zu einem mitleidigen Lächeln.

Er verstand die Welt nicht mehr. Woher wusste sie seinen Namen? Als könne sie seine Gedanken lesen, griff sie nach der Fliegerbrille, die ihre Augen verdeckte, und nahm sie ab. Dann beugte sie sich über ihn. Es dauerte einen Moment, bis er merkte, dass er in die blaugrauen Augen seiner eigenen Frau starrte.

»Ich habe mich immer gefragt, warum du nie stutzig geworden bist, wie Ditta plötzlich in deine Chatliste gelangt ist.« Sie sah ihn eindringlich an. »Aber du hast wohl nur ihren nackten Arsch gesehen und das Denken eingestellt.« Ihre Stimme troff nur so vor Spott. »Es war jedenfalls höchst interessant, vom eigenen Mann derart angemacht zu werden.« Mitleidig schüttelte sie den Kopf. »Wenn mir jemand vor einem halben

Jahr gesagt hätte, dass mich mein Mann nicht nur regelmäßig betrügt, sondern sich zu diesem Zweck sogar eine Wohnung gekauft hat, hätte ich ihn ausgelacht.« Sie sah auf seinen nackten Körper hinab. »All das hätte ich dir verziehen. Ich wäre einfach aus deinem Leben gegangen und hätte die Scheidung eingereicht.« Ihre Hand legte sich auf sein Geschlechtsteil. »Aber du Idiot musstest ja alles kaputt machen. Nur für ein bisschen schnellen Sex.« Sie spielte an ihm herum. »In deinem Alter sollte man zumindest daran denken, Kondome zu benutzen. Aber du wolltest ihn ja überall ungeschützt reinstecken.« Angeekelt zog sie ihre Hand zurück. »Damit hast du mir mein Leben versaut, Jan. Du hast nicht nur dich infiziert, sondern auch mich angesteckt, du Schwein.« Ihre Augen bohrten sich in seine.

Sie schaute auf die Uhr, die auf dem Nachtkästchen stand. Eine halbe Stunde war vergangen, seit er das zweite Glas Sekt ausgetrunken hatte. Das darin verabreichte Medikament musste zwischenzeitlich seine volle Wirkung entfaltet haben. Sie hatte die Dosierung ganz exakt berechnet, um sicherzustellen, dass es ihn zwar bewegungsunfähig machte, er aber nicht ins Koma glitt.

Mit einem Ruck stand sie auf und ging zum Tresen hinüber. Als sie zum Bett zurückkam, hielt sie eine Braunüle, Infusionsbesteck, eine Infusionslösung und mehrere kleine Glasampullen in der Hand. Sein Atem ging keuchend.

»Du musst keine Angst haben«, beruhigte sie ihn. »Ich werde dich nicht leiden lassen. Du wirst, ohne es zu merken, im Schlaf aufhören zu atmen. Als Erstes spritze ich dir eine vernünftige Portion Benzodiazepin. Dann bekommst du eine Infusion, in die ich ein Opioid und ein Hypnotikum mische. Genau die Kombination, von der du immer gesagt hast, dass du sie verwenden würdest, solltest du dich jemals umbringen wollen.« Ihre Stimme war zunehmend geschäftsmäßiger geworden, ganz so, als würde sie einen Patienten vor einem Eingriff aufklären – auch wenn das, was sie sagte, dem

Gespräch mit dem Anästhesisten vorbehalten blieb und nicht in den Bereich des Chirurgen fiel.

Routiniert bereitete sie die Infusion vor und zog die Medikamente aus den verschiedenen Ampullen auf. Da er Linkshänder war, legte sie ihm die Stauung am rechten Oberarm an, griff nach seiner Hand, klopfte leicht auf den Handrücken, damit die Venen schön hervortraten. Sie desinfizierte sogar noch die Einstichstelle. Mit einem kleinen Pieks glitt die Spitze der Braunüle unter seine Haut und durchstieß die Venenwand.

»Du verzeihst, wenn ich dich zum Abschied nicht küsse?«

*

In ein paar Tagen würde ein Nachbar auf den unangenehmen Verwesungsgeruch aufmerksam werden, der aus der Wohnung dringen würde. Er würde die Polizei rufen, die mit Feuerwehr und Rettungsdienst anrückte und die Wohnungstür gewaltsam öffnete.

Anhand der im Geldbeutel des Toten gefundenen Ausweise würde er vorläufig identifiziert werden können. Der neben dem toten Notarzt liegende Abschiedsbrief würde seinen Selbstmord erklären. Aus dem geöffneten Notfallkoffer, der neben ihm auf dem Boden lag, würden genau die Utensilien fehlen, die er bei seinem Suizid verwendet hatte. Allein das Medikament mit der Hydroxybuttersäure würde die Ermittler überraschen, doch das ließ sich damit erklären, dass er es in Verbindung mit dem Alkohol wohl als Mutmacher eingenommen hatte.

Ein Blick in den Polizeicomputer würde die Vermisstenanzeige zutage fördern, die die Ehefrau des Toten kurz nach seinem Verschwinden aufgegeben hatte. Wenn die Ermittler dann kamen, um ihr vom Leichenfund zu berichten und von der Tatsache, dass ihr Mann wegen einer HIV-Infektion Suizid begangen hatte, würde sie einen Nervenzusammenbruch erleiden. In einem Anfall von Panik würde sie sodann bei ihrem Hausarzt einen Bluttest vornehmen lassen, der ebenfalls positiv ausfallen würde.

Sie würde zwangsläufig ihre Arbeit kündigen müssen, da sie mit der Infektion nicht mehr als Chirurgin arbeiten durfte. Ihr würde keine andere Wahl bleiben, als sich aus dem aktiven Arbeitsleben zurückzuziehen, was ihr dank der vorausschauenden Fürsorge ihres Mannes in Form von zwei Lebensversicherungen ermöglicht würde.

Vielleicht würde sie die Eigentumswohnung, in der ihr Mann gefunden worden war und von deren Existenz sie nie zuvor etwas bemerkt hatte, verkaufen und von dem Geld ein kleines Häuschen erwerben. Irgendwo, wo es auch im Winter warm war. In unmittelbarer Nähe zum Meer. Vielleicht irgendwo in Portugal.

Petra Nacke

Station 7

Man spürt nichts, ganz ehrlich. Man hockt im Schnee wie in einem knuffigen Federbett und scheint den Streit der beiden Kohlmeisen auf dem Ast über seinem Kopf mit großem Interesse zu verfolgen – was sagt die kleine Dicke? *Du sitzt auf meinem Ast, meinem Ast, meinem Ast! Nein,* schreit die andere, *es ist meiner, meiner, meiner!* Schneeflocken fallen sachte herunter, und glauben Sie mir, man registriert jede Zacke, jede Linie, jede Besonderheit wie durch ein gigantisches Vergrößerungsglas. Schneeflocken haben Gesichter.

Man sieht entspannt aus. Winterwellness vor einer Hütte im Allgäu, mit einem dampfenden Becher Jagertee vor der Nase, ein Berner Sennenhund gähnt breitrachig in die Kamera. Man lächelt sogar ein wenig, obwohl das in dieser Situation alles andere als angebracht ist. Trotzdem lächelt man eiskalt wie die Mona Lisa, die man vor tausend Jahren einmal im Louvre hinter einer Wand aus Japanern erahnt hat, lächelt, als würde man fürs Lächeln bezahlt, als wäre man dieses Mobilfunkmodel im Seidenkleid. Man kann sich nun mal nicht aussuchen, in welche Richtung die Muskeln zum letzten Mal zucken.

So gesehen, war es ein richtig netter Zug von ihnen. Und nun lehne ich eben grinsend auf einer Bank im Schnee, während der Mann in dem komischen weißen Papieroverall mich von allen Seiten fotografiert und eine regelrechte Menschenmeute geschäftig um meinen Körper herumläuft.

Wenn ich sage, man spürt nichts, heißt das nicht, dass alles Fühlen einfach so verschwindet. Oh nein, ganz im Gegenteil. Verschwinden tut nur das Körperliche, das Zittern und Zähneklappern und die Müdigkeit. Aber glauben Sie bloß nicht, es wäre mir angenehm, hier auf diese Weise im Schnee herumzudümpeln und mit blauen Lippen in den Himmel zu grinsen. Offen gesagt ist es mir sogar etwas peinlich, vor allem wenn man bedenkt, dass ich überaus unpassend gekleidet bin für diesen Anlass: halb nackt mit einer Matrosenmütze auf dem Kopf, einer Thermosflasche in der Hand und einer Plastiktüte voller eingelegter Rollmöpse auf den Knien. Wenn sie den tragbaren CD-Spieler anmachen, werden ihnen Hans-Albers-Lieder um die Ohren flattern: *La Paloma* oder *Hein Mück aus Bremerhaven*. Wer, frag ich Sie, möchte schon so gefunden werden, mitten im Fürther Stadtpark an einem Neujahrsmorgen?

Noch peinlicher ist mir allerdings, auf diesen dämlichen, diesen unglaublich billigen Trick hereingefallen zu sein, vor allem, weil ich auch noch die Vorlage dazu geliefert hatte. Eine Ohrfeige möchte ich mir verpassen – geht aber nicht mehr, alles viel zu steif. Man kann nicht einmal die Lippen spitzen und dem jungen Kripobeamten zuflüstern »nein, nein, es war kein sexuell motivierter Überfall, ich hab mich selbst und ganz freiwillig ausgezogen, und die dämliche Mütze sitzt auf meinem Kopf, weil ich es so wollte«. Ich würde ihm auch gern einen Tipp geben, in welcher Richtung er stattdessen suchen sollte, und mich dafür entschuldigen, ihm seinen freien Tag ruiniert zu haben. Stattdessen nichts. Nur die Gedanken, die Vorstellungen rattern immer noch. Und ja, natürlich hatte ich mir meinen Tod, wenn überhaupt, dann doch irgendwie anders vorgestellt. Genau wie dieses ganze Silvester. Obwohl – angefangen hatte es eigentlich ganz lustig, nämlich wie geplant am frühen Nachmittag in Sydney.

*

»Wir grillen, wir werden Würstchen grillen auf dem Balkon!« Das war sofort gesetzt.

»Und dann ziehen wir unbedingt Bermudas an oder Hawaiihemden oder am besten Bermudas und Hawaiihemden, was meint ihr?«

»Geht klar, geht so was von klar! Und dann machen wir noch Karaoke, da stehen die drauf in Down Under!«

Lutz hatte die phänomenale Idee zu »Fürth global«, und alle waren aus dem Stand Feuer und Flamme. Wir treffen uns schon seit Jahren, um gemeinsam ins neue Jahr zu rutschen, aber immer nur Fondue – gähn! Die »Hüttengaudi« in Vorarlberg von vor zwei Jahren wollte auch keiner wiederholen, dann eher noch mal nach Usedom, aber die Strecke zieht sich, vor allem bei Schnee, und außerdem die Finanzen – umsonst gibt's nicht mal Usedom!

Wir sind die Budies, ein fester Freundeskreis, der sich seit vielen Jahren regelmäßig und nicht nur zu Silvester trifft. Budies, ich weiß, das klingt ein bisschen bescheuert, aber gesetzt ist gesetzt (das Wort »gesetzt« ist ebenfalls bescheuert, aber auch gesetzt bei uns, ich fürchte sogar, dass ich es irgendwann mal über den Job bei den Budies eingeschleppt hatte). Weil jeder von uns auf die eine oder andere Weise was mit Sprache oder Schrift zu tun hat, hatte Sabine uns vor einer Ewigkeit mal als Buchstabendrechsler bezeichnet, Thomas, ihr Mann, hatte daraus dann spontan die Budies gemacht, weil es wie eine Mischung aus Buchstabendrechslern und Buddies, Kumpels, klingt, und dabei ist es dann eben geblieben. Außer Thomas und Sabine, die eine kleine Druckerei betreiben, gehören zum festen Kern noch Ines und Andreas, beide freie Journalisten, Kathrin, die als Lektorin für verschiedene kleine Verlage arbeitet, Annette und Georg, sie Nachhilfelehrerin für Deutsch und Englisch, er freiberuflicher Trauerredner – und ich, Textchefin in einer großen Spielzeugfirma, Angestellte. Das ist schon ziemlich bürgerlich, ich weiß. Neben meinen kreativen freiberuflichen und selbstständigen Freunden bin ich mir deshalb auch lange als

Spießerin vorgekommen – Angestellte mit Urlaubsgeld, Rentenanspruch und so weiter. Natürlich wurde darüber auch immer wieder gefrotzelt, vor allem Thomas hat gerne Witze über die »Herrin im Plüschtierzoo« gemacht. Tom fand es auch immer irrsinnig komisch, Georg mit seinen Trauerreden zu parodieren, und natürlich hab ich mitgelacht – haha, ab dem zweiten Glas wird alles witzig – ich vertrage nun mal nicht viel Alkohol, steigt mir schnell zu Kopf. Irgendwann waren Georg und ich die einzigen der Budies, die nicht ständig am Existenzminimum herumkrebsen mussten, und langsam, fast unmerklich änderte sich der Ton. Die Witze wurden weniger, und dann hörten sie auf, wurden ersetzt durch kleine Sticheleien: *Ihr da oben, wir da unten*, so was. Hat manchmal schon genervt, und es hat wehgetan, zu spüren, wie mitten im Freundeskreis eine Wand entsteht und sich Grüppchen bilden. Als ich mit Kathrin darüber gesprochen hab, meinte sie nur »der Käfig wird eng, da werden Menschen zu Ratten!«

Über Kathrin hatte ich Lutz kennengelernt, ist noch gar nicht lange her, aber was ist Zeit schon. Es war im vergangenen Mai, an einem richtig schönen Frühlingstag, als sie mich anrief und von ihrem Cousin erzählte, der jetzt wieder in Franken lebt.

»Du, der ist Schriftsteller und braucht dringend irgendeinen Geldjob«, hatte sie ins Telefon gezirpt, und ob ich mich nicht mal mit ihm treffen könnte. Die Gegenfrage, warum es ihn als *Schriftsteller* denn ausgerechnet nach Franken gezogen hat, habe ich mir aus Rücksicht auf unsere alte Freundschaft verkniffen, mich stattdessen noch in derselben Woche mit Lutz im *Bistro* in der Gustavstraße verabredet.

Mann, war ich skeptisch! Hatte zwar bisher nur ein einziges Mal mit einem Schriftsteller zu tun gehabt, aber nach diesem einen Mal war mein Bedarf an derartigen Experimenten gedeckt. Wortkunst und Werbung passen ungefähr so gut zusammen wie Goethes Marienbader Elegien mit Plüschhunden made in Taiwan.

Aber, um das gleich klarzustellen, Lutz war kein verkappter Goethe, nicht mal Schriftsteller, zumindest mochte er sich nicht so nennen. »Ich schreibe«, hatte er gesagt, »ich schreibe einfach nur gerne, und das meiste davon interessiert keine Sau.« Er hatte eine drollige Art, über sich zu erzählen, von seiner Leidenschaft für Lyrik, von seinen gescheiterten Versuchen, von Essays und Kurzgeschichten leben zu können, von seinen Plänen, es jetzt mal mit Kriminalromanen versuchen zu wollen, und von seinen Schwierigkeiten mit diesem Genre:

»Kriminalromane sind eigentlich nicht mein Ding, verstehst du, aber versuch mal, an der Supermarktkasse mit Gedichten zu bezahlen!«

Lustige Idee – ich hatte mir gleich vorgestellt, wie er bei Norma oder Aldi anfängt, Lyrik zu rezitieren und, ja, ich hab da kurz so was aufblitzen gefühlt ganz innen – da, wo ich früher auch mal geträumt hab. Die ganze ekelhafte Sachlichkeit in so einem Discounter würde überschwappt werden von goldgelben Honigversen. Aus den Tiefkühltruhen würden Tulpen die knirschig zarten Hälse recken und knusperduftige Hühnerschenkel dazu Schwanensee tanzen. Schöne Vorstellung, wirklich. Aber dann – Peng! – schrillt natürlich sofort die Vernunftsglocke, und du denkst nur noch: verrückt – der Kerl ist verrückt!

Wenn eine Frau so etwas denkt, ist es schon passiert, glauben Sie mir. Wenn eine Frau denkt, der Mann, mit dem sie gerade so inwendig angekratzt und nach außen rechtwinklig herumschwadroniert, sei verrückt, hat sie schon die Bodenhaftung verloren. Ich weiß das, schwebe seit geraumer Zeit über den Dingen, bin quasi vom Grundzustand her bodenlos. Und genau deshalb weiß ich auch, dass Lutz den ersten Probeauftrag für einen Werbetext bereits nach dem gemischten Vorspeisenteller bekommen musste und dass mein Herzklopfen an diesem ersten Abend nicht vom Espresso gekommen war.

Der Frühling in diesem Jahr war himmlisch, das kann man nicht anders sagen, genau wie der Sommer und der Herbst. Lutz bekam gelegentlich Textaufträge von mir, und seine Arbeiten kamen so gut an, dass er sogar zu unserem Agentursommerfest eingeladen wurde. Ich hab mich für ihn gefreut, als unser Chef ihn anschließend persönlich mit einem Job beauftragte, den Lutz in Eigenregie durchziehen sollte und bei dem er sich richtig wacker schlug. Natürlich mochten ihn auch die Budies, und das nicht nur, weil er Kathrins Cousin und mein »Neuer« war. Es war eine perfekte Zeit, ich war glücklich und verliebt wie eine pubertierende Springmaus. Nur mit seinem ersten Krimi lief es schleppend, deshalb hatte ich ihm zur Motivation zwei Bücher über Ermittlungsmethoden und Gerichtsmedizin geschenkt. Zwei kleine Taschenbücher – von denen er mehr profitierte, als ich damals ahnen konnte.

*

Es hat wieder geschneit, schneit immer noch. Heitere Flocken, Grinsegesichter, kleine weiße Fratzen. Es macht nichts, wenn all diese Leute um mich herumtrampeln – Spuren werden die sowieso nicht finden. Das mit dem Kind hat mir leidgetan, wirklich. Es hätte nicht unbedingt dieser kleine Junge mit dem Schlitten sein müssen, der mich findet. Als er den Hügel runtergerodelt ist, hat er ja auch noch nichts gesehen, war viel zu sehr damit beschäftigt, die Kurve Richtung Brücke zu kriegen. Dachte vielleicht, falls er doch was aus dem Augenwinkel registriert hat, da sitzt ganz einfach irgendwer auf einer Bank vor dem ehemaligen Ponystall. Aber dann ist er den Berg wieder hoch, wollte noch mal rodeln, und da ist es eben passiert. Ich schwör, bis sein Vater neben ihm stand – und das hat keine Minute gedauert – war der Bub im Gesicht genauso bleich und starr wie ich. Dann natürlich sofort Polizei und Notarzt und Absperrband, sogar einen Hund hatten die dabei – ganz großer Bahnhof! Die vielen Leute waren mir aber nicht so unangenehm wie die Sache mit dem Jungen. Hoffentlich erscheine ich dem nicht in einem seiner Kinderträume! – Die weiße Frau vom Stadtpark oder so was. Brr, da kann's einem vor sich selbst gruseln. Die Männer in den Papieranzügen haben mich dann auch recht schnell in so einen grauen Plastiksack gesteckt, was nicht leicht ging, weil ich ja im Sitzen erfroren bin und mit einem Arm auf der Rücklehne der Parkbank. Sie wissen schon, war alles etwas ungeschmeidig.

»Geschmeidig« – auch so ein Wort, das bei den Budies sehr beliebt ist.

*

»Damit es richtig gut funktioniert, müssen die Übergänge geschmeidig ineinander laufen!«

Als Lektorin hat Kathrin es ganz besonders mit Geschmeidigkeit und hatte sich deshalb auch gleich angeboten, die Timingkontrolle zu übernehmen. Der zündende Gedanke zu »Fürth global« war Lutz angeblich in den Kopf geschossen, nachdem er an Nikolaus zum x-ten Mal *Picknick am Valentinstag* gesehen hatte. »Was«, meinte er kurz danach an einem unserer immer seltener werdenden Budie-Treffen, »fällt euch an diesem Filmtitel auf?« Ich weiß noch genau, dass er dabei aussah, als hätte er einen Knallfrosch verschluckt – wenn Lutz so schaut, macht man sich besser keinen eigenen Kopf, sondern große Augen und wartet auf die Explosion. Die kam dann auch nach einigen Sekunden der Spannung:

»In Australien kann man am 14. Februar im Sommerkleid picknicken!«

Rums, das war er, sein zündender Gedanke, zwar standen wir anderen erst einmal auf dem Schlauch, aber Lutz ließ uns nicht lange zappeln. Dass die in Australien mitten im Winter picknicken können, hätte natürlich mit ihrer Lage auf dem Globus zu tun, also mit den Breitengraden, die ja bekanntermaßen für die Jahreszeiten verantwortlich sind. Von den Breitengraden sei es dann ein gedanklicher Katzensprung zu den Längengraden gewesen, also zu den …?

»Zeitzonen!« hatte Tom gerufen und dabei so einen Her-mit-dem-Fleißkärtchen-Blick in die Runde geworfen. Der Plan war ebenso einfach wie genial, heute erst weiß ich, wie genial er wirklich war, aber immer der Reihe nach.

Die Idee war, mehrfach Silvester zu feiern, uns vom Osten des Globus aus an seinen Längengraden in Etappen vorzuarbeiten. Lutz hatte die Stationen und die dazugehörigen Zeitzonen schon sorgfältig vorbereitet. Der Startpunkt war in Sydney. Da dort bereits zehn Stunden früher als hier aufs neue Jahr angestoßen wird, würden wir uns eben um vierzehn Uhr unserer Zeitrechnung treffen, um gemeinsam mit unseren Antipoden zu feiern. Dann ginge die Reise über Tokio um sechzehn und Peking um siebzehn Uhr nach Mumbai, wo wir um neunzehn Uhr ankommen würden. Exakt zwei Stunden später würden wir von dort aufbrechen und uns über einen kleinen geheimnisvollen Zwischenstopp um halb zehn schnurstracks nach Moskau begeben, wo wir Punkt 22 Uhr ankämen, um dort ganz entspannt bis Mitternacht unserer Zeitrechnung zu feiern. Jeder von uns sollte wenigstens einen Raum seiner Wohnung entsprechend der Station, die ihm per Los zugeteilt würde, möglichst fantasievoll umdekorieren und sich Gedanken über ein kleines Unterhaltungsprogramm machen. Da wir alle in der Innenstadt wohnten, sei das vom Timing her kein Problem, wir hätten keine weiten Wege, ein abwechlungsreiches zehnstündiges Silvester und zwischendrin immer wieder kleine Spaziergänge an der frischen Luft. Wir waren begeistert und den restlichen Dezember hindurch voll im Weltreisefieber, mehr noch, wir explodierten vor Ideen.

*

Meine Begeisterung ist abgekühlt – im wahrsten Sinne des Wortes. Glauben Sie mir, wenn man eine Weile lang tot ist, kommt man zur Ruhe. Sogar die Wut fühlt sich mit der Zeit so an, als wäre sie runtergedimmt, wohltemperiert, sie schwingt nur noch ganz leise nach wie ein Ton, der sich entfernt und dann verschwindet. Es hat mir nichts mehr bedeutet, als sie meinen Körper in den Wagen gehoben und in die Gerichtsmedizin abtransportiert haben. Die Leute tun nur ihre Arbeit, sind wahrscheinlich froh, dass sie überhaupt Arbeit haben, ist heutzutage ja alles andere als selbstverständlich. Das, was ich mal war, wird in den nächsten Tagen bestimmt noch einige Menschen beschäftigen. Das ist gut. Wer keine Beschäftigung hat, beginnt, sich in immer enger werdenden Kreisen um sich selbst zu drehen und bitter oder bös zu werden.

*

Nur weil ich mit Lutz auf Wolke sieben schwebte, heißt das nicht, das letzte Jahr wäre für alle anderen Budies ebenfalls eitel Sonnenschein gewesen. Als zwei von den Verlagen, für die Kathrin gearbeitet hatte, kurz hintereinander Konkurs anmelden mussten, wurde es für Kathrin natürlich auch eng, ebenso für Thomas und Sabine mit ihrer kleinen Druckerei. Ihre Außenstände konnten sie abschreiben, das Geld hatte sich einfach aufgelöst wie ein Pusteblumenfeld nach dem Sturm. Um die Raten für ihre Eigentumswohnung in der Rosenstraße abzahlen zu können, musste Thomas bei einer Zeitarbeitsfirma anheuern und für sechs Euro als Lagerarbeiter schuften. Das muss man sich mal vorstellen, von der Selbstständigkeit zum Lohnsklaven im ungebremsten Fall, während Sabine die verbleibenden Druckaufträge nur mit Hängen und Würgen schaffte, wodurch weitere Kunden verloren gingen. Natürlich konnten sich die Budies nicht mehr so oft treffen wie früher, und wenn, dann war die Stimmung immer etwas eingedunkelt, müde und verdruckst. Manchmal hat schon ein einziges Wort genügt, um sie vollkommen kippen zu lassen. Als Tom und Kathrin dann auch noch mit dem Schnaps anfingen, war alles zu spät. Wenn es wenigstens nicht dieser Fusel gewesen wäre und vor allem nicht in diesen Mengen, aber die beiden hatten sich ausgerechnet auf diesen dunkelbraunen Kräuterschnaps eingeschossen, den es an der Kasse beim Discounter oder an der Tankstelle gibt. »Wir Hartz IV!« war ihr neuer Trinkspruch, und er kam oft an unseren Abenden. Alle sollten mitmachen und Hartz IV spielen, jeder sollte fühlen, wie es ist, nach unten zu rauschen. Ich vertrug das Zeug nicht, mir wurde schon vom Geruch übel, ich bekam sofort einen heißen Kopf, fing an zu schwitzen, aber ich wollte nicht *die da oben* sein. Schön blöd, denn »da unten« gab es immer öfter üble Szenen. Einmal, die beiden waren schon reichlich hinüber, hat Tom seiner Frau vor versammelter Mannschaft eine runtergehauen – paff, einfach so, wegen irgendeiner Lappalie. Beinahe hätte das in einer Schlägerei geendet, weil Lutz sich an diesem Tag zum Frauenverteidiger berufen fühlte und auch schon einiges intus hatte. Als Georg schlichten wollte, hielt Lutz aber plötzlich zu Tom – *ihr da oben, wir da unten.* Warum sie Annette nie ins Visier genommen haben? Keine Ahnung, vielleicht weil Nachhilfelehrer bei ihnen auch irgendwie unter Hartz IV verbucht wurden, und Ines und Andreas kamen eh nur noch sporadisch, waren an diesem Abend nicht dabei. Georg, Annette und ich hatten uns nach der Szene mit der Ohrfeige ziemlich bald verabschiedet, Lutz wollte unbedingt noch bleiben – ich war stinksauer und fühlte mich von ihm im Stich gelassen. Wäre ich damals auch geblieben, hätte ich gewusst, dass Lutz seine Silvesteridee nicht beim *Picknick am Valentinstag* bekommen hatte, sondern beim Saufen von braunem Kräuterfusel am Küchentisch von Tom und Sabine. Und ich hätte auch gewusst, dass es gar nicht darum ging, die angeschlagenen Budies durch ein hübsches kleines Abenteuer zum Jahreswechsel wieder aufzumöbeln.

*

Man fühlt nichts mehr, wenn man tot ist – sagte ich das schon? Das Fühlen wird nach und nach durch Wissen ersetzt, das sich langsam zu einem allumfassenden Begreifen verdichtet. Es ist bedauerlich, diesen Zustand erst zu erleben, nachdem man diese ganz bestimmte Grenze überschritten hat. Kann man dann überhaupt noch von erleben sprechen? Könnte ich mich jetzt auf Augenhöhe mit einem Zenmönch oder einem indischen Guru unterhalten? Egal, ich schweife ab, wollte Ihnen ja noch von unserem Silvester erzählen, meinem letzten, das hier auf dieser Bank beim alten Ponystall enden sollte.

*

Im Vorfeld von »Fürth global« gab es einen kleinen Streit, was daran lag, dass die Zeitzonen von Tokio und Peking sehr nah beieinander liegen, nur eine Stunde Differenz. Ich hatte beim Auslosen Tokio erwischt, die zweite Etappe auf unserer »Weltreise«, und wusste, es würde stressig werden, wenn ich als Gastgeberin der japanischen Silvesterfeier nur sechzig Minuten zur Verfügung hatte. Außerdem stand ich in meinem Job sowieso schon unter Dampf, wie jedes Jahr um diese Zeit wegen der Spielwarenmesse im Februar. Also versuchte ich Kathrin, die für China zuständig war, davon zu überzeugen, wenigstens eine halbe Stunde weiter nach Westen zu rutschen – immerhin besteht China ja nicht nur aus Peking – was sie aber mit der Begründung ablehnte, gerade sie als Timingbeauftragte sei verpflichtet, es auch einzuhalten. *Timingbeauftragte*, das kann man wohl sagen! Von Lutz bekam ich keine Rückendeckung, ganz im Gegenteil, er beharrte darauf, seinen Plan genau so umzusetzen wie er war, schließlich hätte er sich nicht den Kopf zerbrechen müssen, wenn ich hinterher alles über den Haufen werfe. Natürlich hab ich ihm eine kleine Szene gemacht, weil er erstens schon bei der Planung hätte merken müssen, dass es eine Station auf der Reise gibt, die nur halb so lang dauert wie alle anderen, und weil er zweitens so offensichtlich zu seiner Cousine hielt. Ich ärgerte mich auch darüber, dass Lutz das japanische Silvester nicht zusammen mit mir ausrichten wollte, immerhin verbrachte er seit Monaten weitaus mehr Zeit in meiner Wohnung als in seiner eigenen, aber er bestand auf dieser »Überraschungsstation« zwischen Mumbai und Moskau, die er für sich selbst reserviert hatte und über die er nichts verraten wollte. Wie verhält man sich in so einem Fall – was hätten Sie an meiner Stelle getan? Sicher, ich hätte mich zurückziehen, die Station Tokio ausfallen und die Freunde hängen lassen können – wäre eine vernünftige Entscheidung gewesen – aber wie vernünftig ist man, wenn man verliebt ist? Und dann noch diese spezielle Zeit – kurz vor Weihnachten und Jahreswechsel sind doch die meisten Menschen etwas dünnhäutig, anlehnungsbedürftig, sentimental. Ich wollte keinen Streit mit Lutz und keinen mit meiner Freundin Kathrin, wollte, dass die Budies wieder zu dem würden, was sie mal waren. Also hab ich die Zähne zusammengebissen und versucht, das Beste aus der Situation zu machen, was gar nicht so einfach war.

Die Sushi-Lieferdienste fuhren an Silvester entweder gar nicht oder erst ab 17 Uhr, das war viel zu spät für mich. Um Sushi selber zu machen, fehlte mir die Zeit und das handwerkliche Talent, also speckte ich meine Ideen ab. Reiscracker, Wasabinüsse und Jasmintee fürs leibliche Wohl, und für die Atmosphäre zenbuddhistische Rohrflötenmusik von CD und Räucherstäbchen mit dem Duft von Kirschblüten. Mein Unterhaltungsprogramm würde aus Nichts bestehen, und das wortwörtlich. Ein ausgeräumtes Zimmer, Reisstrohmatten auf dem Boden, Reispapierlampen und ein Bonsai, dazu ich in einem geliehenen Kimono, fertig. Immer noch genug Organisation, aber viel weniger als das, was ich gern gemacht hätte. Immerhin half Lutz mir am 30. Dezember, mein Wohnzimmer auszuräumen und zu dekorieren – und: Juhu!, er blieb über Nacht, seit langem endlich mal wieder. Es lief nicht mehr gut zwischen uns seit der Sache bei Tom und Sabine. Lutz schien distanziert und genervt, wenn wir uns, selten genug, trafen, und sogar am Telefon schien er mich abwimmeln zu wollen. Ich würde in letzter Zeit so eine Gereiztheit ausstrahlen, hatte er auf meine Frage gemeint, und außerdem sei er gerade im »Flow«, könne sich an den langen Winterabenden besser auf seinen Krimi konzentrieren. Umso glücklicher war ich doofe, kleine Springmaus, als er sich anbot, mir beim Räumen zu helfen, und auch sonst wie früher wirkte. Er hatte sogar zwei Flaschen Champagner mitgebracht – »für unsere ganz intime Silvester-Vorfeier, meine Kleine!« Als er dann auch noch gegen Mitternacht einen Rosenstrauß reinschleppte, den er im Treppenhaus versteckt hatte, sanken all meine Ahnungen, meine Zweifel an ihm und die bösen Vorzeichen, die ich darin zu entdecken geglaubt hatte, wie dicke, weiche Schneeflocken zu Boden. Noch später – es war schon sehr spät, wir lagen ineinander gekuschelt auf dem Bett – flüsterte er mir diese Idee von der siebten Station ins Ohr, und ich glaubte mich wieder im Frühling. Sagte ich schon, dass ich Alkohol nicht besonders gut vertrage?

*

Wir hatten uns in Erinnerung an den unseligen Schnapsabend versprochen, vor neun Uhr abends keinen Alkohol zu trinken, damit unsere Weltreise durch Fürth nicht schon an der ersten Station steckenbliebe, und wir haben uns daran gehalten. Zur australischen Silvesterparty bei Thomas und Sabine gab es Softdrinks und Fruchtpunsch zu Grillwürstchen und Karaoke. Die beiden hatten sich wirklich Mühe gegeben, ihre Küche und den Balkon davor in eine Strandbar zu verwandeln. Zwei Sonnenschirme waren aufgebaut, von der Decke baumelten schillernde Cellophanfische und Krabben, zwei Wände waren mit einer selbst gedruckten Fototapete bespannt – Meerblick mit Strand und Palmen. Die Männer wechselten sich heldenhaft beim Würstchenwenden ab, denn der Grill stand auf dem

Balkon und draußen herrschten schon am frühen Nachmittag bittere Minusgrade unter einem eisblauen Himmel. Drinnen feierten wir Beachparty, sangen zu Playbacks von Elvis und den Beatles und hatten rundum gute Laune. Existenzängste und Streiterei, die ganzen dunklen Wolken der letzten Monate, waren wie weggeblasen – das nächste Jahr würde gut werden, alles würde wieder gut werden.

Ich musste Sydney eine Viertelstunde vor den anderen verlassen, damit ich sie in Tokio rechtzeitig um sechzehn Uhr und angemessen begrüßen konnte, alles klappte wunderbar. Bei Kathrin in Peking gab es süßsaure Suppe und dazu Videoausschnitte von Pekingopern, weiß der Teufel, wo sie die aufgetrieben hatte. Anschließend ließen wir es vor ihrem Haus in der Wasserstraße zum ersten Mal ordentlich krachen – Chinaböller, logisch. In der Marienstraße warteten schon Ines und Andreas in ihrem »magischen Indien« auf uns, um uns die Zukunft aus der Hand zu lesen. Wir tranken heißen Yogitee mit Milch und knabberten frittiertes Gemüse. Irgendwann verschwand Lutz, und wir folgten ihm etwas später, gespannt darauf, was uns auf der Überraschungsstation erwarten würde.

Es war ein eiskaltes, düsteres Infernal aus stampfendem Heavy Metal und Stroboskoplicht. Die Fenster zu seiner ebenerdigen, winzigen Wohnung standen sperrangelweit offen, schlotternd tranken wir heißes Wasser und aßen feuchtes Brot – wir waren in Stalingrad eine halbe Stunde vor Moskau. Er hatte eine gute Show hingelegt, das kann man nicht anders sagen, die brachiale Musik, das zuckende Licht, die eisige Kälte – nicht nur ich fühlte mich unwohl. Wer dann die Wodkaflasche herumgehen ließ, weiß ich nicht, in der irrsinnigen Beleuchtung war alles nur schemenhaft zu erkennen. Wahrscheinlich war es Lutz, vielleicht auch Tom oder Kathrin, ist aber auch egal, ich trank mit und war froh, dass mir augenblicklich wärmer wurde. Als wir schließlich bei Georg und Annette in Moskau landeten, glühte mein Kopf, und ich fühlte mich wunderbar benebelt. Lutz war unglaublich charmant, bemühte sich rührend um mich, holte mir Soljanka, eingelegtes Gemüse und schenkte gelegentlich Wein nach – »nicht zu viel, meine Süße, wir haben ja schließlich noch etwas vor!«, dabei hat er mich zärtlich in den Hals gebissen, »wir machen doch noch Station sieben?«

Er hatte alles im Griff, hatte alles vorbereitet: die Tüte mit der Kapitänsmütze, der gefüllten Thermoskanne und den zwei Gläsern mit Rollmöpsen. Er musste nur darauf achten, dass bei mir die Balance stimmte, nicht zu viel, nicht zu wenig Alkohol, schließlich sollte ich nicht auf Georgs Sofa einschlafen, sondern noch zum Ponystall finden, nach Island, zur Station sieben. Ich fand die Idee toll, fand es auch lieb von ihm, dass er meine Befürchtungen ernst genommen hatte, es könnte wieder knallen zwischen den Budies, wenn zu viel getrunken und unser ganzes schönes Silvester dadurch ruiniert würde. Also wollten wir für ein gutes Ende sorgen.

Ein gutes Ende, jetzt weiß ich, dass Lutz damit etwas ganz anderes gemeint hat als ich.

*

Wie lang ich auf ihn und die anderen gewartet hab, weiß ich nicht mehr, das gehört zu einem anderen Leben, kalt war es am Anfang, daran erinnere ich mich noch und daran, dass sich mein Zeitgefühl irgendwann aufgelöst hat. Der Grog hat geholfen, hat mich richtig schön aufgeheizt. Erst hab ich nur einen kleinen Schluck getrunken, weil ich eh schon zu viel intus hatte, dann noch einen, dann einen ganzen Becher, dann noch einen. Mir wurde immer wärmer, richtig heiß wurde mir, ich musste den Mantel ausziehen, anschließend den Rollkragenpullover, irgendwann das T-Shirt. Nur die Mütze hab ich immer wieder aufgesetzt, hatte schließlich Station sieben zu betreuen.

Lutz hatte nie vorgehabt, den anderen Bescheid zu sagen, er hatte auch nie vor, selber zu kommen. Er hatte mich bis zum Stadtpark begleitet und den anderen erzählt, er habe mich nach Hause gebracht, weil mir schlecht sei. Kathrin wusste natürlich Bescheid, und ich weiß jetzt Bescheid über sie und Lutz, erwähnte ja schon, dass man in meiner Situation quasi über den Dingen schwebt. Ich war ein Experiment, ein in ihrem Sinne geglücktes Experiment. Er hatte ihr damals am Küchentisch bei Thomas und Sabine Kuriositäten aus einem der Bücher erzählt, die ich ihm zum Geburtstag geschenkt hatte, mysteriöse Todesfälle aus Sicht eines Gerichtsmediziners. Unter anderem auch von den beiden nackten Pennern unter der Eisenbahnbrücke, bei denen ein junger Ermittler zunächst ein Gewaltverbrechen vermutete, aber schnell eines Besseren belehrt wurde, denn es sei überhaupt nicht ungewöhnlich, dass Betrunkene sich mitten im Winter ausziehen und erfrieren – die Menschen bilden sich einfach nur ein zu schwitzen. Ein erfahrener Mediziner weiß das, sucht oft nicht mal mehr nach k.o.-Tropfen, würde auch wenig bringen, weil die nach einigen Stunden nicht mehr nachzuweisen sind, das steht auch in dem Buch.

Und dass Lutz jetzt meinen Job in der Agentur hat und Textaufträge an Kathrin vergibt – wer würde Böses dabei denken? Wie sagte Kathrin damals: »Der Käfig wird eng, da werden Menschen zu Ratten!«

Josef Rauch

Der Fall Kopernikus

1

Man kommt auf die seltsamsten Ideen, wenn man dazu verdammt ist, untätig herumzulungern und auf Aufträge zu warten.

Nachdem ich an jenem Tag schon ein paar Stunden mit nichts anderem verbracht hatte, als mir in meinem Privatdetektivbüro den Arsch plattzusitzen, beschloss ich spontan, Gott herauszufordern.

Ich stellte ihm ein Ultimatum: Ich würde nur dann weiterhin glauben, dass Gott tatsächlich existiert und gerecht ist, wenn innerhalb der nächsten fünf Minuten eine Frau mein Büro betrat – eine Klientin, die jung und attraktiv war und mir einen Haufen Geld anbieten würde.

Der Test endete unentschieden.

Tatsächlich geschah das erhoffte Wunder: Kaum hatte ich meinen Wunsch gedanklich formuliert, öffnete sich die Tür, und eine Frau betrat mein Büro.

So weit, so gut.

Bedauerlicherweise war es keine Klientin, sondern meine Vermieterin, sie war nicht jung und attraktiv, sondern alt und fett, und sie würde mir kein Geld anbieten, sondern vielmehr welches verlangen, nämlich die Miete, mit der ich seit mehreren Wochen im Rückstand war.

Ich fragte mich, was dieses Ergebnis in Bezug auf meinen Gottestest zu bedeuten hatte. Ich kam zu dem Fazit, dass Gott zwar existiert, aber ungerecht ist.

Die barsche Stimme meiner Vermieterin riss mich jäh aus meinen religionsphilosophischen Meditationen.

»Herr Marlein, wir müssen reden. Es gibt ein Problem.«

Es gab in der Tat ein Problem. Mein Büro befand sich in einer größeren Besenkammer im ersten Stock über einer Wirtschaft in der Fürther Blumenstraße, und die Besitzerin und Betreiberin dieser Wirtschaft war zugleich meine Vermieterin. Die Miete, die sie für das Zimmer verlangte, befand sich im Taschengeldbereich, aber da ich zahlende Klienten seit Längerem nur noch aus Kriminalromanen kannte, hatte ich auf die Begleichung dieses Rechnungspostens in letzter Zeit notgedrungen verzichtet.

»Jaja, ich weiß. Aber Sie müssen das verstehen. Die Finanzkrise schlägt im Privatdetektivgewerbe voll durch. Die Firmen haben kein Geld mehr, ihre blaumachenden Angestellten überführen zu lassen, die Ehefrauen haben kein Geld mehr, ihre seitenspringenden Ehemänner beschatten zu lassen, und die Rentner haben kein Geld mehr, ihre entlaufenen Haustiere suchen zu lassen. Wovon soll unsereins da noch leben? Sobald die wirtschaftspolitische Gesamtsituation wieder besser wird, bekommen Sie auch wieder Ihre Miete.«

»Miete? Gut, dass Sie mich daran erinnern. Die hätte ich glatt vergessen. Ich bin eigentlich wegen etwas ganz anderem zu Ihnen gekommen.«

Ich biss in meinen Schreibtisch vor Ärger. Hätte ich nur meine Klappe gehalten.

»Aber wir können das eine mit dem anderen verbinden. Wenn Sie die Miete momentan nicht bezahlen können, dann können Sie sie abarbeiten. Ich hätte da einen Job für Sie.«

»Was soll ich machen? Teller waschen?«

»Nein, nein, es handelt sich um einen richtigen Detektivjob. Ich habe einen Auftrag für Sie.«

Meine Mundwinkel fielen nach unten. Ein Auftrag von meiner Vermieterin? Das konnte nichts Gutes bedeuten. Wahrscheinlich sollte ich die Toiletten observieren und herausfinden, wer Klorollen klaut. Oder mich mit der fränkischen Schutzgeldmafia anlegen. Oder überprüfen, ob der Metzger auch kein Gammelfleisch lieferte. Auf jeden Fall würde es etwas Ekelhaftes, Gefährliches oder Unappetitliches sein.

Meine Vermieterin sah sich um, als wolle sie sichergehen, dass uns niemand belauschte, beugte sich näher zu mir heran und schaltete auf Flüsterton.

»Haben Sie schon mal den jungen Mann gesehen, dem ich seit einer Woche das Fremdenzimmer vermietet habe?«

Im ersten Stock über der Wirtschaft gab es insgesamt drei Räume: die frühere Besenkammer am Ende des Ganges, die mir als Büro diente, in der Mitte eine kleine Nasszelle mit Waschbecken und Toilette, und ganz vorne, direkt neben dem Treppenaufgang, ein etwas größeres Zimmer, das die Wirtin als Gästezimmer nutzte. Es war nicht besonders komfortabel, und die Lage mitten in einem grauen Hinterhofviertel in Fürth war nicht gerade massentourismustauglich. Aber dafür war es konkurrenzlos billig, und so wurde es doch immer mal von Leuten angesteuert, die lediglich einen möglichst kostengünstigen Schlafplatz in der Region suchten.

»Nein. Was ist mit ihm? Lassen Sie mich raten: Er raucht, säuft, nimmt Drogen, hat ständig wechselnde Damenbesuche und feiert wilde Orgien.«

Sie schüttelte den Kopf.

»Nein, nichts von alledem. Er hat angegeben, er sei Theologiestudent. Er raucht nicht, trinkt nicht, ist Vegetarier und hat bisher noch nie jemand mit auf sein Zimmer genommen, weder Frauen noch sonst jemanden. Das einzige, woran man merkt, dass er überhaupt da ist, ist, dass er manchmal laut in der Bibel liest.«

»Der fleischgewordene Traum jedes Vermieters: ein abstinent und zölibatär lebender Bibelleser.«

»Er liest aber nicht die normalen Geschichten, die man aus der Bibel kennt, über Jesus oder Moses oder so, sondern immer ganz komische Stellen, so mit Monstern und Drachen und Blut und Feuer und Plagen und Katastrophen und dem Teufel und so.«

»Und das ist Ihr Problem? Dass ein Theologiestudent komische Bibelstellen liest?«

»Nein. Das Problem ist das, was er in sein Tagebuch geschrieben hat. Das macht mir Angst.«

»Woher wissen Sie, was in seinem Tagebuch steht? Hat er das auch laut vorgelesen?«

»Nein, aber ich mache ja sein Zimmer sauber, wenn er frühstückt, und da sieht man gewisse Dinge zwangsläufig.«

»Ja, wenn man zuvor das Tagebuch aus der Schublade genommen hat, in der es sicherlich verwahrt wird, und es durchgeblättert hat, dann sieht man solche Sachen zwangsläufig.«

»Herr Marlein, ich schwöre Ihnen, ich würde so etwas nicht machen, wenn ich mir nicht sicher wäre, dass mit diesem Menschen etwas nicht stimmt. Und was ich gefunden habe, gibt mir recht. Ich habe mir das, was er heute Morgen in sein Tagebuch eingetragen hat, abgeschrieben. Hier, lesen Sie mal!«

Sie überreichte mir einen handbeschriebenen Zettel. Sie hatte eine ziemliche Sauklaue, aber ich konnte den Text trotzdem entziffern:

Nein, wir werden die Schmähungen, Beleidigungen, Herabsetzungen und Entwürdigungen unseres Herrn nicht länger hinnehmen. Heute endlich ist der große Tag gekommen, an dem wir zurückschlagen werden und an dem die Gottlosen unseren heiligen Zorn zu spüren bekommen werden. Heute Nacht wird in Nürnberg der unselige Ort, von dem aus die erste der drei großen Kränkungen Gottes in die Welt verbreitet wurde, dem Erdboden gleichgemacht werden, und alle Gottlosen werden dadurch erfahren, mit welchen Konsequenzen sie künftig rechnen müssen, wenn sie weiterhin versuchen, Gottes großartigen Schöpfungsplan zu demontieren, zu erniedrigen, zu verleugnen.

Ich legte den Zettel auf den Schreibtisch.

»Ziemlich wirres Zeug, aus dem man nicht schlau wird.«

»Aber es enthält doch eine eindeutige Drohung!«

»Wenn Sie wirklich glauben, dass es sich hier um eine Attentatsankündigung handelt, wieso sind Sie dann nicht damit zur Polizei gegangen?«

»Glauben Sie, dass die Polizei mich ernst nehmen würde?«

»Nein. Und warum glauben Sie, dass ich Sie ernst nehmen sollte?«

»Weil Sie mir die Miete schulden.«

»Das ist natürlich ein schlagkräftiges Argument. Und was konkret soll ich machen, damit sie als bezahlt gilt?«

»Ich möchte, dass Sie sicherstellen, dass mein Gast kommende Nacht nichts anstellt. Wenn nichts passiert, wissen wir, dass er harmlos ist, und die Sache ist erledigt. Aber stellen Sie sich vor, heute Nacht würde wirklich etwas passieren. Dann müsste ich mir mein Leben lang Vorwürfe machen, dass ich nichts unternommen habe.«

»Wo ist Ihr Untermieter jetzt?«

»In seinem Zimmer. Er ist nach dem Frühstück weggegangen und vor einer Viertelstunde zurückgekommen.«

»Fein, dann gehen wir mal rüber zu ihm und fragen ihn, und die Sache ist erledigt.«

»Sind Sie verrückt? Dann weiß er ja, dass ich in seinem Tagebuch gestöbert habe. Außerdem wird er uns ja wohl kaum einfach auf die Nase binden, wenn er irgendetwas Verbotenes vorhat. Nein, Sie müssen ihn schon heimlich überwachen.«

Ich runzelte die Stirn. Ich hielt diesen Job für völlig sinnfrei. Ich beschloss, ihn kategorisch abzulehnen.

»Tut mir leid, aber Ihr Verdacht gegen den gläubigen jungen Mann entbehrt jeglicher vernünftigen und realistischen Grundlage. Ihr Auftrag widerspricht damit meinem Berufsethos, und deshalb kann ich ihn bedauerlicherweise nicht ausführen.«

Sie runzelte ebenfalls die Stirn.

»Um nochmal auf Ihre Miete zu sprechen zu kommen, Herr Marlein, wenn Sie sie bis Monatsende nicht bezahlt haben, dann ...«

»Okay, alles klar. Ich habe gerade noch einmal über die ganze Sache nachgedacht und bin zu dem Schluss gekommen, dass Sie natürlich vollkommen recht haben: Einem so schrecklichen Verdacht muss man unbedingt auf den Grund gehen. Ich werde dieses subversive Element von jetzt bis morgen früh observieren.«

Meine Vermieterin nickte zufrieden, murmelte etwas, dass sie wieder hinunter in die Wirtschaft müsse, und verließ mein Büro.

Wie gesagt, es gibt schlagkräftige Argumente, denen man sich nicht entziehen kann. Berufsethos hin oder her, irgendwas muss die Rechnungen bezahlen. Erst kommt das Fressen, dann die Moral. Mein Gott, was war die Welt doch schlecht.

Aber ich hatte sie schließlich nicht erfunden.

2

Die nächsten Stunden arbeitete ich fieberhaft daran, auf zahlungskräftige Klienten zu warten, allerdings ohne Erfolg. Ich spielte mit dem Gedanken, den Gottestest zu wiederholen, kam aber dann zu dem Schluss, dass ich diese Sache nicht überstrapazieren und den alten Herrn nicht zu sehr provozieren sollte, sonst schickte er mir das nächste Mal vielleicht statt meiner Vermieterin einen Mafiakiller.

Was den Auftrag meiner Vermieterin betraf, hatte ich die Tür meines Büros einen Spalt geöffnet, um zu hören, wenn der junge Mann sein Zimmer verließ, aber auch in dieser Richtung tat sich absolut nichts.

Nach einer Weile nahm ich – von Langeweile geplagt und mangels sinnvoller Beschäftigungsalternativen – den Zettel, den meine Vermieterin auf meinem Schreibtisch zurückgelassen hatte, und las den Text noch einmal durch. Ich grübelte über die Bedeutung des Geschriebenen nach, konnte mir aber weiterhin keinen Reim darauf machen. Da ich sowieso nichts Besseres zu tun hatte, beschloss ich zu versuchen, den rätselhaften Inhalt des Textes zu entschlüsseln; vielleicht konnte ich mir dann ja die ganze Beschattungsnummer sparen.

Um Licht ins Dunkel des Textes zu bringen, musste ich in erster Linie die Schlüsselfrage beantworten, die ganz eindeutig lautete: Was zum Teufel meinte der Typ mit den geheimnisvollen »drei großen Kränkungen Gottes«?

Vielleicht konnte mir ja das große neuzeitliche Informations-Wunderhorn bei der Beantwortung dieser Frage weiterhelfen. Also schaltete ich meinen Computer an, ging ins Internet und gab »die drei großen Kränkungen Gottes« in eine der üblichen Suchmaschinen ein. Es erschien eine Reihe von Treffern, darunter sogar ein paar mit dem zusammenhängenden Begriff »die drei großen Kränkungen« – allerdings nicht gefolgt von »Gottes«, sondern von »der Menschheit«.

Ich überlegte, ob »die drei großen Kränkungen der Menschheit«, die es offenbar tatsächlich gab, und »die drei großen Kränkungen Gottes«, die der Theologieknabe ersonnen hatte, etwas miteinander zu tun haben könnten.

Um das herauszufinden, klickte ich einen der Treffer an.

Die drei großen Kränkungen der Menschheit

Den Begriff der »Kränkungen der Menschheit« hat der große Psychologe Sigmund Freud erfunden. Er bezeichnet damit drei bestimmte Ereignisse in der jüngeren Geschichte, die seiner Meinung nach aus psychoanalytischer Sicht das Selbstbewusstsein der Menschheit zutiefst erschüttert und traumatisiert haben.

Als dritte, empfindlichste und erschütterndste Kränkung sah Freud dabei seine ureigene Entdeckung an: Dass das menschliche Denken nämlich nicht – wie zuvor immer angenommen – allein auf Vernunft, Bewusstsein und freiem Willen basiert, sondern vielmehr meistens von dunklen, unbewussten Trieben bestimmt und gelenkt wird. Der Mensch ist also nach Freuds Überzeugung nicht einmal Herr im eigenen Haus, sprich in seinem Gehirn, sondern ein Abhängiger und Gefangener des triebgesteuerten Es, seines Un- und Unterbewusstseins.

Vorangegangen war laut Freud die zweite große Kränkung, die der berühmte Biologe Charles Darwin der Menschheit zugefügt hatte. Seine Evolutionstheorie behauptet, dass der Mensch nicht die von Gott geschaffene Krone der Schöpfung ist, für die er sich nicht zuletzt wegen der biblischen Schöpfungsgeschichte immer hielt, sondern nur ein zufällig entstandenes, von einer Affenart abstammendes, aufrecht gehendes Tier.

Begonnen hatte das ganze Dilemma nach Freuds Ansicht mit der ersten Kränkung durch den legendären Astronomen Nikolaus Kopernikus. Dieser hatte mit seinen Beobachtungen und Berechnungen bewiesen, dass die Erde, zusammen mit diversen anderen Planeten, um die Sonne kreist, und damit als erster die bis dahin selbstverständliche Annahme widerlegt, dass die Erde – und mit ihr der Mensch – der Mittelpunkt des gesamten Universums ist. Kopernikus hat die Welt und die Menschen von ihrer glanzvollen Nummer-1-Position im Zentrum des Kosmos vertrieben.

Das klang doch gar nicht mal schlecht, denn in dem Text wurde Gott zumindest erwähnt. Vielleicht war ja mit den Kränkungen Gottes und den Kränkungen der Menschheit tatsächlich dasselbe gemeint. Ich beschloss, einfach mal mit dieser Arbeitshypothese weiterzuforschen. In dem Tagebucheintrag war von der ersten Kränkung die Rede gewesen und dass diese von Nürnberg ausgegangen sei. Die erste Kränkung der Menschheit stammte von Nikolaus Kopernikus – also musste ich herausfinden, in welcher Verbindung Kopernikus und Nürnberg zueinander standen. Dazu gab ich die Worte »Kopernikus« und »Nürnberg« in die Suchmaschine ein, und tatsächlich spuckte der Computer eine ganze Reihe von Treffern aus. Einige der Ergebnisse bezogen sich auf das Nürnberger Nicolaus-Copernicus-Planetarium, andere auf Geschäfte oder Einrichtungen, die sich in der Kopernikusstraße oder auf dem Kopernikusplatz in

Nürnberg befanden – und dann waren da auch noch ein paar Biografien von Kopernikus, in denen der Begriff »Nürnberg« enthalten war. Ich klickte eine davon an.

Nikolaus Kopernikus (= Nicolaus Copernicus)
Nikolaus Kopernikus (eigentlich: Koppernigk) wurde am 19.02.1473 in Thorn (Polen) geboren. Er studierte Mathematik und Astronomie in Krakau (1491-94), Medizin und Rechtswissenschaft in Bologna und Padua (1496-1503) und promovierte 1503 in Ferrera als Jurist. Danach kehrte er aus Italien zurück in seine polnische Heimat, wurde zunächst Sekretär und Leibarzt des Bischofs von Ermland, Lukas Watzenrode, der auch sein Onkel war, und ab 1510 schließlich Domherr in Frauenburg, wo er am 24.05.1543 auch starb. Berühmt wurde Kopernikus durch seine astronomischen Forschungen, die er stets nur als Privatmann betrieben hatte und die zur Ablösung des geozentrischen (Ptolemäischen) durch das heliozentrische (Kopernikanische) Weltbild führten.

Hauptwerk: »De Revolutionibus Orbium Coelestium« (Nürnberg 1543).

Nürnberg 1543. Jetzt wurde es ja richtig interessant: Dieser Kopernikus hatte also tatsächlich zu Lebzeiten einen Bezug zu Nürnberg gehabt. Ich tippte den mir unverständlichen lateinischen Titel ein, der offenbar etwas mit Nürnberg zu tun hatte. Wiederum erschien eine Reihe von Treffern auf dem Bildschirm, und ich klickte den ersten an.

»De Revolutionibus Orbium Coelestium« (deutsch: Über die Umdrehungen der Himmelskörper) von Nikolaus Kopernikus ist ein Meilenstein der Astronomie und darüber hinaus auch ein Schlüsselwerk der modernen Naturwissenschaft, das die Weltanschauung der gesamten Menschheit veränderte und den Beginn der Neuzeit markierte (»Kopernikanische Wende«).

Kopernikus widerspricht in diesem Buch dem damals geltenden Weltbild des griechischen Astronoms Ptolemäus, nach dem die Erde der stillstehende unbewegliche Mittelpunkt des Weltalls ist, und behauptet stattdessen, dass vielmehr die Sonne dieser feste ruhende Mittelpunkt sei und die Erde nur ein Planet, der zusammen mit mehreren anderen Planeten um die Sonne kreise. Zur Untermauerung dieser revolutionären Behauptung führte er eine ganze Reihe von Tabellen, eigenen Beobachtungen und mathematischen Berechnungen an (bewiesen wurde die Richtigkeit seiner Theorie allerdings erst ein Jahrhundert später durch Galileo Galilei, Johannes Kepler und Isaac Newton).

Kopernikus fasste in »De Revolutionibus Orbium Coelestium« die Erkenntnisse seiner 30-jährigen wissenschaftlichen Arbeit zusammen. Er hatte sein ganzes Leben lang davor zurückgeschreckt, sein Wissen der Allgemeinheit zugänglich zu machen, da er sich einerseits mit seinen Thesen in Widerspruch zur herrschenden Lehrmeinung der Kirche (deren Angestellter und bekennender Angehöriger er ja war) begab und ihm andererseits wohl auch die Tragweite seiner Entdeckung bewusst war (mit seinem neuen Weltsystem riss er die Erde mitsamt ihren Bewohnern aus der bis dahin geglaubten bevorzugten Stellung im Weltall und degradierte den Menschen zum »kosmischen Eckensteher«). Erst kurz vor seinem Tod ließ sich Kopernikus widerwillig zur Veröffentlichung seines Manuskriptes überreden (das später prompt auf dem kirchlichen Index verbotener ketzerischer Schriften landete und erst 300 Jahre nach seinem Erscheinen wieder gestrichen wurde).

Die Erstausgabe von »De Revolutionibus Orbium Coelestium« wurde im März 1543 von Johannes Petreius in Nürnberg gedruckt – zwei Monate, bevor Nikolaus Kopernikus an den Folgen eines Schlaganfalls verstarb.

So langsam wurde die Nürnberg-Spur konkreter, denn nun hatte ich sogar einen Namen. Johannes Petreius hieß also der Nürnberger, der offenbar in diesen Fall verstrickt war. Ihn musste ich näher unter die Lupe nehmen. Ich gab seinen Namen in die Suchmaschine ein und fand einen Artikel über ihn.

Johannes Petreius (eigentlich: Hans Peterlein) war ein bekannter deutscher Holzschnitzer und Buchdrucker. Er wurde 1497 in Langendorf geboren und studierte in Wittenberg und Basel. 1523 zog er nach Nürnberg, wo er seine eigene Druckerwerkstatt eröffnete. In den Folgejahren veröffentlichte er über 500 Bücher und wurde zu einem der wichtigsten Herausgeber theologischer, juristischer, wissenschaftlicher, mathematischer und auch musikalischer Werke in Deutschland. Johannes Petreius starb 1550 in Nürnberg und liegt auf dem dortigen Johannisfriedhof begraben, wo sich seine Grabplatte bis heute erhalten hat. Ebenfalls noch erhalten (und bewohnt) ist das Haus, in dem Petreius lebte und arbeitete. An dem Gebäude in der Oberen Schmiedsgasse 10 in Nürnberg ist eine Gedenktafel angebracht, die an seinen größten verlegerischen Coup erinnert; die Inschrift lautet: »In diesem Haus druckte 1543 Johann Petreius das Werk ›De Revolutionibus Orbium Coelestium‹ des Nikolaus Kopernikus«.

Ich starrte mit offenem Mund auf den Bildschirm. Was ich zunächst für groben Unfug gehalten hatte, ergab nun plötzlich einen erstaunlich klaren – und erschreckenden – Sinn. Ich griff erneut nach dem Zettel meiner Vermieterin, und meine Hand zitterte leicht dabei.

Heute Nacht wird in Nürnberg der unselige Ort, von dem aus die erste der drei großen Kränkungen Gottes in die Welt verbreitet wurde, dem Erdboden gleichgemacht werden.

Nun lagen die Zusammenhänge offen zutage: Die erste der drei großen Kränkungen stammte von Nikolaus Kopernikus; Kopernikus hatte diese Kränkung in dem Buch »De Revolutionibus Orbium Coelestium« formuliert; »De Revolutionibus Orbium Coelestium« war in Nürnberg von Johannes Petreius gedruckt worden; Petreius' Druckerwerkstatt befand sich in einem Haus in der Oberen Schmiedsgasse 10 in Nürnberg; dieses Haus war der Ort, vom dem aus die Kopernikanische

Kränkung in die Welt verbreitet wurde; und dieser Ort sollte dem Erdboden gleichgemacht werden.

Ich schnaufte einmal tief durch.

Dann schaltete ich den Computer aus, holte die Artillerie aus meiner Schreibtischschublade und stand auf.

Es war Zeit, meinem Zimmernachbarn einen kleinen Besuch abzustatten.

3

Ich klopfte an die Tür des Fremdenzimmers. Keine Reaktion. Ich klopfte erneut, fester. Nun hörte ich Schritte näherkommen. Die Tür wurde geöffnet, aber nur einen Spalt, der gerade mal so groß war, dass die Nase, der Mund und die Augen eines jungen Mannes zu erkennen waren. Die Augen sahen mich fragend an. Ich lächelte höflich.

»Guten Tag. Ich bin der Qualitätsmanagementbeauftragte dieses Hauses und würde Ihnen gerne kurz ein paar Fragen bezüglich Ihrer Zufriedenheit mit Ihrem Aufenthalt hier bei uns stellen.«

Die Nase wurde gerümpft.

»Ich bin mit allem zufrieden.«

»Das freut mich. Nichtsdestotrotz würde ich gerne den Evaluationsbogen zusammen mit Ihnen ausfüllen. Darf ich eintreten?«

Die Mundwinkel fielen nach unten.

»Im Moment passt es mir gar nicht. Ich bin beschäftigt. Kommen Sie morgen noch mal.«

Er wollte die Tür wieder schließen. Ich schob meinen Fuß in den Spalt und steckte den Lauf meiner Knarre in eines seiner Nasenlöcher.

»Ich will nicht unhöflich erscheinen, aber ich muss leider darauf bestehen, dass Sie mich eintreten lassen.«

Er ließ mich eintreten. Es gibt nur wenige Menschen, die Widerstand leisten, wenn ihnen eine Pistole unter die Nase gehalten wird. Ich mag keine Waffen, aber manchmal erspart einem so ein Ding sinnlose und zeitraubende Diskussionen.

Ich schloss die Tür hinter mir und musterte den Knaben, der sich langsam rückwärts bewegte und mit sichtbarem Unbehagen mein Schießeisen anstarrte. Er war wahrscheinlich Mitte oder Ende zwanzig, wäre vom Styling her aber in jeden Seniorenclub reingekommen. Er trug eine Pilzkopffrisur, die selbst die Beatles zum Friseur getrieben hätte, einen Vollbart für Arme, eine vorsintflutliche Hornbrille und Klamotten, die er wahrscheinlich als Zivi im Altenheim aus dem Kleiderschrank eines verstorbenen Bewohners geklaut hatte. Er war klein und schmächtig und sah so unscheinbar aus, dass man in der Fußgängerzone leicht auf ihn treten konnte, wenn man nicht aufpasste.

Nachdem er sich vom ersten Schreck einigermaßen erholt hatte, funkelte er mich zornig an.

»Qualitätsmanagement! In einer miesen kleinen Absteige wie dieser! Ein ganz schlechter Vorwand.«

Ich grinste.

»Stimmt. Aber nicht schlechter als jeder andere auch. Und vor allem nicht so schlecht, dass er mich nicht in Ihr Zimmer gebracht hätte.«

Ich sah mich im Raum um. Das Fremdenzimmer war nur mit dem Nötigsten möbliert: ein Bett, ein Tisch, ein Stuhl, ein Schrank. Kein Fernsehgerät, kein Radio, kein Bild. Eine geradezu klösterliche Atmosphäre, wie geschaffen für einen Theologiestudenten. Es gab eigentlich nichts Interessantes in dem Zimmer zu entdecken – wenn man davon absah, dass auf dem Tisch wahrscheinlich eine Bombe stand. Ich habe nicht gerade besonders viel Ahnung von Sprengstoffherstellung, aber ich bezweifelte, dass dieses Gebilde aus Behältern, Drähten, Schnüren und Elektronikteilen nur ein harmloser Wettbewerbsbeitrag für »Jugend forscht« war.

Ich forderte den jungen Mann mit einer Geste dazu auf, sich auf das Bett zu setzen, was er auch tat. Ich selbst blieb stehen, die Waffe weiterhin auf ihn gerichtet.

»Sie hatten recht. Sie sind tatsächlich schwer beschäftigt. Tut mir leid, dass ich Sie beim Bombenbasteln gestört habe.«

Ich wartete auf eine Entgegnung des jungen Mannes, aber sein Mund blieb verschlossen. Also redete ich weiter.

»Ich hätte da ein paar Tipps für Sie aus dem Handbuch für Attentäter. Regel Nr. 1: Wenn du einen Anschlag planst, schreibe nicht in deinem Tagebuch darüber. Regel Nr. 2: Wenn du trotzdem in deinem Tagebuch darüber schreibst, achte darauf, dass es sicher ist vor dem Zugriff deiner neugierigen Zimmerwirtin. Sie haben sich nicht an diese beiden elementaren Regeln gehalten, also dürfen Sie sich auch nicht wundern, dass es jetzt nichts wird mit Ihrer bombigen Show.«

Er schüttelte verständnislos den Kopf.

»Ich weiß nicht, wovon Sie reden. Ich soll eine Bombe bauen? Das ist doch absurd.«

»Ob das absurd ist oder nicht, werden die Sprengstoffexperten der Polizei entscheiden, die ich gleich anrufen werde und die sich dann Ihre kleine Bastelarbeit genauer anschauen werden.«

Ich wartete erneut auf eine Reaktion von ihm, doch er schwieg wiederum.

»Aber bevor ich Sie den Bullen übergebe, wollen wir uns noch ein bisschen über Ihre Motive unterhalten. Rein berufliche Neugier meinerseits – ich bin Privatdetektiv, falls ich das noch nicht erwähnt haben sollte. Sie wollen also das Haus in die Luft jagen, in dem Kopernikus' Hauptwerk gedruckt wurde. Soweit ich weiß, wohnen in diesem Haus Menschen. Hätten Sie die denn vorher noch höflich nach draußen gebeten?«

Sein Blick ging ins Leere. Er schien zu überlegen, ob er es weiter mit der Unschuldsengel-Nummer versuchen sollte, kam aber offenbar zu dem Schluss, dass er damit langfristig gesehen sowieso nicht durchkommen würde. Er richtete seinen Blick wieder auf mich.

»Wer an einem Ort der Sünde wohnt, darf sich nicht wundern, wenn ihn das Höllenfeuer verbrennt.«

Dieses plötzliche, unverhohlene, mit fester Stimme vorgetragene Geständnis (denn nichts anderes war ja dieser Satz) jagte mir dann doch einen eiskalten Schauer über den Rücken. Da hatte sich also tatsächlich ein verdammter Terrorist direkt neben meinem Büro eingenistet. Ich umklammerte meine Knarre fester.

»Sie sind also bereit, im Namen Gottes Menschen zu töten.«

»Ich habe kein Problem damit, denn Gott tötet selbst. Denken Sie nur an die Sintflut. Oder an die Geschichte, als er die gesamte Armee des ägyptischen Pharao bei der Verfolgung von Moses im Meer ertränkte. Gott höchstpersönlich vernichtet die Ungläubigen.«

»Wenn ich richtig informiert bin, hat er dieser Praxis aber vor ungefähr 2000 Jahren abgeschworen und ein Familienmitglied auf die Erde geschickt, um verkünden zu lassen, dass man ab sofort seine Feinde lieben soll und dass man auch seine linke Wange hinhalten soll, wenn man auf die rechte geschlagen wurde, und solches Zeug.«

»Ach, hören Sie doch auf. Sie haben doch keine Ahnung von Religion. Man sollte einfach nicht über etwas sprechen, von dem man keine Ahnung hat.«

»Ich kenne immerhin die Zehn Gebote, und die sind ja wohl unmissverständlich, oder? Da gibt's eines, das heißt ›Du sollst nicht töten‹; das Gebot ›Du sollst Sprengstoffanschläge verüben und unschuldige Menschen ermorden‹ ist mir hingegen unbekannt.«

»Offenbar sind Ihnen auch die ersten drei Gebote unbekannt. Sie handeln davon, dass wir Gott achten und ehren sollen. Und deshalb dürfen wir die drei großen Kränkungen Gottes nicht einfach so hinnehmen.«

»Die einzige echte Kränkung Gottes besteht darin, in seinem Namen Gewalttaten zu begehen. Außerdem: Was labern Sie da eigentlich immer von den Kränkungen Gottes? Es handelt sich doch vielmehr um die drei großen Kränkungen der Menschheit!«

»Gott hat den Menschen als sein Ebenbild und als Krone der Schöpfung geschaffen. Wer den Menschen kränkt, wer Gottes Ebenbild zu einem triebgesteuerten haarlosen Affen auf einer bedeutungslosen Steinkugel am Rande des Universums degradiert, der kränkt damit auch Gott selbst.«

»Aber Kopernikus, Darwin und Freud haben ja keine Lügen verbreitet, sondern Realitäten herausgefunden, die mittlerweile auch jeder Gläubige anerkennt. Sie können die Wahrheit doch nicht wegbomben!«

»Wahrheit? Realitäten? Da sind Sie aber schlecht informiert. Freuds spekulative Fantastereien sind, wie alle anderen Modelle der Psyche auch, durch nichts, aber auch gar nichts beweisbar; was Freud ›Es‹ nennt, können genauso gut auch die Einflüsterungen des Teufels sein. Darwins Evolutionstheorie ist voller Widersprüche und Unstimmigkeiten; man hat sie mittlerweile als fehlerhaftes und unglaubwürdiges Konstrukt entlarvt, das heutzutage kein seriöser Wissenschaftler mehr für bare Münze nimmt. Und Kopernikus mag recht damit gehabt haben, dass die Erde um die Sonne kreist. Aber warum sollte sie nicht trotzdem im Mittelpunkt der Schöpfung stehen? Wo soll er denn sein, der Mittelpunkt der Welt? Wo sonst noch im riesigen Universum hat man bisher Leben gefunden? Nein, nein – Freud, Darwin und Kopernikus haben keine Wahrheiten herausgefunden. Sie sind nichts weiter als gottlose Bastarde, die versucht haben, den Schöpfer zu verleugnen und sein wundervolles Werk zu diffamieren. Ich tue nur meine heilige Pflicht, wenn ich die Menschheit über die Irrtümer der Wissenschaft aufkläre.«

»Aufklären? Mit Bomben?«

»Man muss sich Gehör verschaffen, wenn man etwas Wichtiges zu sagen hat.«

»Ich werde Ihnen Gehör verschaffen – vor dem Richter. Dem können Sie Ihren Müll erzählen, ich werde ihn mir auf jeden Fall nicht mehr länger anhören. Wir beide gehen jetzt in mein Büro und rufen unsere Freunde und Helfer an. Los, bewegen Sie Ihren Arsch!«

»Wie wär's, wenn Sie mich vorher noch den Zeitzünder ausschalten lassen? Oder wollen Sie, dass in ein paar Minuten die ganze Spelunke hier in die Luft fliegt?«

Ich schaute unwillkürlich in Richtung Bombe, und genau das hatte der Schweinehund auch gewollt. Er übertölpelte mich mit einem ebenso billigen und uralten Trick wie ich ihn zuvor. Den kurzen Moment der Unachtsamkeit, in dem mein Blick zum Tisch schweifte, nutzte er, um sich gegen meine Beine zu werfen. Ich wurde umgerissen und knallte auf den Boden, wobei mir meine Knarre aus der Hand sprang. Das wäre weiter nicht schlimm gewesen, denn ich hätte dieses Würstchen auch mit reiner Muskelkraft erledigt, aber als ich zum Gegenangriff übergehen und mich auf ihn stürzen wollte, starrte ich in eine Pistolenmündung. Es war ihm gelungen, sich die Waffe zu schnappen, und es sah nicht so aus, als ob er sie mir zurückgeben wollte. Er hatte ein dreckiges Lächeln im Gesicht.

»Tut mir leid. Ich habe nichts gegen Sie persönlich, aber Sie werden sicherlich verstehen, dass ich mir meine göttliche Mission nicht von einem unbedeutenden Schnüffler vermasseln lassen darf. Aber ich werde für Ihre arme Sünder-Seele beten.«

Er zielte auf einen Punkt meines Körpers, an dem sich eine Bleiinjektion wenig gesundheitsfördernd auswirken würde.

Okay. Das war's dann. Ich musste nicht mehr befürchten, dass Gott mir einen Killer schicken könnte – er hatte es bereits getan. Das hatte ich nun also von meinem Versuch, ihn herauszufordern: erschossen von einem kleinen religiösen Spinner, noch dazu mit der eigenen Pistole. Welch tragische Ironie des Schicksals. Ich hatte es nicht weit genug gebracht im Leben, um einen triumphalen Heldentod erwarten zu dürfen, aber so zu enden, war doch ziemlich bitter.

Sein Finger krümmte sich langsam.

Ich schloss die Augen und erwartete den finalen Knall.

Und es knallte.

Immerhin – es tat nicht einmal weh.

Ich wartete noch einen Moment, dann öffnete ich die Augen, um zu sehen, wer mich empfing – der alte Mann mit dem langen, weißen Bart in dem langen, weißen Gewand oder der Typ mit der roten Haut, den schwarzen Haaren, den Hörnern und dem Klumpfuß.

Ich befürchtete, dass es wohl eher der letztere sein würde.

Doch ich täuschte mich.

Vor mir stand allerdings auch kein alter weißbärtiger Mann, sondern vielmehr eine alte dickbäuchige Frau.

Meine Vermieterin hielt eine große Bratpfanne in der Hand und blickte vor ihre Füße, wo der junge Mann regungslos auf dem Boden lag, mit einer blutenden Platzwunde am Hinterkopf.

»Ich habe Radau gehört, da dachte ich, ich sehe mal nach dem Rechten.«

Ich schüttelte missbilligend den Kopf.

»Aber, aber – der junge Mann hatte eine göttliche Mission zu erfüllen. Und Sie durchkreuzen die Pläne des Allmächtigen, indem Sie seinem Agenten eine Bratpfanne über die Rübe ziehen.«

Sie grinste.

»Der junge Mann hat sich geirrt. In Wahrheit bin nämlich ich in göttlicher Mission unterwegs. Oder wollen Sie etwa behaupten, Herr Marlein, dass ich nicht wie ein Engel aussehe?«

Ich musterte sie. Sie trug ein schmuddeliges Kopftuch, unter dem einige fettige Schmalzlocken hervorquollen, eine fleckige Küchenschürze, die kräftig über ihrer Wampe spannte, dreckige orthopädische Stützstrümpfe, die ihre wulstigen Krampfadern nur mühsam im Zaum halten konnten, und ausgelatschte Hausschlappen, in die deformierte große Zehen bereits Löcher gebohrt hatten. Ich nickte anerkennend.

»Sie sehen wie ein echter Erzengel aus.«

Und das war nicht einmal gelogen.

Ich bin bereit, jede Person in den Engelsstand zu heben, die mir gerade das Leben gerettet hat.

Eine Stunde später wimmelte es nur so von Polizisten.

Die Untersuchung des Materials auf dem Tisch ergab, dass die Bombe scharf gewesen wäre und ein ganzes Mehrfamilienhaus in Schutt und Asche hätte legen können.

In den Unterlagen des Studenten wurden Pläne für weitere Bombenanschläge auf die Häuser gefunden, in denen die Erstausgaben von Darwins »Über die Entstehung der Arten« und von Freuds »Das Ich und das Es« gedruckt worden waren. Er wollte seine Masche also tatsächlich konsequent durchziehen.

Wenigstens stellte sich im ersten Verhör heraus, dass er, trotz der »Wir«-Form in seinem Tagebuch, ein isolierter Einzelgänger und Einzeltäter war und keine größere Gruppe hinter seinem Plan steckte.

Nach ein paar Stunden war der ganze Spuk vorbei, und als endlich alle abgezogen waren, saß ich alleine in dem Fremdenzimmer. Die Besitztümer des Studenten hatte die Polizei mitgenommen, sodass das Zimmer jetzt leer war, abgesehen von dem spärlichen Mobiliar. Der einzige Gebrauchsgegenstand, der sich noch im Raum befand, war die übliche Hotelbibel, die auf dem Tisch lag. Ich nahm sie, schlug sie auf und las die erstbeste Stelle. Es passte wie die Faust aufs Auge, dass ich ausgerechnet den Abschnitt erwischte, in dem beschrieben wurde, wie Gott am sechsten Tag die Menschen nach seinem Ebenbild erschuf. Die Erschaffung des Menschen endete mit dem Satz:

Gott sah alles an, was er gemacht hatte, und er sah: Es war sehr gut.

Ich legte die Stirn in Falten.

Ob er immer noch dieser Meinung war, wenn er sah, was manche seiner Ebenbilder in seinem Namen veranstalteten?

Petra Rinkes und Roland Ballwieser

Fünf-Seidla-Steig

»Nach dem Anschwänzen wird die Würze gefiltert.«

»Anschwänzen« – Maike bekam einen Kicheranfall. Die Stimmung der Freundinnen war glänzend. Das *Storchen-Bräu* in Thuisbrunn war schließlich schon die vierte Brauerei auf ihrer Wanderung entlang des Fünf-Seidla-Steigs. In jeder hatten sie ein kräftiges Landbier getrunken. Eine gute Idee, Johannas Junggesellinnenabschied in der »Fränkischen« zu feiern. Aber es fiel ihnen schwer, den Ausführungen des gutaussehenden Braumeisters mit der nötigen Ernsthaftigkeit zu folgen.

»Die Filterung erfolgt nach dem Whirlpool-Prinzip.«

Maike stupste ihre Zwillingsschwester Andrea an.

»Mit dem würde ich gerne mal in den Whirlpool steigen.«

Die Freundinnen brachen in lautes Gelächter aus. Der Braumeister ließ sich davon nicht stören. Er war einiges gewohnt. Die meisten Wanderer hatten Weißenohe, Gräfenberg und Hohenschwärz, die ersten Stationen des Fünf-Seidla-Steigs, bereits hinter sich. Da war keiner mehr nüchtern.

»Durch Zugeben von Wasser stellt man anschließend die gewünschte Stammwürze ein. Dann kommt der Hopfen dazu und alles zusammen wird eine Stunde lang in der Sudpfanne gekocht.«

Maike wurde von Andrea nach vorne geschoben und stand nun direkt vor dem schmucken Braumeister.

Der lächelte sie an.

»Wollen Sie mal einen Blick in die Sudpfanne werfen?«

Er öffnete eine Klappe und machte eine einladende Handbewegung.

»Wir haben ein kleines Exemplar, nur für zwanzig Hektoliter. Da ist nicht genug Platz, um darin eine Party zu feiern«, fügte er augenzwinkernd hinzu.

Maike blickte hinein, wurde kreidebleich, drehte sich um und übergab sich.

*

»Und, was steht in der Zeitung?«

»Nicht viel. Der Besitzer des *Storchen-Bräu* in Thuisbrunn wurde tot aufgefunden. In der Sudpfanne der eigenen Brauerei. Wahrscheinlich erschlagen.«

»Ja – tot aufgefunden – und zwar ausgerechnet von uns! Mensch, Maike! Das ist ein Fingerzeig!«

»Wie? Fingerzeig? Gruselig war das.«

Immer wieder sah Maike in Gedanken den toten Körper in der Sudpfanne. Sie hatte schlecht geschlafen letzte Nacht.

»Ja, schon. Aber das ist doch mal was anderes als diese Mörderspielchen oder Krimidinner. Das hier ist echt! Und wir sind mittendrin! Warum suchen nicht wir den Mörder? Erfahrung haben wir ja genug.«

Andrea deutete auf die Bücherwand, die bis oben hin gefüllt war. Ausschließlich mit Kriminalromanen, vom Agatha-Christie-Klassiker bis zum Frankenkrimi. Zurzeit standen bei den Schwestern skandinavische Thriller hoch im Kurs.

»Du meinst ...«

Andrea nickte heftig.

»Ja, wir beide lösen den Fall. So wie ...«

»... Miss Marple?«

»Nein, eher wie ... wie Lisbeth Salander, ja genau!«

Maike legte den Kopf auf die Seite.

»Ich weiß nicht ... Lisbeth Salander ist ja ziemlich tough, ob wir da mithalten können?«

»Und ob! Oder traust du dich nicht?«

»Klar, trau ich mich. Aber wie sollen wir das anfangen?«

Andrea klappte ihr Netbook auf und googelte »Fünf-Seidla-Steig«.

»Zuerst suchen wir uns eine schöne Pension, am besten in Thuisbrunn selbst. Da hab ich schon eine. *Zum Ochsen.*«

»Warum sollen wir in eine Pension?«

»Damit wir direkt vor Ort sind, Dummerchen. Hier in Nürnberg werden wir den Täter wohl nicht finden. Als Urlauberinnen können wir uns in der Nähe des Tatorts aufhalten, ohne Verdacht zu erregen. Wir plaudern ein bisschen mit den Einheimischen und halten die Augen offen.«

Maike war noch nicht ganz überzeugt.

»Sollten wir das nicht besser der Polizei überlassen? Schließlich ist es ein echter Mord.«

»Eben. So eine Gelegenheit bekommt man nur einmal im Leben. In deiner Tanzschule sind eh gerade Ferien. Und ich habe noch eine Woche alten Urlaub. Mein Chef hat erst letzte Woche gesagt, ich soll den endlich nehmen. Ich ruf gleich mal an.«

Zwei Stunden später waren die beiden Schwestern in Maikes nagelneuem Fiat 500 unterwegs auf der B2 Richtung Norden.

*

»Und, die Damen, zufrieden mit dem Zimmer?«

Der Wirt des *Ochsen* stellte die beiden Radlerhalbe vor Maike ab.

»Danke, Herr Leibl, alles prima. Wir werden sicher einen schönen ... äh ... Urlaub haben.«

Sie wurde ein bisschen rot.

»Na, dann wünsche ich viel Spaß – im Urlaub.«

Maike blickte dem Mann nach. Hatte er sie durchschaut? Im Lügen war sie nie gut gewesen. Andrea war da begabter, aber die war gerade auf der Toilette. Und was hatte der Wirt jetzt mit den Leuten am Stammtisch zu tuscheln? Dauernd schauten sie rüber. Hatte sie jemand wiedererkannt? Schließlich hatte Maike die Leiche entdeckt. Aber da waren nur die Leute aus der Besichtigungsgruppe dabei gewesen, keiner vom Dorf.

Andrea kam wieder. Zum Glück, denn einer der Stammtischbrüder stand auf und setzte sich zu ihnen.

»Ihr seids vo da Zeidungg, gell? Weecha dem Mord, gell?«

Der Mann trug eine Latzhose und gelbe Gummistiefel. Ein eindringlicher Geruch nach Kuhstall ging von ihm aus.

Die Schwestern nickten. Keine schlechte Idee. – Journalistinnen.

»Ihr seids Zwilling, gell? Hobbi glei gseng. I bin nämli a Gscheider, gell?«

Wieder nickten die beiden.

»Edz wer mer berühmd, mir dou in Duisbrunn. Und der Ochsenwird wird widda däi eschde Gneibe am Ordd.«

Der besagte Ochsenwirt legte dem Bauern die Hand auf die Schulter.

»Und edz schleich di, Sebb. Lass däi Leid in Rou. Des sind Damen vo der Schdadd. Däi braung dei bläids Gschmarri ned.«

Entschuldigend wandte er sich an die »Journalistinnen«.

»Geben Sie nichts darauf. Die Leute reden halt gerne.«

Andrea winkte ab.

»Kein Problem, Herr Leibl. Der Mann wollte doch nur nett sein.«

Dann hakte sie nach.

»Was meinte er denn damit, dass der *Ochsenwirt* wieder die erste Wirtschaft am Ort wird?«

»Na ja, die Brauereigaststätten mit ihrem Fünf-Seidla-Steig ziehen die ganzen Wanderer zu sich, und für die anderen Wirtschaften bleibt nicht mehr viel.«

»Auch hier in Thuisbrunn? Gehen jetzt alle zum *Storchen* statt zu Ihnen?«

Der Wirt kratzte sich am Kopf.

»Nein, nein. Ich habe ja die Fremdenzimmer. Da komm ich schon über die Runden. Die Tagesausflügler sind halt weniger geworden. Drüben ist es jedes Wochenende voll. Letztes Jahr habe ich die gefragt, ob ich auch *Storchen-Bier* ausschenken darf, aber die haben abgelehnt. Die Kapazität langt angeblich nur für den Eigenbedarf. Aber ich weiß, dass die inzwischen sogar Nürnberger Getränkemärkte beliefern.«

»*Die*, damit meinen Sie Uli Wagner, den Toten?«

»Ja, den und seine Mutter Anna. Richtig geldgierig sind die geworden. Dabei hätten wir fast mal zusammen -«

Der Wirt unterbrach sich.

»Ich rede zu viel. Hier, die Karte. Sie haben bestimmt Hunger. Probieren Sie doch die Forelle. Frisch geräuchert, aus eigener Zucht.«

*

Die beiden Schwestern unternahmen nach dem Essen noch einen kleinen Verdauungsspaziergang. Dabei freundeten sie sich mit der Wirtshauskatze und ihren drei süßen Jungen an. Maike konnte sich kaum von ihnen trennen.

Zurück im Pensionszimmer holte Andrea sofort ihr Netbook aus der Reisetasche und erstellte ein neues Dokument. »Ermittlungen Thuisbrunn«.

»Was willst du denn aufschreiben? Wir haben doch noch gar nichts herausgefunden, wir Meisterdetektivinnen«, fragte Maike.

Andrea tippte eifrig.

»Die Tarnung als Journalistinnen ist doch schon mal klasse. Morgen hören wir uns dann im Dorf ein bisschen um. Vorsichtig natürlich. Die Polizei soll nicht unbedingt mitkriegen, dass wir hier rumschnüffeln.«

»Und was tippst du da?«

Maike war weit weniger enthusiastisch als ihre Schwester. Sie füllte den Zahnputzbecher mit dem mitgebrachten Rotwein, holte eine Mozartkugel aus ihrem Köfferchen und schaute aus dem Fenster.

»Na, ich schreibe das Protokoll. Das war recht interessant, was dieser Bauer und der Wirt da erzählt haben. Soll ich mal vorlesen, was ich bis jetzt habe?«

Maike antwortete nicht.

»Redest du nicht mehr mit mir?«

»Komm mal schnell ans Fenster, Andi!«

Vom Fenster aus konnte man das *Storchen-Bräu* sehen. Es lag nur ein paar Häuser entfernt auf der anderen Straßenseite.

Ein Auto fuhr auffallend langsam heran und hielt dann direkt vor dem Eingang der Brauereigaststätte.

»Kannst du den Fahrer sehen, Maike?«

»Nein, aber vielleicht steigt er aus?«

Andrea machte mit dem Handy ein Foto.

Die Tür des *Storchen-Bräu* ging auf und im gleichen Augenblick brauste das Auto wieder davon. Die Haustür schloss sich. Mehr konnten die Schwestern nicht erkennen.

»Seltsam, was?«

Andrea boxte Maike begeistert auf den Oberarm.

*

»Der Uli hat immer schon davon geträumt, eine Brauerei zu haben.«

Zum Glück war die alte Frau gleich bereit gewesen, mit Andrea zu reden. Sonst sah sie nämlich weit und breit niemanden im ganzen Dorf.

»Und die Anna, die Mutter vom Uli, war dann auch für die Brauerei, weil ja ihr Großvater, der hat ja auch eine gehabt. Eine kleine zwar und mein Vater, der wo ja der Cousin von dem Uli seinem Großvater seiner Frau war, hat gemeint, besonders hat es nicht geschmeckt, das Bier von der Anna ihrem Großvater.«

Andrea hatte aufgegeben, beim Redefluss der alten Bäuerin mitschreiben zu wollen. Sie musste sich eben so viel wie möglich merken. Die Frau hatte eine Menge zu erzählen. Sie kannte hier alle und jeden.

Andrea versuchte zusammenzufassen.

»Also der Uli Wagner hat vor zehn Jahren die Brauerei eröffnet, und seine Mutter, die Anna, hat ihn unterstützt. Aber sein Bruder Thomas hätte lieber ein Landhotel aus der alten Wirtschaft gemacht. Ist das so richtig?«

Die Alte nickte.

»Ja, weil es war plötzlich Geld da. Sie haben Grund verkauft, wegen der neuen Kreisstraße. Und der Großvater von der Anna hat auch schon eine Brauerei gehabt ...«

»Ja, da wo das Bier nicht besonders geschmeckt hat. Und der Thomas, der ist dann einfach weg?«

Vom Fliederbusch hinter der Bank seilte sich langsam eine Spinne ab und landete auf der rechten Schulter der Bäuerin. Die erzählte weiter.

»So einfach war das nicht. Auszahlen haben sie den Thomas müssen. Da war dann plötzlich das meiste Geld weg, und fast wäre er pleite gegangen, der Uli. Aber die Anna, die hat dann etwas von sich selber dazugegeben, die ist nämlich aus einem Großbauernhof. Ja – und dann hat den Thomas keiner mehr gesehen. Zerstritten waren sie, die Wagner-Brüder. Und die Mutter und der Thomas auch.«

Die Spinne war inzwischen den Ärmel hinuntergekrabbelt, hielt inne, drehte um und arbeitete sich wieder nach oben. Andrea fiel es schwer, sich davon nicht ablenken zu lassen.

»Und weiß man, wo Thomas Wagner sich jetzt aufhält?«

Die Bäuerin zuckte mit den Schultern.

»In Spanien soll er sein, der Thomas. Benni Dom oder so ähnlich. Fragen Sie mal den Peter, der war mal ganz dick mit dem Thomas.«

»Peter?«

»Der Leibls Peter, der Ochsenwirt. Da wohnen Sie doch, oder?«

Andrea nickte.

Die Bäuerin strich ihre Kittelschürze glatt, ordnete die Haare, die unter dem Kopftuch hervorquollen, und setzte sich aufrecht hin.

»Na los, machen Sie schon.«

Andrea sah die Alte fragend an.

»Ein Foto, für die Zeitung. Da will ich dann aber eins haben, gell?«

Andrea öffnete ihre Handtasche, holte das Handy heraus und machte ein Bild, genau in dem Moment, als die Spinne im Kopftuch verschwand.

*

»Allmächd, mich dreht's. Ich muss mich hinlegen.«

Maike ließ sich auf das Bett plumpsen. Sie zog die dicke Daunendecke über sich und war kaum mehr zu sehen.

»Bist du krank? Hast du die Bratwürste zum Abendessen nicht vertragen?«

Andrea setzte sich besorgt neben den Daunenberg.

»Ich bin nicht krank«, kam es etwas dumpf zurück. »Aber während du mit der Dorfjugend Kicker gespielt hast, habe ich den Wirt ausgehorcht.«

»Ja, und? Davon dreht es einen doch nicht.«

Andrea zog ungeduldig die Decke von Maikes Gesicht.

Vorsichtig setzte sich Maike auf.

»Quatsch! Abgefüllt hat er mich mit so einem scharfen Hausbrand. Dauernd auf ex. Ich glaub, der wollte mich testen.«

Andrea zeigte wenig Mitleid.

»Das hältst du schon aus. Also, was hat er denn nun erzählt?«

Maike warf ihrer Schwester einen entrüsteten Blick zu. Sie holte ein zusammengefaltetes Blatt Papier aus ihrer Hosentasche, warf es Andrea auf den Schoß und zog die Decke wieder über sich.

»Lies selbst! Ich habe mitgeschrieben, bin ja schließlich Journalistin, haha. Ich brauche erst mal ein bisschen Schlaf. Gute Nacht.«

Andrea ließ ihre Schwester in Ruhe, stellte den einzigen Stuhl des kleinen Pensionszimmers ans Fenster, zog die Gardine einen Spalt zur Seite, damit ihr auf der anderen Straßenseite nichts entging, und widmete sich dann Maikes Notizen.

Gasthaus zum Ochsen, Dienstag 18.5,. Uhrzeit 22.10 Uhr:
P.L. (Peter Leibl) wollte mit Thomas Wagner (Bruder von Uli Wagner, Toter) ein Landhotel mit Wellnessbereich eröffnen;
vor ca. 10 Jahren; hatten schon Geld in Pläne investiert; U.W. dagegen wollte unbedingt eigene Brauerei; Mutter auf der Seite von U.W. (schon immer Lieblingssohn!); es kam zum Streit zwischen U.W, Mutter und T.W.
T.W. ging nach Spanien; P.L. blieben die Kosten für die Pläne, Architekt etc.
P.L. zeigt Foto von T.W. vor spanischem Restaurant (sieht mehr aus wie Imbissbude)

Andrea klappte das Netbook auf, um Maikes Notizen einzutippen, da sah sie, wie das Auto von gestern Nacht wieder vor dem *Gasthaus zum Storchen* hielt. Diesmal stieg der Fahrer aus, ein Mann, mehr konnte sie auf die Entfernung nicht erkennen. Er ging zum Haus. Die Tür öffnete sich und wurde hinter ihm sofort wieder geschlossen.

»Maike, der Typ ist wieder da!«

Maike rührte sich nicht, nur leise Schnarchgeräusche gab sie von sich.

Gut, sollte sie weiter ihren Rausch ausschlafen.

Andrea nahm ihr Handy und den Hausschlüssel. Sie schlich leise die Treppe hinunter. Das Schleichen war eigentlich unnötig. Der Wirt hatte seine Wohnung in einem Nebengebäude, und sie waren die einzigen Gäste. Aber bei nächtlichen Ermittlungen trampelte man nicht herum, man schlich, das war eben so.

Leise schloss sie die Haustür auf und huschte über die Straße. Ein Fenster des *Gasthauses zum Storchen* war beleuchtet. Sie quetschte sich neben dem Fenster an die Hauswand und versuchte, drinnen etwas zu erkennen. Das war leider unmöglich, weil dicke Vorhänge die Sicht versperrten. Aber hören konnte sie etwas. Eine Frau, wahrscheinlich Anna Wagner, weinte und schimpfte gleichzeitig. Ein Mann, bestimmt der aus dem Auto, brüllte zurück. Leider waren die beiden in einem anderen Zimmer, sodass Andrea kaum etwas verstehen konnte. Jetzt kamen die Stimmen näher. Andrea machte sich möglichst klein.

»Geld, Geld, etwas anderes hast du noch nie von mir gewollt.«

»Was anderes hast du mir auch nie gegeben. ... war nur für den ... da. Ich brauch ...«

Mist, jetzt war wieder kaum etwas zu verstehen.

Die Haustür.

Andrea duckte sich blitzschnell unter einen Busch und konnte gerade noch sehen, wie der Kerl in sein Auto stieg. Als er beim Einsteigen in ihre Richtung schaute, glaubte Andrea, ihr Herz würde stehen bleiben.

Das Auto brauste davon.

Sie wartete noch einige Minuten und schlich sich dann zurück in die Pension.

Ihre Arme waren total verschrammt von dem blöden Busch. Maike schlief immer noch.

*

»Schau mal! Polizei!«

Von ihrem Platz in der Gaststube, direkt am Fenster, hatte Andrea einen guten Blick auf die Straße. Niemand, der ins Dorf hinein- oder herausfuhr, konnte ihr entgehen.

Maike ließ ihr Frühstücksbrötchen fallen.

»Meinst du, die kommen wegen uns?«

»Wieso denn wegen uns? Wir haben doch nichts angestellt.«

»Doch, wir haben uns als Journalistinnen ausgegeben. Ist das nicht Hochstapelung?«

»Das heißt Hochstapelei. Aber wir haben doch gar nichts behauptet, die Leute halten uns einfach dafür.«

»Trotzdem. Bestimmt ist das nicht legal. Und wenn die Polizei nun herausfindet, dass wir nach dem Mörder suchen, dann gnade uns Gott.«

Andrea sah das nicht so dramatisch, aber ganz wohl war ihr auch nicht.

»Gut, was sollen wir also tun?«

»Wir gehen ... wandern. Unsere Schuhe haben wir schon an. Eine Wanderkarte habe ich einstecken. Gleich ums Eck ist eine Markierung. Die führt in den Wald. Wenn wir es bis dahin schaffen, ohne dass die Polizei uns sieht, sind wir in Sicherheit.«

Andrea nickte. Es war wirklich das Beste, wenn sie einer Begegnung mit Polizisten aus dem Weg gingen.

Die Zwillinge stellten sich ans Fenster und beobachteten, wie das Polizeiauto beim ersten Haus des Dorfes anhielt. Zwei Beamte klingelten an der Tür. Sie sprachen kurz mit dem Bewohner, zeigten ihm ein Foto und gingen dann zum nächsten Haus. Dort wurden sie hineingebeten. Die Luft war rein.

»Los!«

Andrea öffnete vorsichtig die Tür. Sie winkte Maike, und gerade als die Polizisten wieder aus dem Haus kamen, verschwanden die Schwestern hinter einer Hausecke. Sie folgten der Markierung mit dem roten Strich und waren nach 100 Metern im Wald verschwunden. Dort hielten sie erst einmal inne.

»Geschafft.«

Maike setzte sich auf einen Baumstumpf und faltete die Wanderkarte auseinander.

Andrea machte ein nachdenkliches Gesicht.

»Was die Polizei wohl wollte? Die klappern das ganze Dorf ab. Die suchen jemanden. Aber wen?«

Am liebsten wäre sie wieder zurückgegangen.

Maike faltete die Wanderkarte zusammen.

»Das werden wir bestimmt erfahren, wenn wir zurück sind. Jetzt wandern wir erst mal nach Gräfenberg. Schließlich fehlt uns noch der *Bergschlösschen-Biergarten*. Bei Johannas Abschiedstour sind wir nicht dazu gekommen. Das holen wir jetzt nach. Wenn wir schon mal hier sind.«

Der Fünf-Seidla-Steig war als Rundweg angelegt. Die fünfte Brauerei war wieder in Gräfenberg, wo die meisten Wanderer vor der Rückfahrt mehr als eine Halbe tranken und so leicht auf eine Sechs- oder Sieben-Seidla-Wanderung kamen.

Das Wetter war schön und die Landschaft so lieblich, dass die Zwillinge für eine ganze Weile ihre kriminalistische Mission vergaßen. Als sie in Gräfenberg ankamen, hatten sie eine ziemlich trockene Kehle.

Andrea suchte hektisch ihre Hosentaschen ab.

»Hast du Geld dabei? Ich nämlich nicht.«

»Geld?«

Maike schüttelte den Kopf. Die Schwestern sahen sich an und stöhnten.

Sie wollten sich schon auf einen höchst durstigen Rückweg machen, da zog Maike aus einer kleinen Reißverschlusstasche an ihrem rechten Hosenbein einen zerknüllten Zwanzig-Euro-Schein. Sie hielt ihn triumphierend in die Luft.

»Der sieht aus, als hättest du ihn schon mal mitgewaschen!«

»Egal! Rettung in letzter Not!«

Die Aussicht vom *Bergschlösschen* war grandios, das Bier süffig, und die Brotzeitplatte reichte locker für beide.

So gestärkt wollten sie jetzt doch möglichst schnell zurück. Sie mussten herausfinden, was es Neues gab.

Damit sie rascher nach Thuisbrunn kamen, nahmen sie

eine Abkürzung durch das Schotterwerk. Das war zwar strengstens verboten, wie auf mehreren Schildern zu lesen war, aber egal. Die Arbeiter hatten schon Feierabend gemacht. Wer sollte sie da sehen? Ein bisschen unheimlich war das ja schon hier. Neben dem Weg ging es ganz schön tief runter. Und dann diese riesigen Förderbänder. Wie in einem Science-Fiction-Film.

»Ach igitt, was ist das denn?«

Andrea stampfte mit dem Fuß auf. Sie war in irgendeine gelbe Flüssigkeit getreten, ihr ganzer linker Schuh war voll davon. Sah giftig aus, das Zeug. Hoffentlich ging das wieder ab.

»Komm jetzt. Schauen wir, dass wir hier wegkommen!«

Maike war dieser Steinbruch nicht geheuer.

Als sie Thuisbrunn erreichten, saß die alte Bäuerin wieder auf ihrer Bank vor dem Fliederbusch.

»Allmächd, Sie gibt es ja doppelt! Mit welcher von Ihnen hab ich jetzt gesprochen gestern? – Egal!«

Sie machte eine ungeduldige Handbewegung.

»Sie haben die Polizei verpasst, wissen Sie das?«

Die Bäuerin sah die beiden Journalistinnen streng an. Offensichtlich störte sie sich an der etwas laschen Pflichtauffassung der beiden. Gingen wandern, wo sie doch zum Arbeiten hier waren.

»Also passen Sie auf! Der Thomas Wagner soll den Uli umgebracht haben. Ja, da schauen Sie? Der ist nämlich hier gesehen worden und gar nicht in Spanien. Die Polizei sucht jetzt nach ihm. Sie glauben, dass er Geld hat haben wollen von dem Uli.«

Die alte Bäuerin stand eilig auf.

»Und jetzt geh ich schnell rein, weil es wird bald dunkel, und vielleicht schleicht der hier rum und will uns alle ermorden. Ich wollt Sie nur informieren. Und vergessen Sie fei das Foto nicht von mir in der Zeitung.«

*

Frisch geduscht und hungrig saßen die Schwestern in der Gaststube und warteten auf ihr Abendessen. Heute war Ruhetag, deshalb waren sie die einzigen Gäste.

»Herr Leibl, was sagen Sie denn zu der Sache? Thomas Wagner hat seinen eigenen Bruder erschlagen! Und alle dachten, der ist in Spanien.«

Der Wirt stellte zwei Apfelschorlen auf den Tisch.

»Steckt man ja nicht drin in so einem Menschen. Ist wohl nicht gut gelaufen in Benidorm, und wenn einer Geld braucht, und ihm steht das Wasser bis zum Hals ...«

Andrea nickte. Habsucht. Ein typisches Motiv.

Maike war nicht so überzeugt.

»Aber den eigenen Bruder erschlagen. Wegen ein paar tausend Euro! Außerdem ist er ja nur verdächtig. Jeder gilt als unschuldig ...«

»... bis die Schuld erwiesen ist«, ergänzte Andrea.

Sie blickte auf die kalte Platte, die der Wirt des *Ochsen* vor sie hinstellte. Der zuckte mit den Schultern.

»Am Mittwoch habe ich niemanden in der Küche. Ich hätte Ihnen ja gerne ein Schnitzel gemacht, aber ich muss dringend weg. Nach Egloffstein, zum Metzger. Dafür berechne ich Ihnen für heute nur das Frühstück.«

Leibl griff nach seinen Autoschlüsseln auf dem Tresen.

»Wenn Sie noch etwas zu trinken brauchen, holen Sie es sich einfach selbst. Der Kühlschrank ist unter der Theke! Einfach die Schublade aufziehen. Und schließen Sie bitte die Haustür ab, wenn Sie noch mal weggehen. Schönen Abend noch!«

Die beiden Schwestern begannen zu essen. Andrea schaute aus dem Fenster. »Hm, seltsam.«

»Was ist seltsam?«, fragte Maike.

»Der Leibl fährt in die falsche Richtung. Da links geht's nach Gräfenberg. Egloffstein ist entgegengesetzt. Habe ich auf der Karte gesehen.«

»Vielleicht kennt er eine Abkürzung oder muss vorher noch woanders hin. Du siehst schon Gespenster. Wie wäre es mit einem Weinchen? Wir haben freien Zugang zu allen Getränken. Das nutzen wir jetzt aus!«

Maike ging hinter die Theke, suchte die Weine durch und entschied sich für eine Spätlese aus Mainfranken. Dann nahm sie das Foto von Thomas Wagner von der Wand.

Sie schenkte ein, stieß mit ihrer Schwester an und legte das Bild auf den Tisch.

Andrea prustete und verteilte den guten Wein auf Maikes T-Shirt.

»Sag mal, spinnst du?«

Maike wischte mit der Serviette an sich herum.

Andrea deutete auf das Foto.

»Das ist der Typ, mit dem Anna Wagner gestritten hat. Als du besoffen im Bett lagst. Der Mörder spaziert also die ganze Zeit direkt vor unserer Nase herum.«

»Mein Gott! Und du bist ihm nachgeschlichen. Wenn er dich nun erwischt hätte ...«

Andrea atmete tief durch.

»Er hat sogar einmal in meine Richtung gesehen. Wenn ich da gewusst hätte, dass das der Mörder ist ...«

»... dann hättest du dir in die Hose gemacht. Hätte ich auch.«

Andrea nahm einen großen Schluck Wein. Maike dachte nach.

»Denkst du, der Thomas Wagner weiß, dass er gesucht wird? Es könnte sonst sein ...«

Andrea hätte sich fast wieder verschluckt.

»Du meinst, es könnte sein, dass er heute Nacht wieder hierher kommt?«

Nahezu gleichzeitig stürzten die beiden zur Tür und vergewisserten sich, dass sie fest verschlossen war.

*

Der erste Schreck war überwunden, die zweite Flasche Spätlese schon halb leer und die Zwillinge wieder guter Dinge. Trotzdem hielt Maike am Fenster des Zimmers Wache. Hoffentlich kam der Wirt bald zurück. Mit einem Mann in der Nähe fühlte man sich doch irgendwie sicherer.

Andrea lag auf dem Bett und tippte ins Netbook.

»Brudermord im Brauhaus – wie klingt das?«

»Nicht schlecht. Aber meinst du, die *Nürnberger Nachrichten* drucken das? Einen Artikel, den wir geschrieben haben? Die haben doch selber genügend Leute, die so was können.«

Die Idee war natürlich von Andrea. Einen Artikel über den Mord schreiben. Sozusagen einen Augenzeugenbericht.

»Und ob die das drucken! Wir waren doch von Anfang an dabei. Und bestimmt gibt es ein schönes Honorar.«

Dieses Argument überzeugte Maike.

»Dann sehen wir zu, dass wir schnell fertig werden. Dann ab mit dem Artikel, per E-Mail in die Redaktion. Gut, dass ich letzten Monat den Surf-Stick gekauft habe.«

Brudermord im Brauhaus

Der mysteriöse Mord, der das beschauliche, friedfertige Thuisbrunn bis ins Mark erschütterte, ist endlich aufgeklärt. Offenbar hat Thomas W. seinen Bruder im Streit um Geld erschlagen. Thomas W.s eigene Gastwirtschaft im spanischen Benidorm steht, Ermittlungen der Polizei zufolge, kurz vor dem Bankrott. Wie unsere Reporterinnen vor Ort erfahren haben –

Andrea musste kichern.

Wie unsere Reporterinnen vor Ort erfahren haben, sind die beiden Brüder seit Jahren zerstritten. Was Thomas W. bewog, seinen Bruder zu erschlagen, ist noch nicht abschließend geklärt. Nach Thomas W. wird fieberhaft gefahndet. Sachdienliche Hinweise nimmt jede Polizeidienststelle entgegen. Bericht: Maike und Andrea Zimmermann

Maike nickte anerkennend.

»Gut. – Andi, schau, da kommt der Leibl zurück.«

Sie sah auf die Uhr.

»Der war aber lange beim Metzger.«

Andrea trat zu ihr ans Fenster.

»Vielleicht war er noch bei seiner Freundin. Wenn er eine hat. Oder ... komisch, er stellt das Auto in die Scheune. Sonst hat er es immer draußen stehen lassen. Muss der denn gar nichts ausladen?«

Sie sahen noch, wie der Wirt das Scheunentor schloss und in seinem Wohnhaus verschwand.

Maike hatte für heute genug vom Detektivspielen. Sie zog den Vorhang zu.

»Der wird schon seinen Grund haben. Gehen wir ins Bett.«

*

Sie hatten lange nicht einschlafen können, und so war es schon kurz nach neun, als sie am nächsten Morgen zum Frühstück kamen.

Um halb zehn stürzte die alte Bäuerin in die Gaststube.

»Den Thomas haben sie gefunden. Tot. Im Steinbruch. Runtergesprungen ist er.«

Nach und nach fand sich das ganze Dorf ein. Jeder schien auf die Nachricht hin mindestens einen Schnaps zu brauchen.

»Total zerschmettert ist er. Kaum noch was zu erkennen.«

»Selbstmord, sagt die Polizei.«

»Er hat sich wohl runtergestürzt, weil ihm sein Gewissen keine Ruhe gelassen hat.«

»Die arme Anna! Beide Söhne so zu verlieren!«

Leibl kam kaum mit dem Einschenken nach. Die beiden »Journalistinnen« beachtete keiner. Bis auf einen.

»So, dou schaugder, gell?«

Der Gummistiefelträger. Diesmal roch er nicht so eindringlich nach Mist.

»Dou gäihds ganz schäi ab, in unserm Duisbrunn, gell. Edz wer mer berühmt. Ich mach edz aa Fremdnzimma, bei mir übern Stall. Des schreibns bidde in däi Zaidungg, gell. Rudi Eggloffsteiner, a suu haas i, gell. Servus, däi Damen.«

Er tippte mit dem Finger an die Kappe und gesellte sich wieder zu seinen Freunden. Die diskutierten gerade darüber, wie ein menschlicher Körper nach dem Aufprall aus 20 Meter Höhe aussah.

Maike atmete tief durch.

»Damit ist unsere Mission also beendet.«

»Ja, und so tragisch. Dabei hat es Spaß gemacht, das Detektivspielen. Am Anfang.«

»Wir waren dem Mörder ziemlich nah auf den Fersen. Näher als es mir lieb ist.«

Andrea schlug mit der Faust auf den Tisch.

»Stell dir vor, wir hätten ihn erwischt.«

»Das stell ich mir besser nicht vor. Dann lägen wahrscheinlich wir beide tot im Steinbruch.«

»Unsinn, mit uns beiden zusammen wäre er nicht fertig geworden. Ich hab außerdem immer Pfefferspray dabei.«

Andrea klopfte auf ihre Hosentasche.

»Oho, Sie sind ja gefährlicher, als Sie aussehen.«

Der Wirt hatte die letzten Worte mitbekommen.

»Haben Sie noch einen Wunsch? Ich schließe nämlich in einer halben Stunde und bin erst am Abend wieder da. Ich muss dringend einkaufen. An diesem Wochenende wird hier ziemlich viel los sein.«

Er deutete mit dem Kopf in die volle Gaststube.

Die beiden bestellten noch zwei Apfelschorlen. Leibl komplimentierte nach und nach die anderen Gäste hinaus und kam dann noch einmal an den Tisch der Schwestern.

»Wie lange bleiben Sie eigentlich noch hier? Jetzt, wo der Fall gelöst ist, müssen Sie doch bestimmt zurück in Ihre Redaktion. Für welche Zeitung arbeiten Sie noch mal?«

Maike bekam einen Hustenanfall. Andrea klopfte ihr auf den Rücken.

»Danke, Herr Leibl. Ich denke, wir reisen heute noch ab. Wenn Sie bitte die Rechnung fertig machen.«

»Mach ich. Lassen Sie sich ruhig Zeit beim Packen. Ich muss hier erst mal Ordnung schaffen.«

Überall standen leere Gläser und Flaschen. Die Stühle waren völlig durcheinander, und in der Aufregung war das eine oder andere Bier auf dem Boden gelandet.

*

»So, alles drin.«

Maike war fertig mit Packen.

Andrea blickte vom Netbook auf.

»Ich brauche noch ein bisschen. Ich will den geänderten Artikel für die Zeitung noch fertig schreiben. Der von gestern ist ja nicht mehr aktuell.«

Maike seufzte. Wenn Andrea sich mal was in den Kopf gesetzt hatte, war sie nicht davon abzubringen.

»Und wir waren ein paar Stunden, bevor sich der Thomas Wagner umgebracht hat, in diesem komischen Steinbruch.«

Sie schüttelte sich kurz. Dann nahm sie die Tasche und den Rucksack.

»Ich bring schon mal die Sachen ins Auto. Soll ich deine schmutzigen Schuhe mitnehmen? Das gelbe Zeug ist immer noch dran. Haben wir nicht noch irgendwo eine Plastiktüte? Wir versauen uns sonst den ganzen Kofferraum.«

Sie überließ Andrea ihrer journalistischen Arbeit und ging zum Auto. Gerade verstaute sie das Gepäck im Fiat, als die Katzenmama mit ihren drei Jungen vorbeikam und in der Scheune verschwand. Von denen wollte Maike sich noch verabschieden. Die drei Fellknäuel sahen wirklich zu niedlich aus. In der Scheune war es ziemlich düster und keine Katzenfamilie zu sehen. Vielleicht hatten sie sich unter das Auto des

Ochsenwirtes verzogen. Maike kniete sich neben dem Wagen hin.

»Miez, miez, miez!«

Nichts. Sie stand wieder auf und klopfte sich die staubigen Hosenbeine sauber.

Was war das denn jetzt? Ihre Hände und Knie waren gelb. Dieses komische Zeug aus dem Steinbruch. Wie kam das denn hierher?

Sie sah sich das Auto genauer an. Am rechten Vorderreifen klebte die gelbe Farbe.

Sollte das bedeuten, dass der Ochsenwirt auch in dem Steinbruch gewesen war?

Merkwürdig.

Plötzlich sah sie gar nichts mehr. Die Scheunentür war zugefallen.

Zugefallen?

Konnte die einfach so zufallen?

Maike brach der kalte Schweiß aus. Da hielt ihr jemand von hinten den Mund zu und presste sie grob gegen die Scheunenwand.

Eine schwer atmende Stimme an ihrem Ohr flüsterte.

»Zu viel Neugier ist gefährlich. Beim Herumschnüffeln kann man leicht verunglücken. Da wird deine Schwester aber traurig sein, wenn man dich tot aus der Güllegrube zieht. Ihr hättet hier nicht herkommen sollen.«

Maike versuchte, sich aus dem Griff zu befreien, aber der Ochsenwirt war zu stark.

Er zerrte sie zum Hinterausgang der Scheune.

Andrea sah sich um. Die Autotüren standen sperrangelweit offen und von Maike keine Spur. Vielleicht war sie hinter der Scheune bei den kleinen Katzen. Die versteckten sich dort gerne zwischen den Futtersäcken. Andrea ging über den Hof und am Stall vorbei. Keine Maike. Aber die gesamte Katzenfamilie flitzte aus einem Spalt der Scheune heraus. In dem

Moment hörte Andrea einen erstickten Schrei und dann eine Männerstimme. Um Gottes willen, Maike! Die Tür bewegte sich. Andrea sah sich panisch um. Da lehnte eine Schaufel an der Wand. Ohne nachzudenken trat sie neben die Tür und holte weit aus.

*

»Nehmas nu an Obbsdla. Dann gäihds Ihna glai widda bessa, gell.«

Der Gummistiefelträger hielt Maike ein Schnapsglas hin, bis oben gefüllt. Als sie es brav ausgetrunken hatte, schenkte er gleich noch eines ein – und dann ein drittes. Der Bauer nahm selbst einen großen Schluck. Er hatte die beiden Frauen auf der Straße aufgelesen und ins Gasthaus verfrachtet. Dann hatte er die Polizei verständigt und auf den bewusstlosen Leibl aufgepasst.

Maike hustete, fühlte sich aber tatsächlich schon viel besser. Ruhig war es in der Gaststube. Nur die flackernden Blaulichter vor dem Fenster verrieten, was sich hier abgespielt hatte. Der Mann schenkte noch ein viertes Mal ein und nickte aufmunternd. Dann räumte er das Feld, denn Andrea kam an den Tisch.

Maike schob ihr das Glas hin.

»Nimm an Obbsdla, dann gäihd's dir widda bessa.«

Andrea trank in einem Zug aus.

»Du bist ja schon wieder erstaunlich gut drauf. Und den Dialekt hast du auch gelernt.«

»Erstens bin ich eingeborene Nürnbergerin und zweitens habe ich in den letzten Tagen einiges aufgeschnappt.«

»Fast wäre es das letzte gewesen, was du aufgeschnappt hättest.«

Maike schenkte nach.

»Ich habe doch eine große Schwester, die auf mich aufpasst.«

»Na, die fünf Minuten, die ich älter bin …«

Sie wurden unterbrochen. Die Kommissarin von der Kripo Bamberg setzte sich zu ihnen.

»Peter Leibl ist wieder bei Bewusstsein und hat die Morde bereits gestanden. Der Notarzt meint, sie hätten ganz schön kräftig zugeschlagen. Das war ja ziemlich mutig von Ihnen.«

»Was würden Sie denn machen, wenn so ein Kerl Ihre Schwester bedroht?«

»Ihm ebenfalls eins überziehen, klar. Aber Sie hatten unverschämtes Glück, dass Sie gleich beim ersten Mal richtig getroffen haben. Leibl ist ziemlich kräftig, und er hat schon zwei Menschen auf dem Gewissen.«

Maike zog die Schultern hoch.

»Mich gruselt es, wenn ich daran denke, dass wir mit dem unter einem Dach gewohnt haben. Eigentlich kam er mir immer ganz nett vor.«

»So nett war er wohl nicht. Er hat den Uli Wagner im Streit erschlagen. Es ging um den *Ochsen*. Leibl stand kurz vor der Zwangsversteigerung. Als letzten Ausweg wollte er das Gasthaus an Uli Wagner verkaufen. Aber der wusste, dass Leibl das Wasser bis zum Hals stand und machte ihm ein lächerliches Angebot. Da hat Leibl durchgedreht. Das Auftauchen Thomas Wagners war reiner Zufall. Der hatte Schulden in Spanien und wollte Geld von seinem Bruder. Heimlich, denn die Mutter sollte nichts mitbekommen.«

Andrea wurde alles klar.

»Und als Thomas Wagner unter Mordverdacht stand, bat er seinen alten Freund Leibl um Geld. Der erkannte seine Chance, hat ihn in den Steinbruch gelockt und runtergestoßen.«

Die Kommissarin nickte.

»Richtig. Und wir sollten glauben, Thomas Wagner hätte sich aus Reue über den Brudermord das Leben genommen.«

»Und damit wäre Leibl fast durchgekommen«, sagte Maike.

»Fast. Aber der Gerichtsmediziner hat Spuren von Fremdeinwirkung gefunden. Also kein Selbstmord. Wir wären Leibl schon noch auf die Spur gekommen. Ob wir ihm allerdings etwas hätten beweisen können?«

Andrea strahlte vor Stolz.

»Na, dann war es doch gut, dass wir uns darum gekümmert haben.«

Die Polizistin blickte beide streng an.

»Und fast hätten Sie es mit dem Leben bezahlt. Überlassen Sie Polizeiarbeit den Profis. Amateure haben nur in Kriminalromanen Erfolg. Im wirklichen Leben geraten sie schneller unter die Räder, als sie ›Miss Marple‹ sagen können. Auf Wiedersehen.«

Die Schwestern blickten sich eine Zeitlang stumm an. Maike sprach als erste.

»Die hat ja keine Ahnung. Wir sagen doch nicht ›Miss Marple‹! Wir sagen –«

Andrea fiel mit ein.

»– ›Lisbeth Salander‹. Prost!«

Der Notarzt wollte noch einmal nach Maike sehen. Er fand zwei hysterisch kichernde Frauen und eine halb leere Flasche Obstler. Lächelnd fischte er zwei Aspirin aus der Arzttasche und legte sie auf den Tisch.

Blanka Stipetić

Ihr roter Mund

Nacht

Sie wickelte sich in das Laken und stand auf. Ein Auto fuhr vorbei. Mehr kam nicht durchs Fenster herein, nur Geräusche der Nacht. Das Fenster ihres Schlafzimmers stand weit offen, ebenso wie die Fenster in Wohnzimmer und Küche. Doch die Luft stand still, seit Tagen hatte kein Windhauch den Bewohnern Würzburgs Erleichterung gebracht. Sie schaute auf das Thermometer am Fenster, es zeigte noch immer 32 Grad an, obwohl die Hälfte der Nacht schon vorüber war. Sie ließ das Laken los, und es glitt ihren Körper entlang zu Boden. Auf der Straße war niemand zu sehen. Vielleicht stand er im Gebüsch auf der gegenüberliegenden Straßenseite und beobachtete sie. Er oder irgendein anderer konnte jetzt ihre nackten Brüste sehen. Sie hob die Arme, griff in ihre Haare und neigte den Hals. Sie stellte sich vor, das Bett knarren zu hören und zu spüren, wie sich samtige Lippen auf die Beuge zwischen Schulter und Hals legten. Sie ließ ihre Haare los, hob das Laken auf und legte sich wieder ins Bett. Ein nahezu unhörbares Klicken. Sie setzte sich auf und lauschte angestrengt. Etwas bewegte die Luft. Schnell ließ sie sich zurücksinken und schloss die Augen, bis nur noch ein kleiner Spalt geöffnet war. Eine dunkle Silhouette erschien im Türrahmen und bewegte sich auf das Bett zu. Am Fußende blieb er stehen. Sie setzte sich ruckartig auf. Zwei Hände ergriffen ihre Handgelenke.

»Haben Sie keine Angst. Ich tue Ihnen nichts«, flüsterte er.

Sein Griff lockerte sich und ließ dann los. Ein Streichholz flammte auf und sie konnte sein Gesicht erkennen. Er streckte die Hand aus und hielt das brennende Streichholz an den

Docht der Kerze, die neben ihrem Bett stand. Mit der anderen Hand reichte er ihr eine Rose.

Dass ich von ihr mich trennen nicht kann,
Das haben ihre Schönheit und Güte gemacht
Und ihr roter Mund, der so lieblich lacht.

Er legte den Zeigefinger auf seine Lippen und dann auf ihre. Als würde er damit ein stilles Einverständnis besiegeln. Sie streckte ihm die Arme entgegen.

Tag

Auf dem Weg ins Polizeipräsidium klingelte Eva Neumanns Handy. Sie stöhnte, als sie die Nummer ihres Chefs auf dem Display erkannte. »Ich hoffe, Sie hatten einen schönen Urlaub«, begrüßte er sie und kam gleich zur Sache. »Wir haben einen Toten im Lusamgärtchen. Sie arbeiten mit Berger zusammen.«

»Ich dachte, wir hätten uns geeinigt, dass ...«

Er unterbrach sie. »Tut mir leid. Es ist Urlaubszeit. Da müssen Sie durch. Er wartet vor Ort auf Sie.«

Eva wendete den Wagen und fuhr zurück Richtung Stadtmitte. Ausgerechnet ihren ersten Fall nach dem Urlaub sollte sie mit Kriminalhauptkommissar Berger bearbeiten. Sie parkte am Dom. Als sie aus dem klimatisierten Wagen stieg, hatte sie das Gefühl, in eine Hitzewolke zu treten. Die Straßen um den Dom waren belebt. Jeder versuchte, alles zu erledigen, bevor die Luft so drückend und schwül wurde, dass jeder Schritt eine Qual war. Eva schloss den Wagen ab und ging zu dem Torbogen, durch den man das Lusamgärtchen betrat. Sie zeigte ihren Ausweis vor und wurde durch die Absperrung gelassen.

Die Spurensicherung war schon an der Arbeit. Mitten auf dem Hof stand ein Quader, darunter lag der berühmteste Minnesänger des Mittelalters begraben, Walther von der Vogelweide.

Darauf lag der leblose Körper eines Mannes, mit dem Gesicht nach unten. Die fast eingetrocknete Blutlache neben seinem Kopf hatte sich aus einer Wunde am Hinterkopf gespeist. Berger stand daneben und sprach mit dem Gerichtsmediziner. Als er Eva sah, unterbrach er das Gespräch und kam zu ihr.

»Eingeschlagener Schädel«, sagte er.

»Wissen wir schon, wer er ist?«, fragte Eva.

»Auf jeden Fall nicht Walther von der Vogelweide«, antwortete Berger prompt, und Eva verzog den Mund zu einem gequälten Lächeln. Der Witz würde heute bestimmt noch etliche Male wiederholt werden.

»Können wir?«, rief der Gerichtsmediziner herüber.

Berger signalisierte Zustimmung, er und Eva traten näher. Sie sahen zu, wie der Tote angehoben, umgedreht und auf eine Bahre gelegt wurde. Seine Augen starrten leer in den Himmel. Eva stöhnte, und ihre Hand griff nach Bergers Arm.

Er sah sie neugierig an. »Was ist los?«, fragte er.

Sie wandte den Kopf ab und ging ein paar Schritte zur Seite. »Nichts«, murmelte sie. »Nur die Hitze.«

Der Tote hieß Leonhard Clemens. In seiner Hosentasche hatten sie eine Brieftasche mit etwas Geld und Ausweispapieren gefunden. Berger und Eva hatten die Spurensicherung am Tatort zurückgelassen und waren in die Richard-Wagner-Straße zu Clemens' Adresse gefahren.

»Schicke Wohnung«, stellte Berger als erstes fest. Zwei Zimmer, Küche, Bad, großer Balkon.

Berger übernahm das Wohnzimmer und schickte Eva ins Schlafzimmer. Sie blieb in der Tür stehen und verschaffte sich einen ersten Eindruck von dem Zimmer, in dem Clemens seine Nächte verbracht hatte. Das Bett war gemacht. Auf dem Nachttisch lagen zwei Bücher. Sie nahm sie in die Hand. Ein Krimi und ein Gedichtband. Sie lächelte. Dann öffnete sie den Kleiderschrank. Einige Anzüge, sauber gebügelte und aufeinander gelegte Hemden. Mechanisch tastete sie die Taschen der Anzugjacken und -hosen ab.

»Ich habe hier etwas«, ertönte Bergers Stimme.

Eva ging ins Wohnzimmer und sah sich neugierig um. Auch hier herrschte Ordnung. Zwei raumhohe Regale voller Bücher, ein großes Sofa, eine Essecke.

»Unser Mann hat sich intensiv für Frauen interessiert«, sagte Berger und hielt ihr einen Ordner hin. Darin waren Fotos von Frauen, daneben Daten, Zeiten und Orte.

»Was soll das sein?«, fragte Eva.

»Wir werden es herausfinden«, antwortete Berger.

Die erste der Frauen in dem Ordner hieß Simone Bernreiter. Sie erreichten sie gleich beim ersten Anruf zu Hause und saßen ihr kurz darauf in ihrer Wohnung gegenüber.

»Kennen Sie diesen Mann?«, fragte Berger und zeigte ihr ein Bild von Clemens, das sie bei ihm gefunden und mitgenommen hatten.

Simone Bernreiter sah zu Boden und schüttelte den Kopf. Berger und Eva schauten sich an. Die Frau log so offensichtlich, dass es jedem Laien aufgefallen wäre.

Berger signalisierte Eva, dass sie das Gespräch übernehmen sollte, und Eva beugte sich zu Simone Bernreiter. »Wir wissen, dass Sie ihn kennen. Wann haben Sie ihn kennengelernt?«

Die Frau spielte nervös mit ihrer Kette. »Letzten Sommer«, sagte sie schließlich.

»Und wo haben Sie sich kennengelernt?«, fragte Eva.

Frau Bernreiter wurde rot. »Das ist etwas kompliziert«, erwiderte sie schließlich.

Berger seufzte. »Erklären Sie's uns. Wir haben Zeit.«

Sie räusperte sich. »Er kam zu mir. Eines Nachts stand er in meinem Schlafzimmer.«

»Hat er Sie vergewaltigt?«, fragte Berger.

»Natürlich nicht«. Simone Bernreiters Stimme klang fast empört.

»Und was wollte er?«

Sie schüttelte den Kopf. »Nichts. Er hat ein Gedicht aufgesagt und ist wieder gegangen.«

»Haben Sie die Polizei gerufen?«, fragte Berger.

»Er hat doch nichts getan. Er war nur nett. Irgendwie altmodisch, aber nett.«

Berger und Eva stellten noch einige Fragen und entnahmen Simone Bernreiters Antworten, dass diese Single war, 35 Jahre alt, und dass Clemens noch einmal nachts zu ihr gekommen war. Man hörte ihrer Stimme an, dass sie nichts dagegen gehabt hätte, wenn seine Besuche sich fortgesetzt hätten.

Bis zum Abend hatten sie sechs weitere Frauen befragt, und alle hatten das Gleiche erzählt. »Ein moderner Minnesänger«, sagte Berger kopfschüttelnd, als sie im Büro saßen und ihre Notizen verglichen. »Wurde Walther von der Vogelweide auch umgebracht?«, fragte er. Eva schüttelte den Kopf. Sie spielte mit ihrem Kugelschreiber und sah nachdenklich auf ihre Mitschriften. »Eigentlich müssten wir nach einem eifersüchtigen Freund oder Ehemann suchen, aber er scheint sich Frauen ausgesucht zu haben, denen genau das fehlt.«

»Bis auf eine Frau beziehen sich alle Bekanntschaften auf das letzte Jahr. Nur eine hat ihn dieses Jahr kennengelernt. Hat er aufgehört?«, rätselte Berger.

Als Eva nicht reagierte, fügte er hinzu: »Oder er hat die Richtige gefunden.« Er lachte laut auf. »Besser gesagt, die Falsche.«

Eva warf den Stift auf den Tisch und stand auf. »Ich bin trotzdem dafür, die Männer im Umfeld der Frauen näher anzuschauen. Vielleicht gibt es da einen heimlichen Verehrer, der die Sache missverstanden hat.«

»Na schön.« Berger stand auf. »Ich gehe noch mal in seine Wohnung, du schaust, ob du einen Mann auftreiben kannst.« Er lächelte zweideutig.

Evas Gespräche hatten nichts ergeben. Um sieben Uhr verließ sie das Präsidium. Sie holte sich eine Pizza und fuhr nach Hause. Gerade, als sie in das letzte Stück Pizza biss, klingelte es an der Wohnungstür.

»Was willst du denn hier?«

Berger schob sich an der widerstrebenden Eva vorbei in die Wohnung.

»Wir müssen reden«, sagte er.

Eva seufzte und deutete auf die Küche. »Ich wollte mir gerade ein Bier aufmachen. Willst du auch eins?«

Sie wartete nicht auf seine Antwort, sondern holte zwei Flaschen aus dem Kühlschrank und stellte sie auf den Küchentisch. Berger schüttelte den Kopf, als sie ihm ein Glas hinhielt.

»Also, was gibt es?« Erwartungsvoll sah sie ihn an.

»Ich bin die Adressen in Clemens' Buch noch einmal durchgegangen. Nichts. Dann habe ich in einem seiner Bücher ein weiteres Foto gefunden.« Er sah sie neugierig an. Eva hielt seinem Blick stand und wartete.

»Name und Adresse der Frau standen auf der Rückseite.«

Es war offensichtlich, dass er auf etwas Bestimmtes hinauswollte. Doch Eva hatte keine Lust, ihm die Informationen aus der Nase zu ziehen.

»Da war ein Bild deiner Schwester.«

Er hatte es also herausgefunden. Sie sah ihn unverwandt an. Aber Berger war Polizist, und auch er konnte schweigen.

»Und?«, fragte Eva schließlich.

Berger lachte. »Du hast es gewusst, oder nicht? Wieso hast du es mir nicht gesagt? Glaubst du, ich wäre damit sofort zum Staatsanwalt gelaufen und hätte sie verhaften lassen?«

Eva zuckte mit den Schultern.

»Wenn du meinst, es offiziell behandeln zu müssen, dann tu dir keinen Zwang an. Frag sie nach ihrem Alibi.«

»Das hast du doch bestimmt schon erledigt.«

Eva nickte. »Sie war nicht einmal in der Stadt. Aber am besten prüfst du es noch einmal nach.« Sie stand auf, nahm ihm die halb volle Bierflasche aus der Hand und deutete zur Tür. »Wir reden morgen weiter. Ich bin müde.«

Er nickte nachdenklich. »Der Freund deiner Schwester, ist der nicht Offizier oder so etwas Ähnliches?«

»Sie haben sich getrennt.«

»Und wann?«

»Lass uns morgen weiterreden.«

Sie schloss die Tür hinter ihm und lehnte sich dagegen. Sie hatte Berger angelogen. Sie hatte nicht mit ihrer Schwester gesprochen, aber das musste sie auch nicht. Es war ausgeschlossen, dass Katrin etwas mit dem Mord an Clemens zu tun hatte. Sie biss sich auf die Unterlippe.

Nacht

In dieser Nacht kehrte er als Traum zu ihr zurück. Die Rose in seiner Hand war grau, so wie auch seine Lippen, die sich stumm bewegten. Sie musste ihn nicht hören, um zu wissen, was er sagte.

Dass ich von ihr mich trennen nicht kann
das haben ihre Schönheit und Güte gemacht,
Und ihr roter Mund, der so lieblich lacht.

Seine Hände legten die Rose beiseite und griffen nach dem Laken, zogen es Zentimeter um Zentimeter von ihrem Körper, bis sie nackt vor ihm lag. Sie wartete darauf, dass er sie berührte, doch seine Gestalt verflüchtigte sich. Tränen liefen an den Seiten ihres Gesichts hinunter, und sie wachte auf.

Tag

Sie klingelten, und Evas Schwester Katrin öffnete ihnen im Morgenmantel.

»Eva«, rief sie erstaunt.

»Berger hat ein paar Fragen an dich«, sagte Eva.

»Berger?« Katrin zog ironisch die Augenbrauen in die Höhe und sah von Eva zu Berger und wieder zurück.

»Kriminalhauptkommissar Berger«, sagte Eva.

»Aha.« Katrin machte die Tür weit auf und ging voraus in die Küche. Sie schenkte für alle drei Kaffee ein und setzte sich abwartend an den Tisch. »Also dann«, sie machte eine bedeutungsvolle Pause, »Herr Kriminalhauptkommissar Berger, was kann ich für Sie tun?«

Wie bei den anderen Frauen legte Berger ein Foto auf den Tisch. »Leonhard Clemens«, sagte er.

Katrins Blick wanderte kurz zu Eva, dann zurück zu dem Bild.

»Was ist mit ihm?«, fragte sie.

Eva wollte etwas sagen, doch Berger schnitt ihr das Wort ab. »Er war hier. Ich will wissen, wann, wie oft und ob Eva davon gewusst hat.«

Katrin zuckte mit den Achseln. »Ja, er war hier. Und Eva? Die fragen Sie am besten selbst. Sie ist ja hier.« Sie betonte das »Sie« und sah Berger herausfordernd an.

»Das klären wir später«, sagte Eva. »Sag ihm noch, wo wir Jonas finden.«

»Der ist seit zwei Wochen in Afghanistan.«

»Was war der Grund für die Trennung?«, fragte Berger.

Katrin seufzte. »Der hier«, sie deutete auf das Bild, »war der akute Anlass. Aber eigentlich war es schon länger aus. Jonas kam in der Nacht von einer Dienstreise nach Hause und hat den hier aus meiner Wohnung kommen sehen. Ich konnte ihn nicht davon überzeugen, dass er nur ein harmloser Spinner war. Nicht einmal, als ich Eva angerufen und gebeten habe, sich um die Sache zu kümmern, hat er mir geglaubt. Er ist ausgezogen und hat sich für den Auslandseinsatz gemeldet.«

»Hat Clemens noch einen Besuch gemacht?«, fragte Berger.

Wieder blickte Katrin zu Eva. Sie schüttelte den Kopf, stand auf und schenkte Kaffee nach.

Schweigend fuhren sie zurück ins Präsidium. Erst als sie wieder an ihren Schreibtischen saßen, stellte Berger die Frage, die ihm die ganze Zeit vom Gesicht abzulesen gewesen war. »Er ist wiedergekommen, und du hast ihn erwartet, war es nicht so?«

Eva nickte nur.

»Wo warst du vorletzte Nacht?«

Sie stieß ein kurzes Lachen aus. »Willst du ein Alibi von mir?«

Er zuckte mit den Schultern. »Du weißt mehr, als du zugibst.«

»Warum sollte ich ihn umbringen? Weil er meiner Schwester einen kleinen Schreck eingejagt hat?«

Sie sah ihn herausfordernd an. Doch Berger wich ihrem Blick nicht aus. »Er war da, und du bist ihm gefolgt. Hast du mit ihm gesprochen?«

»Ja, habe ich. Und danach hat er aufgehört. Keine nächtlichen Besuche mehr. Aber dazu musste ich ihn nicht umbringen.«

Er stand auf und ging zum Fenster. »Ich habe euch gesehen«, sagte er leise. »Vor einigen Wochen. Was ist passiert? Hat er dich eingewickelt mit seiner Minne-Masche? Bist du wirklich so einfach zu haben? Ein paar süße Worte, und du vergisst, dass der Typ nachts bei Frauen in die Wohnung steigt. Was glaubst du, wie lange es gedauert hätte, bis er es nicht mehr beim Rezitieren von Gedichten belassen hätte?«

Eva sah nur seinen Rücken, aber sie konnte erkennen, wie Berger seine Fäuste ballte. Dann drehte er sich zu ihr um.

»Es fällt mir schwer, das zu glauben. Und wenn ich Recht habe, dann war es auch nicht so. Du hast ihn durchschaut. Und dann hast du ihn umgebracht. Ich weiß nur nicht genau, wieso. Warum hast du ihn nicht aufs Revier gebracht zu einer Gegenüberstellung? Hat er Katrin etwas angetan?«

Als Eva nicht antwortete, kam er zu ihr und beugte sich hinunter, bis ihre Köpfe auf gleicher Höhe waren. »Sag es mir. Nicht Kriminalhauptkommissar Berger, sondern mir.«

»Mach dich nicht lächerlich«, sagte Eva. »Was soll das werden? Willst du, dass ich jetzt und hier ein Geständnis ablege?

Und was willst du dann machen? Mich einbuchten und mir den besten Anwalt der Stadt besorgen?«

Er nahm ihre Hände. »Ich würde gar nichts tun. Einfach alles vergessen. Die Akte schließen.«

Sie entwand ihm ihre Hände. »Das würdest du für mich tun?«

»Das und noch viel mehr.«

Sie brach in Lachen aus. »Mein Gott, Berger, hör auf mit dieser Melodramatik. Ich habe ihn nicht umgebracht.«

»Dann muss ich wohl weiterermitteln.«

»Das werden wir wohl müssen. Oder du findest Beweise gegen mich, was ich mir kaum vorstellen kann.« Sie nahm ihre Tasche, verließ den Raum und fuhr in die Stadt, wo sie ziellos durch die heißen Straßen wanderte. Am späten Nachmittag zogen dicke Wolken auf und kündigten das lang ersehnte Gewitter an. Die ganze Zeit versuchte sie, den Fehler zu finden. Es gibt kein perfektes Verbrechen, wiederholte sie immer wieder. Etwas musste sie übersehen haben. Sie fuhr zurück ins Präsidium, vergewisserte sich, dass Bergers Wagen nicht mehr auf dem Parkplatz stand, und ging in ihr Büro. Sie wühlte sich durch Schreibtischschubladen, telefonierte mit der Einsatzleitung und ging die Liste der ausgehenden Anrufe durch. Zuerst rief sie ihren Chef an, danach wählte sie Bergers Nummer. Als er sich meldete, legte sie auf.

Nacht

Sie hätte lieber geträumt. Doch die Geräusche waren Wirklichkeit. Sie hörte das leise Klicken der Tür und den Luftzug, der folgte. In der Ferne grollte ein Donner, und der erste Windstoß fegte durchs Zimmer. Ein Schatten fiel ins Schlafzimmer. Dann schob er die Tür ganz auf und stand still im Türrahmen. Sie versuchte, so gleichmäßig wie möglich zu atmen. Erst als er so nah war, dass sie seinen Atem fast spüren konnte, bewegte sie sich. »Ich habe auf dich gewartet«, sagte sie.

Sie hob die Hand mit der Dienstwaffe. »Rühr dich nicht von der Stelle.« Sie schlug das Laken zurück und schwang die Beine aus dem Bett. Voll bekleidet stand sie auf der anderen Bettseite und machte die Nachttischlampe an. »Warum hast du ihn umgebracht?«, fragte sie.

»Weil ich dich liebe.«

Eva schüttelte verständnislos den Kopf. »Wir waren nur ein paar Monate zusammen. Das war doch eher eine Affäre als eine Beziehung.«

»Für dich vielleicht.« Er setzte sich aufs Bett. »Erschießt du mich jetzt oder holst du die Kollegen?«

»Die sind schon da«, sagte sie und deutete hinter ihn.

Berger lachte. »Das hätte ich mir denken können.«

»Du bist verrückt«, sagte Eva.

Er hob entschuldigend die Hände und deklamierte:

Selig die Stunde, da ich sie erkannte,
Die mir den Leib und die Seele hat befangen,
Wo ich gebannt zu ihr die Sinne wandte,
Dass mich der Lieblichen Tugenden zwangen:
Nichts kann mich lösen aus ihrem Bann.

Elmar Tannert

Maschek fährt Geisterbahn

Maschek liegt auf der frisch gemähten Septemberwiese. Oben am Himmel flattert seine Seele im Wind. Leichte, schnelle Mädchenschritte nähern sich und ziehen sie in den Leib zurück, und der Wind spielt nur noch mit einem Drachen.

Wie Jana ihn gefunden hat?

Man muss, sagt sie, einfach nur hingehen, wo sonst keiner ist. Dort bist meistens du.

Mascheks höhenluftgekühlte Seele, in Welt und Fleisch zurückgekehrt, verspürt Lust, sich an einem Kuss zu wärmen.

Im selben Augenblick beginnt für den Drachen ein freies Leben. Maschek war nämlich auf der Schnur gelegen. Die Prämie für die Aufklärung der Autodiebstähle im Spielzeuggeschäft Rottner, dahin. Ab heute nur noch Bargeld, Euroscheck, Kreditkarte, keine Bezahlung in Naturalien mehr, notiert Maschek in sein Gedächtnis.

Jana ist gekommen, ihn zu fragen: ob er mit ihr zur Kirchweih geht? Eröffnung heute, mit Feuerwerk.

Auf deine Gefahr, sagt Maschek. Weil, wo ich hingeh, da passiert was. Lach nicht. Du kennst mich noch nicht gut genug. Und auch wenn nix passiert – Kirchweih ist kein Spaß. Mit mir nicht. Überleg's dir noch einmal.

Tatsächlich bedeutet Kirchweih mit Maschek Training, harte Arbeit. Achterbahn ist die Angst vor dem freien Fall bei Fluchtsprüngen aus Parterrefenstern verlieren. Autoscooter ist die Technik der motorisierten Verfolgungsjagd inklusive Rammen und Wegabschneiden üben. Geisterbahn ist das Zurechtfinden im Dunkeln erlernen, ohne sich von ablenkenden Reizen irre machen zu lassen.

Mit den Fahrrädern zurück in die Stadt, freihändig, Hand in Hand, Abendessen zu Hause, Treffpunkt acht Uhr am Haupteingang zum Kirchweihplatz, Feuerwerk um zehn. Am nächsten Tag ist keine Schule, und Mascheks Büro bleibt, wie immer an städtischen Festtagen, geschlossen. Telefonstecker raus, Anrufbeantworter aus. An diesen Tagen sind die Aufträge erfahrungsgemäß quantitativ steigend und qualitativ sinkend. Für einen allein nicht zu bewältigen und für einen wie Maschek keine Herausforderung. Geeignet für den Detektivnachwuchs oder eventuell auch für die Polizei: verlorengegangene Kinder aufspüren und nach betrunkendenheimwegnichtmehrfindenden Männern fahnden. Und für das moderne Kirchweihdelikt Handyraub beziehungsweise -diebstahl fühlt sich Maschek nicht zuständig. Wer ein Handy besitzt, ist nach seiner Auffassung selber schuld. Wie er aus dem Geschichtsunterricht weiß, wurden in früheren Zeiten riesige Königreiche jahrhundertelang ohne Mobiltelefone, Computer oder Faxgeräte regiert, und aus seinen Privatstudien geht hervor, dass Kommissar Maigret und Sherlock Holmes ihre Fälle unplugged gelöst haben; zwar ist Holmes selten ohne Geige ausgekommen, hat dieselbe jedoch stets unverstärkt gespielt.

Um fünf vor acht steht Maschek am Treffpunkt. Fünf Minuten später sagt er zu Jana: Man muss verrückt sein, am Eröffnungstag auf die Kirchweih zu gehen.

Tun wir so, als wären wir in einer Kunstausstellung, sagt sie.

Das heißt – ?

Man geht einmal schnell durch und merkt sich fünf oder sechs Bilder, die man sich genauer ansehen möchte. Dann geht man ein zweites Mal durch und sieht sich nur die an, die man sich gemerkt hat. Aber die ganz genau. Dann kennt man sogar die, die man nicht angesehen hat.

Die Achterbahn ist eine bizarre Skulptur, die in den dunkelvioletten Nachthimmel ragt. Das Kinderkarussell ist eine handkolorierte Fotografie von 1912. Die Losbuden sind Pop-

Art-Gemälde. Die Petersburger Schlittenfahrt ist ein Aquarell aus einem Märchenbuch. Die Geisterbahn –

Maschek und Jana entdecken *zwei* Geisterbahnen.

Eine garantiert gruselige und eine wie für Kleinkinder gemacht, über welcher eine bunte Glühbirnenkette alle dreieinhalb Sekunden *BÖLCSFÖLDYS GEISTERBAHN* in die Nacht schreibt.

Nach der Fahrt mit der Wildwasserbahn kommen sie zum zweiten Mal daran vorbei. Jana sieht einen Pfeil mit der Aufschrift WC, und ihr fällt ein, dass sie äußerst dringend einmal, und Maschek bezieht Beobachtungsposten am Imbissstand, gegenüber Bölcsföldys Geisterbahn, eine Bratwurstsemmel bitte, nein, zwei.

Maschek sieht elf Wagen: Braun fährt ab, in Türkis steigen zwei Mädchen ein, dahinter stehen Weiß, Grün, Orange, Beige, Schwarz, aus Rot steigen Mutter und Tochter aus, Blau kommt aus dem Tor. Türkis fährt ab, in Weiß steigen Vater und Sohn ein, aus Blau steigen Großvater und Enkelin aus, Lila kommt aus dem Tor. Dann: Weiß fährt ab, Grün rückt nach, zwei Rentnerinnen steigen ein, aus Lila steigen Vater und Tochter aus, Braun kommt aus dem Tor, Jana ist wieder da, Jana will weitergehen, Maschek starrt zur Geisterbahn, Grün fährt ab, Maschek! bin wieder da-ha! warum starrst du dauernd die Gei-

---pssst! Moment!

Tor geht auf, Weiß mit Vater und Sohn kommt heraus, um die Kurve, bleibt stehen, Vater und Sohn steigen aus.

Kein Türkis, keine zwei Mädchen.

Komm! sagt Maschek und lässt sich Arm in Arm mit Jana auf die Kassa zutreiben.

Jana: Haben wir nicht gesagt, wir fahren mit der anderen Geisterbahn?

Maschek: Tu mir einen Gefallen und lass dich von mir ohne erkennbaren Widerstand zur Kasse führen und zum Geisterbahnfahren einladen. Es kommt jetzt darauf an, einen völlig harmlosen Eindruck zu machen. Kann ich mich auf dich verlassen?

In der Verglasung des Kassahäuschens sieht Maschek sich und Jana gespiegelt. Alle Mädchen und insbesondere Jana können in Sekundenschnelle so unschuldig dreinsehen wie die Katzen aus der Whiskas-Reklame. Die Billettverkäuferin hat einen nervösen Tic, mit jedem Aufflammen des zweiten *ö* von *Bölcsföldy* (was sie von der Kassa aus gar nicht sehen kann) zuckt ihr rechter Mundwinkel. Südosteuropäisches Gesicht. Verschleppt, mutmaßt Maschek, und zum Dienst an der Kassa gezwungen. Er lässt sich Zeit beim Bezahlen, Zeit genug, denkt Maschek, dass sie ihm mit den Tickets einen Zettel zuschieben kann: *Man hält mich gefangen, rufen Sie die Polizei!*

Kein Zettel, nur Tickets.

Schwarz steht bereit. Einsteigen.

Maschek entgeht nicht das Grinsen des jungen Mannes (höchstens vier Jahre älter als er selbst), in dem geschrieben steht: *Auf Schnüffler wie dich haben wir gerade gewartet.*

Abfahrt. Kurve.

Für die Geisterbahn sind wir viel zu alt, mault Jana. Hast du gesehen? Der hat uns beinah ausgelacht.

Tor auf. Dunkelheit. Geradeaus.

Jähes Licht: Der Enthauptete hält seinen irr lachenden Kopf unter dem Arm. Dunkel. Kurve. Geradeaus.

In fahlgrünem Licht eine Truhe. Deckel springt auf, ein Skelett richtet sich auf, schauriges Gelächter.

Kurve.

Links eine Mauer, Loch in der Mauer, der Arm des Eingemauerten winkt, Hilfeschreie.

Ein Riese auf dem Gleis hebt sein Schwert, das Schwert saust auf Jana und Maschek herab, im letzten Moment stößt der Wagen den Riesen um.

Kurve.

Maschek blickt konsequent ins Dunkel rechts von ihm, nimmt die Spukgestalten nur aus den Augenwinkeln wahr.

Die Beine eines Erhängten streifen seinen Kopf.

Fledermausflügel.

Wolfsgeheul.

Kurve.

Tor auf.

Lichter im Abendhimmel. Von irgendwo ein Schlager von Freddy Quinn. Und der Wagen vor Maschek und Jana grinst in der Farbe türkis.

Am nächsten Tag meldet die Zeitung zwei vermisste Mädchen. Nicht zurückgekehrt vom Kirchweihplatz. Wie vom Erdboden verschluckt. Die Gräfenbacher Polizei tappt im Dunkeln.

Letzteres wundert Maschek nicht. Er sitzt am Küchentisch und spult sich zum vorangegangenen Abend zurück, lässt sein Gedächtnis Bilder auswerfen, lässt sein Gehirn Bilder vergleichen, dieweil er ins Leere starrt.

Methode Holmes.

Er verzichtet auf die Nachspeise, zieht sich in sein Zimmer zurück, und seine Wüstenmaus sieht und hört folgendes:

Maschek geht mit auf dem Rücken verschränkten Armen und einer Mundharmonika zwischen den Lippen auf und ab und produziert Luft einziehend, Luft ausstoßend eine schauer- und absonderliche Musik, die nur er selbst nicht wahrnimmt.

Hypothese 1: In der Geisterbahn existiert ein Zeitloch. Die beiden vermissten Mädchen irren durch ein vergangenes oder zukünftiges Jahrhundert.

Hypothese 2: Der Geisterbahnbesitzer lässt Fahrgäste entführen und Lösegeld erpressen.

Hypothese 3: ... Telefon! ruft Maschecks Mutter von unten. Als ob unser lieber Herr Sohn nicht sein eigenes Telefon hätte!

Maschek hier, Jana dort.

Ja, er hat die Zeitung gelesen. Ja, er wird heute Abend wieder auf die Kirchweih gehen.

Allein oder zu zweit? Einerseits: Allein, findet Jana, macht er sich verdächtig. Wer fährt schon allein Geisterbahn.

Andererseits: Zusammen mit Jana, meint Maschek, erhöht sich das Risiko, als Paar an der Geisterbahn wiedererkannt zu werden.

Na gut, sagt Maschek schließlich. Dann eben andererseits.

Als Maschek mit Jana den Kirchweihplatz betritt, glaubt er ein kurzes allgemeines Atemanhalten wahrzunehmen, nach welchem der Betrieb mit gesteigerter Intensität weitergeht: Noch schneller rasen die Achterbahnwagen hinab, noch lauter kreischen und quietschen die Mädchen, noch weniger Atempausen machen die Losverkäuferinnen; unter der Oberfläche jedoch breitet sich High-Noon-Stille aus.

Nicht zu zielstrebig steuern Jana und Maschek Bölcsföldys Geisterbahn an.

Als die Billettverkäuferin das Paar sieht, das am Vorabend dreimal nacheinander Geisterbahn gefahren ist, zuckt ihr rechter Mundwinkel plötzlich auch bei jedem Aufleuchten des *h*, mithin in doppelter Geschwindigkeit, worauf Maschek mit annähernd verdoppeltem Pulsschlag reagiert. Ihm ist klar, dass man alles versuchen wird, die Ermittlungen zu sabotieren.

Sie steigen ein in Türkis. Türkis fährt ab.

Tor auf. Dunkelheit. Geradeaus.

Jähes Licht: Der Enthauptete hält seinen irr lachenden Kopf unter dem Arm.

Dunkel. Kurve. Geradeaus.

In fahlgrünem Licht eine Truhe. Deckel springt auf, ein Skelett richtet sich auf, schauriges Gelächter.

Kurve.

Weiß ist Türkis noch nicht gefolgt. Braun ist eben aus dem Tor gekommen.

Blickkontakt zweier Menschen.

Nicken eines Menschen.

Bölcsföldy legt einen Hebel um.

Das Innere der Geisterbahn wird Schwarzes All. Stille. Tod.

Von außen gesehen verwandelt sich die jäh erlöschende Geisterbahn in ein Schwarzes Loch mit ungeheurer Sogwirkung. Bevor Bölcsföldy nach dem Rechten, sprich: dem Schnüfflerpärchen sehen kann, strömen von allen Seiten Schaulustige herbei.

Innen steht die Zeit still: Schwarzes Loch. Undurchdringlich bleibt die Finsternis für die Augen. Maschek und Jana atmen nicht mehr. Neben ihnen aber atmet es.

Mehrere Anrufe bei der Polizei: Sabotage in der Geisterbahn, möglicherweise Terroristenanschlag, Stromversorgung lahmgelegt, im Innern Menschen in Panik.

Plötzlich – so plötzlich, dass Jana zusammenfährt – sagt Maschek in die Stille und Finsternis: Achtung! Hier spricht die Polizei! Der Inhaber der Geisterbahn ist verhaftet! Sie sind frei!

Jana klammert sich an seinen Arm und Maschek spürt: Sie denkt, er ist wahnsinnig geworden.

Als seine Stimme verhallt, gleitet ein merkwürdiges Wispern und Raunen, Ächzen und Rascheln durch die Geisterbahn.

Wie in einer Leichenhalle, in der durch einen Zauberspruch Tote zum Leben erweckt werden.

Ich wiederhole! sagt Maschek. Sie sind frei! Verlassen Sie Ihre Plätze! Versammeln Sie sich hier!

Schatten um Schatten löst sich aus den Nischen.

Inzwischen ist die Geisterbahn von zwei Dutzend Polizisten umstellt. Schraml hat das Kommando sowie ein Megafon und außerdem im Kopf die morgige Schlagzeile: *Inspektor Schraml verhaftet Terroristenbande.*

Achtung! Hier spricht die Polizei! Die Geisterbahn ist umstellt! Ergeben Sie sich! Werfen Sie die Waffen weg und kommen Sie mit erhobenen Händen heraus!

Neben Schraml stehen: die nervös mit dem Mundwinkel zuckende Frau von der Kassa, der an seinem Kaugummi kauende Schaustellergehilfe, der an seinem schwarzen Schnurrbart kauende Inhaber Bölcsföldy. Und vom gesamten Kirchweihplatz strömt die Menge zur dunklen Geisterbahn. Keiner fährt Achterbahn, keiner fährt Riesenrad. Einzig im Bierzelt ist noch Betrieb. Bier, Blasmusik, Gesang.

Blitzlicht. Schraml zuckt zusammen. Lokalreporter Koller vom *Gräfenbacher Tagblatt* ist eingetroffen. Blitzlicht. Schraml wiederholt seine Durchsage und wünscht sich, er könnte mit Röntgenaugen in die Geisterbahn hineinsehen. Außerdem ist er nervös, würde sich gern eine Zigarette anzünden und wagt es nicht (morgige Zeitung: *Schraml übersteht Kirchweiheinsatz nur kettenrauchend – ein Nervenbündel – ist der Inspektor seinen Aufgaben noch gewachsen?*). Er spielt sogar mit dem Gedanken, das Detektivbüro Maschek zu verständigen (morgige Zeitung: *Schraml zieht minderjährigen Möchtegerndetektiv zurate*). Herr Schraml! Mikrofon, Blitzlicht. Haben Sie bereits erste Erkenntnisse über die Geisterbahnsaboteure? Ist die Bande bewaffnet?

Das Tor fliegt auf. Mit einem Aaaaah! weicht die Menge zurück, dieweil Koller blitzlichtet wie eine Stroboskoplampe in der Disco.

Eine graue Prozession zeitlupt sich aus dem Tor. Vorneweg mit erhobenen Händen: Maschek. Dann: der Enthauptete. Das Skelett. Der Riese. Der Erhängte. Der Eingemauerte. Der ertrunkene Pirat. Der Teufel. Der fliegende Holländer. Am Schluss: Jana, an jeder Hand eine kleine, verstörte, weinende Hexe.

In der Zeitungsredaktion brennt Licht bis gegen zwei Uhr morgens. Und in Schramls Büro.

Begonnen habe es mit dem rüstigen Rentner Seiler, der seit mittlerweile zweidreiviertel Jahren seinen Dienst als Skelett versehe, gibt Bölcsföldy zu Protokoll. Dem Seiler habe es am Anfang sogar Spaß gemacht. Auf die Idee, defekte Gespenster durch Menschen zu ersetzen, habe ihn, Bölcsföldy, ein ehemaliger mitreisender Gehilfe gebracht. Reparaturen habe er sich nicht mehr leisten können. Schon seit Jahrzehnten hat die Geisterbahn ausgespielt, klagt Bölcsföldy, wird verdrängt von den immer größeren und schnelleren Achterbahnen. Fünfundsiebzigjähriges Jubiläum hätte seine Geisterbahn nächstes Jahr. Die Tradition!

*

Bankrotter Schausteller des Menschenraubs überführt
Drama auf der Gräfenbacher Kirchweih

Schwere finanzielle Sorgen ließen den Schausteller Zoltan B. (53) zu illegalen Machenschaften greifen. Seit Jahren warf seine Geisterbahn gerade so viel ab, dass er und seine Schwester Svetlana B. (49) davon leben konnten. Für notwendige Reparaturen fehlte das Geld. Da verfiel B. auf die Idee, funktionsuntüchtig gewordene Gespenster durch Menschen zu ersetzen. Gekidnappt wurde in der Geisterbahn. Eine Weiche lenkte bei Bedarf einen Geisterbahnwaggon auf ein totes Gleis. Dort erwartete die Insassen der als Henker verkleidete Schaustellergehilfe Peter N. (19). »Entweder du spielst hier Gespenst – oder der Kopf ist ab!« lautete seine Drohung.

(Forts. S. 2)

Lesen Sie auch unsere Exklusivberichte:

»Rentner Josef S. (65): ›Meine dreijährige Gefangenschaft als Skelett in der Truhe‹« (S. 2)

»Das Martyrium von Julia M. (8) und Martina R. (9): ›Abwechselnd mussten wir die böse Hexe spielen.‹« (S. 4)

»Sind wir auf der Kirchweih noch sicher? Was Polizeiinspektor Schraml dazu meint« (S. 5)

»Detektiv M. (14) und seine bezaubernde Assistentin Jana B. (14): ›Wie wir den Fall lösten‹« (S. 7)

Kollers erfundenes Interview trifft genau zwischen Jana und Maschek und errichtet eine Schweigemauer. Kein Wort mehr zwischen ihnen. Maschek würde sich gern in einen neuen Fall vergraben. Aber weit und breit ist keiner in Sicht.

Nach einer Woche findet er eine unfrankierte Botschaft in seinem Briefkasten: *Dein Drachen hat zurückgefunden. Komm zur Septemberwiese, wenn Du ihn wieder haben willst.*

Auf der Wiese liegt Jana, und oben am Himmel lässt ihre Seele sich die Wangen trocknen im frischen Wind.

Lautlos nähert sich Maschek.

Keine Begrüßung. Lange Stille. Dann, zweistimmig: Hast *du* dem Koller das Interview gegeben?

Simultanes Kopfschütteln. Verlegenes Zubodensehen.

Schließlich Kuss, Versöhnung, neues Glück. Und zweite Flucht des Drachen.

Den sie wo gefunden hatte?

Jana gesteht: dass sie mit dem Milan noch einmal auf der Kirchweih war. Dass sie mit ihm Riesenrad gefahren ist. Dass sie sich im Zenit des Riesenrades vom Milan hat küssen lassen. Dass plötzlich etwas sie gestreift hat wie die Beine des Erhängten in der Geisterbahn: die Drachenschnur! Nur zugreifen habe sie müssen, die Schnur um die Hand wickeln, den Drachen herabziehen. Und habe, mit Mascheks Drachen in der Hand, dem unglücklichen Milan klarmachen müssen, dass sie ihn doch nicht mehr küssen kann. Wegen deutlich widersprechender Zeichen des Himmels.

Aber den Koller! sagt Maschek. Den kaufen wir uns. Ich schwör's.

Helmut Vorndran

Gypsy

Die *Franken* war auf Kurs. Seit 47 Jahren. Seit die Gravitationskatapulte der Mondbasis das Raumschiff auf annähernd Lichtgeschwindigkeit beschleunigt hatten, zog es konsequent und ohne nennenswerte Zwischenfälle seine Bahn. Natürlich hatte ein knapp drei Kilometer langes Raumschiff der Wanderklasse in so vielen Jahren immer ein kleineres technisches Problem, aber die automatischen Reparaturmechanismen hatten wenig Mühe, die Fehler zu beheben oder eine akzeptable Ersatzlösung zu finden. Alles in den Schiffen der Wanderklasse war mehrfach abgesichert bzw. doppelt und dreifach vorhanden. In den ganzen Jahren, seit das Evakuierungsprojekt der Menschheit angelaufen war, war es nur zu einem einzigen Totalausfall der Systeme gekommen. Nur ein einziges Mal musste ein Schiff faktisch aufgegeben werden. Ein Ionentriebwerk der englischen Firma Rolls-Royce hatte irgendwann Öl verloren und war auf halbem Weg nach Alpha Centauri explodiert. Die gigantische Explosion hatte die komplette Antriebseinheit pulverisiert und ein Drittel des Rumpfes weggerissen. Luftschotten im vorderen Teil des Raumtransporters hatten gerade noch das Leben von knapp 2000 Schläfern retten können, während die andern 90 Prozent der vor sich hin dämmernden Auswanderer auf Nimmerwiedersehen in die Unendlichkeit des Alls geschleudert wurden oder einfach nur durch die aufgerissene Außenhaut des Raumschiffes in ihren gläsernen Schlafapparaturen erfroren. Das Raumschiff trudelte seitdem hilf- und steuerlos durchs All, und ein schneller Raumkreuzer der Flotte war seit Jahren auf dem Weg, um die Überlebenden aus ihrem fliegenden Eisengefängnis zu befreien. Allerdings würde dies nach Schätzung der Wissenschaftler erst für die übernächste Generation der Insassen möglich werden.

Nicht so in der havarierten *Eclipse*. Jeder der dort geweckten Passagiere hatte noch eine Restlebenserwartung von etwa 30 Jahren. In dieser Zeit hatten die armen Schweine nur noch die Möglichkeit, Kinder zu zeugen und nach draußen ins tiefschwarze Weltall zu starren. Bis das Rettungskommando eintraf, würden es deren Kinder sein, die das ankommende Raumschiff besteigen könnten. Aber wie die Amerikaner so schön sagten: »Shit happens«.

Die *Franken* jedoch kannte solche Probleme nicht, hier lief alles nach Plan. Und die Reisenden waren nicht mehr weit vom Ziel entfernt. Durch die Alarmsysteme wurden bereits alle Schläfer im Raumschiff geweckt, der Transport ging nach 120 Jahren Dauerschlaf zu Ende, das Leben auf einem neuen Planeten konnte in Angriff genommen werden.

Es waren seit der Entdeckung des Sonnensystems Regulan und des Planeten Gypsy nur wenige Generationen vergangen, ehe die Menschheit in der Lage war, die entsprechenden Raumschiffe zu bauen, um den von ihr selbst zur Unkenntlichkeit verunstalteten Planeten langsam zu entvölkern. Nicht alle wollten die ehemals blaue, aber nun verseuchte Kugel verlassen. Viele wollten versuchen, die Erde wieder in einen bewohnbaren Zustand zu versetzen, was aber nach einhelliger Auffassung aller Wissenschaftler nicht mehr möglich war. Das Zeitalter der Menschen auf der Erde war abgelaufen. Irgendwann würde sich trotz aller Rettungsversuche auch der letzte Homo sapiens auf der Erde in seiner hermetischen Wohnkuppel aufs Bett legen, um zu sterben. Er würde noch einmal einen Blick durch die säureresistenten Fenster hinaus in die von grünen, CO2- und methangeschwängerten Nebeln dominierte Landschaft werfen und dann resigniert, aber letztendlich erleichtert, den Löffel abgeben.

Nein, die Menschheit hatte keine andere Wahl, als sich auf den Weg zu machen, um neuen Lebensraum zu erschließen. Hunderte von Schiffen waren im Laufe der Jahrzehnte bereits gestartet, um auf Gypsy eine Kolonie zu gründen, einen neuen Anfang zu wagen.

Die *Franken* war eines der frühen Raumschiffe, genauer gesagt das erste, das seine Erdenbewohner mit auf diese lange Reise genommen hatte. Es waren hauptsächlich Europäer an Bord. Europa hatte das vom Menschen selbst verursachte Terraforming zuerst erwischt. Der Golfstrom hatte sich verabschiedet und dem alten Kontinent eine zügig beginnende Eiszeit beschert. Den Skandinaviern machte das erst einmal am wenigsten aus, die konnte man auch im Winter draußen halten. Aber die Bevölkerung Richtung Süden war da wesentlich empfindlicher. Und da speziell der Sizilianer nicht mit norwegischen Genen ausgestattet ist, war es bald vorbei mit der europäischen Selbstzufriedenheit. So war die *Franken* vollgestopft mit Auswanderern der ersten Generation, diese ihrerseits voller Zuversicht und Hoffnung auf eine neue Welt, von der die Sonden *Allmächd* 1 und *Adela* so viel Positives zur Erde gemeldet hatten.

Der Name »*Franken*« ging auf Professor Julius Wehrfritz zurück, der die Ehre hatte, das Raumschiff bei seiner Inbetriebnahme im Erdorbit zu taufen. Julius Wehrfritz, gebürtiger Franke aus Kronach, war sein genialer Schöpfer. Als Sohn eines Brauers hatte er sich nach dem Aussterben des Hopfens durch die klimatischen Veränderungen zu einem der genialsten Wissenschaftler seiner Zeit emporgearbeitet. Nachdem er vor vielen Jahren das Konzept für die *Franken* entworfen hatte, wurden alle nachfolgenden Schiffe nach diesem Muster gebaut. Auch er war nun an Bord seines Schiffes, um in Kürze aufzuwachen und nach 120 Jahren künstlichen Erhaltungsschlafes voller Freude der Landung auf Gypsy beiwohnen zu dürfen. Und über einhunderttausend weitere Menschen neben ihm in ihren durchsichtigen Überlebensapparaturen.

Es war so weit, die innere Uhr des Raumschiffes war abgelaufen, und die Systeme stellten sich um. Lange unbenutzte, sich im Wartestand befindliche Computer wurden hochgefahren, Relais schlossen sich, und ein bisher in Tatenlosigkeit verharrender Teil des Raumschiffes erwachte zum Leben. Wo vorher noch Dunkelheit und exakt temperierte Luft vorherrschten, flammte nun Licht im Spektralbereich der Erdensonne auf, begann sich die Raumtemperatur langsam, aber konsequent nach oben zu arbeiten. An den unzähligen gläsernen Behältern, die jeweils ein Menschenleben beherbergten, begannen Dioden zu leuchten und eine hochkomplizierte Software ihren Dienst aufzunehmen.

Lukas Palatiner blinzelte noch etwas verunsichert mit den Augen, ehe er realisierte, dass er aufgewacht »worden« war. Der gebürtige Südtiroler aus Mölten bei Bozen hatte sich gerade noch in einem sehr ausgiebigen Traum befunden, der ihn in seine Kindheit auf die Höhen des Ritten verfrachtet hatte. Eine Kindheit voller Schnee, Eis und Lawinen. Eine Kindheit, in der er beobachten konnte, wie die Eispanzer der Alpen Jahr für Jahr Richtung Süden vorrückten und seine norditalienische Heimat unter sich begruben. So hatte er sich als einziges Mitglied seiner Familie für die interstellare Auswanderung entschieden. Allmählich sickerte die Erkenntnis in sein Bewusstsein, dass dies bereits vor rund 120 Jahren geschehen war, und eine sofortige Traurigkeit überfiel ihn. Seine Familie war tot. Alle, die er einmal gekannt und auf der erfrorenen Erde zurückgelassen hatte, waren nicht mehr. Bei dieser Reisegeschwindigkeit des Raumschiffes waren auf der Erde noch dazu durch die relative Zeitverschiebung bereits mehrere Hundert Jahre vergangen. Man hatte ihn in einer Schulung vor dem Flug auf diese Umstände, auf diese Depression nach dem Aufwachen vorbereitet. Jedoch war die Realität immer etwas anderes als ein Training. Er spürte, dass das »Cavecab«, wie die Überlebenskapseln flapsig genannt wurden, damit begann, das anatomische Gel, in das er vor dem Abflug gebettet worden war, zu erwärmen. Außerdem spürte er das leichte Vibrieren der Reanimationsautomatik und die einsetzenden Stromimpulse der aufgeklebten Dioden. Seine Muskeln mussten erst wieder vorsichtig an Arbeit gewöhnt werden, nachdem sie so lange Zeit zur Untätigkeit verdammt worden waren. Die Luftumwälzung in seinem Glaskasten zeitigte erste Erfolge, und der helle Nebel, der seinen Mund bei den ersten Atemzügen verlassen hatte, verschwand. Der weiße Belag aus gefrorener Atemluft, der die Innenseite seiner tunnelförmigen Glashaube bedeckt hatte, löste sich allmählich auf, und erste Bilder seiner Umgebung wurden sichtbar. Er konnte die stählerne Decke des Schlafraumes mit seiner indirekten Beleuchtung erkennen und den roten Schein der blinkenden Warnlampe hoch über ihm. Lukas Palatiner runzelte die Stirn. Wieso Warnlampe? Er blickte auf die Anzeige des Displays, das als Folie direkt über seinem Gesicht in der Abdeckhaube seines Cavecabs eingelassen war. Soweit er es beurteilen konnte, war mit ihm, seinem Körper und der Reanimationsprozedur alles in Ordnung. Wie er es gelernt hatte, glättete er die aufkommende Panik mit den antrainierten meditativen Übungen. Weiß der Geier, warum diese rote Lampe leuchtete. Womöglich war nur die Raumtemperatur zu hoch, oder die erste Klospülung klemmte nach 120-jährigem Stillstand. Er lächelte beim Gedanken an den großen Tank, der unter ihnen im Schiff die Flüssigkeiten sammelte, die mittels unscheinbarer Schläuche aus allen Kabinen herausflossen und darin gesammelt wurden. Zwar war es nicht besonders viel, aber irgendwo musste die sparsam, aber dennoch verabreichte Dauerinfusion, die irgendwann ja doch in der menschlichen Blase landete, entsorgt werden. Lukas Palatiner lächelte erneut. Er freute sich tatsächlich, endlich wieder aufs Klo gehen zu können. Er freute sich überhaupt dass dieser lange Flug fast vorbei war. Es war jetzt bestenfalls noch ein Jahr bis zur Landung auf Gypsy. So lange hatte nun jeder Zeit, sich in Form zu bringen, zu lernen, einfach alles zu tun, um sich auf das Leben auf einem fremden Planeten vorzubereiten. Ganz bestimmt freute er sich aber auf die anderen Mitreisenden, die auch gerade »aufgetaut« wurden. Links neben ihm lag Pete Bloom in seiner Box. Er hatte sich mit dem Schotten spontan während der Schulung angefreundet. Die Menschen der Insel waren praktisch alle Richtung Süden ausgewandert, um dem heranrückenden Eis zu entkommen. Das trieb sie bereits seit Generationen in den deutschsprachigen Raum, was dazu führte, dass Deutsch die wichtigste Sprache im stark verkleinerten Europa geworden war. Das passte den Franzosen überhaupt nicht, denn viele Deutsche waren ihrerseits im Laufe der Generationen Richtung Mittelmeer ausgewandert. Wie dem auch sei, Pete Bloom, ein großer sportlicher Schotte mit dunklem, gewelltem Haar, hatte sich im Ausbildungszentrum in der marokkanischen Wüste sofort zu ihm an den Tisch gesetzt. Der kleine, untersetzte Palatiner musste sich gleich ein paar Bemerkungen über seine Statur gefallen lassen, gab aber ohne zu zögern sofort Kontra, was den schottischen Riesen regelmäßig zu langanhaltenden Lachsalven animiert hatte.

»You little Berg Boy«, hatte ihn Pete immer genannt, worauf ihn Palatiner mit Spitznamen wie »Schottenscheuche« und »Englischer Ötzi« belegte. Pete Bloom hatte auch gemeint, dass so ein Palatiner wohl sogar zweimal in die drei Meter langen Schlafboxen hineinpassen würde. Dann hatte er wieder schallend gelacht und mit seiner Schottenpranke so auf seinen Rücken gepatscht, dass Palatiner Mühe hatte, die Mittagspresslinge im Mund zu behalten.

Sofort verdüsterte sich seine Miene. Presslinge. Er konnte sich zumindest noch daran erinnern, in seiner Jugend einen echten Südtiroler Apfel gegessen zu haben. Aber das war lange her. Inzwischen ernährte sich die Menschheit von sogenannten Presslingen, die hauptsächlich aus Meeresalgen und Kartoffelkulturen in Zentralafrika gezüchtet wurden. Sonstige

Agrarprodukte waren selten und irrsinnig teuer. So was konnten sich nur die arabischen Scheichs leisten, die sich weit weg von jeglichen Gletscherzungen im mittlerweile gemäßigten Klima sonnten. Aber er sollte jetzt für mindestens ein Jahr mit diesen Presslingen leben. Und dann musste man erst einmal sehen, was der fremde Planet hergab. Auch dort musste man schließlich erst einmal abgeschirmt leben. Keiner wusste ja so genau, welche Mikroben da in der Luft herumschwirrten und ob diese für den menschlichen Organismus überhaupt verträglich waren.

Er versuchte, seinen Kopf langsam nach links zu drehen, was ihm aber nur mit äußerster Kraftanstrengung gelang, und auch nur zur Hälfte. Sehen konnte er Petes Cavecab nicht, also versuchte er zu rufen. Heraus kam nur ein lächerliches Lungenrasseln. Die Bläschen waren offensichtlich noch verschleimt und die Stimmbänder noch nicht dienstbereit. Erschöpft ließ er seinen Kopf zurück in das Gel fallen und atmete resigniert aus.

Es dauerte für Lukas Palatiner noch über sechs endlose Stunden im Cavecab, bis das Vibrieren endlich aufhörte und sich auch das Gel völlig verflüssigt hatte. Lukas Palatiner wollte nur noch hier raus. Seine Ungeduld war grenzenlos. Nach sechs Stunden und siebenunddreißig Minuten hob sich endlich die Kuppel von seinem Cab, und er konnte die frische Raumluft der *Franken* atmen. Sogleich drang das sonore Schnarren eines Warntones an sein Ohr, den er aber ignorierte. Warnungen, ob sie nun akustischer oder optischer Natur waren, interessierten ihn momentan nicht besonders.

Er wollte nur noch zu den anderen Erwachten und mit ihnen gemeinsam zum medizinischen Check. Dann würde er mit Pete zusammen in irgendeinem der Gemeinschaftsräume etwas essen und ganz bestimmt etwas Alkoholisches trinken. Das hatte die ganze ökologische Katastrophe auf der Erde nämlich nicht vermocht, die Menschen vom Vergären zuckerhaltiger Grundstoffe abzuhalten. Und mochte der Alkohol auch noch so synthetisch sein, heute würde er sich mit Pete einen hinter die Binde kippen. Ein 120-Jahre-Schlaf musste schließlich gefeiert werden. Vielleicht machten ja die anderen 99998 Ausgewanderten auch mit. Das würde eine geile Fete werden. Lukas Palatiner nahm alle Kraft zusammen und stützte sich auf seine zitternden Ellenbogen auf. Es ging besser, als er gedacht hatte, und er konnte auch gerade so über den rechten Metallrand seines Cavecabs äugen. Von anderen Erwachten war allerdings nichts zu sehen. Auf der rechten Seite waren alle Cabs noch geschlossen. Wahrscheinlich lief dort noch überall die Reanimationsorgie im Glaskasten. Als er den Kopf drehte und nach links schauen wollte, sah er nur den milchig angelaufenen Glasdeckel seines Cabs, das ihm die Sicht versperrte. Außerdem begann der Nacken zu schmerzen. Seufzend ließ er sich wieder zurück in das nun wasserbettartige Gel fallen. Man musste es ja auch nicht übertreiben mit der Auferstehung. Dafür konnte er bemerken, wie seine Stimme langsam wieder zurückkehrte. Nach wenigen Minuten hatten die Stimmbänder wieder so viel an Geschmeidigkeit zugelegt, dass er die Buchstaben bereits einzeln und wohlartikuliert aussprechen konnte. Ein echter Fortschritt, und er war richtig stolz auf sich. Jetzt wollte er es probieren.

»Pete«, rief er mit krächzender Stimme, »Pete, bist du schon wach? Hier ist Lukas! Weißt schon, der kleine Italiener, der Deutsch redet ...«

Lukas horchte seinen eigenen heiseren Worten hinterher, aber außer dem Schnarren des Warntones war nichts zu hören.

»Hallo, hallooooo. Ist überhaupt schon jemand hier wach?«, rief Lukas Palatiner ungeduldig in die lange Halle. Aber niemand antwortete oder machte sich sonstwie bemerkbar. Lukas Palatiner überlegte. Im Raumschiff gab es 20 separate Schlafhallen, in denen jeweils 5000 Auswanderer untergebracht worden waren. Konnte es sein, dass er als erster von 5000 in seiner Halle aufgewacht war? Wenn ja, dann müssten ihm die anderen aber nachher gewaltig einen ausgeben. Andererseits war die Wahrscheinlichkeit, dass dieser Fall tatsächlich eingetreten war, eher gering. Eine bleierne Besorgnis legte sich über sein Gemüt, und die blinkende Alarmanlage mit ihrem nervenden Geschnarre trug auch nicht gerade zur Beruhigung seiner angstvollen Gedanken bei. Da half wohl alles nichts, er musste diesen metallenen Sarg endlich verlassen. Und da ihm offensichtlich niemand dabei half, würde er das wohl irgendwie alleine bewerkstelligen müssen. Aber das wäre ja gelacht. Die Südtiroler waren schon immer ein zähes Völkchen gewesen. Und er, ein Nachfahre von Luis Trenker und Reinhold Messner, würde es doch wohl schaffen, selbst aus dieser albernen Blechschachtel herauszuklettern. Er biss die Zähne zusammen, griff mit beiden Händen an den rechten Rand seines Schlafbehälters. Für einen Moment sah er sein Spiegelbild in der blanken Metallwand vor sich. Es blickte ihm ein ausgemergeltes Gesicht mit langer Haarmähne und dichtem Vollbart entgegen. Nun, der Friseur auf diesem Frachter würde eine Menge zu tun bekommen und wahrscheinlich schon steinreich sein, bevor das Schiff überhaupt in der Umlaufbahn Gypsys parkte.

Dann schob er diese Gedanken beiseite und nahm alle seine Kräfte zusammen. Die Schläuche und Elektroden hatte er bereits von seinem Körper entfernt. Seine Unterarme bebten, und das Herz schlug ihm bis zu den Ohren, als er sich über den Rand des Cavecabs schob. Vor lauter Anstrengung verschwamm die Umgebung vor seinen Augen, doch er sammelte noch einmal seine letzten Kräfte, und ein kleiner Südtiroler fiel auf der anderen Seite des Behälters mit einem dumpfen Geräusch auf den Gitterrost des Metallbodens.

Schwer atmend blieb Lukas Palatiner auf dem Boden liegen. Er sah nur noch Sterne, und seine Schulter tat ihm vom Sturz weh. Diesen Ausstieg hatte er sich weiß Gott anders vorgestellt, irgendwie triumphaler. Verdammt, damals in der

Vorbereitung hatten die doch etwas von ärztlichem Personal erzählt, das einen beim Aufwachen unterstützen sollte. Na egal, jetzt würde er erst einmal bei Pete vorbeischauen. Der würde Augen machen, wenn so ein kleiner drahtiger Südtiroler einem Zwei-Meter-Schotten aus der Blechschachtel half. Bei diesem Gedanken musste er leise lachen. Dann stützte er sich auf seine Unterarme und robbte sich um sein Cavecab herum hinüber auf Petes Seite. Er hob den rechten Arm und klopfte mit den Fingerknöcheln vorsichtig gegen die Außenwand von Pete Blooms Schlafkammer.

»He, Pete, alte Schlafmütze! Sieh mal zu, dass du aufwachst, du Penner, ich hab verdammt noch mal Lust auf ein paar Presslinge und diesen Synthoschnaps.« Dann hob er wieder die Hand und klopfte erneut gegen die Metallwand von Petes Behausung. Nichts. Es war kein Laut von Pete zu hören. Sollte dieser Riese wirklich von so schwächlicher Konstitution sein, dass er immer noch nicht reden konnte? Lukas Palatiner setzte sich auf und lehnte sich mit dem Rücken gegen Petes Cab. Es reichte ihm jetzt langsam. Er war entnervt, er hatte Durst, er hatte Hunger, und er wollte jetzt endlich wissen, wo die alle steckten. Und selbst wenn ihn sein untrainiertes Herz im Stich ließ, er würde jetzt aufstehen und nach dem Rechten sehen, verdammt. Seine Hände packten die Glashaube seines geöffneten Cavecabs und stießen sie nach vorne, sodass die Haube kippte und sich mit einem leisen Schmatzen der ölgedämpften Scharniere wieder schloss. Dann schlang er seine sehnigen Hände um die beiden Griffe des Metallbehälters über sich, die eigentlich zum Tragen desselben gedacht waren, und begann sich hochzuziehen. Er teilte das anstrengende Manöver in drei Etappen. Wie beim Eisklettern, dachte er sich, Schritt für Schritt. Kleine Südtiroler Blümchen tanzten vor seinen Augen, als er endlich stand. Aber er stand, angelehnt an Petes Cavecab. Als er wieder klar denken konnte und ihm dies bewusst wurde, drehte er sich um, schließlich wollte er frech in Pete Blooms grinsendes Gesicht lachen. Er war Erster, und nicht dieser selbstzufriedene schottische Lulatsch. Was er allerdings sah, ließ ihn fast wieder die Füße wegknicken, und er musste alle Kraft aufbringen, um in der Senkrechte zu bleiben. In diesem Cavecab lag kein grinsender Schotte, sondern eine vertrocknete ägyptische Mumie. Aber es war Pete, daran bestand keinerlei Zweifel. Die Größe stimmte, und auch Petes wichtigste persönliche Daten leuchteten auf dem Display am Fußende. Dort blinkte allerdings auch die rote Lampe mit der Aufschrift »malfunction«, Fehlfunktion. Lukas Palatiner stellten sich die Haare auf, als er sich langsam umwandte und auf die anderen Cavecabs um ihn herum schaute. Er blickte auf ein Meer von roten Leuchtdioden, die im Gleichklang pulsierten. Tausende roter Lämpchen blinkten einen roten Schein an die Hallendecke, den er aus seinem Cab heraus gesehen hatte. Als er einige verstohlene Blicke in die umliegenden Behältnisse warf, bot sich ihm überall das gleiche Bild. Pergamentartig verknitterte Mumien, wohin er auch schaute. Er befand sich in einer Leichenhalle mit 4999 Toten. Er, Lukas Palatiner aus Südtirol, hatte nach endlosen Jahren Tiefschlaf im Auswandererschiff *Franken* als einziger seiner Gruppe überlebt. Das war erst mal zu viel. Ihm wurde schwindlig, und er sank zwischen zwei Cavecabs zu Boden, um dort in hemmungsloses Schluchzen auszubrechen.

Als Lukas Palatiner seine Gefühle wieder einigermaßen im Griff hatte und die Hormone sich in etwa im Normalbereich eingependelt hatten, versuchte er, seine Situation erst einmal zu ordnen. Irgendetwas auf diesem Schiff musste fürchterlich schief gelaufen sein. Verzweifelt starrte er sein Cavecab an, das ihm sein Leben erhalten hatte. Warum er? Warum hatte ausgerechnet er dieses Desaster überlebt? Aber es hatte keinen Sinn, jetzt darüber zu grübeln. Vielleicht, wenn er irgendwie religiös veranlagt gewesen wäre wie seine Eltern, dann hätte er womöglich apokalyptische Gefühle aufkommen lassen. Aber nicht er. Als ausgebildeter Elektroingenieur mit einer fundierten Schulung in Antriebstechnik wollte er nicht an irgendwelche Gottgegebenheiten glauben. Er war logisch veranlagt, und diese Situation musste auch strukturiert gelöst werden. Er würde sich jetzt auf den langen Weg in den vorderen Teil der *Franken* machen, um nach Überlebenden zu suchen. Vielleicht hatte man es nur mit einem Teildefekt des Computersystems zu tun oder mit einem banalen Kabelbruch. Andererseits konnte er sich eine solch simple Erklärung bei den mannigfaltigen Sicherungsmaßnahmen im Lebenserhaltungssystem des Schiffes beim besten Willen nicht vorstellen. Wie auch immer, er musste unbedingt in den vorderen Bereich und nach den anderen Mitreisenden schauen.

Er erhob sich mühsam und begann mit ersten, staksigen Schritten seine Reise zum anderen Ende des Raumschiffes. Seine Füße schlurften am Anfang noch unkontrolliert über den metallenen Boden des Ganges, erst am Ende der Halle konnte man seine Fortbewegung so einigermaßen als Gang bezeichnen. Immer wieder musste er innehalten und sich auf einem der Cavecabs abstützen. Dabei fiel sein Blick notgedrungen jedes Mal auf eine der zerknitterten Mumien, die vor vielen Jahren diese Reise voller Hoffnungen und Sehnsüchte angetreten hatten. So schnell es ging, hob er dann wieder den Blick, um diesen deprimierenden Anblick nur so kurz wie möglich ertragen zu müssen, und schleppte sich weiter. Endlich erreichte er die Tür, die zum Versorgungsbereich E führte. Dieser konnte alles Lebenswichtige in kürzester Zeit zur Verfügung stellen. Als er die Tür öffnete, stellte er mit Erstaunen fest, dass die entsprechende Technik im vollen Gange war. Die Raumluft war angenehm, überall blinkten grüne Dioden, um zu signalisieren, dass sie für ihre zugedachte Aufgabe betriebsbereit waren. Lukas Palatiner ließ sich erst einmal Wasser aus dem Aquamat laufen und trank dann fast einen Liter. Ein wunderbares Erlebnis. Als logische Konsequenz suchte er gleich danach eines der stillen Örtchen auf und entließ Etliches an dunkelfarbiger Körperflüssigkeit in die Freiheit. Offensichtlich war auch sein Stoffwechsel noch nicht auf der Höhe der Zeit. Aber das würde schon werden. Er horchte in sich hinein, doch von anderen, festeren Stoffwechselvorgängen der ausscheidenden Art war noch nichts zu spüren. Das war ihm auch recht, denn der Enddarm würde sich erst wieder langsam auf Transporttätigkeiten einstellen können.

Die Tür des WCs schloss sich automatisch hinter Lukas Palatiner, der sich nun mit wachen Augen umschaute. Hier war außer ihm noch niemand gewesen. Alles war neu und unbenutzt. Selbst der Scanner im Klosett hatte ihn als ersten Besucher gezählt.

»Hallo!«, rief er mit nun schon relativ kräftiger Stimme, »hallo, jemand zu Hause?!« Aber es war nichts zu hören außer dem leisen Summen der betriebsbereiten Maschinen, denen leider die Kundschaft ausgegangen war.

Lukas Palatiner ging etwa hundert Meter weiter, öffnete gezielt einen der Schränke und holte sich eine Art Bademantel in seiner Größe heraus. »Nr. 7926, Lukas Palatiner« stand auf der rechten Brusttasche. Er legte den blauen Mantel an und zog den Reißverschluss zu. Unwillkürlich musste er lächeln. Mehrere tausend Jahre menschliche Evolution, Raumschiffe und Lichtgeschwindigkeit, aber der Mensch hatte noch keine bessere Verschlussmöglichkeit für Kleidung gefunden als dieses einfache Prinzip. Das Lächeln wich ihm aber sofort wieder aus dem Gesicht, als er an das Ende des Ganges und die in die Wand eingelassene Tür gelangte. »Versorgungsbereich D« stand da in großen roten Buchstaben: »Nur auf Anweisung öffnen«. Lukas Palatiner knurrte etwas Sarkastisches in seinen Bart und stieß die Tür auf.

Mühsam blinzelnd schaute sie in das helle Licht. Gerade noch träumte sie einen wunderschönen Traum. Sie spielte in dem großen Garten von Opas Brauerei, und ihr Vater hatte wieder einmal vergeblich versucht, sie zu fangen. Hilflos rutschte er hinter ihr durch den langsam tauenden Julischnee, und sie kriegte sich vor Lachen gar nicht mehr ein. Schon als sie sechs Jahre alt war, hatte ihr armer Vater keine Chance mehr, sie einzuholen. Es war eine sehr schöne Kindheit in Kronach gewesen, auch wenn sie ihren Vater nur selten gesehen hatte.

Aber nun öffnete sie die Augen und realisierte, dass die Erde von jetzt an für sie Geschichte war. Sie merkte, wie sich ihrer eine schleichende Depression bemächtigte. Aber damit konnte sie umgehen, das hatte sie beim Auswanderertraining in der marokkanischen Wüste gelernt. Damit würde sie schon klarkommen. Was sie allerdings wirklich nervte, als sie den gläsernen Deckel ihres Cavecabs geöffnet hatte, war dieses rote Blinken an der Decke und der permanente, schnarrende Warnton. Beunruhigt schaute sie auf das Display ihres Überlebensbehälters, aber alle ihre Daten schienen in Ordnung zu sein. Wahrscheinlich klemmte nur die Spülung von einer dieser automatischen Toiletten ...

Lukas Palatiner war nicht wirklich überrascht. Auch im Versorgungsbereich D waren alle Maschinen im akuten Wartestand, ohne jedoch von irgendeiner Menschenseele gebraucht zu werden. Mit einem mulmigen Gefühl durchschritt Palatiner den langen Raum und näherte sich der Tür mit der Aufschrift »Transportbereich – nur auf Anweisung öffnen«. Ihm zitterten die Hände, als er die Tür zu Schlafsaal D vorsichtig öffnete. Obwohl er instinktiv wusste, was ihm bevorstand, war er dennoch erneut schockiert, als er die Bescherung sah. Die gleiche, rot blinkende Illumination wie in seiner Gruppe. Er warf nur einen kurzen Blick in den ersten Behälter, um gleich darauf seine Schritte so gut es ging zu beschleunigen. Hier gab es nichts, was Anlass zur Hoffnung hätte sein können. Lukas Palatiner schaffte es gerade noch bis in den Versorgungsbereich A, bevor er sich dort völlig erschöpft auf eines der leeren, unbenutzten Betten legte und innerhalb von Sekunden eingeschlafen war.

Sein Schlaf endete relativ abrupt mit dem Umstand, dass eine

Stimme an sein Ohr drang. Als er sich mit brummendem Schädel von seiner Lagerstatt erhob, hörte er aus dem Bordsystem eine angenehme weibliche Stimme sagen:

»Bitte folgen Sie den Wegweisern auf dem Fußboden.«

Diese Anweisung wiederholte sich ruhig aber konsequent alle 15 Sekunden. Lukas Palatiner schaute sich sicherheitshalber noch einmal um, obwohl er das Ergebnis schon ahnte. Es gab hier niemanden außer ihm, ergo konnte er tun und lassen, was er wollte. Andererseits musste es ja irgendeinen Sinn ergeben, diesen leuchtenden Pfeilen auf dem Fußboden zu folgen. Ächzend erhob er sich von der Bettkante und trottete langsam an den Pfeilen entlang, die im Fußboden vor ihm pulsierten. Sie führten Lukas Palatiner immer weiter zum Kopfende des Schiffes, vorbei am letzten Schlafsaal mit rot blinkenden Warndioden, und er machte sich auch keine Mühe mehr, einen intensiveren Blick hineinzuwerfen. Es waren ja sowieso alle tot. Gestorben durch irgendeinen fatalen Fehler im System. Wieso folgte er überhaupt noch einem sinn- und seelenlosen Befehl automatischer Mechanismen eines Computerprogrammes, den irgendein Informatiker vor 120 Jahren eingetippt hatte? Während er diese schweren Gedanken wälzte, führten ihn die Pfeile in den Bereich *Zero*, den letzten Bereich mit Lebenserhaltungssystemen vor dem zentralen Steuerbereich. Wie vom Schlag getroffen blieb der kleine Südtiroler stehen. Dann fing er zu lachen an. Der ganze kleine Körper bebte von der Anstrengung, der er durch das plötzliche Gelächter ausgesetzt war. Aber Lukas Palatiner konnte nicht anders. Das was er dort sah, war zugleich positiv und absolut tragisch. Da hatte sich das Schicksal aber einen ganz kuriosen Kniff ausgedacht, schoss es Palatiner durch den Kopf, als er sich die Lachtränen aus dem Gesicht wischte.

Vor ihm lagen die Cavecabs des Bereiches *Zero* und an jedem verdammten Behälter leuchtete eine grüne Lampe. Tausende grüne Lämpchen verbreiteten ihr hoffnungsfrohes Licht, völlig unbehelligt von Querulanten aus dem roten Spektralbereich oder schnarrenden Warntönen. Entsprechend lagen in den gläsernen Überlebensbehältern auch keine Pergamentleichen, das war nicht der Punkt. Der Punkt war, dass der Bereich *Zero* nicht dem Transport von Auswanderern diente, zumindest nicht der Sorte Homo sapiens. In jedem der Schneewittchensärge war eine irdische Pflanze untergebracht und harrte ihrer Einbuddelung auf einem fremden Planeten. Der Inhalt sämtlicher irdischen Gewächshäuser und botanischen Gärten war geplündert worden, um mit auf diese lange Reise zu gehen. Und ausgerechnet die Technik der floristischen Fracht im Bereich Zero hatte nicht ihren Geist aufgegeben. Das entbehrte nicht einer gewissen Komik, und Palatiner hatte wirklich Mühe, sich wieder einzukriegen. Nun, wenn er schon alleine war auf diesem Seelenverkäufer, dann konnte er wenigstens bis ans Lebensende Pflanzen züchten und Knollen vermehren, dachte er sich belustigt, als wieder der weibliche Befehl an sein Gehör drang, doch den Leuchtpfeilen zu folgen. Schniefend stand er auf und machte sich abermals auf den Weg. Weiß der Geier, was noch für Überraschungen auf ihn warteten.

Nach wie vor schief grinsend ließ er sich weiterlotsen, bis die Pfeile schließlich vor dem Lift zur Kommandozentrale der *Franken* endeten.

Na also, jetzt wusste er, was los war. Zum Kommandobereich hatte er überhaupt keinen Zutritt, sondern nur Teile der Mannschaft und die »Reiseleitung«. So wurde das beschlussfähige Gremium der *Franken* genannt, das unter dem Vorsitz von Professor Wehrfritz tagen sollte, um alles an Zwistigkeiten und Fragen auf dem Auswandererschiff zu regeln. Da er, Lukas Palatiner, aber nicht zu diesem erlauchten Kreis gehörte, brauchte er gar nicht sein Auge an den Retina-Scanner des Aufzuges zu halten. Nur die Netzhautsignaturen der »Reiseleitung« würden als befugt erkannt werden, und damit war hier sein Weg zu Ende. Es war wohl am besten, er machte sich schleunigst auf den Weg zurück und versuchte, ein paar frische Tomaten im Bereich *Zero* zu finden …

»Bitte autorisieren Sie sich«, wiederholte die weibliche Stimme nun im Fünf-Sekunden-Takt. »Bitte autorisieren Sie sich«.

Palatiner rieb sich entnervt die Nasenwurzel. Eigentlich konnte ihn diese Computermieze langsam am Arsch lecken. Er musste sich vor niemandem autorisieren. Er war allein, verdammt noch mal. Ein Robinson Crusoe – und zwar der allerletzte.

»Bitte autorisieren Sie sich«, wiederholte die sanfte Stimme notorisch.

»Gut, von mir aus!« rief Lukas Palatiner entnervt und drückte seine Augen in das dafür vorgesehene Polster an der Tür. Wenn das die einzige Möglichkeit war, dieses dämliche Gebrabbel loszuwerden, bitte. Wenn er jetzt etwas überhaupt nicht gebrauchen konnte, dann waren das weibliche Anweisungen bis ans Lebensende.

»Muster erkannt«, hörte er zu seiner eigenen Verblüffung die Stimme sagen, und die Tür zum Lift öffnete sich geräuschlos.

Etliche Stockwerke höher wurde ein völlig verdatterter Palatiner ebenso geräuschlos wieder aus dem Lift ausgespuckt. Was er dann dort erblickte, steigerte sein Erstaunen endgültig bis zum Rechtsanschlag. In der Mitte der Steuerungszentrale saß im großen Kommandosessel vor der riesigen Panoramascheibe ein Mann. Besser gesagt, das, was von ihm übrig war. Eigentlich war es nur noch ein Skelett in Männerklamotten. Als Lukas Palatiner näher herantrat, erkannte er auf dem kleinen Tisch neben dem Sessel einen leeren, tönernen Bierkrug. Erst bei näherer Betrachtung des Hemdes des toten Mannes sah er das Namensschildchen, welches an der Brusttasche aufgenäht worden war. »Professor Julius Wehrfritz« konnte er dort lesen. Aber wieso war der Professor hier in diesem Sessel und offensichtlich schon etliche Jahre tot? Er sollte doch wie alle anderen in seinem Cavecab liegen.

Zwei blinkende Leuchtschriften am Steuerpult zogen seine Aufmerksamkeit auf sich. Er musste zweimal schauen, bis er glaubte, was er dort sah. Direkt über der Steuerkonsole waren zwei Retina-Scanner angebracht, und unter jedem blinkte ein Name.

Unter dem linken, rötlich leuchtenden Polster konnte er den Namen »Eva Wehrfritz« lesen, und unter dem rechten blinkte regelmäßig und hell »Lukas Palatiner«. Er wusste nicht, wie lange er seinen leuchtenden Namen angestarrt hatte, als er plötzlich hörte, wie hinter ihm jemand aus dem Lift trat. Schlagartig erwachte er aus seiner Starre und drehte sich blitzschnell um.

»Wer bist du denn?« fragte die dunkelhaarige, hübsche junge Frau, die da vor ihm stand und ihn mit misstrauischen Blicken musterte.

»Lukas Palatiner« sagte der Südtiroler reflexartig, während er mechanisch die Hand ausstreckte, um die erfreuliche Überraschung zu begrüßen. Doch die junge Frau blickte nur an ihm vorbei auf das Skelett im Kommandosessel, und Tränen standen ihr in den Augen. Dann ging sie langsam an ihm vorüber und setzte sich wortlos auf den Boden neben den toten Professor. Aus traurigen Augen sah sie ihn an.

»Eva Wehrfritz«, gab er fast tonlos von sich und sie nickte mit tränennassen Augen.

Sie hatten lange und ausführlich geredet. Schließlich standen sie vom Boden auf, nahmen sich entschlossen an der Hand, um dann unverzüglich ihre Gesichter auf den jeweiligen Retina-Scanner zu legen. Es dauerte nur einen kurzen Moment, bis der Bordcomputer reagierte.

»Muster erkannt«, hörten sie die sanfte weibliche Stimme sagen. Eine Sekunde später erschien das fröhliche Gesicht von Professor Julius Wehrfritz im riesigen Display der Panoramascheibe. Eva Wehrfritz schrie erschrocken auf und hielt sich spontan eine Hand vor den Mund, während Lukas Palatiner nur mit offenem Mund dastand und der Dinge harrte, die da kommen sollten.

»So, ihr beiden, dann habt ihr es ja geschafft«, hörte man die laute, fröhliche Stimme des verstorbenen Professors aus den Lautsprechern. Wie zur Bestätigung fiel durch den ungewohnten Schalldruck dem Skelett auf dem Sessel eine Hand ab, während der Professor locker weiterplauderte.

»Liebe Eva, lieber Lukas. Ihr werdet sicher schon gemerkt haben, dass ihr die letzten lebenden Menschen auf diesem Raumschiff seid. Dass auch ich tot bin, liegt ja auf der Hand beziehungsweise auf dem Sessel vor euch.«

Ein schallendes Gelächter des Professors brandete durch den Raum, und das Sesselskelett löste sich endgültig in seine Bestandteile auf.

»Er hatte schon immer einen seltsamen Humor, mein lieber Papa«, kommentierte Eva Wehrfritz trocken, während der bleiche Kopf des toten Genies durch die Kommandozentrale rollte. Lukas Palatiner blickte sie nur mit großen Augen an, während der kullernde Schädel mit einem leisen »Pock« an der Lifttür zum Liegen kam.

»Bitte autorisieren Sie sich« ließ sich sofort eine weibliche Stimme vernehmen.

»Nun, ihr zwei Hübschen«, fuhr der Professor immer noch leicht amüsiert fort, »ihr seid jetzt die letzten. Adam und Eva sozusagen. Das vorige Mal, als dieses Experiment mit uns Menschen angefangen hat, ging das böse aus. Die Menschheit hatte nichts Besseres zu tun, als sich die eigene Lebensgrundlage zu entziehen, und dann, als der Aschenbecher voll war, einen neuen Aschenbecher zu suchen, anstatt mit dem Rauchen aufzuhören.

Ich habe mir die Freiheit genommen, den Rest des Weltalls vor unserer selbstzerstörerischen Spezies zu retten. Ich kann mir wirklich nicht vorstellen, warum ein wunderschöner Planet wie Gypsy mit Lehrern, Politikern und Investmentbankern bevölkert werden muss. Ich denke, es wird nun Zeit für einen Neuanfang«, meinte Professor Wehrfritz entschlossen.

»Liebe Eva, gräme dich nicht, mir geht's gut, sehr gut sogar. Ich hoffe, dass dir ebenfalls ein so ereignisreiches Leben beschert sein wird wie mir. Aber da habe ich eigentlich keine Zweifel«, meinte er grinsend und nahm erst einmal einen tiefen Schluck aus seinem Bierkrug. Dann fuhr er nach einem kurzen, zufriedenen Rülpser fort.

»Du, lieber Lukas, bist nach Auskunft meines Computers hier an Bord derjenige, der genetisch zu meiner geliebten Tochter am besten passt. Was dir erst mal das Leben gerettet hat. Das kannst du folgendermaßen wieder gutmachen: Du wirst jetzt mit dieser hübschen Frucht meiner Lenden auf Gypsy Kinder zeugen, eine Familie gründen, die kleinen Kröten aufziehen, etceteraetceteraetcetera. Der Rest ist bekannt, geht mich aber schlussendlich nichts mehr an.

Apropos Rest. Ihr braucht auch nicht irgendwelche Raumschiffe zu fürchten, die womöglich noch nachkommen und euch die Stimmung vermiesen. Wie ihr wisst, habe ich diese Raumschiffe im Wesentlichen konstruiert. In dieser Eigenschaft konnte ich seit Längerem schon Vorkehrungen treffen, um euch ein ungestörtes Beisammensein auf Gypsy zu ermöglichen.«

Professor Wehrfritz grinste zufrieden.

»So, das war's eigentlich. Wenn ihr diese Botschaft erhaltet, bin ich vermutlich schon über hundert Jahre tot. Macht euch aber nicht zu viele Gedanken, bis zu meinem vermutlich nicht mehr allzu fernen Lebensende werde ich mir hier noch mit meiner liebsten Nebenbeschäftigung die Zeit vertreiben. Dem Bierbrauen. Dann macht's mal gut, vor allem besser als eure Vorfahren.«

Mit diesen Worten und einem schelmischen Augenzwinkern hob er noch ein letztes Mal den Krug – und der Bildschirm erlosch.

Händchen haltend standen Eva Wehrfritz und Lukas Palatiner noch ein paar Sekunden regungslos vor dem erloschenen Bildschirm, bevor sie sich umdrehten und gegenseitig in die Augen blickten.

Zeitgleich wurde vom Zentralcomputer der *Franken* ein codiertes Signal in die Unendlichkeit des Weltalls geschickt. Wenig später überluden sich in den Rolls-Royce-Triebwerken der restlichen Auswandererschiffe sehr kleine, eigentlich unwichtige elektronische Bauteile. Als Folge ihres plötzlichen Versagens wurde jedoch die gesamte gespeicherte Energie für die Reise zur neuen Heimat auf einen Schlag in die überforderten Triebwerke entlassen. Ein Schiff der »Franken-Klasse« nach dem anderen zerstob im Weltraum zu einem wunderschönen, gigantischen Feuerball, während zur gleichen Zeit der letzte Mensch auf der Erde in einer säureresistenten Wohnkuppel sein Leben aushauchte.

Die Autoren

Sigrun Arenz,

geboren 1978 in Nürnberg, lebt in Altötting. Sie studierte Germanistik und Theologie in Erlangen und arbeitet als Gymnasiallehrerin wie Kulturrezensentin für die *Fürther Nachrichten.*

Nach ihrem Debütwerk *Ahnungslos. Erzählungen* 2004 war sie 2005 am Ausflugsverführer *Jakobswege in Franken* beteiligt. Auf ihren ersten Kriminalroman *Das ist mein Blut* 2008 bei ars vivendi folgte 2009 mit *Kühl bis ans Herz* der zweite Fall für die Ermittler Schatz und Sailer aus dem Fränkischen Seenland.

Jan Beinßen,

1965 in Stadthagen geboren, arbeitet als Journalist und Autor in Nürnberg, wo er auch mit seiner Familie lebt.

1997 erschien bei Reclam Leipzig sein Debütroman *Zwei Frauen gegen die Zeit.* Nach weiteren Publikationen eröffnete 2005 *Dürers Mätresse* im ars vivendi verlag die erfolgreiche Krimi-Reihe rund um den Nürnberger Fotografen Paul Flemming. Es folgten 2006 *Sieben Zentimeter,* 2007 *Hausers Bruder,* 2008 *Die Meisterdiebe von Nürnberg,* 2009 *Herz aus Stahl* und 2010 *Das Phantom im Opernhaus.*

Veit Bronnenmeyer,

1973 in Kulmbach geboren und in Lauf aufgewachsen, absolvierte eine Ausbildung zum Schreiner und studierte Soziale Arbeit in Bamberg. Derzeit ist er als Projektmanager im Schul- und Bildungsreferat der Stadt Fürth tätig und schreibt regelmäßig für die *Fürther Freiheit,* eine literarische Rubrik der *Fürther Nachrichten.* 2009 erhielt der Autor den Agatha-Christie-Krimipreis für seinen Kurzkrimi *Eigenbemühungen.*

Beim ars vivendi verlag erschienen bisher die Kriminalromane *Russische Seelen* (2005), *Zerfall* (2007) und *Stadtgrenze* (2009) mit dem Ermittlerduo Albach und Müller.

Natascha Engel,
geboren 1970, wuchs im fränkischen Steigerwald auf und lebt in der Nähe von Nürnberg. Auch nach dem Studium der Sprach- und Literaturwissenschaft ist Sprache ihre Passion geblieben, sei es nun als leidenschaftliche (Krimi-)Leserin, bei der Arbeit als Lektorin und Werbetexterin oder beim Verfassen wissenschaftlicher wie literarischer Texte.

Peter Freudenberger
wurde 1960 in Aschaffenburg geboren, wo er heute auch mit seiner Frau und seinen drei Kindern lebt. 1988 wurde er Redaktionsleiter bei der Tageszeitung *Main-Echo* in der Außenstelle Miltenberg, 1997 Redaktionsleiter in Aschaffenburg. Seit dem Jahr 2007 ist er dort als leitender Redakteur beschäftigt.

Sein Kriminalroman *Stiller und die Tote im Bus* erschien 2008, der Folgeband *Stiller und die Finsternis* 2009 im Emons Verlag.

Tommie Goerz,
Jahrgang 1954, studierte Soziologie, Philosophie und Politische Wissenschaften und war 20 Jahre Texter und Konzeptor bei einem der größten Agenturnetzwerke der Welt. Er gewann unter anderem den Bronzenen Löwen in Cannes (2007). Heute hat er einen Lehrauftrag an einer Hochschule und ist Inhaber einer kleinen Agentur.

Im Sommer 2010 erschien bei ars vivendi sein erster Kriminalroman *Schafkopf*. Auch in dem zweiten Band *Dunkles* (2011) ermittelt wieder der Nürnberger Kommissar Friedo Behütuns.

Anne Hassel
lebt als freie Autorin in Miltenberg. Sie schrieb viele Jahre lang Kindergeschichten für Zeitungen und Verlage, veröffentlicht wurden ein Kinderbilderbuch (Esslinger Verlag) und zwei Märchenbücher. Neben Beiträgen in Sammelbänden erschien 2004 ihr erster Kriminalroman *Grüningers Tod* bei Königshau-

sen & Neumann. Sie ist außerdem Mitherausgeberin von vier Krimianthologien, Mitglied bei den *Mörderischen Schwestern*, im *Syndikat* und im *AutorenVerband Franken*.

Thomas Kastura,

geboren 1966 in Bamberg, studierte Germanistik und Geschichte. Danach arbeitete er als Universitätsdozent und Kulturjournalist. Seit 1998 schreibt er Bücher und veröffentlichte zahlreiche Erzählungen, Jugendbücher und Kriminalromane, unter anderem *Der vierte Mörder* (Platz 1 auf der KrimiWelt-Bestenliste). Zuletzt erschien 2010 *Das geheime Kind*, der dritte Band in der Reihe um Kommissar Klemens Raupach. Der Autor lebt mit seiner Frau und seinen beiden Töchtern in Bamberg.

Christian Klier,

1970 in Nürnberg geboren, lebte an verschiedenen Orten in Deutschland und in Frankreich. Nach einem Sprachenstudium ist er heute als Autor und Lehrer in Nürnberg tätig. 2010 erschien sein erster Kriminalroman *Klotz, der Tod und das Absurde* im Emons Verlag.

Tessa Korber

ist freie Autorin und wurde mit ihren historischen Romanen bekannt, schrieb aber auch sechs Stadtkrimis um die Nürnberger Kommissarin Jeannette Dürer. Bei ars vivendi erschien 2010 *Das Leben ist mörderisch* mit zehn Kurzkrimis.

Tessa Korber studierte Literatur und Geschichte, arbeitete als Buchhändlerin, Stadtführerin und Werbetexterin im Großraum Nürnberg und lebt heute mit ihren Kindern, Katzen und dem Familienhund in der Nähe von Erlangen. Sie ist Trägerin des Forchheimer Kulturpreises 2010.

Dirk Kruse,

1964 in Geesthacht geboren, wuchs in Schleswig-Holstein auf. Nach einer Krankenpflegeausbildung studierte er in Erlangen

Politikwissenschaft, Germanistik und Theaterwissenschaft. Seit 1995 arbeitet er als Literatur- und Theaterkritiker, Nachrichtenreporter und BR Klassik-Moderator für die Radioprogramme des *Bayerischen Rundfunks* in Nürnberg sowie als als freier Moderator, Rezitator und Dozent in Erlangen und Nürnberg.

Bei ars vivendi erschien 2008 mit *Tod im Augustinerhof* der erste Fall des fränkischen Gentleman-Detektivs Frank Beaufort, auf den 2009 mit *Requiem* der zweite folgte.

Stefanie Mohr,
Jahrgang 1972, gelangte über ein Jurastudium in Erlangen und die Arbeit in einer Kanzlei schließlich zu den Sprachwissenschaften. Heute lebt sie als freiberufliche Sprachlehrerin und Fotografin in Nürnberg. Seit 2005 hat sie mehrere Kriminalromane veröffentlicht, zuletzt *Die dunkle Seite des Sommers* (Emons Verlag, 2010) und *Frauentormauer* (Emons Verlag, 2011).

Petra Nacke
wuchs in Norddeutschland auf. Sie studierte Theaterwissenschaften und Literaturgeschichte in Erlangen. Am *Performing Arts Center* in München absolvierte Petra Nacke eine Ausbildung in Schauspiel, Gesang und Tanz. Heute arbeitet sie als freie Autorin, Moderatorin, Rezitatorin und Sängerin in Nürnberg. Seit 1997 ist sie feste freie Mitarbeiterin des *Bayerischen Rundfunks.*

Bei ars vivendi publizierte sie mit Elmar Tannert die Kriminalromane *Rache, Engel!* (2008) und *Blaulicht* (2010).

Josef Rauch,
geboren 1968 in Eichstätt, studierte in Nürnberg und absolvierte eine Ausbildung in Fürth. Er wohnt mit Frau und Sohn im Landkreis Fürth und arbeitet im Klinikum Fürth. Josef Rauchs literarische Vorliebe gilt dem Privatdetektivroman.

Sein eigener Schnüffler Philipp Marlein ist bisher in drei Romanen aufgetreten: in *Der Fall Urbas* (M. Naumann, 2007), in *Rickeracke – Ein Max-und-Moritz-Krimi* (M. Naumann, 2008), und im neuen Fürth-Krimi *Der tiefe Fall* (M. Naumann, 2011), in dem Rauch wieder auf den literarischen Spuren von Raymond Chandler und Jakob Wassermann wandelt.

Petra Rinkes und Roland Ballwieser,
beide Jahrgang 1962, sind seit zehn Jahren ein Paar und leben und arbeiten als Lehrer in Nürnberg. Mit *Kunigundentod* (ars vivendi, 2011) legten sie ihren ersten gemeinsamen Kriminalroman vor. Petra Rinkes wuchs in Nürnberg auf, Roland Ballwieser in Lauf an der Pegnitz, dem Schauplatz des Romans. Augenzwinkernd blicken sie auf die fränkischen Eigenarten diesseits und jenseits der Klischees.

Blanka Stipetić,
1967 im ehemaligen Jugoslawien geboren, wuchs in der Nähe von Stuttgart auf. Sie studierte Slawistik und Politik in Würzburg und war lange Zeit in der Erwachsenenbildung tätig.

Seit 2007 lebt sie mit ihrer Familie in Berlin und arbeitet als freie Autorin und Literaturübersetzerin. Sie ist Mitglied der Gruppe *so-uebersetzen.net*. Gemeinsam mit Roman Rausch schrieb sie den Kommissar-Kilian-Krimi *Der Bastard* (Rowohlt, 2007). Unter dem Pseudonym Mila Wolf erschien außerdem im August 2010 ihr Roman *Schandfleck* (Rowohlt).

Elmar Tannert,
1964 in München geboren, absolvierte ein Studium der Musikwissenschaft und Romanistik. Von 1991 bis 2003 war er in verschiedenen Berufen tätig, beispielsweise als Datentypist, Zeitungsverkäufer, Postbote und Tankwart. Ab 1994 erfolgten erste Veröffentlichungen seiner Kurzgeschichten. Seit 2003 arbeitet er als freier Schriftsteller sowie u. a. beim *Bayerischen Rundfunk* und der *Abendzeitung Nürnberg*. 1999 erhielt er den Kulturförderpreis der Stadt Nürnberg sowie des Freistaats Bayern und 2001 den Kulturförderpreis des Bezirks Mittelfranken.

Bei ars vivendi erschienen von ihm *Der Stadtvermesser* (1998), *Keine Nacht, kein Ort* (2002), *Ausgeliefert* (2005) und die beiden gemeinsam mit Petra Nacke verfassten Kriminalromane *Rache, Engel!* (2008) und *Blaulicht* (2010).

Helmut Vorndran.
geboren 1961 in Bad Neustadt/Saale in Franken, lebt heute in Rattelsdorf bei Bamberg. Er absolvierte eine Lehre zum Tischler und studierte einige Semester Sozialpädagogik (abgebrochen wegen erkannter Sinnlosigkeit).

Seit 1984 arbeitet er als freischaffender Kabarettist. Außerdem wirkte er bei diversen Produktionen und Aufnahmen für das *Bayerische Fernsehen* und Rundfunkanstalten wie *Antenne Bayern* mit. Sein Frankenkrimi *Das Alabastergrab* erschien 2009 im Emons Verlag, 2010 folgte *Blutfeuer*.

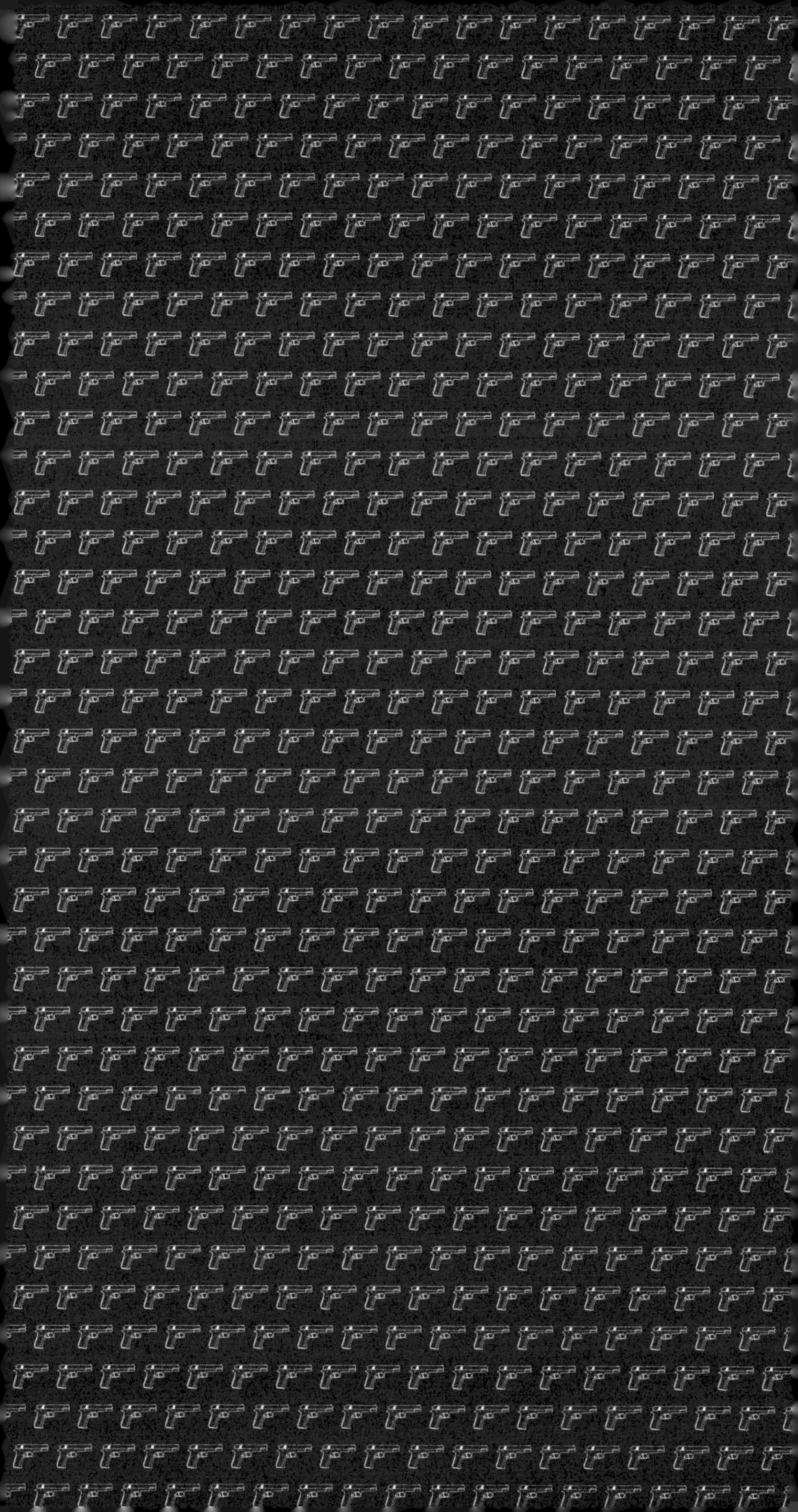

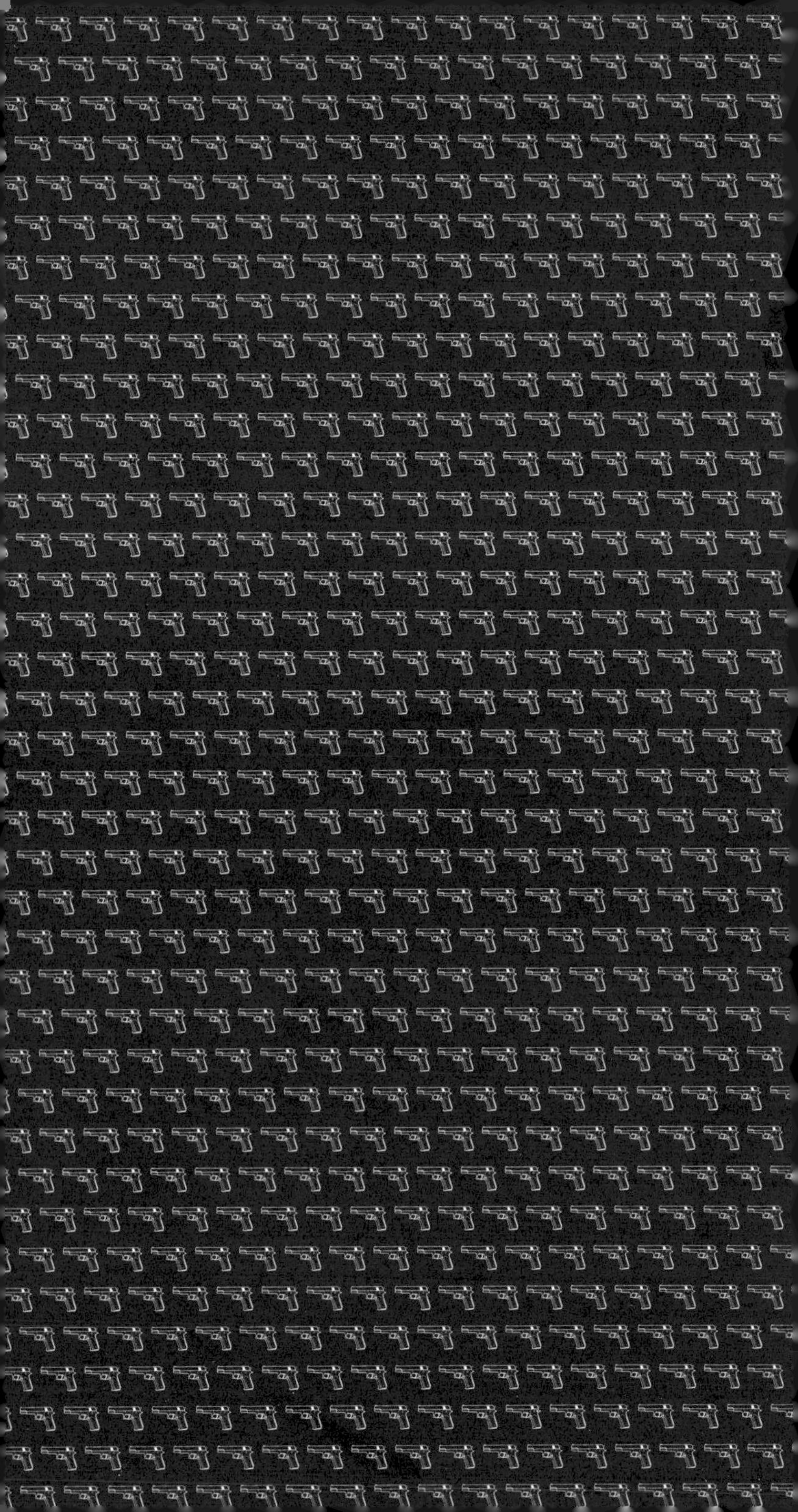